Sarah Harvey
Das Rosenhaus

Zu diesem Buch

Lily liebt ihren Mann von ganzem Herzen. Und sie liebt das Leben, das sie gemeinsam mit ihm in London führt, auch wenn es für beide in der vergangenen Zeit nicht immer einfach war. Nur zögerlich kann Lily sich daher entschließen, Liam von London nach Cornwall zu folgen, wo ihn als Architekt ein aufregendes Bauprojekt erwartet. Kann sie alles einfach so hinter sich lassen? Die beiden ziehen in ein altes Cottage und wagen den Neuanfang. Doch bald schon stellt sich heraus, das Lily unglücklich ist. Nicht nur hat sie Schwierigkeiten, sich an die Einsamkeit der südenglischen Einöde zu gewöhnen, auch scheint ein überwunden geglaubter Verlust sie mit aller Macht einzuholen. Liam arbeitet Tag und Nacht. Die Eheleute entfremden sich zunehmend voneinander und streiten immer öfter, bis ein dramatischer Unfall die Karten noch einmal ganz neu mischt ...

Sarah Harvey, geboren 1969, arbeitete als Journalistin, bis sie mit ihrem ersten Roman »Wachgeküsst« den Durchbruch als Autorin feierte und sich seither ganz dem Schreiben widmet. Auch alle ihre folgenden frech-romantischen Bücher, zuletzt »Kann ich den umtauschen?«, waren internationale Erfolge. Sarah Harvey lebt mit ihrem Mann Terry und ihren drei verrückten Hunden auf einem alten Landsitz in Cornwall.

Sarah Harvey

Das Rosenhaus

Roman

Aus dem Englischen von
Marieke Heimburger

Piper München Zürich

Mehr über unsere Autoren und Bücher:
www.piper.de

Von Sarah Harvey liegen bei Piper vor:
Kann ich den umtauschen?
Das Rosenhaus

MIX
Papier aus verantwor-
tungsvollen Quellen
FSC® C083411

Deutsche Erstausgabe
1. Auflage September 2011
2. Auflage September 2011
© 2011 Sarah Monk
Titel der englischen Originalausgabe:
»Pictures of Lily«
© der deutschsprachigen Ausgabe:
2011 Piper Verlag GmbH, München
Umschlagkonzept: semper smile, München
Umschlaggestaltung: Eisele Grafik-Design, München
Umschlagmotiv: mauritius images / age
Satz: Kösel, Krugzell
Papier: Munken Print von Arctic Paper Munkedals AB, Schweden
Druck und Bindung: CPI – Clausen & Bosse, Leck
Printed in Germany   ISBN 978-3-492-25935-4

Für den einen, den ich liebe.
Für immer.

1

Peter Trevethan war die fünf Stunden von Truro nach London ohne Pause durchgefahren. Er hatte die Reise – wie alles in seinem Leben – mit einem bestimmten Ziel vor Augen angetreten, und jede Unterbrechung hätte ihn nur unnötig aufgehalten. Als er dann im Londoner Berufsverkehr feststeckte, ließ er mit der gewohnten Geduld und wie immer gut gelaunt die CD ein ums andere Mal abspielen und freute sich, dass der stockende Verkehr es ihm erlaubte, mit den Fingern im Takt zur Musik aufs Lenkrad zu trommeln. Es hatte ja doch keinen Sinn, sich aufzuregen, er konnte ja nichts daran ändern.

Außerdem war es schon ein halbes Jahr her, seit er zuletzt in London gewesen war, und die Betriebsamkeit der Metropole bescherte ihm ein wohliges Kribbeln. Würde er immer noch täglich pendeln, hätte er den Stau natürlich auch ertragen, aber vielleicht nicht gerade mit dem Lächeln, das jetzt sein jungenhaftes Gesicht zierte. Er sog die warme, beißende, schmutzige Londoner Luft ein und freute sich auch daran, wie es nur jemand konnte, der lange genug weg gewesen war, um sich gründlich davon erholt zu haben.

Peter empfand einen Anflug von Bedauern, aus dieser Stadt weggezogen zu sein, in der er so viele Jahre seines jungen Erwachsenenlebens verbracht hatte, bereute seine Entscheidung aber nicht. Er bog in den Ladbroke Grove ab und dann schließlich in die kleine, ihm so vertraute Seitenstraße in Notting Hill, wo sich die viktorianischen Häuser Schulter an Schulter aufreihten und der Kampf um Parkplätze zu erbitterten Fehden unter den nach außen so anständigen Anwohnern führte. Als er mit etwas Glück einen dieser kostbaren Plätze eroberte, bemerkte er, dass sein bester Freund Liam bereits breit lächelnd am Fenster seines

Arbeitszimmers nach ihm Ausschau hielt. Und dicht hinter ihm stand auch schon Lily.

Nur wenige Sekunden später kamen beide aus dem Haus gestürzt, um ihn zu begrüßen, und stritten sich darum, wer ihm als Erstes um den Hals fallen durfte. Ihre unverhohlene Freude über seine Ankunft machte ihm ein schlechtes Gewissen, weil sein letzter Besuch so viele Monate her war. Natürlich hatte das seine Gründe, aber die behielt er zunächst für sich.

Nachdem er seine Tasche im Gästezimmer abgestellt hatte, nahm er an dem Tisch in Liams und Lilys kleiner, gemütlicher Küche Platz. Der geschnitzte Holzstuhl war einen Tick zu klein für seine massige Gestalt und darum ein wenig unbequem.

Peter räkelte sich und streckte seinen strapazierten Rücken. Die Geräusche eines frühen Freitagabends in London drangen über den winzigen Garten zu ihnen herein – das ungeduldige Hupen der im Stau stehenden Autos, das zum Glück weit entfernte Schlagen eines Presslufthammers, die Sirene eines Polizeifahrzeugs, das sich einen Weg durch den zum Erliegen gekommenen Verkehr auf der Holland Park Avenue bahnen wollte, das Geschrei von Kindern, die sich vor ihrem mit zwei Pulloverhaufen markierten Tor über einen Elfmeter stritten.

Es war Anfang September. Der Sommer ging gerade in einen wunderschönen Herbst über, und die Hortensie im Garten bog ihre Zweige unter der Last der Blüten bis aufs Gras hinunter. Der Duft des Geißblatts vermischte sich mit dem Geruch nach Essen. Peter zog die Schuhe aus, streckte nun auch noch die Füße und schwelgte in dem Gefühl, zu Hause zu sein. Er genoss die Wärme, den Duft von Knoblauch, das Bukett des vollmundigen, fruchtigen Rotweins, von dem Liam ihm ein Glas eingeschenkt hatte, und die Gegenwart seiner beiden allerbesten Freunde.

Lily machte eine kurze Kochpause, nahm das Glas entgegen, das Liam ihr reichte, und strich sich eine Strähne ihres kastanienbraunen Haars aus dem Gesicht. Die Freude über Peters Besuch ließ sie mit ihrer Küche um die Wette strahlen.

»Auf gute Freunde.« Liam hob das Glas, Lily trat auf Peter zu und stieß mit ihm an.

»Und auf gutes Essen«, fügte Peter hinzu. »Du kannst dir gar nicht vorstellen, wie sehr ich deine Kochkünste vermisst habe, Lily.«

»Aber ich will doch nicht hoffen, dass das alles ist, was du vermisst hast!« Sie lachte und hauchte ihm einen Kuss auf die dunklen Haare.

»Natürlich nicht.«

Peter sah zu ihr auf und lächelte. Dann genehmigte er sich einen großen Schluck Wein, bevor er das Glas abstellte, um das Gespräch fortzusetzen und zum eigentlichen Anliegen seines Besuches zu kommen.

»Ich vermisse euch beide sehr. Einer der Hauptgründe, weshalb ich hier bin.«

»Neben deiner Absicht, vor uns mal mächtig mit deinem tollen neuen Projekt anzugeben, stimmt's?« Liam grinste ihn breit an und setzte sich ebenfalls an den Tisch.

»Ja, natürlich, aber eigentlich hängt das zusammen – das Vermissen und das Angeben. Entspringt beides der gleichen Wurzel«, entgegnete er kryptisch und sah sie herausfordernd an.

Liam und Lily wechselten verwirrte Blicke und ließen Peter weiterreden.

»Die Sache ist die, Liam ... also, dieses Projekt ... ist ziemlich groß, verdammt groß ... es ist eine einmalige Chance ... Die bekommt man im Leben nur einmal.«

Liam nickte zustimmend.

»Nach allem, was du mir erzählt hast, klingt es tatsächlich so, Peter.«

»Ganz bestimmt. Dieses Bauwerk wird genauso viel öffentliches Interesse wecken wie ... wie ... der Millennium Dome – hm, vielleicht nicht das beste Beispiel ... Ich weiß auch nicht, wie das neue Wembley-Stadion, ja, genau, ein neues Wembley, nur weniger kontrovers, oder wie das National Exhibition Centre in Birmingham ... Es wird die größte Kunsthalle in Cornwall werden, womöglich sogar die größte in ganz Großbritannien! Das ist die Chance, Geschichte zu schreiben, Liam! Wie die Saint Paul's Cathedral oder Windsor Castle oder Tintagel! Die Presse wird darüber genauso viel berichten wie über den Engel des Nordens, nur wird dieses Projekt der Heiland des Südwestens heißen. Es wird Hunderte Arbeitsplätze schaffen, es wird Tausende von Touristen anlocken, es wird so viel Medieninteresse wecken wie das Eden Project. Auf den Punkt gebracht: Mit diesem Projekt werden sich die dafür verantwortlichen Architekten für immer einen Namen machen.«

»Das freut mich wirklich für dich, Peter, es ist einfach großartig.«

Peter nickte langsam.

»Unglaublich ...«

Er hielt inne und sah seinen Freund fest an.

»Es gibt da allerdings ein kleines Problem.«

»Ein Problem?« Liam war überrascht.

Peter schürzte die Lippen und schob einen Stapel Papierkram über den Tisch zu Liam. Auf dem oberen Blatt waren noch die Bleistiftpunkte zu sehen, die er darauf gemacht hatte, als er Liam zum ersten Mal von dem Projekt erzählte.

»Das hier ist das Briefing von Duncan Corday.«

Liam sah sich die Papiere an. Seine hellblauen Augen verengten sich dabei immer mehr.

»Den Lageplan habe ich in meiner Aktentasche«, fuhr Peter fort, »und das hier« – er reichte Liam einige Zeichnungen – »sind meine ersten Entwürfe. Das Problem ist nur, dass sie nicht gut genug sind ...«

Liam gab Lily die Weinflasche, schob Salz- und Pfefferstreuer sowie Teller beiseite und breitete die Zeichnungen vor sich auf dem Tisch aus.

»Also, ich finde, die sehen ziemlich gut aus. Verdammt gut sogar«, lautete sein Kommentar, nachdem er sie eine Weile studiert hatte.

Peter nickte, allerdings nicht, um Zustimmung zu bekunden.

»Immerhin hast du damit doch den Zuschlag erhalten, oder?« Liam konnte die Zurückhaltung seines Freundes nicht ganz einordnen.

»Corday schenkt mir seine ungeteilte Aufmerksamkeit«, erklärte Peter. »Jedenfalls bis auf Weiteres. Jetzt mal ehrlich, Liam, Duncan Corday fand meine ersten Entwürfe besser als die aller anderen Bewerber, er fand sie innovativ – aber er ist und bleibt ein alter Freund meines Vaters, von daher könnte seine Wahl auch ein klein wenig befangen ausgefallen sein. Es ist das wichtigste Projekt, das die Corday-Gruppe je gebaut beziehungsweise finanziert hat, Liam ...«

Er zog die Zeichnungen wieder an sich heran und betrachtete sie, während er weitersprach.

»Die sind wirklich okay, wer weiß, vielleicht sind sie sogar ziemlich gut oder verdammt gut, aber selbst das reicht jetzt nicht mehr, Liam. Die wollen etwas Überragendes, etwas Atemberaubendes, etwas Überwältigendes! Sie wollen etwas, bei dessen Anblick die Leute reihenweise in Ohnmacht fallen, vor dessen Schönheit die Leute voller Ehrfurcht in die Knie gehen ...«

Peter unterbrach sich und blickte auf. Forschend sah er Liam an und biss sich unbewusst auf die Unterlippe.

»Und genau das ist einer der Gründe, weshalb ich heute hier bin ...«

Lily, die sich wieder am Herd zu schaffen gemacht hatte und nun gerade Parmesan rieb, drehte sich um und hörte zu.

»Meinem Vater geht es mit jedem Tag besser«, sagte Peter.

»Das freut mich zu hören.« Liam nickte. »Wie lange ist das jetzt her?«

»Anderthalb Jahre, seit ich nach Cornwall zurückgezogen bin, um sein Geschäft für ihn zu schmeißen ... Kaum zu glauben. Wie gesagt, es geht ihm täglich besser, die Ärzte meinen, er könnte vollständig genesen, wenn er nur endlich mit dem Rauchen aufhören würde. Er behauptet steif und fest, dass er aufgehört hat, aber meine Mutter sagt, er verbringt unter dem Vorwand, nicht vorhandene Blumen von ihren welken Blüten zu befreien, auffällig viel Zeit ganz hinten im Garten, umgeben von einer ominösen Dunstwolke. Der Punkt ist, Liam« – Peter hielt inne und trank noch einen großen Schluck, als wolle er seine Nerven beruhigen –, »jetzt, wo er mich tatsächlich endlich wieder an seiner Seite und in seinem Geschäft hat, wovon er ja immer geträumt hatte, obwohl ich nicht glaube, dass er den Herzinfarkt nur deshalb bekommen hat, damit sein Traum erfüllt wird ...« – er lächelte schief – »... also, jetzt, wo ich in Cornwall bin, hat er beschlossen, dass er gar nicht wieder arbeiten möchte.«

»Das ist nicht dein Ernst?« Liam runzelte überrascht die Stirn. Peter schüttelte den Kopf.

»Ich weiß, ich hätte auch nicht gedacht, dass ich das noch erleben würde, aber mein Vater geht Ende des Monats offiziell in Rente. Meine Eltern wollen dann fest in ihrem Haus in Marseille wohnen. Er sagt, er möchte nächsten Sommer angeln gehen – und zwar Fische statt Kunden – und am Strand entlanglaufen, statt auf einer Baustelle zu stehen. Er ist natürlich total aus dem Häuschen wegen dieses Auftrags, aber eigentlich mehr, weil er sich dann über die Zukunft der Firma nach der Übergabe zunächst mal keine Sorgen machen muss.«

Peter schwieg und trank noch einen Schluck Wein. Als er dann unter seinen langen, dunklen Wimpern zu Liam aufsah, war sein Blick sehr ernst.

»Und er würde sich noch weniger Sorgen machen, wenn er wüsste, dass ich nicht ganz allein wäre ...«

»Was willst du damit sagen, Peter?«

»Ich will damit sagen, dass ich dich gerne mit ins Boot nehmen würde ...«

Es folgte Schweigen. Peter sah erst zu Liam und dann zu Lily, die gerade die Nudeln abgoss.

Lily stellte den dampfenden Pastatopf auf einem Holzbrett ab und sah ihren Mann aus leicht zusammengekniffenen Augen an. Auch Peters Blick wanderte zurück zu Liam, und dann, endlich, sprach er das aus, was er während der gesamten Fahrt im Geiste geübt hatte:

»Ich will dich mit ins Boot nehmen. Ich habe mir lange das Hirn darüber zermartert, was genau meinen Entwürfen eigentlich fehlt. Und dann fiel es mir wie Schuppen von den Augen: Du, Liam. Du fehlst diesem Projekt. Du bist der Schlüssel, wenn es darum geht, Duncan Corday bei Laune zu halten. Du bist es, der aus den verdammt guten Entwürfen überwältigende Entwürfe machen kann, und darum wollte ich dich fragen, ich wollte dich bitten, ich wollte dir vorschlagen ... dass du mitmachst. Ich wünsche mir, dass du nach Cornwall kommst und mein Partner wirst, Liam.«

2

Peter war am nächsten Morgen wieder abgereist, aber er hatte mehr hinterlassen als nur die üblichen Mitbringsel aus Cornwall – Fudge, Clotted Cream und den von Liam und Lily heiß und innig geliebten Safrankuchen. Er hatte auch eine nachdenkliche Stimmung hinterlassen, denn er hatte ihnen eine neue Perspektive aufgezeigt. Plötzlich bot sich Liam und Lily die Möglichkeit, ihr bisheriges Leben vollkommen umzukrempeln – nur weil er eine Tür geöffnet hatte, durch die sie gehen konnten.

Dabei waren sie mit ihrem Leben in London nicht unzufrieden. Sie hatten sich hier niedergelassen, nachdem sie aus den USA zurückgekehrt waren, wo Liam sein Studium abgeschlossen hatte. Zwar waren sie sich stillschweigend immer einig gewesen, dass sie nicht den Rest ihres Lebens in London verbringen wollten, aber wann genau sie weiterziehen und wo genau sie sich dann niederlassen würden, hatten sie nie thematisiert.

Beide liebten sie Cornwall, sie waren häufig dort, vor allem seit Peter wieder dort lebte, und so manches Mal hatten sie, begleitet von einem Stoßseufzer, gesagt »Was wäre, wenn ...« und »Wäre das nicht toll ...«. Das waren aber immer eher wehmütige Bemerkungen am Urlaubsende gewesen, nie ernsthafte Überlegungen – selbst dann nicht, als Peter nach dem Herzinfarkt seines Vaters in den westlichsten Zipfel Englands zurückgekehrt war.

Aber jetzt.

Kaum hatte Peter seinen Vorschlag ausgesprochen, hatten sie Blicke gewechselt, um die Reaktion des jeweils anderen zu prüfen.

Peter hatte von einem zum anderen gesehen und dabei erwartungsvoll, aber auch entschuldigend gelächelt.

»Ich meine das verdammt ernst«, fügte er angesichts ihrer

ungläubigen Mienen hinzu. »Aber wir müssen jetzt nicht darüber reden. Ich habe euch überrumpelt. Wie mit einem Zehntonner. Typisch für mich. Denkt drüber nach, besprecht das unter euch, und sagt mir Bescheid. Das hier schmeckt einfach phantastisch, Lily, ich habe seit Monaten keine selbst gekochte Mahlzeit mehr zu mir genommen ...«

Sein Versuch, das Thema zu wechseln, wurde sofort vereitelt.

»Was soll das denn heißen, wir müssen jetzt nicht darüber reden? Wie kannst du so eine Bombe hochgehen lassen und erwarten, dass wir sie ignorieren und fröhlich weiteressen?«, sagte Lily.

Peter rümpfte auf liebenswerte Weise die Nase und zuckte entschuldigend die Achseln.

»Ja, gut, das Timing war vielleicht nicht das beste ...«

»Wieso? Meinst du, als Dessert wäre der Vorschlag bekömmlicher gewesen?«

»Ich hätte erst anrufen sollen. Euch Zeit geben, darüber nachzudenken und darüber zu reden. Ohne mich. Tut mir leid.«

Liam hatte die ganze Zeit geschwiegen.

Lily drehte sich zu ihm um.

»Liam ...«

Statt ihr zu antworten, wandte er sich seinem Freund zu.

»Nur damit ich das richtig verstehe, Peter: Du bietest mir an, in die Firma deines Vaters einzusteigen?«

»Na ja.« Peter lächelte bescheiden. »Also, seit gestern ist es offiziell meine Firma. Ich habe meinen Vater ausgezahlt. Hatte endlich genug auf der hohen Kante ...«

»Wow, Peter, das ist ja toll! Herzlichen Glückwunsch!«

Zwar waren sie immer noch perplex nach all den Neuigkeiten, aber das hinderte sie nicht daran, ihm sofort von Herzen zu gratulieren. Sie wussten, wie lange und intensiv er daran gearbeitet hatte, genau das zu tun – er hatte nie einfach nur das Glück haben wollen, dass ihm eine gut laufende Firma auf dem Silbertablett serviert wurde.

»Ich danke euch ... Hat ja auch nur zwölf Jahre gedauert ... Zwölf Jahre seit meinem Abschluss ... Zwölf lange Jahre, in denen ich mich von nichts als Baked Beans, Ofenkartoffeln und Leitungswasser ernährt habe ...« Er ließ die Unterlippe beben, um sein gespieltes Selbstmitleid zu unterstreichen.

»Also, ich glaube, da muss mal etwas Besseres her als nur schnöder Rioja.« Liam nickte stolz.

»Ach, ich habe überhaupt nichts gegen Rioja!« Peter grinste und hielt Liam sein Glas zum Nachschenken hin.

»Kein Wunder, nach all dem Leitungswasser ...«, scherzte Lily, während Liam alle Gläser neu füllte.

»Auf Peter.« Sie stießen wieder an. »Und auf seine neue ... na ja, eigentlich ja alte, aber ihr wisst schon, was ich meine ... Auf Peter und seine neue Firma.«

»Auf Peters neue Firma«, erklärte auch Lily.

»Aber genau darum geht's mir doch.« Peter nippte an seinem Wein, stellte dann das Glas ab und sah Liam hoffnungsvoll an. »Wenn ich sage, dass ich möchte, dass du in die Firma mit einsteigst, dann meine ich mit Haut und Haaren. Als Partner. Als Teilhaber. Ich wünsche mir, dass wir bald auf *unsere* Firma anstoßen werden.«

Jetzt stellte auch Liam sein Glas ab und sah seinen Freund erstaunt an.

»Du willst, dass ich Anteile an der Firma erwerbe?«

Peter nickte.

»Fifty-fifty, Liam. Du und ich, das alte Team neu vereint ... Was meinst du? Ach, Quatsch, nein, streich das«, korrigierte er sich selbst, als Liam den Mund öffnete und kein Laut herauskam. »Ich will nicht wissen, was du meinst, jedenfalls jetzt noch nicht. Lass dir Zeit ... Und jetzt« – er wandte sich Lily zu – »will ich *en détail* hören, was du so getrieben hast, seit ich dich zuletzt gesehen habe, Lily! Noch ein paar millionenschwere Gemälde verkauft?«

»Gemälde?«

»Ja, Gemälde. Du arbeitest doch wohl immer noch in Londons exklusivster und teuerster Kunstgalerie? Oder hat man dich gefeuert, weil du der Mona Lisa einen Schnurrbart gemalt hast?«

»Nein, aber ich habe eine schriftliche Verwarnung dafür bekommen, dass ich bei einem Renoir ein Korsett dazuretouschiert habe.«

»Das Ganze gilt jetzt sicher als moderne Kunst und ist doppelt so viel wert wie vorher.« Lächelnd legte Liam seiner Frau den Arm um die Schultern.

Und das war es gewesen.

Die beiden Männer hatten es irgendwie geschafft, das Thema einfach auszublenden und den Abend weiterlaufen zu lassen, als sei nichts gewesen. Lily dagegen kam überhaupt nicht mehr zur Ruhe, ihre Gedanken schäumten über wie die Flasche Sekt, die sie noch geöffnet hatten, und jedes Mal, wenn sie die Sprache wieder darauf brachte, hielt sich das Thema genauso lange wie der Sekt in den Gläsern. Die Männer redeten im Handumdrehen wieder über etwas anderes.

Liam war immer der Pragmatische von ihnen beiden gewesen. Er hatte sein Leben seit jeher in einzelne Bereiche aufteilen und diese voneinander getrennt halten können, ganz gleich, wie das Leben ihm mitspielte. Selbst seine Kreativität und seine außerordentliche zeichnerische Begabung hatte er immer so eingesetzt, dass er zwar eine gewisse Befriedigung erlangte, aber auch ein gutes Einkommen erwirtschaftete.

Abgesehen von Lily. Die Heirat mit ihr, sagte er immer, war ein köstlicher Akt unbekümmerter Hingabe gewesen.

Lily war fest entschlossen gewesen, noch am gleichen Abend mit Liam zu reden. Doch da – wie immer, wenn Peter zu Besuch war – reichlich Alkohol geflossen war, hatte Liam kaum sein Haupt gebettet, als er auch schon schlief.

Sie blieb mit ihren Gedanken und Gefühlen allein.

Natürlich war das Angebot verlockend. Nicht umsonst fuhren sie im Urlaub so gerne nach Cornwall – aber dort zu leben, war doch noch mal eine ganz andere Geschichte. So, wie es jetzt war, genoss Lily, sich die Rosinen beider Welten herauspicken zu können. Sie konnten zu Peter fahren, wenn sie die Gesellschaft eines guten Freundes, Meerluft und Sonne brauchten – und in London pflegten sie das großstädtische Leben, das sie seit Jahren gewöhnt waren.

»Liam?«, flüsterte sie.

Doch statt einer Antwort kam nur ein leises Schnarchen.

Und so besprachen sie die Sache erst am nächsten Tag nach Peters Abreise.

»Und? Was meinst du?«, fragte Liam, als sie ins Haus zurückgekehrt waren.

»Was meinst du denn?«, entgegnete sie prompt.

»Ich weiß nicht«, antwortete er wahrheitsgemäß. »Es ist ein wahnsinniges Angebot, Lily. Er würde mir die Anteile zu einem Spottpreis überlassen ...«

»Typisch Peter.« Lily nickte lächelnd, dann runzelte sie die Stirn. »Ihr habt also noch etwas mehr darüber geredet? Ohne mich?«

»Nur darüber, dass ... er nicht möchte, dass es am Geld scheitert.«

»Können wir es uns leisten?«

Liam nickte.

»Wir müssten das Haus verkaufen ... Aber das würden wir ja sowieso machen, wenn wir von hier wegziehen, oder?« Er lächelte sie an.

»Und möchtest du von hier wegziehen? Ich meine, ich habe wirklich volles Verständnis dafür, dass diese Teilhaberschaft mit Peter eine großartige Chance für dich ist – aber willst du auch alles andere, was damit verbunden ist? Willst du hier weg? Willst du London hinter dir lassen? London und ...« Sie unterbrach sich selbst, und obwohl er genau wusste, woran sie dachte, war ihm auch klar, dass sie das niemals zugeben würde. Sie sah zu Boden. »... London und alles ...?«

Liam konnte ihr darauf nicht sofort antworten. Auch er konnte nur schwer loslassen. Konnte er wirklich sein ganzes Leben hinter sich lassen? Ihr Leben.

Alle Zelte abbrechen und noch mal von vorne anfangen?

Bei null?

Konnte er das?

Er sah seine Frau an, sah ihr banges Gesicht, ihre Angst davor, dass er jetzt ja sagen würde, ja, das will ich.

Also sagte er nicht, was er wirklich dachte, sondern nahm ihr besorgtes Gesicht in beide Hände, küsste sie sachte und doch fest auf die Lippen und schüttelte den Kopf.

»Unser Lebensmittelpunkt ist hier ... in London«, sagte er deutlich, und es klang, als wolle er sich selbst überzeugen. »Mit allem, was wir haben.« Und hatten, fügte er in Gedanken hinzu.

Und Lily nickte zustimmend.

Heftig.

Damit war das Thema abgehakt.

Vorläufig.

Denn sie konnte spüren, dass es immer noch in ihm rumorte. Es nagte an ihm, es piekte und juckte ihn wie ein lästiger Insektenstich, an dem er früher oder später wieder kratzen würde.

Es dauerte eine Woche. Nach einem schlechten Arbeitstag voller Ärgernisse brachte er das Thema wieder auf.

»Was hält uns eigentlich hier, Lily?«, fragte er. Einfach so, ohne Einleitung, ohne Vorwarnung.

Sie saßen beim Abendessen, taten, als würden sie essen, indem sie die Spaghetti auf ihren Tellern herumschoben. Sie hatten keinen Appetit. Überrascht blickte sie von der langsam kalt werdenden Mahlzeit auf.

»Was hält uns eigentlich hier?«, wiederholte sie. Sie wusste genau, was er gesagt hatte und was er meinte, aber sie musste einfach nachhaken, in der Hoffnung, dass seine Worte, wenn er sie aus ihrem Mund hörte, in seinen Ohren genauso klangen wie in ihren. Absurd.

Doch er wiederholte dieselben Worte noch einmal.

Deutlich entschlossener als vorher.

»Was hält uns eigentlich hier?«

Lily legte die Gabel ab und kniff die Augen zusammen, während eiskalte Unruhe ihr den Rücken hochkroch und sich ihr wie die Finger der Schneekönigin um den Hals legte.

»Unser Zuhause«, sagte sie.
»Das ist doch nur ein Haus.« Er zuckte die Achseln. »Wir sind es, die daraus ein Zuhause machen. Und das können wir überall.«
»Meine Arbeit?«
»Du kannst was anderes finden.«
»Mir macht meine Arbeit aber Spaß ...«
»Die meisten unserer Freunde sind doch sowieso schon aus London weggezogen«, fuhr er fort, als habe er sie gar nicht gehört. »Vielleicht würde es uns guttun, von hier wegzugehen. Und wir sind doch immer wieder begeistert von Cornwall ...«
»Nur, weil wir da gerne Urlaub machen, heißt das noch lange nicht, dass wir auch gerne dort leben würden. Das ist etwas völlig anderes ...«
»Ja, und etwas anderes würde uns vielleicht guttun ...« Er griff über den Tisch, nahm ihre Hände und sah sie ernst an. »Vielleicht ist ›etwas anderes‹ genau das, was wir brauchen, Lily. Was *du* brauchst. Um wieder glücklich zu werden.«
»Ach, ich weiß nicht, Liam ...«
»Denk drüber nach, Lily.«
»Ich habe schon drüber nachgedacht. Ich liege nachts wach deswegen. Und du? Hast du denn wirklich drüber nachgedacht?«
»Ich habe die ganze letzte Woche nichts anderes getan, und je länger ich drüber nachdenke, desto weniger Gründe sprechen dagegen. Ich weiß, dass es etwas ganz Neues wäre, eine dramatische Veränderung, und das kann einem ganz schön Angst einjagen, aber wir wären doch zusammen, Lily, wir beide, und nur das allein zählt. Und wir hätten Peter in der Nähe. Überleg doch mal, wie sehr er uns in den letzten anderthalb Jahren gefehlt hat ...«
Lily nickte.
»Stimmt.«
»Die alte Gang wäre wieder beieinander.«
»Der stubenreine Dreier ...« Lily rang sich ein Lächeln ab. So hatten sie sich selbst genannt, als Peter ihr – seine Worte – wadenbeißender Anstandswauwau war.
»Es könnte richtig schön werden.« Lilys Lächeln ermutigte Liam. »Es ist so wunderschön dort, Lily. Wir könnten direkt am

Wasser wohnen ... Aus dem Fenster sehen und direkt auf den Atlantik blicken ...« Er zeichnete einen imaginären Horizont in die Luft.

Sie nickte und ließ seine Begeisterung und Fantasie auf sich abfärben.

»Wir könnten jeden Tag am Strand spazieren gehen, jederzeit in dem Restaurant in der Nähe von Truro essen, das du so magst, die Kunstausstellungen in St. Ives besuchen ... Vielleicht würdest du da sogar einen Job finden, in St. Ives gibt es doch jede Menge Galerien. Oder einfach mal Pause machen ...« Er biss sich auf die Lippe und sah sie an, als überlege er, ob er wirklich sagen sollte, was er dachte. »Vielleicht könntest du sogar selbst wieder anfangen zu malen ...«

Jetzt hatte er den Bogen überspannt.

Ihr Lächeln erstarb, und sie schüttelte vehement den Kopf.

»Nein. Nein, ich glaube nicht ...«

»Na gut, dann malst du eben nicht wieder, aber es gibt doch so viele Dinge, die wir dort tun können ... Lily. Bitte. Denk drüber nach.«

»Das habe ich bereits«, wiederholte sie.

»Es ist eine so einmalige Gelegenheit für mich ...«

»Ich weiß, aber ...«

»Ich glaube, dass ich das wirklich will, Lily.«

Als sie hörte, mit welcher Inbrunst er das sagte, gab Lily es auf, ihre Bedenken zu formulieren, und sah ihren Mann nachdenklich an.

»Du willst das wirklich?«

Er nickte. In seinem Blick stand die Hoffnung, sie möge seine Vision und seine Begeisterung mit ihm teilen.

»Ja ...« Seine Augen glänzten, und er zog seine Frau dicht an sich heran, als wolle er sie auf seine Seite ziehen. »Je länger ich drüber nachdenke ... desto mehr glaube ich daran, dass es die richtige Entscheidung ist ... desto sicherer bin ich mir, dass es das ist, was ich will ... Lass es uns wagen, Lily. Bitte ... Lass uns die negativen Wenns und Abers vergessen, die Gelegenheit beim Schopf packen und von hier abhauen.«

3

Die altmodische Uhr im Auto verriet Lily, dass erst fünf Stunden vergangen waren, seit sie London verlassen hatten – und doch konnte sie die Veränderung bereits spüren. Sie wuchs tief in ihrem Bauch wie ein Baby. Der Vergleich schmerzte sie unendlich.

Ihre düsteren Gedanken spiegelten sich in den Elementen wider: Bleigraue Wolken jagten tief über die karge Landschaft, die sie mit drei Fahrzeugen durchquerten. Liam voran, dann sie und dann mit einigem Abstand, aber in dieser menschenleeren Einöde noch gut zu sehen, der Umzugswagen, mit dem alle über die letzten vierzehn Jahre gemeinsam angehäuften materiellen Güter in die Abgeschiedenheit transportiert wurden.

Wenn man Gefühle doch auch so einfach in Papier und Kisten packen, mit einem Umzugswagen von A nach B transportieren und am Ziel der Reise wieder auspacken und in dem neuen, unbekannten Leben hübsch an Ort und Stelle einsortieren könnte. In ihren Augen war dieser Umzug, dieses neue Haus, dem sie sich Kilometer für Kilometer näherten, ein Meilenstein, ein Wendepunkt, der Beginn eines völlig neuen Weges – eines Weges, den sie, wenn es nach ihr gegangen wäre, nicht beschritten hätten.

Lily war nicht imstande gewesen, Nein zu sagen – obwohl es ihr selbst das Herz brach, ihr gemeinsames Leben in London einfach so hinter sich zu lassen. Ein Leben, das doch einmal so verheißungsvoll begonnen hatte. Von London wegzuziehen an einen Ort, der in jeder Hinsicht völlig anders war, fühlte sich für sie nicht nur so an, als würden sie in einen anderen Landesteil ziehen, sondern so, als würden sie in ein anderes Land, ja, in eine ganz andere Welt ziehen.

Auch das Haus hatte Liam ganz allein ausgesucht. Er war von

einem so genannten Arbeitstreffen mit Peter in Cornwall wiedergekommen und hatte sein schlechtes Gewissen mit einem Lächeln und einem Haufen Geschenken erleichtern wollen.

Er behauptete, es sei ein einmaliges Angebot gewesen, bei dem er sofort hatte zuschlagen müssen.

»Hast du eine Ahnung, wie oft ein solches Objekt auf den Markt kommt? Ich musste einfach sofort eine Entscheidung treffen. Du wirst begeistert sein, Lily, ganz bestimmt.«

Sie war alles andere als begeistert.

Sie hasste das Haus und alles, was damit zu tun hatte.

Obwohl es wunderschön und perfekt war, ein absolutes Traumhaus.

Es ging ihr gegen den Strich, wie sich alles so schnell und widerstandslos fügte – als habe es so sein sollen, als würden sie das Richtige tun.

Denn obwohl sie zugestimmt hatte und obwohl sie alles tat, um den Umzug mit allem Drum und Dran gut über die Bühne zu bringen, fühlte sich das alles so verdammt falsch an.

Nach weiteren anderthalb Stunden Fahrt sahen sie das Haus. Ihr Weg führte sie durch karge Moorlandschaft, hektarweise braune Wintererde mit abgebrochenen Farnen und sprödem Gras, durch Hohlwege aus knorrigen, kahlen Zweigen und hohen Hecken, durch kleine Dörfer, Ansammlungen malerischer, idyllischer Cottages.

Dann öffnete sich das Land und breitete sich plötzlich vor ihnen aus. Dahinter lag kalt wie ihre das Lenkrad umklammernden Hände der Atlantik.

Rose Cottage war genau so, wie ein Kind ein Haus malen würde: ein altes, dreistöckiges Steinhaus mit der Eingangstür genau in der Mitte. Es befand sich direkt vor einer Klippe auf einem Stückchen Hinterland, das im Prinzip der letzte Zipfel des englischen Festlands war. Jenseits des Vorgartens erstreckte sich eine Wiese bis hin zu einer Trockenmauer, hinter der ein Pfad entlangführte, und jenseits des Pfades fielen die Klippen steil in die Endlosigkeit des Meeres ab.

Das Haus hatte seinen Namen von dem Wirrwarr aus Dornensträuchern, die der eigentliche Garten hinter dem Haus sein sollten. Er war derart verwahrlost, dass man von der kleinen gepflasterten Terrasse gar nicht in diesen Wust aus Ranken und Stacheln vordringen konnte, der einst ein üppig blühender, duftender Rosengarten gewesen war.

Für Cornwall war das Haus eher ungewöhnlich. Typisch waren hier lange, niedrige Gebäude, die sich vor den Elementen duckten, während Rose Cottage ihnen mit seinen drei Etagen stolz trotzte. Durch die großen Fenster würden im Sommer Licht und Wärme die hohen Räume durchfluten. Das Haus wirkte ebenso alt und baufällig wie die gesamte Landschaft. Auf einen Architekten allerdings übte es sicher einen ungeheuren Reiz aus.

Doch Lily sah nur die isolierte Lage und wie verwahrlost alles war.

Noch war der Umbau nicht abgeschlossen, das Haus gerade so bewohnbar. Die einzigen fertigen Räume waren das Wohnzimmer links der Eingangstür, das Liam als Arbeitszimmer diente, das große Schlafzimmer, ein neues, aus einem der kleinen Zimmer im ersten Stock entstandenes Badezimmer sowie die Küche, die für sie schon immer das Herzstück eines jeden Zuhauses gewesen war. Immerhin war das Dach repariert und das Gerüst bereits abgebaut worden.

Lily stieg aus ihrem Wagen und ließ den Blick erst über das weiße Steinhaus schweifen und dann hin zum Meer, das sich in seinen kalten Grautönen schier endlos in die Weite erstreckte.

Und dann fing es an zu schneien.

Erst nur ganz leicht, doch dann in großen, weißen Flocken, als schüttelte Frau Holle ihr Federbett aus. Lily blickte zum dunklen Himmel hinauf, und in null Komma nichts waren Haut und Haare klitschnass.

Liam stieg aus seinem Auto und wandte wie Lily den Blick gen Himmel.

»Peter hat doch behauptet, es würde hier so gut wie nie schneien.« Er ging zu Lily, schauderte und stellte den Mantelkragen auf.

Auch Lily schauderte. Das frostige Gefühl, das in ihr hochkroch, hatte allerdings nichts mit dem Wetter zu tun. Liam wandte sich ihr zu und streckte ihr mit einem Lächeln die Hand entgegen, von dem ihr wenigstens ein kleines bisschen warm ums Herz wurde.

4

Der Hagel prasselte gegen das Schlafzimmerfenster und riss Lily aus ihrem unruhigen Schlaf. Als sie schließlich die Augen öffnete, war der Schauer vorbei, der Mond lugte zwischen den Wolken hervor und schien ungehindert herein.

Es dauerte ein paar Sekunden, bis Lily zu sich kam.

Sie seufzte.

Vier, fünf Mal wachte sie jede Woche nachts auf, und fast jedes Mal fühlte sie sich ganz allein in diesem totenstillen, riesigen alten Haus. Noch immer schien ihr alles fremd hier.

Sie tastete neben sich. Liams Seite des Bettes war leer. Wieder einmal. Enttäuschung und Angst stiegen in ihr auf, doch sie wollte sie unterdrücken. Sie legte den Kopf in die Kuhle in ihrem Kissen, schloss erneut die Augen und wollte sich zwingen, einzuschlafen. Ihr Körper war schwer wie Blei, auch ihr Geist war müde, und doch rasten ihr unzählige Gedanken durch den Kopf, wie Autos über eine Autobahn. Laut, störend und schädlich.

Nach einer halben Stunde gab sie es auf und sah auf die Uhr, die auf einem Stapel ungelesener Bücher neben dem großen, alten Holzbett stand, das einst ihrer Mutter gehört hatte.

Es war zwei Uhr.

Lily schwang die Beine über die Bettkante und setzte sich auf. Es war so kühl im Zimmer, dass sie sofort eine Gänsehaut bekam.

Zitternd schlüpfte sie in ihren Morgenmantel, zog ihn fest um ihren Körper und rieb sich den Schlaf aus den Augen.

Sie kämpfte mit sich.

Ich werde nicht nach unten gehen.

Ich werde nicht zu ihm gehen.

Sie wusste aus Erfahrung, dass es pure Zeit- und Energieverschwendung wäre, zu Liam hinzugehen und ihn zu bitten, ins Bett zu kommen.

So lief es, seit Liam sie überzeugt hatte, in diesen gottverlassenen Teil Cornwalls zu ziehen, in dem das raue Klima der einzige ständige Begleiter war: Liam arbeitete rund um die Uhr.

Sie hatte ihn in letzter Zeit schon so oft gebeten, es etwas ruhiger anzugehen, mal Pause zu machen, sich zwischendurch auszuruhen – vergeblich. Wann immer sie ihn aufforderte, Feierabend zu machen, versicherte er ihr, dass er bald kommen würde. Log er absichtlich? Denn er kam so gut wie nie. Und doch ging sie immer wieder zu ihm hin, in der Hoffnung, dass seine mechanische Antwort sich doch einmal ändern würde. Dass er sie hinauf in das immer noch fremde Schlafzimmer begleiten, sich zu ihr legen und sie in den Arm nehmen würde, bis sie sich wieder nahe waren.

Bis sie gemeinsam eingeschlafen waren.

Er brauchte doch so dringend etwas mehr Schlaf.

Die Fußbodenbretter fühlten sich kalt an, als sie barfuß in den Flur trat. In dem alten Haus war es seltsam still, sie konnte ihren eigenen Atem und ihre leisen Schritte überdeutlich hören.

Langsam ging sie die breite Eichentreppe in der Mitte des Hauses hinunter, wobei sie die Hand über das hölzerne Geländer gleiten ließ.

In einem der großen Räume mit Erker und Meerblick befand sich Liams Arbeitszimmer.

Durch die halboffene Tür fiel Licht.

Lily zögerte, sie zu öffnen.

Durch den Spalt konnte sie sehen, wie er an seinem Zeichentisch im Erker saß, in der Hand einen Bleistift. Er dachte nach, rieb sich die Augen.

Seit Liam Teilhaber in Peters Firma war, seit sie von London in den äußersten Winkel Englands gezogen waren, hatte er jedes Zeitgefühl verloren. Zeit, die er früher Lily gewidmet hatte, kam jetzt seiner neuen Leidenschaft zugute, die längst zur Obsession geworden war: jenem riesigen Gebäude, für dessen Gestaltung er entscheidend verantwortlich zeichnete. Jenem gigantischen Geschöpf, von dem er sich mit Haut und Haaren verschlingen ließ.

Als er auf die Uhr sah, keimte Hoffnung in Lily auf.

Wenn er jetzt bemerkte, wie spät es war, würde er sicher sofort einsehen, dass er nicht da war, wo er hingehörte, und sofort ins Bett gehen, zu ihr. Aber er beugte sich erneut über den weißen Zeichentisch, um seine Arbeit aufzunehmen. Mit geschmeidigen, schwungvollen und doch präzisen Bewegungen flog seine Hand über das Papier.

Unbemerkt zog Lily sich zurück und schlich die Treppe hinauf ins Schlafzimmer. Sie kletterte wieder in das große, leere Bett, starrte blicklos an die weiße Decke und blinzelte verzweifelt die aufsteigenden Tränen weg. Sie hatte schon viel geweint. Viel zu viel. Sie hasste dieses für alle sichtbare Zeichen der Schwäche, des Selbstmitleids und der mangelnden Selbstbeherrschung. Sie kniff die Augen zu, um sie jeder Funktion zu berauben und doch noch in den erlösenden Schlaf zu finden.

Um Viertel nach sieben weckte sie der Ruf einer in der Nähe des Hauses kreisenden Möwe. Sie war immer noch allein im Bett. Liams Seite war unberührt.

Es war ein klarer Wintermorgen, der erste Morgen überhaupt, an dem es nicht regnete oder schneite. Ein weiches Licht erfüllte den kalkweißen Raum.

Mit einem eher sarkastischen denn fröhlichen Lächeln fragte sie sich, ob es sich dabei tatsächlich um Sonnenschein handeln konnte?

Lily stand auf und ging zum Fenster hinüber. Sie stützte sich auf dem kalten Holzrahmen ab und sah hinaus. Statt des üblichen aufgewühlten, grauen Meeres, das nahtlos in einen wolkenverhangenen, grauen Himmel überging, begrüßte sie heute tatsächlich die Sonne, zwar schwach und blass und noch halb versteckt, aber doch die Sonne. Und sie ließ das sonst so triste Meer glitzern.

Der Anblick rief ein weiteres, echtes Lächeln hervor sowie das Gefühl, es der Natur gleichmachen und die düstere Stimmung ablegen zu können.

Sie sprang unter die Dusche, zog sich dann eine alte Jeans und einen Wollpullover an und ging hinunter.

Liam war immer noch in seinem Arbeitszimmer, allerdings saß er jetzt nicht mehr auf dem Holzstuhl vor seinem Zeichenbrett, sondern war auf dem schwarzen Ledersofa, das an der Wand gegenüber der Tür stand, eingeschlummert. Er hatte es sich mit einem Buch mit Architekturfotografien auf dem Schoß bequem gemacht. Sein Finger lag auf dem Kuppeldach der Rotunde des Tempietto San Pietro in Rom.

Sein schlafendes Gesicht war so friedlich. Er hatte die Lippen leicht geöffnet und atmete regelmäßig und ruhig. Lily beugte sich zu ihm und küsste ihn sachte auf die Stirn. Er bewegte sich zwar ein wenig, wachte aber nicht auf.

Sie beobachtete ihn eine Weile, während sie ihre tiefe Liebe und ihre Sehnsucht im Herzen spürte, sowie einen Anflug von Sentimentalität. Dann schüttelte sie den Kopf, wie um die ernsten Gedanken abzuschütteln, und marschierte barfuß in die Küche, wo sie starken, schwarzen Kaffee aufsetzte.

Als die ersten braunen Tropfen in die Kanne fielen, hörte Lily Liam die Treppe hinaufgehen. Kurz darauf erwachte der Boiler zum zweiten Mal an diesem Morgen zum Leben, um nun Liam heißes Duschwasser zu bescheren.

Während sie auf ihn wartete, schenkte sie sich ein Glas Wasser ein und betrachtete die kleine Terrasse hinter dem Haus. Wenn das in ein paar Monaten ihr Garten sein sollte, musste noch so einiges passieren. Zwei steinerne Hochbeete quollen über mit den verwilderten, vertrockneten Überresten einst üppiger Pflanzen. Moos und Seegras wucherten zwischen den Terrassenfliesen. Ein großer, alter Terrakottakübel war umgestürzt, sodass das Wrack eines unidentifizierbaren Zierbaumes am Boden lag wie eine Leiche, um die noch Kreideumrisse gezeichnet werden müssen.

Ein alter schmiedeeiserner Tisch und vier Stühle standen in der hinteren linken Ecke an den Felsen gelehnt und rosteten vor sich hin. Rechts davon war die marode Trockenmauer inklusive eines ebenfalls rostigen Eisentörchens, das in den Bereich führte, der einmal der Rosengarten gewesen war und heute einer wilden Dornenhecke glich.

Heruntergekommen war gar kein Ausdruck. Aber man konnte was draus machen.

Lily trank einen Schluck Wasser und beschloss, sich heute endlich an die Arbeit zu machen, sollte das gute Wetter sich halten. Seit sie an jenem kalten Januartag hier angekommen waren, hatte sie sich das fest vorgenommen.

Nach nur zehn Minuten stand Liam fast fertig angezogen in der Küche. Sein Hemd war noch offen, und die Ringe unter den Augen verrieten, dass er nicht genug geschlafen hatte. Er lächelte Lily dankbar an, als sie ihm eine Tasse Kaffee reichte, und stellte sie zunächst auf den Küchentisch, um sich das Hemd zuzuknöpfen und sich die blaue Seidenkrawatte zu binden.

Die Farbe passte exakt zu seinen Augen – Sommerhimmelblau. Lily wusste noch genau, wann und wo sie den Schlips für ihn gekauft hatte. Letzten Herbst in London, wo sie sich einen Weg durch die Menschenmengen auf der Oxford Street gebahnt hatte. Bei dem Gedanken spürte sie einen Stich und einen Anflug von Heimweh.

Liam beachtete den Toast gar nicht, der auf dem Tisch auf ihn wartete, trank einen Schluck Kaffee, an dem er sich die Zunge verbrannte, stellte die Tasse sofort wieder ab und drückte Lily einen schnellen Kuss auf die Lippen.

Sie lächelte nicht mehr.

»Du willst schon los?«

»Frühstücksmeeting mit Duncan Corday in« – er sah auf die Uhr – »zwanzig Minuten, Mist, ich bin schon spät dran.«

Er lächelte sie entschuldigend an und wollte gehen.

»Wie viel Schlaf hast du dir eigentlich letzte Nacht gegönnt?« Lily war sich klar darüber, dass das mehr wie ein Vorwurf denn wie eine besorgte Frage klang, aber ihm schien das gar nicht aufzufallen. Er stand schon im Flur und nahm seinen Regenmantel vom Haken.

»Schlaf? Was ist das?«, witzelte er, doch Lily fand das gar nicht komisch.

Sie folgte ihm in den Flur, wo er sie wie zur Entschädigung noch einmal küsste, etwas weniger hektisch dieses Mal. Er strich ihr über die blassen Wangen.

»Ich versuche, heute früher nach Hause zu kommen.«

Er sah sie aufrichtig an, und sie nickte. Sie glaubte ihm, dass er das wirklich wollte, aber sie hatte kaum Hoffnung, dass es tatsächlich geschehen würde. Und dann war er wieder weg. Die riesige Haustür fiel langsam hinter ihm ins Schloss, und Lily war wieder allein in diesem Haus voller ungeöffneter Kartons und unbegrenzter Möglichkeiten.

Liam war so begeistert gewesen von ihrem neuen Zuhause, hatte so viele Pläne, wie er es gestalten wollte, wenn sie erst dort wohnten.

Doch bisher waren nur wenige seiner Ideen umgesetzt worden, dazu fehlte ihm einfach die Zeit. Sie dagegen hatte alle Zeit der Welt. Zeit für sich. Zeit, nachzudenken. Aber sie wollte nicht nachdenken.

Ihr Leben in London war gut gewesen, und Lily musste feststellen, dass es ihr mehr fehlte, als sie je für möglich gehalten hätte. Ihr fehlten die Bequemlichkeiten und die Hektik, ja sogar die vielen Menschen, die dafür sorgten, dass man nie allein war, auch wenn man sie gar nicht kannte.

Doch am meisten fehlte ihr Liam, der in London von zu Hause aus gearbeitet hatte.

Es war für sie völlig normal gewesen, dass er immer zu Hause gewesen war – und jetzt, da er es nicht mehr war, hinterließ er eine riesige Lücke in ihrem Leben, wie eine offene Wunde. Natürlich hatten sie in London auch Freunde gehabt, aber sie hatten in letzter Zeit nur selten Gäste eingeladen. Und Familie hatten sie kaum. Lilys Mutter lebte irgendwo in der Toskana, umgeben von jungen, gut aussehenden Italienern, und wollte dort am liebsten nie wieder weg. Liams Eltern waren bei einem Autounfall ums Leben gekommen, als er achtzehn war.

Zum wiederholten Mal, seit sie hierhergezogen waren, fühlte Lily sich allein.

Um neun Uhr hatte sie die Überreste ihres viel zu kurzen gemeinsamen Frühstücks weggeräumt, Teller und Tassen abgewaschen und abgetrocknet, Liams Toast weggeschmissen. Die Sonne hatte sich erneut hinter Wolken versteckt, sodass Land und Meer wieder verschmolzen und einem grau-in-grauen Gemälde glichen.

Na gut, dachte Lily zynisch, immerhin regnet es nicht.

Sie brauchte dringend frische Luft und zog sich ihre Turnschuhe sowie eine warme Jacke an. Aus Gewohnheit setzte sie sich eine Baseballkappe auf, die zwar nicht wasserdicht war, aber dennoch irgendwie den Regenschirm ersetzte. Bei dem starken Wind hier an der Küste hatte ein Regenschirm ohnehin keinen Zweck, denn wenn man ihn überhaupt aufbekam, stülpte er sich Sekunden später um.

Sie ignorierte den Ruf des hinteren Gartens und trat zur Haustür hinaus in den Vorgarten. Von hier führte ein Pfad über die Landzunge. Rechts herum gelangte man hinunter zu der kleinen Bucht mit dem Leuchtturm und weiter nach Osten zur großen Bucht, in der seit Jahrhunderten das Fischerdorf Merrien Cove lag.

Links herum ging man an der Küste entlang gen Westen, dem Ende des Festlands entgegen. Normalerweise begegnete man da keiner Menschenseele.

Ein paar Schritte geradeaus lockte die Klippenkante lebensmüde Seelen.

Diesen Küstenpfad beschritt Lily jeden Tag – der Spaziergang war zu einem Ritual geworden.

Heute wandte sie sich gen Osten. Ihr war nicht wirklich nach Gesellschaft, aber sie wollte gerne mal ein paar Gesichter sehen. In flottem Tempo stieg sie den schmalen Pfad zur oberen Klippenkante hinauf, von wo man einen herrlichen Blick über zwanzig Kilometer Küste hatte, bis nach St. Just und Cape Cornwall.

Bei gutem Wetter, das wusste Lily, konnte man im Westen bis zu den Scilly-Inseln sehen. Liam hatte ihr versprochen, dass sie, sobald das Wetter und seine Arbeitsbelastung es zuließen, einmal hinüberfahren und sich dort Fahrräder mieten würden.

Sie musste an dieses Versprechen denken, als sie dem kleinen Pfad folgte, der sich ins Dorf hinunterschlängelte, und daran, dass er auch dieses Versprechen noch nicht eingelöst hatte. Er hatte einfach zu viel um die Ohren. Immer gab es irgendetwas Wichtigeres für ihn zu tun.

Merrien Cove glich einer Geisterstadt. Wie immer.

Der Pfad endete im Ort nahe des winzigen Hafens. Er war an der einen Seite von einer halbrunden Hafenmauer und auf der anderen von einer Rampe flankiert, die von der großen Doppeltür der Rettungsbootstation in die künstlich angelegte Fahrrinne führte.

Da sie regelmäßig hier vorbeikam, nickte Lily den paar Fischern, die von hier ablegten und vermutlich auch zum Rettungsbootteam gehörten, inzwischen immer zu. Es machte ihr Spaß, ihnen bei der Arbeit zuzusehen, doch heute war niemand am Hafen, selbst das Meer hatte sich zurückgezogen und die Fischerboote auf dem Trockenen liegen lassen.

Die pittoresken Häuser entlang der Küstenstraße dienten in erster Linie als Ferienhäuser und standen den ganzen Winter leer.

Alles war geschlossen.

Die Kunstgalerie, die in einem runden Steingebäude am Hafen untergebracht war, das kleine Café mit den Vorhängen mit Kirschmuster, alles.

Am Ende der Promenade machte die Straße eine scharfe Rechtskurve und stieg steil an, um sich mit der Hauptstraße zu vereinen. An dieser Straßenecke befand sich das Broken Compass Inn, ein weißes, dreistöckiges Steingebäude, das wie so viele Häuser hier gewissermaßen in die Steilküste hineingebaut worden war. Hier versammelten sich die wenigen Einheimischen in kleinen Grüppchen und begrüßten jeden Fremden mit misstrauischen Seitenblicken. Dem Inn gegenüber markierte ein kleiner

Parkplatz den Beginn des Strandes, der sich in einem herrlich weißen Bogen fast zwei Kilometer nach Osten erstreckte.

Es war wunderschön.

Der perfekte Strand, umrahmt von Dünen und mit Seegras bewachsener Steilküste, an der hier und da verstreut einsame Häuser standen. Manchmal konnte Lily Gelächter von dort hören, manchmal sah sie Licht – aber kaum andere Lebenszeichen.

Auf dem Parkplatz stand heute ein Wagen, und in der Ferne konnte Lily einen Spaziergänger ausmachen, der vorsichtig über die Felsen kletterte, die diesen Strand von der nächsten Bucht trennten. Ein Hund jagte zwischen den Felsen und dem Ufer hin und her wie ein Tennisball bei einem Match.

Am Ende des Parkplatzes, dort, wo ein Sandweg zum Strand hinunterführte, stand ein länglicher Holzschuppen. Etwa zwei Drittel seines hinteren Endes waren in einem zarten, blassen Blau gestrichen – fast genau der gleiche Farbton wie die Wände in dem kleinen Zimmer in ihrem Haus in Notting Hill. Zum Schuppen gehörte eine dem Strand zugewandte Holzterrasse mit Picknicktischen, und neben den verriegelten Fensterläden hing ein Schild mit der Aufschrift »Speisen & Getränke«.

Das dem Parkplatz zugewandte Ende des Schuppens war knallgelb angestrichen und beherbergte dem leicht verblichenen Zettel an der Tür zufolge die Merrien Cove Surfschule.

Lily hatte in den langen Wochen, die sie nun hier war, noch keinen einzigen Surfer gesehen. Heute war sie die gesamte Küstenstraße entlanggelaufen und war überhaupt niemandem begegnet. Als sie auf der Höhe des Inns war, fing es an zu regnen. Der halbherzige Nieselregen vermischte sich mit Salzwassernebel, den die Wellen erzeugten, die sich mit Macht an der Hafenmauer brachen.

Kurz nach ihrem Umzug waren sie und Liam einmal zum Abendessen zum Broken Compass gefahren. Es war geschlossen gewesen.

Seufzend drehte sie sich um und schlug den Rückweg gen Westen ein, die Küstenstraße entlang und am Hafen vorbei. Hinter einem langen, niedrigen, strohgedeckten Cottage bog sie links ab und folgte dem Pfad, der sich aus der Bucht auf die Landzunge schlängelte und von dort zur nächsten, etwas kleineren Bucht, in der abgeschieden und einst glanzvoll Rose Cottage lag.

Etwa zweihundert Meter weiter landeinwärts gab es noch ein weiteres Cottage, eine lange, niedrige Fischerkate aus grauem Stein mit dunklem Schieferdach. »Driftwood Cottage« war auf einem Holzschild gleich neben dem Gartentor zu lesen. Aus dem verwilderten Garten, den stets zugezogenen Vorhängen und dem vor durchnässter Reklame überquellenden Briefkasten schloss Lily, dass dieses Haus unbewohnt war.

Als sie Rose Cottage erreichte, ließ der Regen etwas nach, und weil Lily noch keine Lust hatte, reinzugehen, setzte sie sich auf die niedrige Trockenmauer, die die Grundstücksgrenze markierte, vergrub die vor Kälte blauen Hände in den Jackentaschen, bohrte die Fersen in die nasse Erde und sah blicklos aufs Meer hinaus.

Wie so oft kreisten ihre Gedanken um Liam.

Sie fragte sich, was er wohl gerade machte.

Sie fragte sich auch, ob er jemals daran dachte, was sein neues Leben eigentlich für sie bedeutete. Sie erinnerte sich an sein Versprechen, dass sich im Falle eines Umzugs zwischen ihnen nichts ändern würde – oder dass jede Veränderung nur eine Veränderung zum Guten sein würde.

Sie lachte laut und bitter auf. So vieles hatte sich verändert, und für sie ganz bestimmt nicht zum Guten. Im Gegenteil – alles, was ihr etwas bedeutet hatte, hatte sie seither verloren, ihren Ehemann eingeschlossen.

Nie zuvor hatte Lily Liam so konzentriert erlebt, so voller Begeisterung für eine Sache. Er hatte immer schon hart gearbeitet, wollte in dem, was er tat, immer der Beste sein, das lag in seiner Natur. Aber das hier war etwas anderes. Früher hatte er immer ein gewisses Gleichgewicht gefunden, ein Gleichgewicht zwischen seiner Arbeit und dem restlichen Leben, aber jetzt ließ er sich ganz und gar von seiner Arbeit vereinnahmen. Diesem immensen Projekt, das alles andere bedeutungslos werden ließ.

Liam hatte in den schillerndsten Farben von ihrem neuen Leben auf dem Land gesprochen: das Meer, lange, gemeinsame

Strandspaziergänge, die gute Seeluft und Freiheit. Er hatte ein perfektes Idyll gezeichnet, das der Realität überhaupt nicht standhielt.

Lily hätte nie gedacht, dass sie sich einmal so nach dem schmutzigen, hektischen, schrecklich unpersönlichen London sehnen würde, wo der Blick aus dem Schlafzimmerfenster der in eine schmale Gasse war, die tagsüber von Kindern als Schulweg und nachts von Dealern als dunkle Ecke genutzt wurde.

Das alles hatte sie eingetauscht gegen ein Haus, das sie am Nachmittag mit offen stehender Hintertür verlassen konnte – und wenn sie Stunden später wiederkam, hatte sich nichts verändert bis auf den Staub, den der Wind in den Flur gewirbelt hatte. Ein Unterschied wie Tag und Nacht, wie Rot und Blau, wie Krieg und Frieden, wie Liebe und Hass. Und doch sehnte sie sich so sehr nach dem Altbekannten, dem Vertrauten. Nach dem Leben und den Menschen, die sie ihrem Mann zuliebe zurückgelassen hatte.

Ausschließlich ihrem Mann zuliebe. Für sie hatte es keinen anderen Grund gegeben.

Er war glücklich hier. Wie eine Blume, die aus der Dunkelheit ans Licht kommt, blühte er auf. Wenn man jemanden aufrichtig liebt, wünscht man ihm, dass er glücklich ist – aber es gibt da doch immer noch einen kleinen, egoistischen Teil, der nicht möchte, dass das Glück eine so große Veränderung auslöst, dass der Geliebte irgendwann eine andere Richtung einschlägt als die, die man jahrelang gemeinsam verfolgt hat.

»Bin ich egoistisch?«

Der Klang ihrer eigenen Stimme war ihr seltsam fremd und so piepsig und unbedeutend inmitten dieser gewaltigen Landschaft. Sie dachte über ihre eigene Frage nach, beobachtete das Kommen und Gehen der Schaumkronen und erkannte, dass sie selbst sich auch verändert hatte.

Und sie war mehr und mehr davon überzeugt, dass sie die Gegend hier hasste.

Ganz gleich, wie wunderschön sie eigentlich war. Ja, es war so atemberaubend schön hier, dass sie am liebsten geheult hätte. Vor allem, weil sie inmitten dieser Schönheit so mutterseelenallein war.

Lily fühlte sich so einsam, dass sie glaubte, sich in Nichts aufzulösen.

Einsamkeit kann genauso an der Zuversicht und Zurechnungsfähigkeit eines Menschen nagen wie das Meer an einer Küste. Und obwohl ihre Vernunft ihr recht laut und deutlich sagte, dass es so nicht weiterging, weigerte ein sturer, feiger Teil von ihr sich strikt, eine Entwicklung zuzulassen. Dieser Teil versteckte sich hinter einem ganzen Gebirge aus Schuldzuweisungen, das sich in ihrem Kopf aufgetürmt hatte.

Liam hatte hierherziehen wollen – also musste Liam auch dafür sorgen, dass es ihnen hier gut ging.

Tief in ihrem Innern wusste Lily, dass diese Einstellung falsch war, aber gleichzeitig spürte sie, wie die dunkle Wolke der Depression jeden vernünftigen Gedanken überschattete. Sie war dabei, sich in einen Menschen zu verwandeln, der sie nicht sein wollte. Durch die Einsamkeit in dieser Einöde, wo sie niemanden kannte und zunehmend das Gefühl hatte, sich selbst nicht mehr zu kennen, kam es ihr vor, als würde sie langsam den Verstand verlieren. Und sie konnte nichts dagegen tun. Sie fürchtete, dass sie sich eines Tages der Hoffnungslosigkeit ergeben, zum Ende des Gartens marschieren und sich von der Klippe stürzen würde.

Danach würde ihr Geist ganz ruhig neben ihrem auf den Felsen aufgeschlagenen Körper sitzen und staunen, wie lange es dauerte, bis Liam ihre Abwesenheit bemerkte.

5

Eine Tennisparty. Im April.

Wer zum Teufel kam auf die Idee, im April – einem Monat, der hierzulande für gewöhnlich sämtliche Klischees erfüllte und jede Menge Regen brachte – eine Tennisparty zu veranstalten? Natürlich Duncan Corday, Geschäftsführer der Corday-Gruppe und Vorsitzender von Corday Developments, jener Firma, die den Bau des Kunstzentrums vorantrieb, und somit quasi Liams Chef. Die Tennisparty war seine Idee, sie sollte auf seinem palastartigen Anwesen in der Nähe von Truro ausgerichtet werden.

Bisher hatte Lily mit Corday nicht viel zu tun gehabt, sie wusste nur, dass er ein Immobilienhai war, der sich die schönsten Immobilien Cornwalls unter den Nagel gerissen hatte. Und sie hatte schon zu spüren bekommen, dass das Unternehmen so eine Art »Nur für Männer«-Mentalität pflegte. Eine Mentalität, die sie zunehmend ärgerte, bedeutete sie doch, dass Liam in dem bisschen Freizeit, das ihm noch blieb, ständig damit beschäftigt war, sein Netzwerk zu pflegen ... Und das natürlich ohne seine Frau.

Jetzt war sie endlich einmal zu einem jener halbgeschäftlichen Termine mit eingeladen worden, zu denen Liam regelmäßig erscheinen musste, und sie war zu dem Schluss gekommen, dass sie keine Lust dazu hatte. Ironie des Schicksals.

»Was zum Henker soll ich bloß zu einer blöden Tennisparty anziehen?«

Wütend starrte sie in ihren Kleiderschrank, in dem sich nur die schlichtesten Alltagsklamotten fanden. Wie aus Trotz hatte Lily den Großteil der Kisten mit ihrer Garderobe ungeöffnet auf dem Dachboden verstaut. Sie gönnte dem Haus nicht mehr als das absolute Minimum ihrer Habseligkeiten – auf diese Weise brachte sie ihre wachsende Unzufriedenheit zum Ausdruck.

Sie seufzte, schloss die Schranktür, holte schließlich eine Kiste vom Dachboden, brachte sie ins Schlafzimmer und stellte sie frustriert auf den Kopf. Ein bunter Haufen Kleidung purzelte aufs Bett.

Eine Tennisparty. War das so was wie eine Gartenparty? Lily sah aus dem Fenster. Grauer Himmel. Sie könnte in einem Chiffonkleid mit Blumenmuster und ausladendem Sonnenhut gehen und erfrieren. Zumindest war sie sich sicher, dass ihre übliche Landleben-Uniform aus altem Pullover, abgewetzten Jeans und Turnschuhen bei dieser Ego-Show deplatziert sein würde.

Sie entschied sich schließlich für ein graues Kaschmirkleid und – in der Hoffnung, dass sie nicht über zu viele Rasenflächen laufen musste – hohe Stiefel. Es war zu kalt und nass für Leinen und Chiffonschals.

Sie sah auf die Uhr. Halb drei. Sie hätte schon vor einer halben Stunde da sein sollen. Ein Blick aus dem Fenster verriet ihr, dass es aufgehört hatte zu regnen. Aber es war immerhin April und ziemlich kalt, und der Himmel sah verdächtig grau aus, also wandte sie sich wieder dem Kleiderschrank zu und holte einen langen Wollmantel heraus. Jetzt war sie bereit.

Gerade wollte sie den Raum verlassen, da blieb sie noch einmal stehen, warf den Mantel aufs Bett, setzte sich wieder an ihre Frisierkommode und frischte ihr Make-up auf. Sie wusste genau, dass das nicht nötig war und dass sie das nur tat, um ihre Abfahrt zu verzögern.

Lily hatten in ihrem bisherigen Leben eigentlich keine Selbstzweifel geplagt, aber sie war in dieser sozialen Wüste immer noch ohne Arbeit – aus Mangel an Interesse, an Notwendigkeit und an Angebot. Und auf einmal war sie unsicher, ob sie den Tag meistern würde, ohne sich zu blamieren. Die Vorstellung, die Menschen kennenzulernen, denen sie im Prinzip ausgewichen war, seit sie ihrem Mann Anfang Januar hierher gefolgt war, fand sie auch längst nicht so schön, wie man es von jemandem erwarten würde, der auf die Gesellschaft anderer Menschen brannte.

Es war bereits drei Uhr, als sie das Haus verließ, mit über einer Stunde Verspätung. Sie redete sich ein, dass es ihr egal war und

Liam ihr Fehlen sicher noch nicht einmal bemerkt hatte. Dass er wie immer viel zu beschäftigt war.

Sie fuhr zu schnell, weil sie spät dran war, aber sie mochte das Gefühl von draufgängerischem Übermut, das ihr der kleine Sportwagen vermittelte, wenn sie ihn über die schmalen und kurvenreichen Straßen Cornwalls jagte.

Liam hatte ihr damit in den Ohren gelegen, den alten Wagen gegen ein praktischeres Auto einzutauschen, aber Lily hatte sich geweigert. Sie bestand darauf, dass das allein ihre Entscheidung war – schließlich hatte sie in allen anderen Dingen quasi vor Liam kapituliert.

Früher war ihre Ehe mal eine echte Partnerschaft gewesen.

Das war, bevor eine andere Partnerschaft ihm plötzlich wichtiger geworden war. Die Partnerschaft in Peters Firma.

»Verdammter Peter«, schimpfte Lily laut und lächelte sogleich reumütig.

Lily gab Peter nicht die Schuld an der Abtrünnigkeit ihres Mannes.

Sie liebte Peter, sie kannte ihn schon fast so lange wie Liam, und er war ihr immer ein guter Freund gewesen. Und erst recht, seit sie nach Cornwall gezogen waren. Er war wie eine erfrischende Sommerbrise in dieser von stürmischen, salzigen Winden dominierten Gegend. Viel häufiger als Liam war er es, der anrief, um ihr zu sagen, dass sie wieder einmal Überstunden machten, oder einfach nur, um zu hören, wie es ihr ging, oder um mit ihr zu plaudern oder sie zum Lachen zu bringen.

Nein, der Mensch, der sich Liams Leben bemächtigt hatte, war Duncan Corday. Laut Peter war er von Liam regelrecht entzückt. Das konnte Lily gut verstehen, Liam war ein äußerst liebenswerter Mensch. Er sah gut aus, war charmant, klug und witzig. Und er war selbstbewusst, ohne arrogant zu wirken, indem er genau die richtige Portion Verletzlichkeit an den Tag legte.

Corday schätzte Liam nicht nur als Architekt, sondern auch als liebsten Neuzugang in seinem Herrenclub, in den es für Damen keinen Zutritt gab.

Auch heute würde sich alles nur um die Männer drehen. Hier

hatten sie Gelegenheit, ihr athletisches Können zur Schau zu stellen und einander mit ihren gestählten Körpern und ihrer Sportlichkeit zu beeindrucken. Wie Affen, die sich auf die Brust hämmerten und ihre blanken Hintern zeigten.

Und weil sich die Männer laut Liam bereits zu einem kleinen Warm-up zusammengefunden hatten, musste sie nun auf dieser beknackten Party alleine auftauchen.

Duncan Cordays Einfluss war so gigantisch, dass sich jetzt sogar noch die Sonne blicken ließ, dachte Lily bitter, während sie die zahlreichen Bäche überquerte, die in den Helford River flossen. Zwar waren die dunklen Wolken noch nicht alle abgezogen, aber es zeichnete sich ganz deutlich ein Streifen blauen Himmels ab. Die Wiesen waren vom vielen Regen nass und sattgrün, und tatsächlich legten sich jetzt lange Sonnenstrahlen auf das durchtränkte Land.

Etwa zehn Kilometer südlich von Truro nahm Lily – wie von Liam angewiesen – die Straße in Richtung Küste. Vier Kilometer weiter markierten zwei große Steinsäulen die Einfahrt zu Treskerrow Manor.

Lily bog ab und fuhr dann langsam die sich knapp zwei Kilometer durch grünes Weideland schlängelnde, von uralten Linden gesäumte Straße entlang. Lily konnte nicht anders, sie war beeindruckt. Treskerrow war atemberaubend schön. Die Gärten waren picobello, das Haus imposant. Wandte man den Blick nach links, sah man in weniger als zwei Kilometern Entfernung das Meer – heute ausnahmsweise mal ruhig, jadegrün und nur dort mit weißen Krönchen versehen, wo es gegen Felsen brandete.

Auf dem Kieswendeplatz vor dem Haus standen die Autos bereits Stoßstange an Stoßstange. Ganz hinten rechts, im zarten Schatten einer alten Linde, entdeckte Lily Liams dunkelblauen Range Rover, den er zur Feier des Tages offenbar endlich mal vom Schlamm befreit hatte.

Sie konnte die Gästeschar hören, bevor sie irgendjemanden zu Gesicht bekam.

Die Stimmen wurden von der feuchten Luft zu ihr herübergetragen.

Sie verließ den Kiesweg und folgte den Stimmen zögerlich über den noch nassen Rasen durch einen Torbogen in der Hecke. Die Sonne hatte noch nicht genügend Kraft, um das Gras zu trocknen, aber sie hatte die Luft schon so weit erwärmt, dass es Lily in ihrem dicken Mantel und dem Wollkleid fast ein bisschen zu warm wurde. Oder lag es gar nicht an der Sonne, dass sie plötzlich so ins Schwitzen geriet?

Hinter dem Torbogen lag ein Kräutergarten, und jenseits des Kräutergartens, nachdem sie einen weiteren Torbogen durchschritten hatte, befand sie sich auf einem Kiesweg, der an einem weitläufigen Rasen mit Zedern vorbeiführte. Hier entdeckte sie zwei Hartplätze. Der eine war für das Spiel vorbereitet, auf dem anderen waren die Netze entfernt und reihenweise Metallklappstühle aufgebaut worden, auf denen schon jede Menge Gäste Platz genommen hatten. Andere standen noch in kleinen Gruppen herum und unterhielten sich.

Junge Frauen in sorgfältig gestärkten und gebügelten weißen Blusen, schwarzen Westen und kurzen Röcken bewegten sich frierend zwischen den plaudernden und lachenden Menschen umher und balancierten Tabletts voller Sektkelche.

Jenseits der Stühle, am anderen Ende des Platzes, war ein langer Tisch aufgebaut, auf dem unzählige dieser Sektgläser säuberlich aufgereiht standen. Die weiße Leinentischdecke flatterte im Wind. Um diesen Tisch herum standen noch mehr Leute.

Männer in durchgeschwitztem Tennisdress hatten sich den Zuschauern gegenüber hingesetzt und packten nun ihre Schläger in verdächtig neue Lederhüllen, trockneten sich mit Handtüchern das Gesicht ab und tranken – von der körperlichen Aktivität durstig geworden – viel zu schnell viel zu viel Sekt. Einige von ihnen lachten, andere rangen sich das gequälte Lächeln eines schlechten Verlierers ab.

Liam und Peter standen am Rand des Platzes. Liam lehnte sich gegen den Maschendrahtzaun und fuhr sich mit der Hand durch das kurze braune Haar, das in letzter Zeit immer mehr silberne Strähnen aufwies. Peter redete lebhaft gestikulierend auf ihn ein – er deutete Aufschläge und Volleys an, runzelte die Stirn und lachte, sodass Lily klar war, dass er über eine bereits gespielte Partie redete.

Sie winkte so unauffällig wie möglich, um bloß keine Aufmerksamkeit auf sich und ihr spätes Erscheinen zu lenken. Ganz offensichtlich hatte sie ja bereits den Großteil des Turniers verpasst. Peter lächelte breit und winkte zurück, wogegen Liam zunächst einen Blick auf die Uhr warf, bevor er ihr zaghaftes Lächeln mit einem Stirnrunzeln und einem knappen Heranwinken quittierte.

Trotz seiner offenkundigen Verärgerung freute Lily sich plötzlich unbändig, ihn zu sehen.

Er sah einfach umwerfend aus in seinem Tennisoutfit, das seinen muskulösen Körper zur Geltung brachte, und auch seinen Oliventeint, den er von seiner italienischen Großmutter geerbt hatte.

Als Lily die beiden erreichte, gab sie Liam einen Kuss, den er zwar entgegennahm, aber nicht erwiderte. Stattdessen warf er einen weiteren Blick auf die Uhr.

»Wieso kommst du so spät?«, wollte er wissen, doch Lily hatte kaum Luft geholt, um eine Entschuldigung vorzubringen, da wandte er sich auch schon ab, weil ein junger, blonder Mann in Weiß, der aus dem Haus kam und auf den Tennisplatz zusteuerte, seine Aufmerksamkeit erregte. Binnen Sekundenbruchteilen war Liams Stirnrunzeln einem Lächeln gewichen.

»Christian, wie geht es dir …?«

Liam schritt mit ausgestreckter Hand auf den Mann zu.

Lily sah ihm sprachlos nach und biss sich so fest auf die Unterlippe, dass es wehtat.

Peter, der intensiv damit beschäftigt gewesen war, seine augenscheinlich nagelneuen Tennisschuhe neu zu binden, richtete sich auf, lächelte sie herzlich an, legte die Hände auf ihre Schultern und küsste sie auf den Mund.

»Hallo, schöne Frau.« Er grinste. »Kümmere dich nicht um Liam. Er verbündet sich gerade mit dem Feind.«

Er lachte und nickte in Richtung der beiden Männer. »Das ist Christian Corday, Duncans ältester Sohn und die Hälfte des

Teams, gegen das wir im Finale spielen. Liam will schon seit Tagen mit ihm über den Zeitplan des Bauprojekts sprechen, aber der Junge taucht irgendwie nie bei der Arbeit auf ... wohl einer der Vorteile, wenn man der Sohn des Chefs ist ...«

»Ihr steht im Finale?« Lily beobachtete Liam, der mit äußerst konzentrierter Miene mit dem jungen Mann sprach, und fragte sich, wann er sie zum letzten Mal mit dieser Intensität angesehen hatte.

»Natürlich. Haben wir allerdings ausschließlich deiner besseren Hälfte zu verdanken. Ich bin nur Statist im hinteren Spielfeld und fange die Bälle, die ins Aus gehen, mit meinen breiten Schultern ab, während er unsere Gegner mit seinen gnadenlosen Volleys in die Knie zwingt ...«

Peter schwang zur Illustration den Arm durch die Luft.

»Es war sehr vernünftig von dir, erst so spät zu kommen, Lily. Es war wirklich kein schöner Anblick, wie Liam jeden vom Platz fegte, der es wagte, gegen uns anzutreten.«

»Na ja, er ist ja schon immer ein guter Spieler gewesen, aber im Moment ist er wahrscheinlich wirklich unschlagbar.«

Peter bemerkte den Anflug von Verbitterung in Lilys Worten.

»Ein guter Spieler? Heute hat er so gut gespielt, dass mich tatsächlich jemand gefragt hat, ob er Andre Agassi sei. Da habe ich laut gelacht und gesagt, Liam hat ja wohl doppelt so viele Haare und eine bedeutend schönere Frau.«

Es freute Peter, dass er Lily damit ein Lächeln entlockte.

»Das Finale fängt gleich an, Lily. Ich habe dir ganz vorne einen Platz reserviert, musst nur nach meinem Glückspulli gucken. Im Sitzen beobachtet sich die Schlacht sicher angenehmer.«

Peter zeigte zu den Klappstühlen hinüber. Lily sah zu Liam. Sie wollte eigentlich nicht weggehen, ohne das in irgendeiner Form kommuniziert zu haben, aber er war immer noch in sein Gespräch vertieft. Also ging sie zur anderen Seite des Tennisplatzes und mischte sich unter die vielen unbekannten Gesichter. Sie lächelte höflich zurück, wenn sie angelächelt wurde, erwiderte freundliches Nicken von Leuten, die sie irgendwo vorher schon einmal kurz gesehen hatte, und nahm ein Glas Sekt von jemandem an, der sie mit Namen begrüßte. Sie hatte keine Ahnung, wer dieser Mensch war, also lächelte sie betreten und log, wie sehr sie sich freute, ihn wiederzusehen.

Ihr Name machte im Flüsterton die Runde wie ein Lauffeuer, und eine Frau nach der anderen beäugte sie mit unverhohlener Neugier.

Lily war sich ganz sicher, zu wissen, was sie alle dachten.

Das war also die Frau von diesem wunderbaren Liam.

Die Frau, die versteckt am Ende der Welt lebte.

Sie entdeckte Peters Pullover sofort, setzte sich und drückte ihn fest an sich. Sie wünschte sich, dass er nicht einfach nur Glück bringen würde, sondern magische Kräfte hätte und sie verschwinden ließe, weit weg von den inquisitorischen Blicken und geflüsterten Kommentaren, die sich – da war sie sich sicher – alle auf sie bezogen.

Dann knackte es in einem Lautsprecher, und es wurde verkündet, dass nunmehr das Finale des Corday-Tennisturniers beginne.

Das Publikum wurde mucksmäuschenstill und beobachtete gebannt, wie die vier Männer sich auf dem Spielfeld aufstellten.

Außer dem etwas übergewichtigen Peter waren alle ziemlich athletisch gebaut. Seine Körperfülle störte ihn aber nicht weiter, Lily kannte ihn nicht anders als gut gelaunt und immer zu Scherzen aufgelegt. Die beiden Gegner, der blonde, gut aussehende Christian Corday und sein Partner, ein älterer Mann mit zurückgegeltem grauem Haar, waren eine Augenweide – und doch hefteten sich die meisten Blicke inklusive Lilys auf Liam.

Er war schon immer ein begehrenswerter Mann gewesen.

Auf dem Tennisplatz war er in seinem Element. Kontrolliert und selbstsicher schmetterte er selbst die schwierigsten Bälle mit kraftvoller Leichtigkeit zurück.

Der weibliche Teil des Publikums beobachtete ihn mit Begeisterung. Die Bewunderung stand ihnen ins Gesicht geschrieben, als er einen akkuraten Schlag nach dem anderen ausführte, und einige sannen sicher darüber nach, wie sich diese gestählten Muskeln wohl abseits des Tennisplatzes bei einem weit intimeren Spiel machen würden.

Im Gegensatz zu Liam hüpfte Peter an der Grundlinie herum wie ein außer Kontrolle geratener Pingpongball. Sein rundes Gesicht war puterrot vor Anstrengung, der Schweiß lief ihm herunter und tropfte schon bald auf seine weiße Kleidung. Dennoch sah es ganz so aus, als würden Liams und Peters grundverschiedene Spielweisen sich gut ergänzen, jedenfalls gewannen sie die ersten beiden Sätze ohne größere Mühen. Im dritten allerdings ging der Vorteil ganz schnell an ihre Gegner. Nach zwanzig Minuten stand es 2:2, und Lily staunte, als Liam zum wiederholten Mal einen einfachen Ball, den er normalerweise selbst angenommen hätte, Peter überließ, der ihn nicht erreichte. Einen Ball, den er noch im ersten Satz mit einer solchen Wucht ins gegnerische Feld zurückgeschmettert hätte, dass die Gegner ihm ausgewichen wären.

Lily hatte den Eindruck, dass da plötzlich ein ganz anderes Spiel gespielt wurde.

Sie kam schnell dahinter, dass Liam nicht deshalb nachgelassen hatte, weil er müde war – so wie sie zuerst vermutet hatte. Nein, er hielt sich absichtlich zurück. Nicht besonders auffällig, aber doch so, dass, wer ihn gut kannte, es bemerken konnte. Schritt für Schritt ließ er das gegnerische Doppel immer wieder Punkte machen, bis der schöne Blonde und sein geleckter Partner das Match schließlich 3:2 gewannen.

Ein knapper Sieg, aber ein Sieg.

Die Männer schüttelten sich über das Netz hinweg die Hände, strichen sich das schweißnasse Haar aus den noch vor Adrenalin glitzernden Augen, lachten herzlich und – jetzt, wo der Wettkampf entschieden war – kameradschaftlich, gratulierten einander zu einem guten Spiel. Lily hatte Liam noch nie so jovial nach einer Niederlage gesehen.

Lily wartete gespannt darauf, dass Liam zu ihr kommen würde, sobald die Händeschüttelei vorbei war, doch vergeblich. Die vier Männer zogen sich zum anderen Ende des Platzes zurück, wo sie sich abtrockneten und ihre Schläger einpackten. Dann unterhielt Liam sich mit einer eleganten Blondine in teurer Designerkleidung. Sie hatte ein eckiges, aber durchaus attraktives Gesicht, lachte und sah Liam mit einer Intensität an, dass Lilys Stirn sich mehr und mehr in Falten legte. Die Nachbarsitze leerten sich, und die Zuschauer fanden sich wieder in lebhaft plaudernden Grüppchen zusammen.

Liam sah nicht ein einziges Mal zu seiner Frau herüber.

Und wieder wurde Sekt gereicht.

Lily schnappte sich gleich zwei Gläser von einem vorüberschwebenden Tablett.

Sie war umringt von Leuten und fühlte sich doch allein. Dabei hatte sie sich nach anderen Menschen und Gesichtern gesehnt, nach Gesprächen und Gesellschaft. Von irgendwoher erklang Musik, äußerst sanfte Mozarttöne, aber auch sie vermochten nicht, Lily abzulenken. Sie starrte die Blondine an, die Liam schon wieder zum Lachen brachte. Je länger die beiden sich unterhielten, desto näher rückte sie Liam auf die Pelle und legte ihm schließlich die Hand auf den Arm. Für eine oberflächliche Bekanntschaft war diese Geste viel zu intim.

Auf einmal kam Lily ein unangenehmer Gedanke …

Vielleicht war diese Frau der Grund dafür, dass sie ihren Mann kaum noch zu Gesicht bekam.

Vielleicht gab es neben der Arbeit noch etwas anderes, das ihn von ihr fernhielt. Sie schüttelte den Kopf, wie um diesen Gedanken zu vertreiben.

»Sei nicht albern, Lily«, murmelte sie, um sich selbst zu ermahnen, wie unsinnig ihr Gedanke war.

»Oha. Selbstgespräche. Das zweite Zeichen auf dem Weg in den Wahnsinn.«

Sie war so in die Seifenoper versunken gewesen, die Liams Gespräch mit dieser Frau für sie darstellte, dass Lily Peters Kommen gar nicht bemerkt hatte. Er setzte sich neben sie.

»Das zweite? Ich dachte, das erste?« Sie lächelte gequält.

»Nein, das erste Zeichen ist, wenn man aus zwei Gläsern gleichzeitig trinkt.« Er schaute mit tadelndem Blick auf ihre beiden Hände. »Was meinst du, Lily?« Er schüttelte in gespieltem Entsetzen den Kopf. »Soll ich dir nicht einfach eine Flasche und einen Strohhalm besorgen?«

Er nahm ihr eines der Gläser ab, trank einen Schluck, stand auf und reichte ihr die Hand.

»Komm mit, ich soll dich holen.«

»Ach ja?«, sagte sie streitlustig.

Er nickte.

»Und Liam hatte gerade keine Lust, selbst herüberzukommen?«

»Man hat ihn in die Enge getrieben«, sagte Peter nur. »Komm schon, steh auf. Bedaure, aber jetzt ist die große Vorstellungsrunde angesagt. Aber keine Sorge, ich werde es so kurz und schmerzlos machen wie möglich.«

»Das hört sich ja fast so an, als müsste ich zum Zahnarzt.« Sie stand auf und konnte wieder lächeln.

»Schlimmer.« Er nahm ihre Hand und klemmte sie sich unter den Arm. Eine Geste, die sie tröstete und ihr Sicherheit gab. »Denn hier bekommst du keine Betäubung. Also los jetzt, lächeln, lächeln und noch mal lächeln. Stell dir vor, du bist die Queen beim Pferderennen in Ascot und begrüßt den Plebs.«

»Wie soll das denn bitte gehen, wenn ich doch selbst zum Plebs gehöre?«

»Vertrau mir, Lily. In dieser Gesellschaft hier bin ja sogar ich eine Queen.«

»Was willst du mir damit sagen, Peter?«

Er lachte.

»Also, wenn ich nicht bald die richtige Frau für mich finde, dann sollte ich vielleicht wirklich mal zum anderen Ufer wechseln.«

Sie lehnte kurz den Kopf an seine warme, verschwitzte Schulter.

»Du hast ja immer noch mich. Oder hast du unsere Abmachung schon vergessen? Sollten Liam und ich uns jemals trennen, schließen wir beide uns gegen den Rest der Welt zusammen.«

Peter lächelte.

»Soweit ich mich erinnere, war die Abmachung, dass ich, falls Liam jemals von einem Bus überrollt werden sollte, dir sexuellen

Trost spenden könnte. Wir hatten damals aber schon so einige Gläser Wein intus, und Liam schuldete mir fünfzig Pfund, und wir hatten gerade *Ein unmoralisches Angebot* im Fernsehen gesehen.«

»Fünfzig Pfund. Mann, ich war ja spottbillig.«

»Ich weiß, das beste Schnäppchen meines Lebens. Mal abgesehen davon, dass ich natürlich nie in den Genuss kommen werde.«

»Bist du dir da sicher?«

Überrascht kniff Peter die Augen zusammen.

»Natürlich.« Er drückte ihre Hand an seinem Arm. »Alles in Ordnung, Lily?«

»Ja, natürlich«, seufzte sie und strich sich das dunkelbraune Haar aus den Augen. »Vergiss es, ich rede Blödsinn.«

»Ich dachte, auf den Part sei ich abonniert?« Er zwinkerte sie an.

Er führte sie zu der kleinen Gruppe, die sich um Liam versammelt hatte, und lächelte dem älteren Mann des gegnerischen Doppels zu. Dieser wandte sich ihnen sofort zu, um Lily zu begrüßen.

»Lily, darf ich vorstellen? Das ist Duncan Corday, unser großzügiger Gastgeber. Duncan, das ist Lily, Liams Frau.«

Das war also Duncan Corday.

Jetzt wurde Lily alles klar. Darum hatte Liam die anderen gewinnen lassen.

Es hätte sich vor versammelter Unternehmensmannschaft nicht sonderlich gut gemacht, wenn er den Chef geschlagen hätte. Darum hatte er sich mit einem ehrenvollen zweiten Platz zufriedengegeben, war gefällig gewesen, statt zu triumphieren. Jetzt durchschaute sie es. Aber sie musste gestehen, dass sie ihn dafür nicht bewunderte. Ihr missfiel der Beigeschmack der Anbiederei, zumal Liam bisher nie der Typ dafür gewesen war.

Duncan Corday war Ende fünfzig, sah aber deutlich jünger aus, auch wenn sein Haar von silbernen Strähnen durchzogen war. Seine Augen waren dunkelbraun, fast schwarz, und waren nun unverwandt auf Lily gerichtet.

»Ah, das ist sie also. Freut mich sehr, Sie endlich kennenzulernen, Lily. Ich hatte schon langsam den Verdacht, dass Sie nur in Liams Phantasie existieren.«

Seine Stimme hatte einen tiefen, kultivierten Klang.

Er nahm ihre Hand, schüttelte sie aber nicht, sondern neigte sich zu ihr herunter und hauchte ihr einen Kuss auf den Handrücken.

»Den Verdacht habe ich manchmal auch«, entgegnete sie, ohne nachzudenken, und sah dabei zu Liam, der immer noch in das Gespräch mit der Blonden vertieft war und ihre Anwesenheit offenbar noch nicht bemerkt hatte.

»Ich fürchte, dass das zum Teil meine Schuld ist. Es tut mir wirklich leid, dass wir ihn so in Beschlag nehmen, seit Sie hierhergezogen sind. Aber es wird Sie sicher freuen zu hören, dass er hervorragende Arbeit leistet.«

Duncan Corday hielt noch immer ihre Hand.

»Davon bin ich überzeugt, Liam ist schon immer sehr professionell gewesen«, antwortete sie so kühl wie möglich, ohne beleidigend zu klingen.

»Und wie gefällt Ihnen Cornwall?«

Überhaupt nicht, wäre die ehrliche Antwort gewesen, doch Lily schaffte es, sich diplomatisch zu zeigen.

»Das Leben hier ist wirklich sehr anders.«

»Wahrscheinlich ziemlich ruhig im Vergleich zu London.«

Peter lächelte sie mitfühlend an.

»Aber vermutlich sind Sie vollauf damit beschäftigt, das neue Haus einzurichten. Wenn Sie auch nur ansatzweise wie meine Frau sind, türmen sich bei Ihnen zu Hause gerade Stoffmusterproben und Kataloge absurd teurer Möbelhersteller ...«

Alle lachten, und Lily hatte das Gefühl, mitlachen zu müssen. Es gelang ihr nicht.

Aus dem Blick, den Duncan Corday gerade auf die blonde Frau geworfen hatte, die ihren Mann für sich allein beanspruchte, konnte Lily schließen, dass es sich dabei um Elizabeth Corday handeln musste. Gleichzeitig stand für sie fest, dass sie nicht im Geringsten wie diese Frau war.

»Elizabeth«, rief Corday ihr zu. »Elizabeth ...«

Wenig angetan von der Unterbrechung drehte die Blondine sich um.

»Elizabeth, schau mal, wen wir da haben: Das ist Lily.«

Elizabeths Stirnrunzeln wich einem Lächeln.

Keinem freundlichen, sondern eher einem neugierigen Lächeln.

»Ich habe ihr gerade erzählt, dass du Monate damit verbracht hast, unser Haus einzurichten. Wir konnten vor lauter Musterkatalogen für Wandfarben und Gardinenstoffe gar nicht mehr aus den Augen gucken! Ich habe sogar Albträume von Wänden und Vorhängen gehabt, die eine Nuance voneinander abweichen! Die Küche haben wir, glaube ich, acht Mal gestrichen, bis Elizabeth endlich zufrieden war …«

Elizabeth Corday gesellte sich an die Seite ihres Mannes.

»Also wirklich, Liebling«, schalt sie, »was du hier wieder für ein Bild von mir verbreitest …«

Sie drückte ihm mit ihren rot geschminkten Lippen einen Kuss auf die Wange, hakte sich besitzergreifend bei ihm unter und sah Lily dann aus großen, braunen Augen fragend an.

»Sie sind also Lily Bonner … die perfekte Frau ist also doch kein Mythos.«

»Wie bitte?« Jetzt war es an Lily, die Stirn zu runzeln.

»Elizabeth!«, ermahnte Corday seine Frau liebevoll.

»Ist doch wahr! Wir haben alle schon so viel von Ihnen gehört, aber keiner von uns hat Sie je gesehen – beinahe wie das Ungeheuer von Loch Ness … Die Menschen erzählen sich jede Menge Geschichten, aber gesehen hat es noch keiner … Wir haben uns schon gefragt, ob Liam einfach nur behauptet, mit der tollsten Frau der Welt verheiratet zu sein, um sich die aufdringlichsten Verehrerinnen vom Leib zu halten.«

Sie lachte, als habe sie gerade etwas wahnsinnig Komisches gesagt.

Liam bemerkte den verwirrten Blick seiner Frau, trat zu ihr, legte ihr die Hand auf den Arm und küsste sie auf die Wange.

»Lily ist meine Oase der Ruhe, bei ihr kann ich mich vom Alltagsstress erholen, ist doch klar, dass ich sie von euch fernhalte. Ich kann doch nicht zulassen, dass auch sie in dem schwarzen

Loch nicht enden wollender Arbeitshektik verschwindet, in dem wir alle zu verschwinden drohen, oder? Sonst hätte ich ja gar keine Rückzugsmöglichkeit mehr.«

Lily freute sich so sehr über den Kuss in aller Öffentlichkeit, dass es ihr gelang, ihre Verärgerung über das scheinbare Kompliment herunterzuschlucken. Sie war seine Oase der Ruhe? Na wunderbar – warum verbrachte er dann nicht auch mal etwas mehr Zeit mit ihr? Entweder arbeitete er, oder er schlief, und selbst für Letzteres gelang es ihm nur selten, sich in die Oase zurückzuziehen, die sich Ehebett nannte.

Sie sah zu ihrem Mann, um in seinem Blick bestätigt zu finden, was er gerade gesagt hatte, aber er hatte sich bereits Corday zugewandt und ihm eine Hand auf die Schulter gelegt.

»Apropos ... Duncan, könnten Peter und ich jetzt, wo es gerade etwas ruhiger ist, eben mit dir über die Aufhängung des Glasdachs über dem Hauptteil des Gebäudes reden ...«

»Doch nicht hier und jetzt, Liam«, kommentierte Elizabeth mit einem scharfen Lachen.

»Werte Gattin, du solltest wissen, dass, was die Corday-Gruppe betrifft, immer Platz für Geschäftliches ist ... Ich will jetzt keine Beschwerden hören ... Was meinst du wohl, wovon wir deine neue Küche bezahlt haben ...«

Liam entfernte sich, und Lily blieb alleine mit Elizabeth Corday und einem zunehmenden Gefühl der Enttäuschung zurück. Würde das den ganzen Tag so weitergehen? Elizabeth fuhr sich mit ihrer perfekt manikürten Hand durch den wasserstoffblond gefärbten Bob. Ihre Nägel waren knallrot lackiert, und an sechs Fingern glitzerte eine ganze Reihe sündhaft teurer südafrikanischer Diamanten. Und auch ihre Kleidung sowie das ihren schlanken Körper umwölkende penetrante Parfum gehörten zur Luxusklasse. Lily fiel auf, dass es fast unmöglich war, Elizabeths Alter zu schätzen, wahrscheinlich war sie Ende vierzig und somit immer noch einige Jahre jünger als ihr Mann.

Jetzt betrachtete sie Lily wie ein Gemälde, das ihr zwar nicht besonders gefiel, das sie sich aber dennoch etwas genauer ansehen wollte.

Lily lächelte sie unsicher an. Das Schweigen, das entstanden war, und ihr unverblümter, abschätzender Blick machten sie nervös. Sie zerbrach sich den Kopf, was sie sagen könnte.

Irgendetwas, einfach nur, um das Schweigen zu brechen.

»Wie lange leben Sie schon in Cornwall?«

Elizabeths Blick schnellte von dem kleinen Smaragd an Lilys Ringfinger zu ihrem Gesicht.

»Meine Familie lebt schon seit Generationen in diesem Haus«, antwortete sie und deutete gleichermaßen stolz und herablassend darauf.

»Es ist wunderschön.«

Sie nickte lässig.

»Wie wäre es, wenn wir beiden uns mal zu einem Kaffee treffen …«, sagte sie, den Blick bereits über Lilys Schulter hinweg auf die Gruppe hinter ihr gerichtet.

Lily war klar, dass dies keine wirklich herzliche Einladung war, aber sie nahm sie dennoch an.

»Danke. Das würde mich freuen.«

»Dann können Sie mir ein paar Details über Ihren Mann verraten. Jetzt habe ich schon so oft beim Abendessen neben ihm am Tisch gesessen und habe ihn immer noch nicht durchschaut. Ich finde ihn wirklich absolut faszinierend.«

Elizabeth Corday hatte zwar einen freundlichen Ton angeschlagen, aber Lily witterte eine gewisse Feindseligkeit, deren Herkunft sie sich nicht erklären konnte, und sah ihr Gegenüber einen Moment lang sehr genau an, bevor sie antwortete.

»Leute, die er nicht besonders gut kennt, lässt er in der Regel nicht hinter die Kulissen blicken«, sagte sie ganz ruhig.

Die Blicke der beiden Frauen begegneten sich. Herausfordernd hielten sie einander stand. Dann eilte zum Glück der rettende Peter herbei, der den Arm nach Lily ausstreckte.

»Tut mir leid, Elizabeth, aber ich brauche Lily für einen humanitären Einsatz.«

Ohne ihre Antwort abzuwarten, führte er sie, die Hand in ihrem Kreuz, vom Tennisplatz und quer über den Rasen zum Haus.

»Danke.« Lily atmete erleichtert auf, als sie außer Hörweite waren. »Aber ein humanitärer Einsatz, Peter, also ehrlich ...«

Peter lächelte und sah Lily verschwörerisch an.

»Wieso, stimmt doch! Ich habe keine Lust mehr, über Geschäftliches zu reden, und ich brauche dich, um mir was zu mampfen zu holen.« Er zwinkerte ihr zu. »Und wenn ein dicker Kerl wie ich das Buffet räubert, macht er einfach eine deutlich bessere Figur, wenn er sich darum bemüht, seine ausgehungerte Begleiterin aufzupäppeln. Du bist dünn geworden, Lily. Hast du abgenommen, oder hab ich bloß zugelegt? Übrigens habe ich einen neuen Witz für dich, Lily! Kennst du den schon? Mit dem Hasen und den Sandwiches?«

Er erzählte ihr einen Witz, der so dämlich war, dass Lily gar nicht anders konnte, als zu lachen.

Zufrieden damit, wieder ein Lächeln auf ihr Gesicht gezaubert zu haben, stellte er endlich die Frage, die ihm am meisten auf der Seele brannte.

»Und, wie war Ihre Ladyschaft zu dir?«

»Elizabeth?«

Er nickte.

»Genau die.«

Lilys Schweigen war Antwort genug.

»Nicht gerade der freundlichste Mensch auf Erden, was?«, bestätigte Peter sie. »Weißt du, wie man sie im Büro nennt?«

Lily hob gespannt die Augenbrauen.

»Rottweiler. Ob das jetzt daher kommt, dass sie so bösartig ist, oder daher, dass sie wie einer aussieht ...«

»Peter!«, lachte Lily entsetzt, aber auch erfreut, und gleichzeitig schämte sie sich, weil Peters Boshaftigkeit sie tatsächlich freute.

Peter geleitete sie eine weit geschwungene Treppe hinauf, die sie vom Garten zu einer Terrasse hinter dem Haus führte. Die Terrasse war bereits jetzt, zu dieser frühen Jahreszeit, ein Meer aus Farben. Wobei die riesigen Steinkrüge mit der bunten Bepflanzung nicht vom gleichen ausgesuchten Geschmack zeugten wie die Gärten.

»Elizabeth Cordays Werk«, erklärte Peter, offenkundig wenig begeistert. »Ich glaube, sie bringt jeden Tag ihre Höhensonne hier heraus, nachdem sie sich selbst darin getoastet hat.«

»Ach, die Bräune stammt gar nicht aus St. Tropez?«

»Machst du Witze? Sie darf das Land nicht verlassen.«

»Wieso das denn?«

»Weil sie noch nicht gegen Tollwut geimpft ist und ihr noch kein Mikrochip implantiert wurde.« Er zwinkerte ihr zu.

Peter sprach normalerweise nie schlecht über andere Menschen, darum war Lily jetzt einigermaßen erleichtert, dass ihre spontane Abneigung gegen Elizabeth Corday allem Anschein nach nicht von ungefähr kam. Durch die prachtvollen Doppeltüren betraten sie einen langen Raum mit hoher, gewölbter Decke und Holzbalken, die wie das Rückgrat eines Wals wirkten.

»Das hier ist noch der originale Bankettsaal aus Tudor-Zeiten. Wahnsinn, oder?« Bewundernd sah Peter nach oben.

»Allerdings. Elizabeth hat gesagt, das Anwesen sei schon seit vielen Generationen im Besitz ihrer Familie?«

»Ich bitte dich. Ihr Großvater war hier der Fahrer und ihre Urgroßmutter das Küchenmädchen.«

»Jetzt nimmst du mich aber auf den Arm, oder?«

»Überhaupt nicht.« Es fiel Peter schwer, bierernste Miene zu bewahren. »Guck mal.« Er zeigte auf eine ziemlich große, sauertöpfisch dreinblickende ältere Frau in schwarzer Dienstmädchenuniform. »Das da hinter dem Buffet ist ihre Mutter.«

Die dunkelhaarige, sehr maskulin wirkende Frau sah der zierlichen Elizabeth Corday so wenig ähnlich, dass Lily lachen musste.

»Gut, jetzt weiß ich, dass du mich aufziehst.«

»Jedenfalls ist sie nicht das erste Flittchen in ihrer Familie. Das weiß ich ganz sicher.«

»Peter!«, entrüstete Lily sich halbherzig, und endlich hatte sie wieder Farbe in ihrem Gesicht.

»Komm und guck dir mal die Küche an, von der Corday eben erzählt hat. Hat ihn über hunderttausend Pfund gekostet.«

»So viel Geld für eine Küche?!«, rief Lily.

»Die ist der Hammer.«

»Mag sein, aber trotzdem doch nur eine Küche.«

»In diesem Haus ist nichts ›nur‹, Lily. Corday eingeschlossen.«

Die Küche war wirklich beeindruckend, aber Peter interessierte sich mehr für das Essen, das dort vorbereitet worden war, und scheuchte Lily auf schnellstem Wege zurück in den Bankettsaal, wo der zehn Meter lange Tisch unter den Essensmassen ächzte. Er zog Lily mit sich, drückte ihr einen Teller in die Hand, nahm sich selbst auch einen und belud ihn sich in Windeseile.

»Also, eins muss man Elizabeth lassen. Sie lacht sich immer einen guten Caterer an. Das hier ist phantastisch. Ich bin kurz davor, zu verhungern.«

»Du hast immer Hunger.«

»Ja, es ist furchtbar, nicht? Aber das ist genau wie mit großmotorigen Autos«, sagte er und tätschelte sich zufrieden den Bauch. »Die müssen auch öfter tanken.«

Er warf einen Blick auf ihren halbvollen Teller.

»Isst du nicht mehr als das?«

»Ich habe keinen großen Appetit.«

Peter sah Lily eindringlich an. Sie hatte bestimmt fünf Kilo abgenommen, seit sie aus London weggezogen waren. Sie vernachlässigte sich. Sie strahlte nicht mehr so wie früher. Das bereitete ihm Sorge. Er dachte einen Moment nach.

»Wenn du dir eine ordentliche Portion nimmst, esse ich bei dir mit«, sagte er. »Dann fällt es nicht so auf, dass ich so viel esse. Hier«, er nahm ein Stück Lachs-Quiche mit dem silbernen Tortenheber auf und bugsierte es auf ihren Teller, »nimm das für mich mit. Und das ...« Er reichte ihr ein großes Stück gebuttertes Baguette. »Und das Taramas ist einfach köstlich ... Weißt du was? Wenn wir schon hier sind, können wir doch auch gleich einen Teller für Liam mitnehmen ...«

Sie gingen wieder nach draußen, wo Peter einen freien Tisch unter einer der riesigen Zedern ansteuerte, die sie vor der vom Meer her aufkommenden frischen Brise schützte. Sie erwischten einen leicht sonnigen Platz, sodass sie während des Essens nicht frieren mussten.

Peter streifte sich seinen Pullover über und machte sich dann über seinen Teller her. Er versuchte, auch Lily zum Essen zu animieren, scheiterte aber kläglich. Sie bedachte ihn mit einem strengen Blick.

»Hattest du nicht mal gesagt, dass du so wahnsinnig gern eine Freundin hättest?« Lily sah schonungslos auf seine Wampe.

Peter blieb nichts anderes übrig, als sich einzugestehen, dass die »paar Kilo«, die er im Laufe des letzten Jahres zugenommen hatte, inzwischen ein gutes halbes Dutzend waren. Er nahm sich wieder einmal vor, endlich öfter in das teure Fitnessstudio zu gehen, bei dem er sich – sein Geschenk an sich selbst – kurz nach Weihnachten angemeldet hatte. Aber hier und jetzt gab er einem masochistischen, trostsuchenden Impuls nach und begann, auch von Liams Teller zu essen.

»Ich weiß, ich weiß«, seufzte er, als Lily lachte, »aber ich liebe doch nun mal das Essen. Ja, ich würde gerne eine Frau finden, die ich mindestens genauso lieben könnte. Ich muss nur eine finden, die nichts gegen einen Mann mit Speck auf den Rippen hat. Die gibt's! Vor ein paar Monaten habe ich auf einem dieser merkwürdigen Privatsender eine Reportage darüber gesehen! ›Model sucht Moppel‹ hieß die, glaub ich. Untertitel: ›Liebe XXL‹. Über Frauen, die auf Kerle wie mich stehen! ›Rubensmänner‹ nennt man uns in der Szene.«

Lily musste lachen. Dann fiel ihr angesichts Peters Angriff auf Liams Teller auf, dass sie Liam seit einer dreiviertel Stunde nicht gesehen hatte.

»Wo Liam wohl steckt?«

Peter hielt mit dem Kauen inne und sah sie an.

»Wahrscheinlich genau da, wo ich ihn vorhin zurückgelassen habe.«

»Und das wäre?«

»In Cordays Höhle. Also, seinem Arbeitszimmer. Haben übers Geschäft geplaudert. Oder vielleicht steht er unter der Dusche. Da hätte ich vielleicht auch erst vorstellig werden sollen, aber ich war von der körperlichen Anstrengung einfach so erschöpft, dass ich mich erst mal wieder aufpäppeln musste. Sonst hätte ich es ja nicht mal geschafft, den Wasserhahn aufzudrehen. Ich stinke doch nicht, oder?« Peter schnupperte an sich selbst.

»Höchstens nach Knoblauch.«

»Super. Notieren: Ich brauche eine Frau, die nichts gegen einen fetten, übelriechenden Mann hat.«

»Du bist doch nicht *fett*«, widersprach Lily sofort.

»Ach nein? Was bin ich denn dann?«

»Na ja ... bärig.«

»Das ist doch bloß ein nettes Wort für fett.«

Lächelnd schüttelte sie den Kopf.

»Du bist nicht fett.«

»Gut, dann bin ich eben nicht fett, aber das ändert nichts daran, dass ich immer noch auf der Suche nach einer netten Frau bin. Meinst du, es würde helfen, wenn ich ein paar Kilo weniger auf den Rippen hätte?«

Lily schüttelte entschieden den Kopf.

»Du bist ganz wunderbar, so, wie du bist. Jede vernünftige Frau wird das auch so sehen.«

»Und warum bin ich dann so einsam, Lily? Also, mal abgesehen davon, dass ich rund um die Uhr arbeite und da natürlich nicht einsam bin. Bingo! Ich habe so viel um die Ohren, dass ich gar keine Zeit habe, mich einsam zu fühlen!«

»Ganz im Gegensatz zu mir«, murmelte Lily und ließ den Blick auf der Suche nach ihrem Mann über den wunderschönen Garten schweifen.

»Wie meinst du das?«

Die ganze Zeit hatte sie darauf gebrannt, jemandem zu erzählen, wie es ihr wirklich ging – aber jetzt kam sie sich bei der Vorstellung, ihre Ängste auszusprechen, albern vor.

Also sagte sie nur »Nichts, nichts«, lächelte den ungläubigen Peter strahlend an und wechselte das Thema, indem sie sich nach seinen Eltern erkundigte.

»Danke, denen gehts gut, sie genießen das Leben in Marseille, sie sind total happy dort. Mein Vater ist wieder fast völlig gesund, und meiner Mutter und ihrer Arthritis tut das Klima auch gut. Aber ich vermisse sie schon sehr, Lily ...«

»Ich fände es auch schön, wenn sie hier wären. Besonders deine Mutter könnte ich gut mal um mich haben.«

Peter sah sie von der Seite an. Aus Lilys Stimme hatte nicht einfach nur Wehmut gesprochen. Sie war den Tränen nah.

»Lily. Bist du dir sicher, dass alles in Ordnung ist?«

Sie seufzte und schüttelte den Kopf.

»Ach, kümmer dich nicht um mich, ich fühle mich nur ein bisschen vernachlässigt, das ist alles. Ich bekomme Liam kaum noch zu Gesicht, seit wir hierhergezogen sind.«

»Er hat viel zu tun. Wie wir alle.«

»Ich weiß. Es ist nur ...«

»Nur was?«

Lily stützte den Kopf in die Hände und atmete ganz langsam aus. Wie konnte sie mit Peter darüber sprechen, wenn sie nicht einmal mit Liam darüber reden konnte? Nie fand sie die rechten Worte, um ihre Gefühle auszudrücken. Sie fühlte sich allein, ja, empfand diese tiefe Traurigkeit, aber wie sollte sie jemandem das Gefühl hohler Leere beschreiben, das sich in ihr breitmachte, ohne den Eindruck zu erwecken, dass sie auf dem besten Weg in die Klapsmühle war?

»Vergiss es.«

»Nein, nun komm schon, Lily. Was bedrückt dich?«

Lily sah Elizabeth Corday aus dem Haus kommen und musste daran denken, wie sie sich gefühlt hatte, als sie sie vorhin zum ersten Mal sah. Als sie sich so vertraut mit Liam unterhalten hatte. Immerhin wäre das eine Frage, die Peter ihr beantworten könnte. Sie wusste, dass er es Liam nicht weitersagen würde. So war es schon immer gewesen. Lily hatte Peter immer alles anvertrauen können, obwohl er eigentlich Liams bester Freund war.

»Es ist nur, dass mir der Gedanke kam, ob vielleicht mehr dahintersteckt.«

»Was meinst du?«

Sie zuckte mit den Schultern.

»Ich weiß nicht, ich hab bloß so das Gefühl ... dass er sich von mir entfernt. Ich weiß, dass er viel zu tun hat, aber in dem bisschen Freizeit, das er hat ... Na ja, wir sind uns einfach nicht mehr so nah wie früher, Peter, in jeglicher Hinsicht. Vielleicht liegt es nicht nur an der Arbeit, dass er sich immer mehr von mir entfernt ... vielleicht liegt es auch an mir ... oder an einer anderen Frau ...« Empört schnitt Peter ihr das Wort ab.

»Jetzt mach aber mal nen Punkt, Lily, das ist doch lächerlich! Liam liebt dich, er vergöttert dich ...«

»Und wie kommt es, dass du dir dessen so sicher bist und ich nicht?«

»Das ist doch nicht dein Ernst, oder?«

»Ich sehe ihn ja kaum noch, Peter.«

»Wir haben alle quasi rund um die Uhr gearbeitet. Das ist das Projekt unseres Lebens, Lily. Du weißt, was für ein Volumen dieser Auftrag hat. Wir könnten uns danach zur Ruhe setzen.«

»Was ihr aber nicht tun werdet.«

»Nein, stimmt, aber wir werden einen Namen haben. In ganz Großbritannien, ach, was sage ich, in der ganzen Welt wird man sich die Finger lecken nach Bonner & Trevethan.« Er zwinkerte ihr zu.

»Aha, Liam hat also doch seinen Willen bekommen und steht an erster Stelle.« Sie lachte kurz und trocken auf.

»Ja, gut, Bonner ist auch bedeutend leichter auszusprechen – vor allem, wenn man betrunken ist.« Peter stutzte, weil Lily nicht lachte.

Er wurde ernst.

»Wie lange kennen wir uns jetzt schon?«

»Ich weiß, ich weiß.« Sie runzelte die Stirn.

»Fast so lange, wie ich Liam kenne«, fuhr er fort. »Ich bin mit dir genauso gut befreundet wie mit ihm, Lily, das weißt du. Ich würde dich niemals anlügen, das weißt du hoffentlich auch. Nun komm schon, ich mag es nicht, wenn du so traurig bist. Du brauchst dir keinerlei Sorgen zu machen, versprochen. Es ist alles in Ordnung. Wir wissen beide, wie sehr Liam dich liebt – guck mal, da kommt er ja endlich.«

Sie sah auf. Frisch geduscht und umgezogen kam Liam über den Rasen auf sie zu.

»Er liebt dich, Lily«, flüsterte Peter noch einmal und blickte sie dabei aus seinen braunen Augen so direkt und aufrichtig an, dass sie gar nicht anders konnte, als ihm zu glauben. »Ich weiß das, und du weißt das auch. Und wehe, du vergisst es, verstanden?«

Lily lächelte ihn an. Sie kam sich auf einmal so dumm vor. Peter hatte recht, dachte sie, sie war mit ihren Befürchtungen auf einem völlig falschen Dampfer gewesen. Sie war einfach viel zu viel allein in dem alten großen Haus, da ging die Phantasie mit ihr durch. Was war nur aus ihr geworden? Sie musste sich wieder in den Griff bekommen. Sie musste endlich wieder stark sein.

Peter sah ihr die innere Zerrissenheit an und nahm sie spontan ganz fest in den Arm.

Über ihre Schulter hinweg bemerkte er die neugierigen Blicke der umsitzenden Gäste.

»Ich glaube, ich habe soeben die Grundlage für ein neues Gerücht gegeben.« Er verdrehte amüsiert die Augen. »Wart's ab, in fünf Minuten redet die gesamte Partygesellschaft darüber, dass wir beiden eine heiße Affäre miteinander haben.«

Sie lächelte, aber er sah hinter dem Lächeln auch die Tränen, gegen die sie ankämpfte.

»Pfoten weg von meiner Frau, du Lump!«, donnerte Liams Stimme über den Rasen.

Er spielte den Entrüsteten, strahlte Peter und seine Frau aber gleichzeitig an und küsste Lily zärtlich. Dann setzte er sich ihnen gegenüber, lehnte sich zurück und schlug entspannt und selbstsicher ein Bein über das andere.

Er duftete nach Aftershave.

»Tut mir leid, dass ich erst jetzt zu euch stoße. Das hier nennt sich zwar Party, aber was hier heute auch an Arbeit abläuft, ist unglaublich.«

»Ich glaube, man nennt das auch ›Schönwetter machen‹«, parierte Peter und ließ die Augenbrauen auf und ab zucken.

Liam nahm sich ein Grissini.

»Warum warst du so spät, Lily? Alles in Ordnung?«

Sie nickte langsam.

»Ich konnte mich nicht entscheiden, was ich anziehen sollte.«
Lily tröstete sich damit, dass dies immerhin die halbe Wahrheit war.

Liam lachte.

»Du siehst toll aus.«

»Danke. Schön, dass du das bemerkt hast.«

Liam bemerkte auch den spitzen Ton, in dem sie das sagte, und ihre geröteten Augen. Er unterdrückte das schlechte Gewissen, das wieder aufkam und das er so verzweifelt versuchte, von den anderen Gefühlen für seine Frau zu trennen.

Peters Umarmung, ging Liam jetzt auf, war ein Herzenstrost gewesen. Lily brauchte jemanden, der sie aufrichtete. Er war nicht blind, selbstverständlich hatte er ihren Kummer seit ihrem Umzug von London nach Cornwall wahrgenommen – aber wie sehr es wirklich damit zusammenhing, hatte er noch nicht durchschaut. Er wusste, dass sie zu wenig Zeit miteinander verbrachten, aber er war auch zuversichtlich, dass sie beide wieder glücklich werden würden. Und er wusste, dass es das Beste wäre, wenn sie über ihre Situation redeten – aber sie würde natürlich erwarten, dass er ihr gewisse Dinge versprach, und er konnte derzeit einfach keine Versprechungen machen, die er mit Sicherheit einhalten konnte. Also verdrängte er sein schlechtes Gewissen immer wieder und befasste sich mit den Dingen, denen er nicht aus dem Weg gehen konnte.

Er rückte mit seinem Stuhl näher an sie heran, nahm ihre Hand und verflocht seine Finger mit ihren. Instinktiv führte er ihre kalte Hand an seine Wange, um sie zu wärmen, und hauchte einen Kuss darauf, bevor er die verschlungenen Hände auf ihrem Bein ablegte.

Lily hatte bei der ersten Berührung die Augen geschlossen. Jetzt öffnete sie sie wieder und suchte seinen Blick, und darin lag menschliche, liebevolle Wärme. Er hielt ihrer Suche stand, strahlte Zärtlichkeit und Bedauern aus und spendete ihr damit endlich den ersehnten Trost.

Peter beobachtete die beiden und nickte zufrieden. Für einen Moment konnte er seine eigenen Sorgen vergessen.

»Wir haben dir was zu essen geholt«, verkündete er. Dann sah er sich suchend nach Liams Teller um und tat überrascht, als er entdeckte, dass er leer war.

»Oh, nein! Alles weg! Lily! Jemand hat Liams Essen gestohlen!«

Lily lächelte wie früher. Als sei eine Last von ihren Schultern gefallen. Liam beäugte den einsamen, abgenagten Hühnerknochen auf dem Teller und grinste.

»Schon okay, ich habe sowieso keinen Hunger.«

»Im Ernst?«, entgegnete Peter und verzog keine Miene. »Also, ich verhungere gleich. Habe den ganzen Tag noch nichts gegessen.«

Es war fast wie in alten Zeiten in Notting Hill, dachte Lily, als Peter gleich um die Ecke wohnte und sie oft zu dritt am Küchentisch beisammen saßen, lachten und redeten, die Sätze der anderen beendeten und sich blöde Witze erzählten, die nur deshalb lustig waren, weil sie sie schon tausend Mal zum Besten gegeben hatten. Ab und zu kamen auch mal andere Leute dazu, wurden aber nie zu einem festen Bestandteil ihrer Runde, weil sie im Prinzip einen Insider-Sprachcode entwickelt hatten, der andere auf Dauer ausschloss.

Da Liam noch nichts getrunken hatte, würde er später fahren. Lily wurde von dem Sekt immer wärmer, sodass sie auch nach Einbruch der Dunkelheit nicht fror, obwohl es deutlich kühler wurde. In dem parkähnlichen Garten gingen automatisch immer mehr Lichter an und verwandelten Treskerrow in ein wahres Märchenland. Je dunkler es wurde, desto mehr Gäste gingen ins Haus oder verabschiedeten sich gleich ganz.

Peter gähnte, streckte sich und meinte, dass auch sie langsam gehen sollten. Liam stimmte zu und schlug vor, dass sie alle drei nach Rose Cottage fahren und es sich mit einer Flasche Wein gemütlich machen sollten.

»Ich hole nur eben meine Sachen von drinnen«, sagte Liam.

»Ja, ich auch«, erwiderte Peter, »meine Klamotten liegen in einem der Schlafzimmer ... Wenn ich nur wüsste, in welchem, dieses Haus ist ja so groß, dass ich mich vorhin schon fast darin verlaufen hätte.«

Sie standen auf, und weil es anfing, leicht zu regnen, begleitete Lily die beiden Männer zum Haus, wo sie sich im Eingang zum großen Saal unterstellte.

Hier hatte sich der harte Kern der Party versammelt, hier standen die, die immer ein paar Gläser mehr tranken, in Grüppchen zusammen, lachten und redeten viel zu laut. Das Stimmengewirr und die Musik erfüllten den gesamten Saal.

Lily hatte weder Lust, alleine herumzustehen, noch wollte sie mit Menschen Small Talk halten, die sie nicht kannte. Darum verzog sie sich in den Schatten der ausladenden Ranken einer blütenlosen Klematis in der Nähe der Tür. Hier konnte man sie nicht sofort sehen, während sie den Raum im Auge behalten und Liam und Peters Rückkehr sofort bemerken konnte.

Inzwischen hatte es sich eingeregnet, rhythmisch-melodisch tropfte es auf die Blätter der Klematis. Lily fröstelte. Sie zog den Mantel fest um sich und freute sich zu spüren, dass es ihr seit Langem nicht so gut gegangen war. Liams offen gezeigte Zuneigung hatte ihr Vertrauen in seine Gefühle für sie bestärkt.

»Ich bin doch wirklich albern«, schalt sie sich selbst. »Seit wann brauche ich denn Peters Bestätigung, dass in meiner Ehe alles in Ordnung ist? Liam liebt mich, wir müssen nur wieder mehr Zeit miteinander verbringen, und es ist nicht seine Schuld, dass das im Moment nicht möglich ist.« Sie sprach die Worte laut aus, weil es ihr dann leichter fiel, sie zu glauben. Doch dann näherte sich eine Gruppe von Frauen, die einen Blick in den Garten werfen wollte. Lily hörte ihre Absätze auf dem Marmor klappern. Sie wollte ihren Posten gerade verlassen und an Liams Auto warten, als sie zwischen dem Geplapper einen Satz vernahm, der sie erstarren ließ.

»Und, was sagt ihr zu Mrs. Liam Bonner?«

Lily zögerte. Sie wusste nicht, ob sie weiter zuhören wollte oder nicht.

Die Neugier siegte, und die folgende Antwort fiel auch gar nicht so vernichtend aus, wie sie erwartet hatte.

»Ich fand sie eigentlich sehr nett.«

»Sehr nett zu Peter Trevethan, oder wie? Habt ihr das gesehen? Wie die aneinanderklebten?«

Lily unterdrückte ein amüsiertes Lächeln.

»Spinnst du?«, echauffierte sich die Stimme, die Lily für nett befunden hatte. »Würdest du dich für Peter entscheiden, wenn du Liam haben könntest? Die sind bestimmt einfach nur gute Freunde.«

»Ich finde, sie würde viel besser zu Peter passen…«, meinte die erste, zickige Stimme. »Wie kann jemand wie die denn bitte einen Mann wie Liam absahnen?«

»Also, ich finde, sie sieht auch ziemlich gut aus«, meldete sich eine dritte Stimme zu Wort.

»Na, wem's gefällt …«

»Offenbar gefällt sie so einigen, Olivia. Ist dir gar nicht aufgefallen, wie Duncan sie angeifert hat? Vielleicht bringt Liam sie deshalb nicht mit zu Firmenfesten, weil er Angst hat, dass jemand sie ihm wegnehmen könnte.«

»Ach, das ist doch lächerlich! Ich glaube eher, er lässt sie zu Hause, damit er freie Bahn hat für die vielen Frauen, die sich ihm an den Hals schmeißen. Die Leute sind doch wirklich unmöglich. Kaum kommt frisches Blut, lecken sie sich auch schon gierig die Finger danach. Obwohl, wenn ich ehrlich bin, würde ich ihn auch nicht gerade von der Bettkante stoßen. Ich fand ihn ja schon immer extrem attraktiv, dabei wusste ich bis heute gar nicht, was für einen Wahnsinnskörper der Mann hat …«

»Ich an deiner Stelle würde mich hübsch fernhalten, Livvie. Elizabeth hat bereits Ansprüche angemeldet, und du weißt ja, wie sie ihr Revier im Notfall verteidigt …«

»Elizabeth! Also wirklich, Duncan sollte die Frau an einer weniger langen Leine führen …«

»Also, ich habe aus ziemlich zuverlässiger Quelle erfahren, dass sie kurz vor Weihnachten versucht hat, seine Maronen an ihrem Kamin zu rösten …«

Lily wich von der Tür zurück, als die Damen laut auflachten.

Sie wollte nicht ein weiteres Wort hören. Sie überquerte die

Terrasse, lehnte sich am anderen Ende über das Steingeländer und schnappte nach Luft.

Langsam beruhigte sich ihre Atmung wieder, und auch ihr Herz hämmerte nicht mehr wie wild. Das war doch nur Tratsch, ermahnte sie sich selbst. Bösartiger, giftiger Tratsch. Um den sie sich überhaupt nicht kümmern sollte. Ach, wenn sie doch nur früher weggegangen wäre!

Als sie Schritte hinter sich hörte, drehte sie sich so schnell um, dass sie sich die Hand am Geländer aufschürfte.

»Lily?«

Es war Liam.

»Wo warst du denn so lange?« Ihr Ton war anklagend.

Er sah, wie sie die Hand zum Mund führte, und bemerkte, dass sie sich wehgetan hatte.

»Was ist passiert?«

»Kleine Schramme.«

»Zeig mal her.«

Er ging auf sie zu und ergriff ihre Hand.

»Es ist nichts«, wiegelte sie ab.

»Du blutest.«

»Ach, das ist nur oberflächlich.«

Wie alles andere hier auch, fügte sie in Gedanken hinzu.

Er machte sich ganz offensichtlich Sorgen, und im ersten Moment hätte sie ihm am liebsten erzählt, was sie gerade mit angehört hatte. Doch dann bemerkte sie, dass Liam in der anderen Hand ein Kristallglas hielt, dessen Inhalt verdächtig nach einem doppelten Whiskey aussah. Liam entging nicht, wohin sie sah, ließ ihr Handgelenk los und lächelte sie scheu an.

Sie ließ den Blick vom Whiskey zu seinem Gesicht wandern, das sich mit einem Mal verschloss.

»Du wolltest doch fahren«, sagte sie leise.

»Kleine Programmänderung.«

»Ich dachte, wir gehen jetzt nach Hause?«

Lily sah etwas über sein Gesicht huschen, das sie nicht einordnen konnte. Und dann fiel ihr auf, dass er seine Sporttasche gar nicht geholt hatte.

»Was ist los, Liam?«

»Es tut mir wirklich leid, Lily, aber Peter und ich müssen doch noch etwas länger bleiben. Duncan hat uns erwischt ... Er will noch mit uns über eine Idee sprechen, die er für das Atrium des Kunstzentrums hatte ...«

»Aber wir haben doch gerade gesagt, dass wir nach Hause fahren.«

»Es ist wichtig, Lily, sonst hätte ich mich doch nicht darauf eingelassen. Und weil ich nicht will, dass du dich zu Tode langweilst, während wir schon wieder über unser Projekt reden ...«, fuhr Liam fort, als gäbe er einen einstudierten Satz wieder, »... war Duncan so lieb, dir ein Taxi zu rufen. Es müsste jede Minute hier sein ... Das macht dir doch nichts aus, oder ...?«

Ihr Schweigen sagte ihm, dass es ihr sehr wohl etwas ausmachte.

Sie sahen einander an.

Lily wartete darauf, dass Liam wieder das Wort ergriff. Was er sagen sollte, wusste sie auch nicht, und doch wusste sie, dass sie ein Signal von ihm brauchte, in seiner Stimme, in dem, was er sagte ... Etwas, das jene Leere in ihr zurückdrängte, jene verheilt geglaubte Wunde davor bewahrte, wieder aufzureißen.

»Ist okay«, sagte sie schließlich tonlos, und obwohl sie beide wussten, dass es alles andere als das war, ließen sie es beide dabei bewenden.

6

Die Taxifahrt zurück nach Merrien Cove kam ihr schier endlos vor.

Zu Hause angekommen, entledigte sie sich im Flur unsanft ihrer Schuhe und ging barfuß in die Küche. Machte sich eine Tasse Tee. Stand einfach da und hielt sie in beiden Händen, bis der Tee abgekühlt war. Kippte ihn weg und ging ins Bett.

Es dauerte lange, bis sie eingeschlafen war. Nach wenigen Stunden riss sie das durchs ganze Haus hallende Telefon aus dem unruhigen Schlaf.

Sie dachte, es sei Morgen, staunte, dass es noch stockfinster war, als sie die Augen öffnete, und ging ans Telefon.

»Lily?«

Es war Liam.

»Habe ich dich geweckt?« Seine Stimme klang schleppend. Im Hintergrund hörte Lily leise Musik und Gespräche.

Sie warf einen Blick auf den Wecker.

»Es ist Viertel nach drei, Liam, was denkst du wohl?«

»Ja, äh, tut mir leid ... Also, die Sache ist die, ich habe ein bisschen zu viel getrunken und sollte besser nicht mehr fahren. Elizabeth ...« – er pausierte eine Millisekunde – »Duncan und Elizabeth waren so nett, mir für heute Nacht ein Bett anzubieten. Also, für das, was von der Nacht noch übrig ist. Ich hätte mir ein Taxi genommen, aber ich muss morgen ja sowieso wieder in aller Herrgottsfrühe hier sein, von daher ist es wohl vernünftig, wenn ich bleibe. Ich wollte nur, dass du Bescheid weißt ...«

Er verstummte und wartete auf eine Erwiderung, aber die blieb aus.

»Ich sehe dich dann morgen nach Feierabend ... Dir geht's doch gut, oder? In dem großen alten Haus, so ganz alleine?«

»Ich verbringe den größten Teil meiner Zeit ganz alleine in diesem großen alten Haus, das hat dich bisher auch nicht weiter gestört«, entgegnete sie leise.

Daraufhin schwiegen sie beide. Im Hintergrund hörte sie eine Frau nach Liam rufen.

»Lass uns Schluss machen, Liam, dein Typ wird verlangt.« Sie wollte, dass er wusste, dass sie die Frau gehört hatte.

»Lily, bitte …«

»Bitte was?«

Sie hörte, wie er einen Stoßseufzer machte.

»Nichts. Schlaf gut. Wir sehen uns morgen Abend …«

Und dann legte er auf und hinterließ nichts als das enervierende Tuten in der Leitung.

Sie lag im Bett und starrte an die Decke. Kämpfte gegen die Tränen an und gegen die Schlaflosigkeit. Vergeblich. Als die Neonziffern auf dem Wecker vier Uhr dreißig anzeigten, stand sie auf und ging hinunter in die Küche.

Sie machte kein Licht an, öffnete stattdessen den Kühlschrank und begnügte sich mit dessen Beleuchtung.

Eigentlich hatte sie keinen Hunger. Aber in ihr herrschte wieder diese seltsame Leere, die irgendwie gefüllt werden wollte. Sie wusste nur nicht, wie.

In der Kühlschranktür fand sie einen Weißwein. Sie schnappte sich die Flasche und ein großes Weinglas, schloss die windschiefe Hintertür auf und ging hinaus auf die Terrasse.

Es hatte aufgehört zu regnen, aber die Luft war schwer und kühl und glich eher einem feinen Nebel, der sich über Land und Meer legte.

Lily hatte nur ihren Morgenmantel übergestreift und fror.

Von den Haken gleich neben der Küchentür griff sie sich die erste Jacke, die sie zwischen die Finger bekam. Es war Liams. Eine dicke Wolljacke, die er in London immer getragen hatte und die nun durch eine schwere grüne Regenjacke ersetzt worden war, mit der er dem unberechenbaren Wetter in Cornwall trotzte.

Sie zog sie an, spürte die Wärme. Atmete scharf ein. Die Jacke duftete nach Liam. Sie zog sie eng um sich und stellte traurig fest, dass sie sich Liam in den ganzen letzten Monaten nicht so nah gefühlt hatte wie jetzt.

Seufzend lehnte Lily sich an die feuchte Hauswand, schenkte sich Wein ein und blickte hinauf zum Nachthimmel. Zu diesem pechschwarzen, nur von Wolken befleckten Firmament. Ein ganz anderer Anblick als in London, wo die vielen Stadtlichter das spektakuläre Dunkel schmälern. Der Gedanke an London ließ Heimweh in ihr aufwallen. Warum hatten sie aus London wegziehen müssen? Liam hatte zwei Wochen gebraucht, um sich nach Peters Besuch letzten Sommer dafür zu entscheiden, sein Angebot anzunehmen und Teilhaber zu werden. Und dreimal so lange, um Lily davon zu überzeugen, dass es ein guter Plan war.

Im Handumdrehen war ihr Haus einem Makler übergeben und verkauft worden, und Liam war monatelang immer wochenweise nach Cornwall gefahren, um die Arbeit mit Peter aufzunehmen, während Lily in London blieb und ihre Siebensachen zusammenpackte.

Seit er damals gependelt war, hatte Lily das Gefühl, dass er sich von ihr entfernt hatte.

Der alte Liam hätte sie niemals allein nach Hause geschickt und wäre auch nie allein die ganze Nacht weggeblieben. Gut, vielleicht hatte sie einfach nur Glück gehabt, aber so wurde die Veränderung jetzt nur noch deutlicher.

Die ganze Nacht wegbleiben.

Und dann direkt zur Arbeit gehen.

Mit einem Mal ging Lily auf, dass er nicht mal nach Hause kam, um sich umzuziehen. Was nur bedeuten konnte, dass er frische Klamotten dabeihatte. Was wiederum bedeutete, dass er die ganze Zeit geplant hatte, bei den Cordays zu übernachten.

Wütend trank sie einen so großen Schluck Wein, dass sie sich daran verschluckte. Als sie sich ausgehustet hatte, spülte sie gleich noch mehr hinterher.

Als die Flasche leer war, war es bereits nach fünf, und der schwarze Nachthimmel begann sich im Osten aufzuhellen.

Sie ging in die Küche. Im Weinregal lag eine Flasche Rotwein, eine richtig gute, ein Geschenk. Liam hatte sie für eine besondere

Gelegenheit aufgehoben. Sie nahm sie. Vielleicht konnte sie mit Alkohol ihre Gefühle betäuben.

Zurück auf der Terrasse, verfluchte sie Liam und die Cordays, während sie versuchte, die Flasche zu entkorken, wobei der Korken entzweibrach und der größere Teil im Flaschenhals stecken blieb. Frustriert fing Lily an zu schluchzen.

»Warum ist er denn heute Nacht nicht nach Hause gekommen?!?«, schrie sie in die Nacht hinaus. »Ja, klar hat Elizabeth Corday ihm für heute Nacht ein Bett angeboten. Höchstwahrscheinlich ihr eigenes!« Vor lauter Wut und Enttäuschung schmetterte sie die Flasche gegen die Felswand, wo sie zerbarst. Der Wein rann daran hinab wie Blut.

Wieder weckte sie das Telefon.

Es war halb acht. Lily hatte einen staubtrockenen Mund und einen üblen Brummschädel. Zitternd streckte sie die Hand nach dem Glas Wasser auf ihrem Nachttisch aus und leerte es, bevor sie abnahm.

Es war Liam. Er klang sehr besorgt.

»Lily? Ich hab es ewig klingeln lassen, was ist los?«

»Ich war unter der Dusche.« Sie wusste gar nicht recht, wieso sie ihn anlog. Vielleicht wollte sie nicht zugeben, dass sie einen Kater hatte? Denn wenn das zur Sprache käme, würde er sofort nachfragen, wieso sie so viel getrunken hatte. Bei Tageslicht besehen, schämte sie sich für ihr frühmorgendliches Saufgelage.

Liam wechselte von besorgtem zu versöhnlichem Tonfall.

»Das mit letzter Nacht tut mir leid.«

»Wirklich?« Ganz unwillkürlich klang sie wie ein schmollendes, trotziges Kind. Sie hasste sich dafür – aber ihn noch viel mehr.

»Ja, natürlich …«

Lily konnte hören, dass er vom Auto aus anrief. Er war also bereits auf dem Weg zur Arbeit, zu diesem gottverdammten Bauprojekt, das nunmehr ihrer beider Leben bestimmte.

»Ich weiß, dass ich in letzter Zeit nicht viel zu Hause gewesen bin. Aber gestern war bei dir doch alles in Ordnung, oder?«

»Ich hab's überlebt.«

»Siehst du, und genau darum geht es doch im Prinzip im Leben: ums Überleben. Und darum arbeite ich so viel, Lily.«

Sie seufzte.

»Um zu überleben?«, fragte sie spöttisch.

»Die Welt ist nun mal gnadenlos, Lily. Wenn ich nicht bereit bin, die Zeit und die Arbeit zu investieren, wird Corday sich jemand anderen suchen ... Peter hat mir die Anteile an seiner Firma für einen Bruchteil dessen überlassen, was sie tatsächlich wert sind. Ich stehe in seiner Schuld. Ich muss dafür sorgen, dass dieses Projekt ein Erfolg für ihn wird ... für uns.« Seine Stimme klang deutlich sanfter, als er weitersprach. »Lily, du bedeutest mir alles auf dieser Welt, das weißt du.«

»Tu ich das?«, platzte es aus ihr heraus. Der plötzliche Wechsel von Vortrag zu Süßholz machte sie misstrauisch.

»Aber natürlich weißt du das ... Hör zu, ich werde versuchen, heute Abend etwas früher nach Hause zu kommen, um alles wiedergutzumachen. Dann haben wir den ganzen Abend nur für uns. Keine Arbeit, keine Unterbrechungen.«

»Ist das dein Ernst?«

»Ja, natürlich! Ich vermisse dich nämlich.«

Die Aufrichtigkeit in seiner Stimme lockte sie letztlich aus der Reserve.

»Ach, Liam, ich vermisse dich auch, so sehr! Ich finde es ganz schrecklich, wie es zurzeit läuft, und dass ich dich kaum sehe ...«

»Ich weiß, Peter hat mir gesagt, dass du dich etwas vernachlässigt fühlst, und es tut mir leid. Es wird ja nicht ewig so weitergehen, Lily.«

»Versprochen?«

»Natürlich. Hör zu, heute haben ohnehin alle einen Kater, es wird also niemand lange arbeiten wollen, und das erleichtert es mir, mich etwas früher aus dem Staub zu machen. Ich versuche, um sechs zu Hause zu sein, okay?«

»Auch versprochen?«

»Ja, auch versprochen. Ach, und … Lily?«
»Ja?«
»Ich liebe dich.«

Wer hätte gedacht, dass ein paar freundliche Worte eine so nachhaltige Wirkung haben könnten? Lilys wochenlange Lethargie war wie weggeblasen. Sie wirbelte putzend durchs ganze Haus und fuhr – nachdem zwei von Cordays Männern ihr Auto zurückgebracht hatten – zum Einkaufen nach Penzance. Sie würde Liam ein phantastisches Abendessen zaubern und ihn mit Wein und sanfter Musik verführen, sie würde zivilisiert mit ihm sprechen, statt zu streiten und die Beleidigte zu spielen. Wer weiß, vielleicht würde er sich ja überzeugen lassen, etwas mehr Zeit zu Hause zu verbringen, wenn dieses Zuhause wärmer, einladender und insgesamt attraktiver war als in den letzten Monaten?

Denn wenn sie ganz ehrlich war, dann hatte sie Liam stets mit Bittermiene und jeder Menge Vorwürfe begrüßt. Vielleicht hätte er ja wieder mehr Lust, mit ihr zusammen zu sein, wenn sie etwas bessere Laune verbreitete?

Um fünf duschte sie ausgiebig und machte sich dann besonders hübsch. Als sie wieder in die Küche kam, wo sie den Esstisch deckte, war es schon fast sechs. Sie legte eine CD auf und zündete die Kerzen an.

Lily saß immer noch am Küchentisch, als Liam müde zur Tür hereinkam. Im ganzen Haus stank es nach verbranntem Essen. Natürlich hätte sie den Auflauf aus dem Ofen holen können, als er fertig war. Aber je weiter die Zeiger der Küchenuhr von sechs zu zehn Uhr tickten, desto entschlossener war sie, alles bis zur Unkenntlichkeit anbrennen zu lassen. Gewissermaßen als Analogie zu dem misslungenen Abend und dem gebrochenen Versprechen.

Er roch nach Alkohol und Zigaretten.

Zaghaft lächelte er sie an, doch sie erwiderte sein Lächeln nicht. Dann bemerkte er die fast völlig abgebrannten Kerzen, den mit dem besten Besteck und den teuren Gläsern gedeckten Tisch, die unbenutzten Teller, die fast leere Weinflasche.

»Du hattest versprochen, dass du um sechs zu Hause sein würdest...«, brummte sie schließlich, den Blick tief ins Weinglas gerichtet. »Dass wir den Abend gemeinsam verbringen würden.«

»Ich weiß, Lily, aber...«

»Hast du getrunken?«, schnitt sie ihm das Wort ab. Wütend funkelte sie ihn an.

»Nur zwei Bier«, entgegnete er ruhig. »Alle sind nach der Arbeit in den Pub gegangen, da musste ich einfach mitgehen. Duncan wollte mit mir reden. In einer etwas lockereren Atmosphäre als im Büro.«

»Aber du hattest mir versprochen, dass du früher nach Hause kommen würdest«, wiederholte sie.

»Ich weiß, aber es ist etwas dazwischengekommen, etwas ganz Wichtiges, was wir dringend besprechen mussten. Da kann ich doch nicht einfach gehen...«

»Das Abendessen ist jedenfalls im Eimer.«

Liam runzelte die Stirn. Seine Augen sahen müde aus.

»Bitte, Lily, mach's mir doch nicht noch extra schwer. Ich bin fix und fertig und würde gerne einfach den restlichen Abend mit dir genießen.«

»Den restlichen Abend!«, explodierte sie. »Es ist halb elf, Liam! Es gibt keinen restlichen Abend!«

Liam schlug die Hände vors Gesicht und stöhnte.

»Ich wusste nicht, dass du so ein Aufhebens machen würdest. Was willst du von mir, Lily?«

»Eine Entschuldigung wäre mal ein guter Anfang.«

»Und wofür genau soll ich mich deiner Meinung nach entschuldigen? Ich weiß, dass ich zu spät nach Hause gekommen bin, und du weißt, warum. Ich musste arbeiten.«

»Du warst einen trinken!«

»Und was glaubst du wohl, warum?«

»Keine Ahnung. War vermutlich verlockender, als den Abend zu Hause mit mir zu verbringen.«

»Jetzt wirst du aber wirklich albern, Lily.«

»Ach ja? Was ist denn daran albern, bitte? Du hast zuletzt so wenig Zeit mit mir verbracht – überrascht es dich da wirklich, dass ich den Eindruck habe, du hättest schlicht keine Lust dazu?«

Liam seufzte noch einmal und ließ sich schwer auf einen Stuhl am Küchentisch sinken. Er versuchte, ihr in die Augen zu schauen, aber sie ließ den Kopf hängen.

»Lily. Bitte.«

Als er den Arm ausstreckte und ihre auf dem Tisch liegende Hand nehmen wollte, zog sie sie schnell weg und wischte sich stattdessen über die Augen.

»Lily«, versuchte er es noch einmal, packte sie beim Handgelenk und zog ihre störrische Hand zu sich. »Bitte. Sei nicht so. Ich weiß, dass es nicht einfach ist, aber ich tue das doch alles nur für uns.«

Ihre Reaktion überraschte ihn.

Endlich sah sie zu ihm auf, doch ihr Blick war kalt und leer. Sie lachte verbittert und freudlos auf.

»Für uns? Nein, das hier ist nicht für uns. Und es geht auch gar nicht um uns. Dieses ... dieses Haus ... Cornwall ... dieses Leben ... das alles dreht sich nur um dich und darum, was du willst ... Ich habe nicht darum gebeten, Liam ... Ich bin nur hier, weil du hierherwolltest. Es war deine Entscheidung, die hatte nichts mit mir oder gar mit uns zu tun!«

Liam atmete so schwer aus, dass die Flamme der einen noch brennenden Kerze flackerte.

»Weißt du was? Ich habe einen ziemlich beschissenen Tag gehabt. Das kann ich jetzt echt nicht gebrauchen.« Abwehrend hob er die Hände.

»Du meinst, du kannst mich nicht gebrauchen, das willst du doch in Wirklichkeit sagen, du brauchst mich nicht mehr!«

Ungläubig schüttelte er den Kopf.

»Du bist nicht du selbst, Lily.«

»Woher willst du wissen, wer ich bin«, entgegnete sie stumpf und ohne ihn anzusehen.

Die Ungeduld, die aus seinem nächsten Seufzer sprach, war ernüchternd.

»Ich kann nicht mit dir reden, wenn du so drauf bist.« Auch er hatte den Blick von ihr abgewandt.

Unvermittelt stand er auf.

»Ich gehe ins Bett.«

»Na großartig!«, fauchte sie ihm hinterher. »Das heißt, du willst heute Nacht tatsächlich im gleichen Zimmer mit mir schlafen? Das ist ja mal ganz was Neues!«

Er hatte ihr den Rücken zugewandt. Sie wusste genau, dass er nur so tat, als würde er schlafen, er atmete viel zu regelmäßig, irgendwie künstlich. Lily lag steif vor Wut neben ihm und starrte an die Decke.

Als sie hörte, wie seine Atmung sich entspannte, war ihr klar, dass er eingeschlafen war. Das machte sie nur noch wütender.

Wie konnte er bloß schlafen?

Sie waren noch nie im Streit schlafen gegangen. Nicht, dass sie sich oft gestritten hätten, aber wenn doch, dann hatten sie sich immer ausgesprochen. Lily hätte lieber bis zum Morgengrauen mit ihm diskutiert, als diese Spannung auszuhalten. Bei ihr war jedenfalls an Schlaf nicht zu denken. Mit einem Mal war sie ganz nüchtern und glockenwach. Ihr rasten so viele Gedanken durch den Kopf, die sie nicht aussprechen konnte.

Was passierte bloß mit ihnen?

Sie hatten doch mal eine wunderbare Beziehung geführt, hatten so viel durchgemacht. Und nun? Sie waren sich so fern. Immer wieder hatte sie ihre Sorgen beiseitegewischt, und das Gespräch mit Peter hatte sie auch beruhigt … Aber sie hatte ja auch diese Frauen bei der Tennisparty reden gehört. Vielleicht war ja etwas Wahres daran? Vielleicht entsprangen ihre Befürchtungen jenem berühmten sechsten Sinn, den Ehefrauen bezüglich ihrer Ehemänner haben, und eben nicht einer dem ständigen Alleinsein geschuldeten irrationalen Eifersucht.

Es gab nur einen Menschen, der ihre Ängste zerstreuen und ihre Fragen beantworten konnte. Früher, als zwischen ihnen alles in Ordnung war, hätte sie mit Liam über das, was sie mitgehört hatte, geredet, und wahrscheinlich hätten sie gemeinsam darüber gelacht. Aber jetzt …

Sie drehte sich zu ihm um.

Auch er hatte sich ihr zugewandt. Sie betrachtete ihn. Er sah so friedlich, so ungetrübt aus, so sehr wie der Liam, den sie einst kannte und liebte. Ihr Ärger legte sich. Er hatte neue Falten bekommen. Sie unterdrückte den Impuls, sie mit der Fingerspitze nachzuzeichnen.

Verlangte sie etwa zu viel? Hatte sie sich nicht auch von ihm entfernt?

Sie legte ihre Hand auf seine, und er schlang die Arme um sie, zog sie an sich und schlief weiter.

Wieder wachte sie mit einem Brummschädel auf. Sie war allein im Bett. Es dauerte ein paar Sekunden, bis sie sich an ihren Streit und den insgesamt enttäuschenden Abend erinnerte, was ihre Übelkeit nur verstärkte.

Als sie im Morgenmantel und mit ausgeprägtem Kaffeedurst die Treppe herunterkam, war er bereits in der Küche und reichte ihr versöhnlich lächelnd eine dampfende Tasse.

»Lass uns nicht mehr streiten, Lily.«

Das war die weiße Flagge, auf die sie gehofft hatte, aber irgendwie reichte sie ihr nun doch nicht mehr. Das hatte vielleicht damit zu tun, dass er bereits komplett bürofertig war. Auch wenn sie selbst nicht ganz verstand, weshalb sie das überraschte. Vielleicht hatte sie gehofft, dass der gestrige Abend ihn dazu veranlasst hätte, sich heute Morgen Zeit für ein Gespräch zu nehmen. Aber seine Aktentasche stand schon bereit.

Sofort war Lily wieder wütend. Sie wandte sich von ihm ab und tat, als würde sie sich einen Toast machen.

Er schaltete das Radio aus, das leise im Hintergrund gespielt hatte, ging zu ihr und legte ihr die Hand auf die Schulter.

»Lily, du bist nicht du selbst.«

»Was meinst du?« Sie griff nach der Butter im Kühlschrank und befreite sich so von seiner Hand.

»Na, wie du dich verhältst. Du schmollst, statt mit mir zu reden.«

»Vielleicht kann ich einfach nicht mehr so gut mit dir reden wie früher.« Ihr Ton war harscher als beabsichtigt, und als sie sich entschuldigend zu ihm umdrehte, sah sie ihm an, dass sie ihn verletzt hatte.

Jetzt war es an ihr, Zugeständnisse zu machen.

»Alles hat sich vollkommen verändert, Liam«, versuchte sie ihm mit sanfter Stimme zu erklären. »Du hast dich verändert, weil ...«

»Du sagst, alles hat sich verändert«, schnitt er ihr das Wort ab. »Ja, du hast recht. Es stimmt, ich verbringe im Moment nicht so viel Zeit mit dir, wie wir beide es gerne hätten, aber das ist auch der einzige Punkt, in dem ich mich geändert habe, Lily. Ich bin immer noch der Alte, aber du ...«

»Ich?«

»Ja, du. Ich weiß nicht, was mit dir los ist, Lily, aber du bist ein völlig anderer Mensch geworden.«

»Du weißt nicht, was mit mir los ist?« Lily wurde wütend. »Du weißt nicht, was mit mir los ist? Ich habe ein Haus verkauft, das ich liebte, bin aus einer Stadt weggezogen, die ich liebte, habe einen Job aufgegeben, den ich liebte, für einen Mann, den ich jetzt so gut wie gar nicht mehr zu Gesicht bekomme!«

»Du wusstest, dass ich viel zu tun haben würde. Du wusstest, dass es unmöglich sein würde, so viel Zeit miteinander zu verbringen wie in London, als mein Arbeitsplatz zu Hause war.«

»Mag sein, aber ich wusste nicht, dass du vollständig aus meinem Leben verschwinden würdest! Kannst du nicht verstehen, dass ich gestern Abend sauer auf dich war? Du hattest mir versprochen, dass du zum Abendessen da sein würdest, dass wir den Abend zusammen verbringen würden – und dann kommst du um halb elf hereingestolpert, stinkst nach Bier und Zigaretten und entschuldigst dich nicht einmal!«

»Entschuldigen?« Liam trat einen Schritt zurück. »Ich soll mich bei dir entschuldigen? Wofür denn, bitte? Dafür, dass ich nur noch schufte und keine Freizeit mehr habe? Dafür, dass ich versuche, uns ein besseres Leben zu ermöglichen? Findest du wirklich, dass ich mich dafür entschuldigen sollte? Du weißt, wie wichtig dieses Projekt ist. Was es für unser weiteres Leben bedeuten könnte.«

Genau dasselbe Argument hatte er bereits am Abend zuvor bemüht, und es brachte Lily nur noch mehr gegen ihn auf.

»Unser weiteres Leben! Es geht also um uns? Nein, es geht nicht um uns. Im Moment fühlt es sich nicht einmal mehr so an, als gäbe es ein ›Wir‹. Wenn du schon mir gegenüber nicht ehrlich sein kannst, Liam, dann sei es wenigstens dir selbst gegenüber. Das hier, dieses Haus« – sie machte eine herablassende Geste –, »dein neuer Job, der Umzug, das war alles *deins*. Es ging darum, was *du* wolltest, wie *du* dich beruflich weiterentwickeln wolltest. Das hatte nicht das Geringste mit mir zu tun, ich war glücklich in London. Ich hatte Arbeit und Freunde – und was habe ich hier? Nichts. Rein gar nichts. Nicht einmal dich habe ich mehr.«

»Natürlich hast du mich noch.«

»Nein, du bist nicht hier, du bist nicht bei mir. Du hattest es versprochen ... Du hattest es so dargestellt, als würde uns das alles guttun – uns, Liam, nicht nur deiner Karriere, sondern auch unserer Beziehung, nach allem, was wir durchgemacht haben. Du hast gesagt, wir würden gemeinsam Dinge unternehmen ... Aber ich sitze tagein, tagaus alleine hier fest, ich drehe bald durch ...« Sie ließ sich schwer auf einen der Küchenstühle fallen und vergrub frustriert das Gesicht in den Händen. Liam schwieg.

Er versuchte, sich zu beherrschen und fair und vernünftig zu bleiben. Die Sache aus ihrer Sicht zu sehen. Er atmete kräftig aus, dann hockte er sich vor sie auf den Boden und zog ihr sachte die Hände vom Gesicht.

Er schlug einen sehr sanften, ruhigen Ton an, als redete er auf ein Kind ein.

»Lily, ich weiß, dass es nicht leicht für dich ist, und das tut mir leid, aber du kannst dich doch nicht nur auf mich verlassen. Du musst ab und zu mal aus dem Haus kommen, und damit meine ich nicht nur deine einsamen Spaziergänge in den Ort. Du brauchst einen Lebensinhalt. Deinen eigenen.«

Ungläubig starrte sie ihn an.

Wie bitte? Und das war's? Kein »*Wir* werden schon eine Lösung finden«, kein »Ich liebe dich, bitte hab Geduld«? Stattdessen ein »Sieh zu, dass du aus dem Haus kommst, und schaffe dir einen Lebensinhalt«. Als wäre sie irgendein unmotiviertes, lästiges Anhängsel.

Gut, vielleicht hatte er ja recht, vielleicht hatte sie jegliche Motivation verloren – aber das lag doch daran, dass er sie in diese gottverdammte Einöde geschleift und sie dann darin völlig allein gelassen hatte!

»Das ist genau der Punkt, Liam.« Unendlich traurig sah sie ihn an. »Ich hatte einen Lebensinhalt. Ich hatte ein gutes Leben. Und habe es für dich aufgegeben. Für dich, Liam. Und jetzt erzählst du mir, dass ich mich nicht auf dich verlassen soll? Wenn du das wirklich so meinst, dann weiß ich gar nicht, wieso ich überhaupt mit dir hierhergekommen bin.«

Es folgte ein Schweigen, das er schließlich brach.

»Meinst du das wirklich ernst, was du gerade gesagt hast?«

»Ja«, keifte sie ihn an und bereute es im selben Augenblick. Natürlich meinte sie es nicht in dieser Endgültigkeit.

»Dann weiß ich es auch nicht«, entgegnete er tonlos, ließ ihre Hände los, wandte sich ab und rauschte aus der Küche. Im Gehen schnappte er sich die Autoschlüssel und seine Aktentasche, dann riss er die Haustür auf. Lily rannte hinter ihm her.

»Ich weiß es auch nicht!«, schrie sie ihm hinterher, als er die

Tür hinter sich zuschlug. »Ich weiß es verdammt noch mal auch nicht!«

Lily hörte den Motor des Range Rovers aufheulen. Wütend drehten die Räder durch, als Liam anfuhr, und das Getriebe kreischte, als er schaltete. Dann bog er nach links auf die Hauptstraße ab, und jegliches Geräusch verebbte.

Lily lehnte sich gegen die Wand und ließ sich auf den Boden sinken. Sie schrie aus Leibeskräften, bis sie keine Puste mehr hatte.

»Was ist denn bloß mit uns los?«, jammerte sie und wischte sich die Tränen aus dem Gesicht. »Ich kenne diesen Liam gar nicht. Und er besitzt die Frechheit, mir zu sagen, dass *ich* mich verändert hätte – dabei ist *er* es, der ein ganz Anderer geworden ist! Verdammt noch mal! Ich hasse ihn! Ich hasse Cornwall! Ich will weg von hier!«

Sie rappelte sich auf und ging nach oben ins Schlafzimmer, wo sie die Türen ihres neuen Kleiderschranks aufriss, einen Koffer hervorzerrte und anfing, wahllos Klamotten hineinzuwerfen. Viel hatte sie ja nicht. Das meiste befand sich immer noch in Kisten auf dem Dachboden. Doch selbst als ihr wild klopfendes Herz sich langsam beruhigte, hörte sie nicht auf. Sie packte ihre Koffer. Tief in ihrem Herzen wusste sie, dass sie ihn nicht verlassen wollte, und ein Funke Vernunft in ihr konnte nicht recht glauben, was sie da tat. Aber sie wurde gnadenlos angetrieben von ihrer Wut, ihrer Enttäuschung und ihrer Empörung. Sie war so außer sich, dass sie drastischer handeln musste als sonst – ein Strandspaziergang reichte dieses Mal einfach nicht aus. Sie musste Liam zeigen, wie unglücklich sie war. Sie musste etwas tun, was ihr quälendes Heimweh nach London wenigstens im Ansatz stillte.

Heimweh ... Sie hatte immer geglaubt, ihr Heim, ihr Zuhause sei dort, wo Liam war. Jetzt war sie sich dessen nicht mehr so sicher. Würde sie sich in London auch ohne ihn wieder heimisch fühlen? Sie wusste es nicht. Sie wusste nur, dass sich Rose Cottage nicht wie ihr Zuhause anfühlte, selbst wenn Liam da war.

Sie schleppte den Koffer die Treppe hinunter, dumpf und

schwer schlug er auf jeder Stufe auf. Unten stolperte sie beinahe. Sie stellte den Koffer unsanft neben der Haustür ab, drehte sich um und marschierte in Liams Arbeitszimmer. Auf dem Zeichentisch befand sich Liams Entwurf vom Atrium des Kunstzentrums, eine beeindruckende Konstruktion mit einer Glaskuppel. Verbittert lachte sie auf. Sie hasste dieses Gebäude fast so sehr wie Cornwall. Der Plan war mit einigen Kommentaren versehen.

»Gefälle ändern wg. Bauvorschriften.«

»Sturz anheben, zu wenig Kopffreiheit.«

Sie wusste genau, dass das Arbeitszimmer und dieser Plan Liams erste Anlaufstelle sein würden, wenn er nach Hause kam. Falls er nach Hause kam.

Sie nahm sich einen der Bleistifte, der auf der Stiftablage des Zeichentisches lag, und malte mit zitternder Hand ein Strichmännchen, das das Gebäude verließ.

»Lily geht«, schrieb sie als Kommentar daneben. »Zu wenig Liebe und Aufmerksamkeit.«

Sie fragte sich, wie lange es wohl dauern würde, bis er es entdeckte.

Lily wusste sehr wohl, dass diese Aktion kindisch war, aber das hielt sie trotzdem nicht davon ab. Sie ließ den Bleistift zu Boden fallen, verließ mit energischen Schritten das Arbeitszimmer, nahm ihren Mantel vom Haken, packte den Koffer und wandte sich dem kleinen Tisch zu, auf dem normalerweise ihr Autoschlüssel lag, um diesen mit größerer Entschlossenheit, als sie tatsächlich empfand, zu schnappen.

Dabei stieß sie mit der Hand gegen die kleine Vase, die dort stand. Lily ließ Mantel und Koffer fallen, um sie aufzufangen.

Es war eine Clarice-Cliff-Vase. Liam hatte sie ihr an dem Tag, an dem er um ihre Hand anhielt, auf einem Flohmarkt am Strand von Santa Monica gekauft, und sie hatte die Vase immer in Ehren gehalten.

Damals war alles ganz anders gewesen. Sie waren sich so unendlich nah, so verliebt. Sie hätte niemals gedacht, dass sie einmal an den Punkt gelangen würden, an dem sie heute waren. Lily erinnerte sich schmerzhaft an die Vertrautheit, die sie einst verbunden hatte. Eine Vertrautheit, die Stück für Stück verloren gegangen war.

Sie hielt die Vase in der Hand, spürte ihr Gewicht. Und plötzlich ließ sie sich auf die Treppe sinken und schämte sich in Grund und Boden für ihr Verhalten. Am liebsten hätte sie schon wieder geheult.

Liam hatte recht. Sie hatte sich verändert. Sie wurde immer mehr zu einem Menschen, den sie selbst nicht wiedererkannte und der sie gar nicht sein wollte. Seit Monaten hatte sie sich im Stillen beklagt und sich eingeredet, dass sie sich nur einmal in Ruhe zusammensetzen und alles bereden mussten. Genau das hatte er heute Morgen versucht, und sie Idiotin hatte ihn komplett auflaufen lassen.

Sie wusste, was jetzt zu tun war.

Sie würde ihn anrufen und sich entschuldigen.

Gedankenverloren umklammerte sie die Schlüssel so fest, dass sie ihr ins Fleisch schnitten. Die kleine Vase ruhte in ihrer linken Hand. Die Zeit verstrich.

Da zerfetzte das Schrillen des Telefons die Stille und ließ Lily erschrocken zusammenfahren.

Das war bestimmt Liam. Sicher wollte auch er sagen, dass es ihm leid tat, dass er sie liebte und dass bald alles wieder gut sein würde. In ihrer Eile rutschte sie fast auf dem Steinfußboden aus. Sie hielt sich am Geländer fest, ließ die Schlüssel fallen und hob den alten Bakelit-Hörer so schwungvoll ab, dass er ihr entglitt und zu Boden fiel. Hektisch hob sie ihn auf, drückte ihn sich ans Ohr und bemühte sich, ganz normal zu klingen, als sie sich meldete.

»Lily … Lily …?«, hörte sie eine vertraute Stimme besorgt ihren Namen rufen.

»Hallo?«

»Lily! Gott sei Dank, du bist da.«

Es war nicht Liam, sondern Peter. Er klang kurzatmig und durcheinander.

»Lily, ach, Lily, es ist … Liam …« Seine Stimme brach. Er

schluchzte. »Er hatte einen Unfall. Einen schrecklichen Unfall. Lily, hörst du mich? Lily?«

Wie in Zeitlupe entglitt ihr nun auch die kleine Vase. Sie ging zu Boden und zerbrach. Lily hörte es nicht. Sie war umgeben von einer absoluten, erdrückenden Stille.

7

Peter saß auf einem der grauen Plastikstühle im Wartebereich und starrte auf einen mit Kaffee gefüllten Plastikbecher, der vor ihm auf dem niedrigen Tisch stand. Er war ganz allein. Als er ihre Schritte hörte, sah er auf und versuchte zu lächeln, aber sein gequältes Gesicht wollte nicht Folge leisten. Stattdessen stand er da, streckte die Arme aus und schlang sie schweigend um Lily. Jeder konnte spüren, wie der andere zitterte. So standen sie eine ganze Weile da und sagten kein Wort.

»Wo ist er?«, fragte sie schließlich.

»Im OP.«

Sie sah ihm an, dass er mit den Tränen kämpfte, und das machte ihr Angst. Peter war immer so liebenswert, so unbekümmert, so fröhlich … Sie hatte ihn noch nie weinen sehen.

»Was ist passiert?«, flüsterte sie mit rauer Stimme.

»Das Gerüst. Ist einfach zusammengekracht. Diese verdammte Glaskuppel, er war da oben, um wieder mal nach der verdammten Glaskuppel zu sehen. Er ist fast zwanzig Meter tief gefallen, Lily.«

»Wird er wieder gesund?«, fragte sie stumpf.

»Ach, Lily. Ich weiß es nicht. Es tut mir so leid. Ich weiß es wirklich nicht.«

Peters Gesicht verzerrte sich wieder. Er zog Lily noch einmal eng an sich, damit sie nicht sehen konnte, wie nah er einem Zusammenbruch war.

Sie sagte nichts, sie weinte nicht, aber er spürte, dass jegliche Wärme aus ihrem Körper gewichen war.

Wie auf Autopilot war Lily zum Krankenhaus gefahren. Sie war betäubt, hatte keinen Kontakt zur Gegenwart, zur Wirklichkeit. Sie sagte sich immer wieder, dass alles gut werden würde, dass alles nicht so schlimm war, dass er nur leicht verletzt war, dass es schlimmer aussah, als es tatsächlich war.

Aber jetzt konnte sie sich nichts mehr vormachen.

»Mrs. Bonner?«

Lily sah auf.

Es vergingen zwölf Stunden, bis Lily ihn endlich sehen durfte.

Sie erkannte ihn kaum wieder. Sein Kopf war fast vollständig bandagiert, das rechte Auge verschwand unter dem Verband, und das linke war zugeschwollen und blau. Er war von allen möglichen Geräten und Bildschirmen umgeben, Schläuche drangen über Mund und Handgelenk in ihn ein. Es sah alles so klinisch-brutal aus – dabei waren es diese sterilen Maschinen mit ihren eintönigen Geräuschen, die den geschundenen Körper am Leben erhielten.

Es gelang Lily gerade noch, den Entsetzensschrei zu unterdrücken, indem sie die Hand vor den Mund hielt. Die andere ballte sie verzweifelt zur Faust.

Bevor man sie hierherbrachte, hatte ein kultivierter Mann in OP-Grün sich ihr als Anthony Edwards vorgestellt, chirurgischer Oberarzt und für Liams Fall verantwortlich. Er hatte sie und Peter gebeten, sich zu setzen, und ihnen in einer Seelenruhe, die in scharfem Kontrast zur Panik seiner beiden Gegenüber stand, aufgezählt, welche Verletzungen Liam erlitten hatte.

Die Liste war lang.

Oberschenkelfraktur und komplizierter Bruch der Kniescheibe rechts, mehrfacher Bruch des Wadenbeins links, komplizierter Bruch des rechten Handgelenks, rechte Schulter ausgekugelt, zwei gebrochene Rippen.

Man habe zunächst so viel wie möglich repariert und wiederhergestellt, mache sich aber nun viel größere Sorgen angesichts dessen, was man als geschlossenes Schädel-Hirn-Trauma bezeichne. Durch den Sturz sei Liams Kopf heftig hin und her gerissen worden, wodurch im Gehirn Millionen von Nervenfasern beschädigt wurden.

Der Oberarzt erklärte all dies mit einer gewissen Ehrfurcht.

Weiterhin habe man bei der Röntgenaufnahme Hinweise auf Gehirnblutungen entdeckt, die das Risiko von subduralen Hämatomen erhöhten – Blutergüssen, die das Hirngewebe beschädigen und den Hirndruck erhöhen könnten.

Das Einzige, was Lily sich in diesem Moment merken konnte, war, dass Liam im Koma lag.

Man hatte ihr gesagt, das Koma sei ein ganz natürlicher Mechanismus des menschlichen Körpers, mit dem Trauma umzugehen und dass er »unter genauer Beobachtung« stünde.

Mehr konnte man ihr nicht sagen.

Kein gutes Zureden, dass er bald wieder gesund würde, dass er es überstehen, dass man ihn wieder auf die Beine kriegen würde. Das konnte und wollte ihr niemand sagen.

Es war ja nicht einmal klar, ob er überleben würde.

Zwei Tage lang weigerte Lily sich, das Krankenhaus zu verlassen. Sie ernährte sich von bitterem Automatenkaffee. Jegliches Hungergefühl wurde von ihrem Schockzustand und dem dazugehörigen Adrenalin unterdrückt. Manchmal nickte sie völlig erschöpft auf dem Sessel in der dunklen, ruhigen Ecke gleich vor der Intensivstation ein – nur um wenige Minuten später panisch aufzuschrecken. Sie bildete sich ein, Liam würde sterben, wenn sie einschlief, und nur wenn sie sich mit Gewalt wach hielt, hätte er eine Chance, aus dem Koma zu erwachen.

Peter wich ihr nicht von der Seite. Seine Aufmerksamkeit konzentrierte sich zunehmend auf Lily, denn für Liam, das wusste er, würde nun alles Menschenmögliche getan werden. Er kümmerte sich rührend um sie, versuchte, sie zum Essen und zum Schlafen zu bewegen, redete auf sie ein, dass sie sich eine Pause gönnen sollte.

»Komm mit zu mir nach Hause. Da kannst du duschen und etwas essen.«

»Lily, damit hilfst du Liam auch nicht.«

»Die stecken dich hier auch bald in eins ihrer Betten, wenn du nicht endlich etwas isst, Lily.«

Als der Oberarzt drei Tage nach dem Unfall berichtete, Liams Zustand sei zwar weiter äußerst kritisch, habe sich aber nicht verschlechtert und könne daher als stabil bezeichnet werden, nahm Peter Lily erleichtert in den Arm und wurde etwas resoluter in seiner Fürsorge.

»Ich lasse dich keine Minute länger hier.«

Lily, die viel zu erschöpft war, als dass sie noch hätte Widerstand leisten können, gab nach und ließ sich von ihm zu sich nach Hause fahren.

Peter wohnte in einem alten georgianischen Reihenhaus im Herzen von Truro. Das ehemalige Stallungsgebäude strahlte die gleiche Wärme und Herzlichkeit aus wie sein Bewohner. Es war hell und schlicht, aber geschmackvoll eingerichtet. Peter brachte Lily zum Gästezimmer, wo sie sich wie benommen auf das Bett setzte. Nach der antiseptischen Sterilität des Krankenhauses wirkten die Ruhe und Normalität in diesem kleinen, feinen Zimmer fast schon surreal. Peter ließ sie dort sitzen, während er ihr ein Bad einließ. Als die Wanne voll war und er zu ihr zurückkehrte, um ihr Bescheid zu sagen, lag sie zusammengerollt wie ein Kind auf dem Bett und schlief.

Zuletzt hatte Lily in diesem Zimmer geschlafen, als Liam und sie Peter letzten Sommer besuchten. Sie hatten ein sonnenreiches Wochenende mit Spaziergängen, Segeltörns, Drinks, phantastischem Essen und sehr viel Gelächter verbracht. Wieder kamen Peter die Tränen. Verzweifelt wischte er sich mit dem Handrücken über die Augen, dann holte er das Federbett aus seinem Zimmer und deckte Lily behutsam zu.

Zehn Stunden später wachte Lily völlig orientierungslos auf. Ihr war übel und ein wenig schwindelig. Es war noch dunkel, und sie steckte immer noch in denselben Klamotten, die sie anhatte, als sie Peters Anruf mit der Nachricht von Liams Unfall erreichte. Um das unangenehme Schmutzgefühl loszuwerden, stellte sie sich unter die Dusche, wo sie sich den Krankenhausgeruch vom Körper spülte. Dann zog sie sich um. Peter war, während sie schlief, zum Rose Cottage gefahren und hatte eine Jacke, eine Jeans und ein paar T-Shirts geholt. Der Pullover war allerdings nicht ihrer, sondern Liams. Sie zögerte einen Moment, doch dann zog sie ihn an und schnupperte daran in der Hoffnung, dass er nach Liam riechen würde … Er duftete aber einfach nur frisch gewaschen.

Es war erst sechs Uhr, als sie nach unten ging, aber Peter war schon in der Küche. Er saß am Tisch und arbeitete, doch als er Lily sah, legte er die Pläne, über die er sich gebeugt hatte, schnell zusammen und schob sie beiseite, unter eine Zeitung.

Schwach lächelnd sah er zu ihr auf. Er hatte so dunkle Ringe unter den Augen, dass Lily sich fragte, ob er überhaupt geschlafen hatte.

Er hatte bereits Kaffee gekocht und den Frühstückstisch gedeckt.

Lilys Magen knurrte laut. Seit Tagen hatte sie nichts gegessen. Dennoch schüttelte sie den Kopf, als Peter ihr etwas anbot.

»Ich kann nicht. Ich will wieder ins Krankenhaus.«

»Da bringe ich dich aber erst hin, wenn du etwas gegessen hast.«

»Dann ruf ich mir eben ein Taxi.«

»Hör auf, mit mir zu streiten, Lily, dafür sind wir beide zu müde.«

Also würgte sie etwas Toast hinunter und verbrannte sich die Zunge am zu heißen Kaffee. All das fühlte sich so falsch an. Wie konnte es sein, dass bei ihr noch alles ganz normal funktionierte, bei Liam aber nicht?

Es war, als hätte sie die Intensivstation erst vor wenigen Minuten verlassen. Nichts hatte sich verändert. Der antiseptische Geruch, das Brummen der Maschinen, das Piepen der Monitore, das sanfte Zischen des Beatmungsgeräts.

Liam lag noch genauso da, wie sie ihn am Tag zuvor in diesem Zimmer zurückgelassen hatte.

Der einzige Unterschied war die Tatsache, dass heute der Regen gegen das verdunkelte Fenster trommelte.

Die für Liam zuständige Krankenschwester, Liz, war gerade dabei, den Tropf zu wechseln. Sie war eine Frau mittleren Alters, die trotz ihres feuerroten, im Nacken zusammengebundenen Haars und jeder Menge Sommersprossen eine unglaubliche Gemütsruhe ausstrahlte, dabei aber äußerst effizient arbeitete.

Sie blickte zu Lily empor, als diese den Raum betrat, und begrüßte sie mit einem kurzen Lächeln.

»Gibt es was Neues?«, fragte Lily, obwohl sie die Antwort kannte.

Liz schüttelte den Kopf. Es lag so viel Mitgefühl in ihrem Blick, dass Lily sofort die Tränen kamen. Sie schluckte sie hinunter wie bittere Medizin.

Erst jetzt dachte sie an ihre Mutter. Sie ging hinaus zum Münztelefon auf dem Flur und hinterließ ihr eine Nachricht auf dem Anrufbeantworter. Liam habe einen Unfall gehabt, er habe zwar überlebt, befinde sich aber in einem kritischen Zustand.

Liam hatte keine Familie, die sie anrufen konnte. Seine Eltern waren schon lange tot, und Geschwister hatte er keine. Die einzige Verwandte, die Lily kannte, war Großmutter Miriam, und die war vor zwei Jahren gestorben.

Lily vermisste Miriam. Mehr noch als ihre eigene Mutter, die sich vor einigen Jahren mit ihrem deutlich jüngeren Geliebten im Ausland zur Ruhe gesetzt hatte. Für jemanden, der eigentlich extrem gut organisiert war, meldete sie sich nur in äußerst unregelmäßigen Abständen bei ihrer Tochter.

Alles wäre anders, wenn Miriam noch am Leben wäre und sie London nie verlassen hätten!

Wenn. Würde. Wäre. Hätte. Lily ertrug das nicht. Am meisten quälte sie, dass sie sich am Morgen des Unfalls so fürchterlich gestritten hatten.

Sie kniff die Augen zu, als könne sie damit die Erinnerung an ihren Streit löschen, und als sie sie wieder öffnete, sah sie Liams geschundenes Gesicht vor sich. Er sah so verletzlich aus, so hilflos und gebrochen, dass sie eine riesige Woge der Trauer und des Schmerzes ergriff und sie am liebsten weinend zusammengebrochen wäre. Sie zerfleischte sich vor Selbstvorwürfen und konnte nicht fassen, wie sie so dumm hatte sein können, ihn verlassen zu wollen. Jetzt konnte es sein, dass er sie verließ, und auf einmal wurde ihr überdeutlich klar, wie ihr Leben ohne Liam aussehen würde. Sie nahm seine heile Hand, legte erst ihren Kopf mit der Stirn darauf und bedeckte sie dann mit heißen Küssen.

»Es tut mir leid«, flüsterte sie. »Es tut mir so leid.« Ganz gleich, wie oft sie diese Worte wiederholte – sie hatte das Gefühl, sie gar nicht oft genug sagen zu können.

Peter bog in die Baustelleneinfahrt ein und begrüßte winkend den Sicherheitsbediensteten, der ihn sofort erkannte und die Schranke öffnete. Nach Liams Unfall war die Baustelle für fast achtundvierzig Stunden geschlossen worden, damit die Sachverständigen vom Arbeitsschutz und den Versicherungsgesellschaften alles inspizieren konnten. Doch Duncan Cordays Einfluss war enorm, und so waren die Männer jetzt schon wieder unter Hochdruck am Arbeiten, obwohl die Bedingungen aufgrund des strömenden Regens alles andere als optimal waren.

Peter sah, wie ein rückwärtsfahrender Bagger gefährlich nah an eine Gruppe unaufmerksamer Arbeiter herankam, und schauderte.

Anfangs waren er und Liam beeindruckt gewesen von dem ambitionierten Zeitplan, und die von Duncan Corday verfügte Dringlichkeit hatte sie regelrecht berauscht. Adrenalin und Ehrgeiz hatten sie angetrieben. Sie waren richtig high gewesen, jede Deadline verschaffte ihnen einen neuen Kick. Duncan Corday hatte deshalb in seinem Leben so viel erreicht, weil er gute Führungsqualitäten besaß. Er verstand es, Menschen in seine Hochleistungswelt einzubinden, er verführte sie mit Beteuerungen ihrer Wichtigkeit, gab ihnen das Gefühl, unbezahlbar und oft auch unbesiegbar zu sein – ließ sie dann aber auch entsprechend schuften. Sein Vater sagte immer, Corday könne aus einem Zwei-Pence-Stück durch bloßes Umdrehen ein Zehn-Pence-Stück machen. Als Peter ihn endlich kennenlernte, war er mehr als erfreut gewesen, er hatte sich geehrt gefühlt. Mit ihm arbeiten zu dürfen war die Erfüllung eines Traums gewesen.

Ein Traum, so fürchtete Peter, der dabei war, sich in einen Albtraum zu verwandeln.

Für ihn stand außer Zweifel, dass die Verantwortung für Liams Unfall bei der Gerüstbaufirma lag. Das Problem war nur, dass diese Firma – wie fast alle Subunternehmen, die an diesem Bauprojekt beteiligt waren – ebenfalls Duncan Corday gehörte.

Peter hatte Lily überredet, noch einmal bei ihm in Truro zu übernachten. Am nächsten Morgen stand Lily besonders früh auf, weil sie vor dem Besuch im Krankenhaus nach Hause wollte. Es war ein kühler, trostloser Tag, und je weiter sie nach Westen kam, desto leerer wurden die ohnehin wenig befahrenen Straßen. Als sie dann über den höchsten Punkt einer Landzunge fuhr, erblickte sie Rose Cottage. Die weißen Mauern wirkten im fahlen Licht grau. Es war ein vertrauter und doch immer noch fremder Anblick für sie.

Kaum hatte sie die Haustür aufgedrückt, stieg ihr auch schon der typische muffige Geruch abgestandener Luft in die Nase. Sie stakste über den Haufen Post auf der Fußmatte und drehte die Heizung im Flur auf. Die alte Heizungsanlage rumpelte los. Sie bemerkte sofort, dass etwas fehlte, brauchte aber eine Weile, bis ihr klar wurde, was es war. Peter hatte, als er ihre Sachen holte, die Scherben der Vase zusammengekehrt. Als Lily sie in einer Plastiktüte auf dem Küchentisch entdeckte, betrachtete sie sie eine

Weile, bis ihr die Tränen kamen. Dann ließ sie sie in einer Schublade verschwinden. Aus den Augen, aus dem Sinn.

Sie ging hinauf ins Schlafzimmer und packte ein paar Sachen. Alles sah noch genauso aus wie an jenem Morgen. Das Bett war nicht gemacht, Liams Klamotten vom Vortag lagen ordentlich zusammengelegt auf dem Sessel in der Ecke, während ihre in einem wirren Haufen auf dem Boden neben dem Bett lagen, wo sie sie betrunken und wütend hingepfeffert hatte. Sie sammelte sie auf, nahm auch Liams Sachen vom Sessel und warf sie in den Wäschekorb im Badezimmer. Als sie ihr bleiches Gesicht im Spiegel erblickte, blieb ihr fast das Herz stehen.

Liam hatte ihr an jenem unheilvollen Morgen, nachdem er geduscht hatte, eine Nachricht auf dem beschlagenen, leicht verstaubten Spiegel hinterlassen, die nun immer noch zu sehen war: »Lily, ich liebe dich!«

Nach fünf Tagen hatte Lily eine seltsame Routine entwickelt. Den ganzen Tag wachte sie an Liams Bett, und nur, wenn sie so müde war, dass sie hätte heulen können, tauchte sie bei Peter auf. Sie hatte bisher überhaupt nicht geweint. Das war auch der äußerst aufmerksamen Liz Green nicht entgangen. Die Menschen reagierten alle unterschiedlich, wenn sie in eine solche Situation gerieten, Liz hatte schon so einiges erlebt. Panik. Schock. Manche wollten es nicht wahrhaben. Andere waren in ihrer Wut eine Gefahr für sich selbst und ihre Umwelt. Aber Lily Bonner war irgendwie anders. Sie strahlte stille Resignation aus, als habe sie den Unfall ihres Mannes vielleicht nicht gerade erwartet, aber doch irgendwie verdient, ging es Liz durch den Kopf.

Sehr seltsam.

Als Lily mit einem Stapel Zeitungen unterm Arm Liams Zimmer betrat, sah Liz zu ihr auf und lächelte sie aufmunternd an.

»Sein Blutdruck ist gestiegen.«

»Ist das gut?«

»Allerdings. Und die Schwellung im Kopf hat auch nachgelassen ...«

Mit großen Augen sah Lily Liam an, als müsse sein Körper deutliche Zeichen von Besserung zeigen. Er sah aber immer noch genauso aus wie vorher.

»Was bedeutet das?«, fragte Lily, doch die Schwester hatte das Zimmer bereits verlassen.

Lily setzte sich neben das Bett und ergriff Liams linke Hand. Sie drehte sie, fuhr mit dem Finger über seine Handfläche und verschränkte dann ihre Hand mit seiner. Mit der anderen Hand schlug sie die zuoberst liegende Zeitung auf.

Man hatte Lily am zweiten Tag erklärt, dass Komapatienten höchstwahrscheinlich hören konnten, was um sie herum vor sich ging, dass sie selbst aber nicht darauf reagieren konnten. Man hatte sie ermutigt, mit Liam zu sprechen, ihm seine Lieblingsmusik vorzuspielen und ihm vorzulesen.

In den letzten Tagen ging es in den Boulevardzeitungen ausschließlich um eine Reihe korrupter Politiker, eine skandalöse Geschichte, die als die neue Profumo-Affäre gehandelt wurde. Wäre Liam bei Bewusstsein gewesen, er hätte alles minutiös zu kommentieren gewusst.

Liam las keine Boulevardzeitungen, aber Lily fiel es leichter, daraus vorzulesen als aus den großformatigen, seriösen Medien. Das Vorlesen tat ihr selbst auch gut. Es hatte etwas Tröstliches, dass die Welt sich einfach weiterdrehte und auch die Menschen alle weitermachten, als wäre nichts gewesen, während man selbst vor dem Scherbenhaufen seines Lebens und einer ungewissen Zukunft steht.

Sie war gerade mitten in einem Bericht über irgendeinen für seinen lasterhaften Lebenswandel bekannten irischen Schauspieler, dessen in Las Vegas geschlossene Ehe ganze achtzehn Stunden gehalten hatte, als sie es spürte. Der Druck seiner Hand war so leicht und kurz wie ein Zittern, aber sie wusste, dass sie es sich nicht nur eingebildet hatte. Sofort richtete sie den Blick auf ihren Mann und dann auf die Monitore, doch sie verstand ihre Sprache nicht.

Lily sprang auf und drückte auf den Schwesternrufknopf. Dabei ließ sie Liams Hand keine Sekunde los, verzweifelt hielt sie sie umklammert in der Hoffnung, es noch einmal zu spüren und sich ganz sicher zu sein.

8

Es war ein sonniger Tag mit frühlingshaften Temperaturen gewesen. Mit Einbruch der Dämmerung war es zwar empfindlich abgekühlt, aber das hinderte Lily und Peter nicht daran, die wunderbar frische Luft in Peters kleinem Hofgarten zu genießen. Dicke Pullover, ein Heizstrahler und eine Flasche Rotwein sorgten dafür, dass ihnen nicht kalt wurde. Seit sie vor zwanzig Minuten nach Hause gekommen waren, hatten sie freundschaftlich schweigend dagesessen. Gemeinsam gaben sie sich der Abendstille hin und ließen die Sorgen des Tages hinter sich.

Sie hatten beide einen schlechten Tag gehabt – Lily im Krankenhaus und Peter auf der Baustelle.

Wie hatten sie dem Moment entgegengefiebert, wenn Liam endlich aufwachen würde! Als würde das seine vollständige Genesung bedeuten. Jetzt war er aufgewacht, und Lily wünschte sich fast, er wäre es nicht. Solange er im Koma lag, hatte er von seinem Elend wenigstens nichts mitbekommen. Nur sie und Peter hatten gelitten.

Die Ärzte waren davon überzeugt, dass er jetzt Fortschritte machen würde, aber er hatte solche Schmerzen, und Lily konnte es kaum ertragen, ihn so leiden zu sehen.

Und Peter hatte es seit dem Unfall generell nicht leicht auf der Baustelle, denn plötzlich behandelte man ihn anders. Der warmherzige, lockere Peter war es gewohnt, immer und überall mit offenen Armen empfangen zu werden. Nun erfuhr er zum ersten Mal im Leben, wie es sich anfühlte, unbeliebt zu sein. Mit der Penetranz eines in einem Mordfall ermittelnden Inspektor Columbo saß er dem Unfallsachverständigen im Nacken, denn er wollte, dass seinem Freund Gerechtigkeit widerfuhr. Zwar hatte die Corday-Gruppe die volle Verantwortung für den Unfall übernommen, doch über die Höhe des Schmerzensgelds verhandelten nun die Anwälte. Die Bauarbeiter waren immer noch freundlich zu Peter, aber die Gerüstbauer redeten praktisch nicht mehr mit ihm, sie betrachteten ihn nicht mehr als einen von ihnen, sondern als einen Außenstehenden. Gespräche verstummten, wenn er sich näherte, und einst freundliche Blicke waren nun misstrauisch.

Natürlich fehlte ihm Liam bei der Arbeit, aber das hätte er niemals offen zugegeben. Lily, Liam und seinem aus dem sonnigen Frankreich anrufenden Vater gegenüber tat er so, als sei alles in bester in Ordnung. Kein Grund zur Sorge.

Er schlief maximal drei Stunden pro Nacht.

Heute würde er warten, bis Lily ins Bett gegangen war und sich dann in die Küche setzen und wieder arbeiten.

Lily trank noch einen Schluck Wein, dann stellte sie das Glas ab und wandte sich Peter zu.

»Es wird Zeit, dass ich zurückfahre.«

»Ins Krankenhaus?«, fragte er ungläubig. Er riss den Blick vom Sternenhimmel los und sah Lily an. »Du bist doch den ganzen Tag da gewesen, Lily, und Liam schläft jetzt sicher.«

Sie schüttelte den Kopf.

»Das meine ich nicht.«

»Nach Hause?«

Sie nickte und trank noch etwas Wein, als könne der sie stärken.

»Wenn ich es denn so nennen kann.«

»Du weißt, dass du so lange hierbleiben kannst, wie du möchtest. Ich dränge dich nicht.«

Sie nickte halbherzig. Das Angebot war so verlockend. Peters kleines Häuschen war ihr in den letzten Tagen viel mehr ein Zuhause gewesen als Rose Cottage in den Monaten zuvor.

»Außerdem kommst du von hier doch viel schneller und einfacher zum Krankenhaus.« Er war selbst überrascht, wie ihn die Vorstellung, Lily nicht mehr täglich um sich zu haben, bewegte.

»Ich weiß, aber ich habe einfach das Gefühl, dass ich langsam zurückkehren sollte. Aus verschiedenen Gründen.«

Er nickte und fragte nicht weiter nach. Dafür war ihm Lily dankbar. Sie war sich nicht sicher, ob sie ihre mit der Rückkehr nach Rose Cottage verbundenen Gefühle angemessen würde ausdrücken können.

Ihr fiel nur die alte Geschichte von einem Reitunfall ein: Je länger man damit wartete, wieder auf ein Pferd zu steigen, desto schwieriger wurde es.

Sie nahm Peters Hand.

»Morgen früh besuche ich wie üblich Liam, aber abends werde ich dann zum Cottage fahren.«

»Bist du ganz sicher, dass du das willst?«

»Nein«, lachte sie. »Ich würde viel lieber hier bei dir bleiben, aber ich habe das unbestimmte Gefühl, dass du mich dann womöglich nie wieder loswirst.«

»Ich will dich auch nie wieder loswerden.« Er drückte ihre Hand.

»Du bist mir eine so große Hilfe gewesen, Peter. Ich weiß gar nicht, was ich ohne dich machen würde.«

»Dafür sind Freunde doch da.«

»Ja.« Lily beugte sich zu ihm hinüber und küsste ihn auf die Wange. »Aber nicht alle Freunde sind gute Freunde.«

Als Lily die Intensivstation erreichte, fing Liz Green sie bereits vor dem Schwesternzimmer ab. Sie lächelte.

»Gute Nachrichten. Er ist heute früh auf eine normale Station verlegt worden, in die Unfallchirurgie. Das ist ein ganz sicheres Zeichen dafür, dass der Oberarzt meint, er sei auf dem Wege der Besserung. Soll ich Sie hinbringen? Allein würden Sie sich vielleicht verirren.«

Sie begleitete Lily durch einen wahren Irrgarten von Gängen, während sie unaufhörlich auf sie einsprach. Eigentlich war Liz gar nicht so redselig, aber Lily Bonner hatte irgendetwas an sich, etwas so unendlich Verwundbares, dass man sie einfach entweder in den Arm nehmen oder mit Worten aufrichten musste. Liz hatte sie nun zwei Wochen lang beobachtet und meinte, eine tiefe Traurigkeit erkennen zu können, die weit über die Trauer nach dem Unfall des Ehemannes hinausging. Als sie die Unfallchirurgie erreichten, zog Liz einen Zettel aus der Tasche, notierte ihre Handynummer darauf und reichte ihn Lily. »Falls Sie mal das Bedürfnis haben, mich anzurufen. Egal, weswegen.«

Lily brachte keinen Ton heraus. Angesichts dieser freundlichen Geste kamen ihr sofort die Tränen, was Liz wiederum dazu veranlasste, sie in den Arm zu nehmen und noch einmal zu unterstreichen: »Ganz egal, weshalb. Rufen Sie einfach an, auch wenn Sie nur eine heiße Tasse Tee gebrauchen können oder ein bisschen reden wollen …«

Lily nickte dankbar, dann wischte sie sich die Tränen aus dem Gesicht, damit Liam nicht sah, dass sie geweint hatte. Liz war froh über das, was sie gerade getan hatte.

Immer wieder wurde man in diesem Beruf davor gewarnt, sich zu sehr auf die Patienten und deren Angehörige einzulassen, aber manchmal konnte sie eben nicht anders. Schließlich war es doch ein Pflegeberuf, den sie da ausübte, oder? Und den ergriff man in der Regel, weil man sich für seine Mitmenschen interessierte und sich um sie kümmern wollte.

Liam lag in einem privaten Einzelzimmer. Er schlief. Lily betrachtete ihn durch die Glasscheibe in der Tür. Die Schwellungen klangen nun langsam ab, die Blutergüsse verblassten und hinterließen ein blasses, abgemagertes Gesicht. Lily war unendlich erleichtert, ihn endlich ohne den Intensiv-Maschinenpark, ohne Monitore und Schläuche zu sehen.

Er konnte sich an den Unfall nicht erinnern. Nicht einmal an ihren Streit. Sie hatte ihn nicht danach gefragt, aber er hatte ihr nach dem Aufwachen mit dünner Stimme zugeflüstert, das Letzte, woran er sich erinnern könne, sei der Nachmittag vor dem Unfall gewesen, als er bei der Arbeit gewesen war.

Lily war darüber einerseits erleichtert – andererseits kam es ihr wie eine Strafe vor. Sie wurde von neuen Schuldgefühlen geplagt.

Von der Zeit auf der Intensivstation hatte er natürlich so gut wie gar nichts mitbekommen.

Wie ein Narkoleptiker schlief er immer wieder unvermittelt ein.

Die Ärzte hatten ihr erklärt, dass er immer noch unter Schock stand, doch sein Rückzug aus der wachen Welt in den Schlaf hing mit dem Morphin zusammen, das er regelmäßig verabreicht bekam, um die Schmerzen erträglich zu machen.

Sie fingen jetzt an, die Dosierung zu reduzieren, was bedeutete, dass er auf dem Weg in seine neue Realität war.

Er wachte auf, als Lily die Tür öffnete, und lächelte schwach. Irgendwie erleichtert, wie ein verloren gegangenes Kind, das endlich wieder ein vertrautes Gesicht sah. Er streckte die gesunde Hand nach ihr aus.

»Lily.« Mehr kam ihm nicht über die aufgesprungenen, trockenen Lippen, aber sein Blick sprach Bände.

Lily setzte sich auf den Stuhl neben seinem Bett, ohne seine Hand loszulassen.

»Na, du?«

»Bist du es wirklich?«, flüsterte er.

»Liam?« Besorgt runzelte sie die Stirn.

»Ich habe gerade geträumt, du wärst hier.«

»Und jetzt bin ich wirklich hier.« Wie zur Bekräftigung drückte sie seine Hand.

»Gut«, murmelte er und schloss die Augen.

Der einzige Lichtblick während all der von Schmerzen und Schmerzmitteln betäubten Tage, das Einzige, was sein kaputtes Leben noch irgendwie lebenswert erscheinen ließ, war Morgen für Morgen der Moment, an dem Lily hereinkam, sich neben ihn setzte und seine Hand nahm. Diese eine Berührung vermochte seinen Schmerz mehr zu lindern als jedes Medikament.

Doch der Schmerz war nicht das Problem. Mit dem Schmerz konnte er umgehen, er konnte ihn wegschließen wie ein dunkles Geheimnis, von dem man zwar wusste, dass es da war, das man aber weit genug verdrängen konnte, um trotzdem damit zu leben. Nein, was ihn fertigmachte, war die Hilflosigkeit. Der einzige Körperteil, der noch funktionierte, war seine eine Hand, mit der er sich an Lily festklammerte, als könne sie ihn davor bewahren, wieder abzustürzen.

Ärzte, Schwestern, Lily – sie redeten in seiner Gegenwart. Über ihn.

Liam hörte die Stimmen, schaffte es aber nicht, sich ausreichend auf das zu konzentrieren, was sie eigentlich sagten. Er kam sich vor wie in einem Kokon aus Watte, durch den er die Außenwelt nur gedämpft wahrnahm. Er hörte Gespräche, konnte sie aber nicht verstehen.

Man redete, als sei er gar nicht da – oder als sei er ein Stück Inventar, wie die Geräte, an die er angeschlossen war.

Der Assistenzarzt aus der Intensivstation sprach im Flüsterton mit jemandem – vielleicht mit dem Assistenzarzt der Unfallchirurgie. Normalerweise hörte Lily kommentarlos zu, aber heute mischte sie sich ein.

»Er soll noch einmal operiert werden?«, fragte sie mit sorgenvoll geweiteten Augen.

Er wirkte überrascht.

»Es gibt da noch ein paar Dinge, die repariert werden müssen, und der Chirurg glaubt, der Patient sei jetzt stark genug. Es ist nur zu seinem Besten, glauben Sie mir. Wir verfügen über die nötige Technologie – wir können ihn wiederherstellen«, erklärte der Assistenzarzt strahlend, doch Lily nickte nur, als hätte sie seinen Versuch, etwas Humor in die Sache zu bringen, nicht bemerkt. Dann schwang die Tür auf, und Anthony Edwards kam herein. Der Assistenzarzt richtete sich ein paar Millimeter auf, als der Vorgesetzte mit einem Gefolge aus jungen Ärzten und der Stationsschwester den Raum betrat.

Anthony Edwards war groß und ergraut, ihn umgab die Aura

eines Mannes, der es gewohnt war, dass man ihm zuhörte, sobald er den Mund aufmachte. Lily hegte keine großen Sympathien für ihn – nur die Hoffnung, dass er ihrem Mann wieder auf die Beine helfen konnte. Er behandelte sie nicht wirklich herablassend, nur wie ein sensibles Kind, das man mit Samthandschuhen anfassen musste, damit es keinen Tobsuchtsanfall bekam.

Er stellte sich am Fußende des Bettes auf. Sofort reichte der freundliche Assistenzarzt ihm die Krankenakte, in die er eben noch vertieft gewesen war.

»Wie geht es Ihnen heute, Mr. Bonner?«, erkundigte Dr. Edwards sich, ohne von der Krankenakte aufzusehen.

Er schien nicht weiter beunruhigt, dass Liam ihm nicht antwortete, und richtete den Blick von den Unterlagen direkt auf Lily.

»Kann ich bitte kurz mit Ihnen sprechen?«

Lily wusste nicht, was schlimmer war – wenn die Ärzte nichts sagten, oder wenn sie plötzlich etwas zu besprechen hatten. In beiden Fällen sackte ihr regelmäßig das Herz in die Hose.

Sie nickte und dankte Gott, dass Liam wieder eingeschlafen war und somit nicht sehen konnte, wie sehr sie gegen die Angst ankämpfte. Sie erhob sich und folgte dem Arzt auf den Gang, wo er mit der ihm eigenen Seelenruhe weitersprach. So sprach er immer, ganz gleich, welcher Art seine Mitteilungen waren.

Er war mit dem Heilungsprozess von Liams rechter Oberschenkelfraktur nicht zufrieden. Er wollte operieren. Den Knochen noch einmal brechen, makellos zusammensetzen, verschrauben und das Bein dann eingipsen. Bisher hatte man das Bein lediglich mit einer Schiene stabilisiert.

Lily schwieg. Sie musste das erst einmal verdauen. Man wollte seinem ohnehin schon geschundenen Körper absichtlich Schaden zufügen.

Dr. Edwards sah, wie sie innerlich zusammenzuckte, wie sie erschauderte bei der Vorstellung. Er rief sich in Erinnerung, dass er es nicht nur mit gebrochenen Knochen zu tun hatte, sondern auch mit Menschen, deren Gefühle er respektieren musste.

»Ich weiß, dass die Vorstellung ganz und gar grauenhaft ist …

Aber manchmal …« – seine Miene bekam plötzlich weiche, menschliche Züge – »… manchmal müssen gewisse Dinge erst richtig kaputt gemacht werden, damit man sie vollständig reparieren kann, so pervers das auch klingt.«

9

Der Mai kam, und mit ihm einige Veränderungen.
So sehr Lily sich vor dem neuerlichen Eingriff gefürchtet hatte, er bedeutete offenbar einen Wendepunkt für Liam. Langsam vollzog sich die körperliche Genesung. Die Schrauben und Gipsverbände machten ihm mindestens genauso zu schaffen wie die Verletzungen selbst. Aber er war auf dem richtigen Weg. Und auch sein Geist schien sich gut zu erholen. Das Schwindelgefühl, die Übelkeit und der Gedächtnisverlust ließen nach, und er konnte nach und nach wieder normal sprechen und schlafen.

Er machte gute Fortschritte, und Ende des Monats wurde beschlossen, dass er, falls die nächsten Wochen ähnlich gut verliefen, schon bald nach Hause entlassen werden konnte.

Lilys erster Gedanke war, mit ihm nach London zurückzukehren.

Was sollten sie denn jetzt noch hier?

Liam würde jetzt sicher einsehen, dass ihnen der Umzug nach Cornwall nur Unglück gebracht hatte.

Doch sie hatte sich getäuscht.

»Warum?«, fragte er, als sie ganz vorsichtig und ruhig davon sprach. »Warum sollen wir zurück nach London? Hier ist doch unser Zuhause, und Peters und meine Firma ... Was sollen wir in London?«

Sie wusste nicht, was sie ihm antworten sollte.

Bat ihn, noch einmal darüber nachzudenken, und versprach ihm, dies ebenfalls zu tun.

Je mehr sie darüber nachdachte, desto klarer sah sie. Er hatte recht. Was sollten sie in London? Er sehnte sich so sehr danach, wieder arbeiten zu können. Und überhaupt, wie sollte sie ohne Peter klarkommen? Peter war in den letzten Wochen ihr Fels in der Brandung gewesen. Ohne ihn hätte sie das alles nicht überlebt. Und sie hatte das Gefühl, dass sie ihn in den kommenden Monaten vielleicht noch viel mehr brauchen würde.

Ein Gefühl, das nur wenige Tage später bestätigt wurde, als sie ganz allein im Rose Cottage saß und darüber nachdachte, wie Liam denn bloß in diesem halbfertigen Haus zurechtkommen sollte.

Als Peter hereinkam, saß Lily am Küchentisch, den Kopf in die Hände gestützt. Vor ihr lag ein weißes Blatt Papier, in der linken Hand hielt sie einen Füller, der blaue Tintenflecke auf ihrer Stirn hinterlassen hatte. Sie sah blass und müde aus. Peter kam direkt vom Krankenhaus, wo er einen recht gut gelaunten Liam angetroffen hatte, und konnte sich daher ausrechnen, dass Lilys offenkundige Sorge nicht der Gesundheit ihres Mannes galt.

»Was ist? Was ist los, Lily?«

Sie hatte Ringe unter den Augen.

»Liam wird wahrscheinlich in ein paar Wochen entlassen. Aber er kann hier doch gar nicht zurechtkommen, so, wie das Haus aussieht. Es muss noch so viel gemacht werden, aber ich habe keine Ahnung, wo ich anfangen soll. Ich habe mich die ganze Zeit so darauf konzentriert, dass er wieder gesund werden muss, dass ich überhaupt nicht daran gedacht habe, wie das alles praktisch funktionieren soll, wenn er wieder hier ist. Guck dich doch mal um, Peter. So geht das nicht.«

Peter setzte sich neben sie an den Tisch und nahm ihre Hand.

»Dann sorgen wir eben dafür, dass es geht«, sagte er. »Lily. Du bist nicht alleine. Wir stehen das hier gemeinsam durch, okay? So, und jetzt gib mir mal den Stift. Wir gehen die Sache Punkt für Punkt durch. Also, erstens wird er eine ganze Weile nicht in der Lage sein, die Treppe hinaufzukommen.«

»Siehst du, daran hatte ich noch gar nicht gedacht. Wie blöd kann man eigentlich sein?«

»Das hat nichts mit blöd zu tun, Lily. Du hattest anderes zu tun.« Er nahm ihr den Stift aus der Hand.

»Also, wie wäre es, wenn wir aus dem Wohnzimmer ein Schlafzimmer machen, nur bis es Liam besser geht? Das heißt allerdings, dass im Erdgeschoss auch ein Bad installiert werden muss. Vielleicht könnten wir einen Durchbruch zum Nebengebäude machen, das du eigentlich als Hauswirtschaftsraum nutzen wolltest ... Immerhin sind da schon Wasserrohre verlegt.«

Er fing an zu zeichnen.

Peter nahm Lily nicht nur Stift und Papier ab. In seiner logischen, strukturierten und wohlüberlegten Art übernahm er auch die Koordination der Baumaßnahmen. Unter seiner Aufsicht verwandelte sich Rose Cottage Stück für Stück wieder in ein richtiges Haus. Er hielt sich nicht an die Pläne, die Liam eigentlich für diese bauliche Rohmasse gehabt hatte, und verwandelte sie dennoch in ein solides Domizil.

Fasziniert staunte Lily, wie das Haus dank vieler tüchtiger Handwerker nach und nach in neuem Glanz erstrahlte.

Zwar hatte Peter die Bauleitung inne, aber er befragte Lily stets, bevor eine endgültige Entscheidung getroffen wurde. Die Renovierung des Hauses war immer Liams Projekt gewesen, darum wollte Lily mit ihm über die vorgenommenen Arbeiten reden, aber er sagte, er müsse sich jetzt auf andere Dinge konzentrieren, er würde sich voll und ganz auf sie verlassen. Sie empfand das als eine Bürde, denn sie entschied ja nicht nur für sich selbst. Sie zerbrach sich den Kopf und überdachte immer alles doppelt und dreifach in der Hoffnung, mit der Entscheidung auch in Liams Sinne zu handeln.

Aber Lily genoss es, Menschen im Haus zu haben.

Peter hatte fast die Hälfte von Cordays Arbeitern für das Cottage-Projekt abkommandiert. Die Handwerker und anderen Subunternehmer kampierten in den Wochen des Umbaus vor dem Rose Cottage. In der Firma mochte man Liam, und so begegneten die Männer seiner Frau zunächst mit dem gleichen Respekt und der gleichen Achtung wie ihm – bis alle sich ein bisschen besser kennengelernt hatten. Schnell waren alle guten Manieren vergessen, es wurde geblödelt und gelacht und viel überzuckerter Tee getrunken. Es herrschte eine fröhliche Atmosphäre, die sich auch auf das sich neu formende Haus übertrug.

Gleichzeitig versuchte Liam, wieder ins Leben zurückzukehren. Er staunte, wie anders es jetzt war und wie viel er bisher für selbstverständlich genommen hatte.

Sein Leben bestand aus einer Endlosschleife aus Krankengymnastik, Ergotherapie und »Seelenklempnerei«, wie Peter die wöchentlichen Sitzungen mit einem Psychologen so schön nannte.

Der Unfall-Sachverständige besuchte ihn, aber das Gespräch fiel äußerst kurz aus, weil Liam sich noch immer nicht an den Unfall erinnern konnte. Er wusste, dass er am Abend vorher mit Peter in einer ziemlich vollen Bar gewesen war und konnte sich auch noch an Duncan und Christian Corday in einer Wirtschaft am Stadtrand von Penzance erinnern. Ab da hatte er einen Filmriss.

Das Gespräch war eine reine Formalität.

Der Sachverständige erklärte, dass die Verantwortung ganz klar bei der Gerüstbaufirma lag, die ihrerseits mit dem zuständigen Angestellten kurzen Prozess gemacht hatte. Obwohl Liam bei dem Unfall fast ums Leben gekommen war, tat ihm jener unbekannte Mann leid, dessen Leben doch eine ganz ähnliche Bruchlandung erlitten hatte wie seines.

Irgendwann tauchte auch Duncan Corday auf, an einem Samstagmittag auf dem Weg zum Golfplatz. Er gab sich jovial und herzlich und mimte den besten Kumpel, kam aber in Begleitung eines Mannes, den er als seinen guten Freund und Golfpartner vorstellte, der aber zufällig auch sein Rechtsanwalt war.

Sie blieben eine halbe Stunde, hatten Zeitschriften, Blumen und einen riesigen Obstkorb besorgt und plauderten über alles und nichts.

Später sah sie Lily, die ebenfalls gerade im Krankenhaus war, mit Dr. Edwards, Liams Oberarzt, reden. Misstrauisch beobachtete sie die Runde eine Weile aus sicherem Abstand und hörte, wie Liams Name mehrfach fiel.

Als Lily zu ihnen stieß, brachte das die Männer nicht im Geringsten aus der Ruhe, und sie erklärten, Dr. Edwards sei ein alter Freund und Golfpartner.

Sie erzählte Liam nichts davon.

Es gab so viele Gründe, warum sie über Liam gesprochen haben konnten. Verglichen mit all den anderen Dingen, die sie zurzeit belasteten, war dieser kleine Zwischenfall zu vernachlässigen. Was sie im Moment am meisten beschäftigte, war der Umstand, dass Liam hin und wieder überhaupt kein Gefühl in seinem operierten Bein hatte.

Man hatte ihn untersucht und wieder untersucht, aber keine somatische Erklärung finden können.

Es war, als läge ein periodischer Fehler in seinem Schaltkreis vor, sagte der Arzt.

Lily war erschüttert, dass sich das Behandlungsteam von dieser neuen Entwicklung nicht weiter beunruhigt zeigte. Offenbar ging man davon aus, dass sich das Problem von selbst lösen würde. Ja, es wurde sogar angedeutet, die Ursache für die Lähmungserscheinungen sei wohl eher psychischer oder emotionaler Natur.

Diese Einschätzung hatte immerhin den Vorteil, dass Liams Entlassung tatsächlich in greifbare Nähe rückte.

Peter und Lily entlockten den Arbeitern am Haus die kühnsten Versprechungen, was den Zeithorizont für die Erledigung der letzten Arbeiten anging – und die Männer hielten ihre Zusagen. Sie hatte sie noch nie so schweigsam und konzentriert arbeiten sehen. Das Ergebnis war rundum beeindruckend, und Lily verabschiedete sich mit einem lachenden und einem weinenden Auge von ihren neuen Freunden.

Kaum war der letzte Dank verhallt, holte sie die noch immer auf dem Dachboden Staub sammelnden Umzugskartons herunter. Monate nach ihrem Einzug in Rose Cottage fing sie endlich an, auszupacken.

Am Tag bevor Liam aus dem Krankenhaus entlassen wurde, war Lily zum ersten Mal ganz allein in dem frisch renovierten Haus.

Es war Sonntag, und sie beschloss, zu dem kleinen Laden an der Küstenstraße zu laufen und eine Zeitung zu kaufen. Seit sie ihrem Mann nicht mehr täglich aus den Zeitungen vorlas, hatte sie das regelmäßige Zeitungslesen für sich selbst fortgeführt. So fühlte sie sich weniger isoliert.

Es regnete wieder einmal, allerdings war es nur ein kurzer Schauer. Die Sonne hatte bereits einen Teil der Wolken verdrängt. Und als habe sie auch das Meer weggeschoben, lagen die Boote mit ihren algenbedeckten Rümpfen auf dem Trockenen.

Als Lily am Alten Windenhaus am Hafen vorbeikam, stellte sie überrascht fest, dass die niedrige Tür offen stand. Das Alte Windenhaus beherbergte einst die Winden, mit denen die Schiffe aufs Trockendock gezogen wurden, und war heute ein Geschenkladen mit Kunstgalerie. Seit sie hier wohnte war es allerdings immer geschlossen gewesen, lediglich ein Schild kündigte an, dass man »im Frühjahr« wieder öffnen würde. Keine genauere Zeitangabe. Die blassrosa Blüten der Pflanzen in den Holzkübeln rechts und links der Tür hatten sich zur Sonne hin geöffnet. Vielleicht waren sie das Zeichen dafür, dass es nun endlich Frühling war.

Lily ließ sich nur zu gerne von ihrem eigentlichen Vorhaben ablenken. Ihre Gedanken waren in den letzten Wochen um kaum etwas anderes als den Gesundheitszustand ihres Mannes gekreist, doch heute war sie richtig neugierig und trat ein.

Nachdem ihre Augen sich an das Dämmerlicht gewöhnt hatten, sah sie, dass sich im Erdgeschoss zwar keine Kunden befanden, dafür aber jede Menge Waren, die die Touristen ansprechen sollten. Seidenschals, handgeschnitzte Spielsachen, selbstgenähte Röcke, Blusen und Westen, wunderbar bestickte Kinderkleidchen, Schmuck, Duftkerzen, Trockenblumen, Keramik.

Eine schmale Wendeltreppe führte in den ersten Stock.

Vorsichtig erklomm sie die Metallstufen. Der obere Raum war weiß gestrichen, hatte eine Kuppeldecke und wurde vom Tageslicht erleuchtet, das durch mehrere niedrige Bogenfenster fiel. Hier oben war die Galerie untergebracht. Drucke und Gemälde, Fotografien und Postkarten hingen an den Wänden, fächerten sich in Grafikständern auf und lagen auf dem großen, dunklen Eichentisch in der Mitte des Raumes.

Auch hier war niemand. Lily war ganz in ihrem Element. Sie betrachtete alle Ausstellungsstücke an den Wänden und in den Ständern. Zwei Mal ging sie alles durch, dann kehrte sie zu dem zurück, was ihr am besten gefallen hatte, einem Arrangement aus acht gerahmten Drucken.

Es dauerte einen Moment, bis sie sich darüber im Klaren war, ob es sich dabei um Gemälde oder Fotografien handelte, weil alles ein klein wenig unscharf war. Sie kam zu dem Schluss, dass es sich um Aufnahmen handelte, wunderschön, von Land und Meer.

»Phantastisch«, murmelte Lily.

Die Galerie, in der sie in London gearbeitet hatte, stand in keinem Vergleich zu dieser. Ein vor Exklusivität strotzendes Etablissement mitten in Chelsea, wo ein einziges Gemälde schon mal mehr kosten konnte als eine große Penthousewohnung in den Docklands.

Ihr hatte es dort trotzdem gefallen.

Sie empfand ihren Arbeitsplatz als einen Ort der Ehrfurcht. Eine Kirche der Künste. Sie hatte die Ehre gehabt, von Cézannes, Chagalls, Matisses, Lichtensteins und einmal sogar einem Picasso umgeben zu sein.

Die bunte Mischung aus Kunst und Kunsthandwerk, die sie hier antraf, war so anders – und sprach sie fast noch mehr an. Jedes Ausstellungsstück war von ergebenen Künstlerhänden mit der gleichen Sorgfalt und Kreativität geschaffen worden wie jener Picasso, den sie so sehr bewundert hatte.

Wie kam es, dass das eine so viel mehr wert war als das andere?

Wie kam es, dass ein Gemälde Millionen wert war, während ein anderes, das genauso schön anzusehen war und ihm in Sachen Kunstfertigkeit, Integrität und Intensität in nichts nachstand, in dieser kleinen Galerie herumhing und für nur neunzig Pfund den Besitzer wechseln sollte?

Dann hörte sie jemanden die Treppe heraufkommen. Sie drehte sich um und erblickte einen rotbraunen Lockenschopf, gefolgt von einem freundlichen Gesicht mit hellgrauen Augen und langen, dunklen Wimpern.

Sie strahlte Lily an. Kein oberflächliches Lächeln, nein, diese augenscheinlich etwas ältere Frau strahlte von innen heraus.

»Halli-hallo ... Dachte ich es mir doch, dass ich hier oben jemanden hören konnte. Sie sind meine erste Kundin dieses Jahr! Herzlich willkommen! ... Tut mir leid, ich war unten im Lagerraum und bin die alten Bestände durchgegangen ...« Sie reichte ihr die Hand. »Ich bin Abi Hunter.«

Sie hatte einen Mokkateint, und ihre kleine Nase zierten einige Sommersprossen.

»Wohnen Sie im Crooked Compass?«

»Lily Bonner«, stellte Lily sich vor, ergriff ihre Hand und schüttelte den Kopf. »Nein, ich lebe hier.«

»Sie *leben* hier?«

Ihr Erstaunen bestätigte Lily in der Annahme, dass es sich bei Merrien Cove in Wirklichkeit um eine Geisterstadt handelte, in der nur ein paar Fischer und Möwen lebten.

Lily nickte.

»Etwas außerhalb.«

»Dann sind Sie aber neu hier.«

»Wir sind Anfang des Jahres hergezogen.«

»Dachte ich es mir doch. Ich kenne nämlich jeden hier, aber gut, das ist ja auch kein Kunststück. Sind ja nur ein paar Handvoll. Na, also dann herzlich willkommen in Merrien Cove! In welchem Haus leben Sie denn?«

»In dem alten oben auf der Landzunge.« Lily verzog das Gesicht. »Rose Cottage.«

»Ach, Sie sind das?« Das Gesicht der Frau erhellte sich. »Na, dann muss ich ja sogar sagen: Herzlich willkommen, Frau Nachbarin!«

»Leben Sie im Driftwood Cottage?«

»Allerdings. Was für ein Zufall, ich wollte nämlich heute Abend mit einem Apfelkuchen bei Ihnen vorbeischauen. Keine Sorge. Den hat Bob gebacken, nicht ich«, erklärte sie, als wüsste Lily, wer Bob sei. »Das heißt, es handelt sich um einen köstlichen, essbaren Kuchen und nicht um etwas, was man besser als Ersatzreifen im Kofferraum verstaut.«

Beide Frauen lachten herzlich.

»Ich wäre gerne schon früher vorbeigekommen, aber ich bin erst seit zwei Tagen wieder hier, und gestern war ich den ganzen Tag damit beschäftigt, hier die Spinnweben zu entfernen. Als ich damit fertig war, war ich alles andere als salonfähig. Sie hätten mich mal sehen sollen, die Haare voller Spinnweben. Die armen Viecher«, sinnierte sie, und Lily kombinierte ganz richtig, dass sie damit die Spinnen meinte. »Den ganzen Winter haben sie ihre Ruhe und machen es sich hübsch gemütlich, und dann komme ich wieder und schmeiße sie auf die Straße, na ja, den Strand. Ich bin den ganzen Winter weg gewesen«, erklärte sie.

»Wo sind Sie denn gewesen?«

»Ich habe meinen Sohn in Madagaskar besucht.«

»Madagaskar?« Lily assoziierte sofort Segelschiffe auf orange leuchtendem Wasser und Gewürzmärkte. »Lebt er dort?«

»Der alte Nomade? Nein, der lebt nirgendwo beziehungsweise überall. Er gondelt durch die Weltgeschichte, lässt sich von Wind, Lust und Laune treiben. Und ich mit meinen arthritischen Knochen hatte nun das Glück, dass er den hiesigen Winter an einem heißen Ort verbrachte, das hat mir jede Menge Hotelkosten gespart. Ich bin nämlich eine Art Zugvogel, müssen Sie wissen, ich komme mit dem englischen Winter nicht klar und fliege in wärmere Gefilde, sobald die ersten Blätter fallen. Aber es ist auch jedes Mal wieder schön, zu Hause zu sein. Wenn ich weg bin, vergesse ich, wie gerne ich eigentlich hier bin. Angeblich soll man Zuneigung ja viel stärker empfinden, wenn man getrennt ist, aber in meinem Fall stimmt das nicht. Jedes Jahr dasselbe – ich will am liebsten nicht wiederkommen, aber wenn ich dann erst hier bin, frage ich mich, wieso ich überhaupt weg gewesen bin.«

»Leben Sie denn schon lange hier?«

»In Merrien Cove? Ach, das müssen bald dreiundzwanzig Jahre sein, glaube ich.« Sie runzelte die Stirn, als überraschte sie das selbst. »Schon ganz schön lange, oder?«

»Dann muss es Ihnen hier ja gefallen.«

»Merrien Cove hat mehr zu bieten, als man glaubt.« Abi war Lilys zweifelnder Unterton nicht entgangen. »Außerdem habe ich hier meine Wurzeln und natürlich mein Geschäft. Ich weiß, dass es im Winter wie ausgestorben ist, aber mir passt das gut in den Kram. So kann ich den Laden in der kalten Jahreszeit ohne allzu große Verluste guten Gewissens zumachen und mich für ein paar Monate verkrümeln.«

»Sie haben hier ja einen ganz phantastischen Arbeitsplatz.« Lily sah sich noch einmal in dem ungewöhnlichen Raum um. »Es ist toll hier.«

»Ja, bis auf die etwas dürftige Infrastruktur, sozusagen … Das ist ziemlich lästig, wenn man gerne eine Tasse Kaffee hätte oder dringend mal muss … Was auf mich gerade beides zutrifft. Eine Toilette gibt's hier nicht, und unser Wasserkocher hat im Herbst das Zeitliche gesegnet. Ich hatte noch keine Gelegenheit, einen neuen zu besorgen. Normalerweise habe ich ja eine Aushilfskraft, da kann ich auch mal schnell verschwinden, aber die Gute ist wohl etwas spät dran heute. Eher suboptimal am ersten Tag, aber ansonsten kann ich mich über sie nicht beklagen.«

»Wie halten Sie das denn bloß ohne Toilette aus?«, wollte Lily wissen.

»Wir wechseln uns ab«, grinste Abi. »Bob hat mich von Anfang an gewarnt, dass der Schuppen hier nicht hundert Prozent geeignet wäre, aber finden Sie nicht auch, dass ein altes Windenhaus viel interessanter ist als irgendein olles Ladenlokal, selbst wenn das Ladenlokal alles hat, was das Leben angenehmer macht? Wenn es ganz dringend ist, gehe ich schnell rüber zu Betty. Die hat in der Regel Mitleid mit mir und lässt mich ihre Toilette benutzen.«

»Betty?« Abi zeigte zum reetgedeckten Cottage gegenüber.

»Betty Proctor. Entzückende alte Dame, lebt schon ihr ganzes Leben hier. Und macht unter Garantie jedes Jahr Winterschlaf, denn im Winter bekommt man sie nie zu Gesicht. Ihr Vater war Fischer. Und ihr kleiner Bruder ist es immer noch.«

»Proctor?«

»Genau. Kennen Sie ihn?«

»Kennen wäre zu viel gesagt. Wir grüßen uns.« Lily musste lachen, was verwunderte Blicke von Abi auslöste. »Ich finde, er sieht selbst schon so alt aus, da kann ich mir gar nicht recht vorstellen, dass er der *kleine* Bruder von jemandem sein soll«, erklärte sie.

»Ich weiß, was Sie meinen. Ich glaube, Betty ist ungefähr hundertdreiundvierzig Jahre alt. Und einfach ein Schatz. Genauso fit wie Sie und ich. Und einen Humor hat die Dame! Gehen Sie doch einfach mal rüber, und stellen Sie sich vor … Sie kommt selbst nicht mehr viel aus dem Haus, da freut sie sich ganz besonders über jeden Besuch … Selbst wenn der nur kurz bei ihr aufs Klo huscht …« Abi verzog das Gesicht und trat nervös von einem Fuß auf den anderen. Dann zeigte sie auf eine braune Schüssel in der Ecke. »Zur Not kann ich ja da reinpieseln. Das Ding steht schon seit fünf Jahren hier, ohne dass jemals jemand auch nur das geringste Interesse daran gezeigt hätte. Wird Zeit, dass es eine neue Bestimmung bekommt.«

Lily lachte laut los.

»Ich kann gerne hier warten, bis Ihre Aushilfe kommt«, bot sie dann zaghaft an. »Oder bis Sie wieder hier sind, je nachdem.«

»Das ist wirklich sehr freundlich von Ihnen, aber das wäre nun wirklich zu viel verlangt.«

»Ach was, ich habe nichts weiter vor. Ich mache das gerne. Und ich verspreche Ihnen, dass die Kasse auch noch da sein wird, wenn Sie zurückkommen.«

»Daran zweifle ich keine Sekunde …«

»Allerdings könnte es passieren, dass ich das Bild da in meiner Handtasche verschwinden lasse.«

Abi sah zu dem Bild, auf das Lily gedeutet hatte, dann lächelte sie.

»Gefällt es Ihnen?«

»Es ist wunderschön.«

Abis Lächeln wurde breiter. Ihr war der Stolz ins Gesicht geschrieben.

»Das ist mein Sohn Nathan. Also, seine Arbeit, meine ich. Er hat das Bild gemacht. Er ist Fotograf. Ich fand schon immer, dass er Talent hat, aber ich bin ja auch seine Mutter ... Alle acht dort an der Wand sind von ihm. Er hat schon mal was im *National Geographic* veröffentlicht. Und auch in der *Vogue* und in *The Face*, aber Modefotos macht er nur, um seine Leidenschaft für Landschaften zu finanzieren ... Nun, ich schweife ab, wie üblich. Also wenn Sie wirklich hier für mich die Stellung halten wollen ...« Sie fing wieder an zu hüpfen.

»Sicher, kein Problem. Ich mache das gerne ... Ich habe in London in einer Kunstgalerie gearbeitet, und irgendwie fehlt mir das ...«

»Wirklich?« Das ließ Abi ihre Blase wieder einen Moment vergessen. »In welcher denn?«

»David Lithney, in der Nähe vom Soho Square.«

»Oha, na, das ist ja ein bisschen was anderes als das hier ...«

»Kennen Sie sie?«

»Natürlich, aber ich habe mich ehrlich gesagt noch nie getraut, hineinzugehen, ich habe nur schon des Öfteren am Schaufenster geklebt.«

»Schade. Ist nämlich gar nicht so schlimm, wie es scheint ... Wenn Sie mal wieder in der Nähe sind, gehen Sie hinein und fragen Sie nach Ruth, die wird sich um Sie kümmern ... sie würde Sie sogar die Toilette benutzen lassen ...« Lily lächelte Abi scheu an.

»Wenn ich gewusst hätte, dass es in dem Laden tatsächlich menschliche Wesen gibt, wäre ich vielleicht nicht so zurückhaltend gewesen ... Und Sie sind sich ganz sicher, dass ich Sie hier kurz allein lassen kann?«

»Nun gehen Sie schon!«

Abi lächelte sie dankbar an und ging die Treppe hinunter. Sie holte ihre Handtasche hinter dem Tresen hervor und klopfte auf den Hocker.

»Setzen Sie sich doch. Ich beeile mich!«

Keine fünf Minuten später kam ein vielleicht neunzehnjähriges Mädchen zur Tür hereingestürzt. Sie hatte olivefarbene Haut und lange, dunkle Haare. Trotz der frühlingshaften Wärme trug sie einen Dufflecoat und die gestreifte Wollmütze mit dem dazu passenden Schal, die auch in diesem Laden zu kaufen waren. Überrascht sah sie Lily aus ihren kleinen braunen Augen an, als sie sie hinter dem Verkaufstresen sitzen sah.

Lily lächelte sie an, doch das Lächeln wurde nicht erwidert.

»Wer Sie sind? Wo ist Mrs. Hunter?«

Sie sprach gebrochenes Englisch mit starkem Akzent und klang ziemlich unwirsch.

»Sie ist nur ein paar Minuten weg, kommt aber gleich wieder. Ich bin Lily, ich halte hier die Stellung, bis sie zurück ist.«

Wie aufs Stichwort duckte sich Abis Lockenmähne unter dem niedrigen Türsturz herein.

»Ah, Anna, da bist du ja! Prima. Lily, das ist Anna, meine rechte Hand.«

Annas zusammengepresste Lippen formten sich zu einem kurzen Lächeln.

»Anna, das ist Lily, meine neue Nachbarin, sie wohnt im Rose Cottage.«

Das Mädchen beäugte sie weiterhin schweigend.

»Bist du auch den ganzen Winter weg gewesen?« Der starre Blick des Mädchens verunsicherte Lily und verleitete sie zu einem übertrieben strahlenden Lächeln.

»Ich war in Spanien zu besuchen meine Familie«, antwortete das Mädchen und verstaute ihre große Leinentasche unter dem Tresen. Dann sah sie Lily durchdringend an. Lily sprang vom Hocker auf, und das Mädchen nahm ohne Umschweife ihren Platz ein.

»Anna kommt aus Barcelona, die Glückliche«, erklärte sie und reichte dem Mädchen eine der Kaffeetassen, die sie mitgebracht hatte. »Keine Ahnung, was sie hier will, wo sie sich doch in der Sonne aalen und von Gaudí inspirieren lassen könnte ...«

»Ich hier, um zu lernen Englisch.« Anna nahm Abi offenbar eine Spur zu ernst.

»Na ja, aber ich meine doch, du könntest dort das gute Wetter genießen, umgeben von beeindruckender Architektur, toller Gitarrenmusik und heißen Spaniern mit dunklen Augen und Knackärschen.«

Abi zwinkerte Lily zu und reichte auch ihr eine Tasse Kaffee. »Schönen Gruß von Betty. Ich wusste nicht, wie Sie ihn trinken ... Mit Milch, ohne Zucker, ist das recht?«

»Aber das wäre doch nicht nötig gewesen ...«, hob Lily an.

»Das Gleiche könnte ich auch sagen.« Abi grinste. »Ich bin Ihnen ja so dankbar. Ich bin nämlich viel zu alt, um lange einhalten zu können. In Madagaskar hätte das fast zu einem Zwischenfall geführt. Nathan wollte mich unbedingt auf einen Kamelritt mitnehmen, das war natürlich ein einmaliges Erlebnis, aber auf diesen Viechern kommt man unterwegs weiß Gott nicht an vielen öffentlichen Toiletten vorbei ... Also, wissen Sie, wir kennen uns kaum, und ich rede über nichts anderes als meine Blasenschwäche ... Na ja, wie dem auch sei, ich musste so dringend, aber um mich herum war meilenweit nichts anderes zu sehen als Dünen ... Und wenn ich sage meilenweit, dann meine ich buchstäblich meilenweit, und leider war keine einzige der Dünen so geformt, dass ich mich dahinter hätte verstecken und erleichtern können ...«

Abi plapperte wie eine Weltmeisterin, während Anna kein Wort sagte und ziemlich mürrisch wirkte. Aber das fiel Abi gar nicht weiter auf. Sie hatte sich in Fahrt geplaudert.

Lily genoss Abis nicht enden wollenden Redeschwall. Es war verdammt lange her, seit jemand ihr so viel erzählt hatte.

Ihre Londoner Galerie-Kollegin Ruth war auch so eine Quasselstrippe gewesen, das hatte Lily manchmal fast zur Verzweiflung getrieben. Schon komisch, wie man selbst die enervierendsten Dinge vermissen konnte.

Nach zehn Minuten erinnerte sie sich, dass sie ja noch zu Liam ins Krankenhaus wollte. Nur ungern verkündete Lily, dass sie gehen müsse.

Abi machte ein ehrlich enttäuschtes Gesicht. »Jetzt schon? Aber Sie schauen doch bei Gelegenheit mal wieder rein, oder?«

»O ja, ganz bestimmt. Ich möchte nämlich eins der Bilder Ihres Sohnes kaufen, das mit der untergehenden Sonne, die sich in der Pfütze zwischen den Felsen spiegelt. Könnten Sie es wohl für mich reservieren? Ich wollte eigentlich nur eine Zeitung holen, darum habe ich kaum Geld bei mir. Und ich will nicht riskieren, dass es mir jemand wegschnappt.«

»Seien Sie doch nicht albern, nehmen Sie es jetzt mit, und bezahlen Sie es, wenn Sie das nächste Mal hier sind.«

»Das geht doch nicht.«

»Natürlich geht das. Ich habe Ihnen vorhin mein ganzes Geschäft anvertraut, da werde ich Ihnen doch wohl wegen eines Bildes vertrauen können. Außerdem sind wir Nachbarn. Höchstwahrscheinlich werde ich mir bei Ihnen bis zum nächsten Winter so viel Gin und Zucker borgen, dass das Bild damit locker bezahlt wäre.«

»Dann muss ich aber schnellstens etwas Gin besorgen.«

»Wie bitte? Sie haben keinen Gin im Haus?« Abi tat schockiert. »Das kann doch nicht Ihr Ernst sein!«

Auf dem Nachhauseweg besah Lily sich Driftwood Cottage etwas genauer. Erst da fiel ihr auf, dass der Haufen durchnässter Post verschwunden war und die Vorhänge beiseitegezogen waren. Erstaunlich, wie solche Kleinigkeiten den Gesamteindruck eines Hauses verändern konnten. So ähnlich, wie wenn sie sich die Haare bürstete und die Wimpern tuschte, bevor sie aus dem Haus ging – sie sah dann einfach tausend Mal besser aus.

Zu Hause angekommen, ging Lily gleich nach oben ins Schlafzimmer und hängte das Bild auf. Zuerst zwischen die beiden Fenster dem Bett gegenüber, wo es aber irgendwie mit der Aussicht konkurrierte. Also hängte sie es über das Kopfende des Bettes, nur um dann zu befinden, dass es einen viel exponierteren Platz verdient hatte. Sie brachte es hinunter in Liams neues, vorübergehendes Schlafzimmer und hängte es dort auf.

Auf dem Weg in die Küche, wo sie sich eine Tasse Kaffee brühen wollte, bemerkte sie, dass die Sonne schien. Zwar freute sie sich darüber, aber im Sonnenlicht fiel ihr umso mehr auf, in welch desolatem Zustand sich der Garten befand.

Am schlimmsten stand es um den Rosengarten. Alles, was davon über die Mauer hinweg zu sehen war, waren wild wuchernde Dornenranken. Lily hoffte, dass er nicht mehr trist und unordentlich, sondern wild und romantisch aussehen würde, sobald die vielen, vielen Knospen blühten. Am besten ohne ihr Zutun. Denn obwohl sie de facto nur die winzige Terrasse, die die meiste Zeit im Schatten lag, als Garten nutzen konnte, ignorierte sie standhaft, dass der Rosengarten ein Teil ihres Anwesens war.

Sie stellte die Kaffeetasse ab, zog eine Schublade auf und holte ein Paar nagelneuer, unbenutzter Gartenhandschuhe hervor.

Sie streifte sie über.

Trank behandschuht den Kaffee aus und hing ihren Gedanken nach. Dann zog sie die Handschuhe wieder aus, legte sie in die Schublade zurück und begann, sich für ihre Fahrt zum Krankenhaus fertig zu machen.

Liam vermisste seine Musik.

Sie hatte ihm einen iPod gekauft – eine Entwicklung der Unterhaltungselektronik, die bisher an ihnen vorübergegangen war – und so viele Titel wie möglich draufgeladen.

Liam freute sich ein Loch in den Bauch.

Dies zusammen mit der Tatsache, dass tatsächlich noch immer die Sonne schien, als sie aus dem Krankenhaus kam, gab Lily neuen Auftrieb.

Als sie zum Rose Cottage zurückkam, legte sie eine von Liams Lieblings-CDs auf, drehte auf fast volle Lautstärke und ging hinaus auf die Terrasse.

Sie stellte einen der umgefallenen Stühle auf, wandte ihn der Sonne zu, wischte die Sitzfläche grob ab und setzte sich mit dem Rücken zum Rosengarten darauf. Sie schloss die Augen und lauschte dem Rauschen der Wellen jenseits des Steilhangs, das trotz der lauten Musik noch zu hören war.

So verharrte sie eine ganze Weile. Ließ sich von der Sonne wärmen und von der Musik tragen.

Als sie plötzlich eine Stimme hörte, fuhr sie erschrocken zusammen. Kaum sah sie jedoch, wer es war, atmete sie erfreut und erleichtert auf.

»Ich habe geklopft, aber ...«, lächelte Abi entschuldigend. Sie hatte beide Hände voll.

»Tut mir leid, habe ich nicht gehört.« Lily nahm die Fernbedienung, richtete sie nach drinnen und stellte die Musik leiser. »Ich habe mich derart daran gewöhnt, ganz allein hier draußen zu sein, dass ich überhaupt nicht an meine Nachbarn gedacht habe. Ist viel zu laut, oder? Tut mir wirklich leid«, entschuldigte sie sich.

»Keine Sorge, ich bin nicht hier, um mich über den Lärm zu beschweren.« Abi hielt den zugedeckten Teller in ihrer Hand hoch. »Ich habe einen Kuchen mitgebracht, wie versprochen. Allerdings keinen Apfelkuchen, ich schätze eher Kirsch. Ich weiß es nicht genau – Bob hat ungefähr ein halbes Dutzend für mich eingefroren, bevor er sich nach Mailand verzog. Aber ganz gleich, was es ist, es ist köstlich, glauben Sie mir. Bob ist der beste Koch diesseits des Tamar. Und« – sie winkte mit der Gin-Flasche in ihrer anderen Hand – »ich hab auch einen Notfalltropfen dabei.«

Sie stellte beides auf den schmiedeeisernen Tisch und strahlte Lily an.

»Gläser haben Sie wohl selbst, dachte ich, darum hab ich keine mitgebracht.«

Lily erwiderte ihr Lächeln.

»Ja, natürlich, und Eis, und vielleicht sogar eine Zitrone.«

Lily bat sie, sich zu setzen, und holte alles Weitere aus der Küche. Dann schenkte sie ihr einen ordentlichen Schluck Gin ein, füllte das Glas mit Tonic auf und reichte es ihr.

Abi machte ein erstauntes Gesicht.

»Trinken Sie nicht mit?« Sie sah auf die Uhr. »Ist es Ihnen noch zu früh am Tag?«

»Ich trinke nie Gin. Habe mal gehört, dass man davon schlechte Laune bekommt, und ich finde, ich bin auch so schon trübsinnig genug.« Lily lächelte scheu, was Abi nur noch breiter grinsen ließ.

»Ach, papperlapapp, das ist doch ein Ammenmärchen.«

Sie stand auf, holte ein zweites Glas aus der Küche und mixte Lily einen ebenso starken Drink wie ihren. Dann reichte sie ihr das Glas.

»Prost.«

Lily gab nach, hob ihr Glas und nippte daran.

»Gar nicht so schlecht«, seufzte sie, als die kalte Flüssigkeit ihr warm die Speiseröhre hinunterlief, direkt in den – wie ihr erst jetzt auffiel – leeren Magen.

»Was hatten Sie denn erwartet?«, wollte Abi mit erstaunt geweiteten Augen wissen.

»Ich mochte das Zeug früher nicht.«

»Ich finde, jeder sollte in seinem Leben regelmäßig Dingen, die er eigentlich nicht mag, eine zweite Chance geben. Da erlebt man nämlich so einige Überraschungen. Und es ist doch schön, hin und wieder mal überrascht zu werden, oder? Na, jetzt sagen Sie schon: Wieso sind Sie trübsinnig?«

Lily staunte über diese Direktheit.

»Na ja ... Es ist alles nicht so einfach gewesen in letzter Zeit ...«, wich sie aus.

»Nicht so einfach?«, hakte Abi nach.

»Mein Mann Liam hatte vor beinahe zwei Monaten einen Unfall ... einen ziemlich schweren, er liegt seitdem im Krankenhaus ...«

»Oje, Sie Ärmste! Ich war davon ausgegangen, dass Sie allein hier leben. Sie haben Ihren Mann heute Morgen gar nicht erwähnt.«

»Na ja, ist ja auch kein Thema, das man mal so eben nebenbei in ein Gespräch einfließen lässt.«

»Stimmt. Was ist denn passiert?«

»Er ist Architekt und war auf einer seiner Baustellen. Ein Gerüst ist zusammengebrochen, und er ist fast zwanzig Meter tief gefallen. Er war sehr schwer verletzt, aber Gott sei Dank erholt er sich langsam. Er ist jetzt schon fast acht Wochen im Krankenhaus, morgen wird er entlassen. Das ist zumindest der Plan. Er ist auf dem Weg der Besserung, aber er hatte so viele Knochenbrüche ... Die meisten heilen gut, nur das eine Bein war problematisch ... Im Moment sitzt er im Rollstuhl ...« Sie sprach abgehackt, atmete flach. Der Schmerz war herauszuhören.

Abi hätte sie am liebsten in den Arm genommen.

»O Gott, wie schrecklich.«

»Aus dem wird er aber wieder rauskommen«, versicherte Lily.

»Natürlich.«

»Aber sein Bein funktioniert immer noch nicht richtig.«

»Wie ungerecht«, stellte Abi fest, und zu Lilys Erstaunen klang sie, als meine sie das vollkommen ernst und nicht nur als Standardfloskel. Davon hatte Lily inzwischen so viele gehört, dass sie den Unterschied ganz gut heraushören konnte.

Sie lächelte und schnappte sich den Kuchen.

»Wollen wir uns den jetzt einverleiben?«

»Ich dachte schon, Sie würden gar nicht mehr fragen! Können Sie sich eigentlich vorstellen, wie viel Selbstbeherrschung es mich gekostet hat, hier nicht nur mit einem einzigen Stück Kuchen aufzutauchen? Ich habe das Ding gestern Abend aus der Tiefkühltruhe geholt und seither gegen das Verlangen angekämpft, es zu vertilgen! Bei Bobs Mürbeteigkuchen läuft mir nämlich literweise das Wasser im Mund zusammen ...«

»Bob?« Dieses Mal traute Lily sich zu fragen.

»Freund, Geschäftspartner, Helfer in allen Lebenslagen ...«

»Klingt wie Peter ...«

»Peter?«

»Was Sie gerade über Bob gesagt haben, trifft für mich auf Peter zu. Na ja, abgesehen von Geschäftspartner, aber er ist Liams Geschäftspartner, und wir sind schon seit Ewigkeiten befreundet.«

»Ich weiß, dass man die Dinge nicht verallgemeinern soll, aber schwule Männer sind doch wirklich fast die besten Freunde ...«

»Peter ist aber nicht schwul, jedenfalls zurzeit nicht ... Gerade neulich sagte er, wenn er nicht bald eine Frau findet, würde er vielleicht ans andere Ufer wechseln ...«

»Gut«, grinste Abi. »Wenn er das tut, müssen wir ihn und Bob zusammenbringen.«

»Abgemacht.«

Lily ging in die Küche und holte Teller und Besteck. Nachdenklich deckte sie den Tisch. »Wissen Sie, was richtig gut zu Kirschkuchen passt?«

»Vanilleeis«, sagten sie unisono.

»Sie sind ganz nach meinem Geschmack ...« Abi nickte fröhlich und nahm sich das Messer, um den Kuchen anzuschneiden.

Als Lily mit dem Eis auf die Terrasse kam, lächelte Abi allerdings nicht mehr. Sie machte ein ziemlich enttäuschtes Gesicht.

»O Gott, das tut mir jetzt aber wirklich leid ...«, murmelte sie kopfschüttelnd.

»Was ist denn passiert?«

»Ich habe es bis heute nicht gelernt, die Sachen in der Tiefkühltruhe zu etikettieren.«

Abi zuckte entschuldigend mit den Schultern und zeigte auf das aufgeschnittene Backwerk vor sich.

»Haben Sie schon mal Vanilleeis auf Quiche gegessen?«

Lily fing an zu lachen. Sie lachte und lachte und lachte, bis ihr die Tränen die Wangen herunterliefen.

10

Als Lily aufwachte, lächelte sie. Sie hatte ausnahmsweise ziemlich gut geschlafen.

Abi war erst nach Sonnenuntergang wieder gegangen. Gemeinsam hatten sie mit großem Genuss die Quiche verspeist und sich das Vanilleeis als Dessert gegönnt.

Und sie hatten pausenlos geredet.

In erster Linie über Kunst und Künstler, über Cornwall und auch viel über Abis Sohn Nathan, auf den Abi offenbar mächtig stolz war.

Sie hatten über Liam geredet.

Und dann hatten sie aufgehört, über Liam zu reden.

Was sie beide gleichermaßen erleichtert hatte.

Es war ein ganz wunderbarer Abend gewesen.

Und heute würde Liam nach Hause kommen.

Lily war aufgeregt wie vor einem ersten Date, als sie im Krankenhaus ankam. Je näher Liams Entlassung gerückt war, desto mehr hatte sie seine Angst gespürt. Das Krankenhaus war in den letzten Wochen seine Welt gewesen, nun musste er diesen Ort der Sicherheit im Rollstuhl verlassen.

Sein linkes Bein war gut und schnell geheilt, der stramme Verband von den Zehen bis zum Knie nicht mehr nötig. Die Gesamtgenesung war allerdings dadurch behindert worden, dass Liam aufgrund der schweren Verletzung des rechten Beines so gut wie keine Krankengymnastik hatte vertragen können.

Die Ärzte schätzten, dass es nach der zweiten Operation vier bis sechs Monate dauern würde, bis sein gebrochener Oberschenkel ausgeheilt war, und mindestens ein Jahr, bis das Bein seine alte Stärke wiedererlangt hatte. Die Operation, bei der ein Titannagel und vier Schrauben eingesetzt worden waren, hatte fast sechs Stunden gedauert. Sein Bein war danach von oben bis unten blau gewesen, sein Knie war geschwollen und hatte sehr geschmerzt. Zwar erlaubte der Zustand des Beines seine Entlassung, aber er würde sich alle zwei Wochen zum Röntgen einfinden müssen. Und obwohl er den Gips an der rechten Hand los war, musste er immer noch eine Schiene tragen, um das geschwächte Handgelenk zu stützen. Darum kamen vorläufig auch keine Gehhilfen in Frage.

An der Tür zu seinem Zimmer blieb Lily stehen und sah schweigend zu, wie Liz Liam beim Anziehen half.

»Lassen Sie, ich mach das schon.«

»Ich brauche kein verdammtes Kindermädchen, verstanden?«

»Was hat denn das mit Kindermädchen zu tun …?«

»Mag ja sein, dass ich jetzt ein Krüppel bin, aber schwachsinnig bin ich deswegen nicht!«

»Ein Krüppel!«, echauffierte Liz sich. »Selbstmitleid, ick hör dir trapsen! Soll ich Sie runter zur Kinderstation schieben? Da würden Sie sich für solche Sprüche aber ganz schnell schämen, mein Lieber! Peinlich wären sie Ihnen! Nein? Dachte ich es mir doch. So, und jetzt sehen Sie zu, dass Sie fertig werden, Ihre wunderbare Frau kommt gleich und holt Sie ab. Zaubern Sie sich ein Lächeln auf die Leichenbittermiene, und seien Sie dankbar, dass Sie hier herauskommen, während ich bis zum Sankt Nimmerleinstag hier festsitze und dazu verdammt bin, zahllose undankbare Patienten wie Sie zu versorgen … So, und jetzt lassen Sie mich ohne weitere Widerrede Ihre Schuhe zubinden, sonst sage ich den Ärzten, dass Sie auch einen Katheter brauchen …« Sie bückte sich und band ihm die Schnürsenkel am linken Schuh zu. »So, schon fertig«, verkündete sie und richtete sich wieder auf. »Und wehe, Sie tauchen jemals wieder auf meiner Station auf, junger Mann«, warnte sie ihn mit einem Augenzwinkern.

Er sah sie an. Zuerst funkelten seine Augen wütend, doch dann besann er sich eines Besseren, lächelte sie reumütig an und streckte den gesunden Arm aus.

»Tut mir leid, Liz. Ich danke Ihnen. Für alles. Darf ich Sie in den Arm nehmen?«

»Na, ich weiß ja nicht, ob Sie das verdient haben ...«, zog sie ihn auf.

»Meinen Sie nicht, dass man die Menschen eigentlich gerade dann in den Arm nehmen sollte, wenn sie es nicht verdient haben?«, hielt er ausgefuchst dagegen.

»Hm, da könnten Sie recht haben.« Liz lächelte und beugte sich zu ihm herunter, damit sie einander umarmen konnten. Sie lösten sich erst wieder voneinander, als von der Tür ein diskretes Hüsteln zu hören war.

»Na, sieht ja ganz so aus, als würde ich dich gerade rechtzeitig nach Hause bringen ...« Lily zwinkerte Liz zu.

»Na ja, du weißt ja, wie das so ist mit Patienten, die sich in ihre Krankenschwestern verlieben«, lachte Liam, und Lily war froh, ihn so gelöst zu sehen.

Aber das hielt nicht lange an.

Mit jedem Meter, den sie in Richtung Parkplatz zurücklegten, wo Peter auf sie wartete, wurde Liam verschlossener. Erst schwieg er einfach nur, dann beklagte er sich, wie unbequem der verdammte Rollstuhl sei.

Am Ausgang hielt ein junger Mann in blauer Krankengymnasten-Montur Lily und dem im Rollstuhl zeternden Liam die Tür auf. Er sah vom wütenden Liam zu Lily und lächelte. Nicht spöttisch, auch nicht mitleidig, sondern voller Verständnis. Dieser Blick gab ihr genug Kraft, um Liam weiterschimpfen zu lassen, ohne selbst aus der Ruhe zu geraten.

Als die Anwälte endlich ein konkretes Angebot für den Schadensersatz vorgelegt hatten, staunte Lily über den Betrag. In ihrer Bescheidenheit hatte sie ihn sogar ablehnen wollen, aber Peter griff ein und erklärte ihr, die Summe sei gerade mal angemessen. Sie würden davon die Umbauten am Haus und Liams weitere

Behandlung bezahlen können und müssen, außerdem musste auch sein Einkommensverlust ausgeglichen werden. Der Rest war klassisches Schmerzensgeld. Wenn sie und Liam diesen Betrag nicht akzeptierten, würde ihr Anwalt sogar noch mehr verlangen, klärte er sie auf.

»Und sollte dich das immer noch nicht überzeugen«, fügte er lächelnd hinzu, »dann zeige ich dir mal die Rechnungen für den Umbau, von denen sind nämlich heute so einige eingetrudelt.«

»So schlimm?«

Er nickte betrübt.

»Und dabei haben sie uns alle Freundschaftspreise gemacht. Lily, ich bitte dich, höre auf meinen Rat und nimm das Geld an. Dann bist du wenigstens die Sorge schon mal los.«

»Ich möchte das mit Liam besprechen ...«

Peter nickte.

»Er wird sowieso unterschreiben müssen. Möchtest du, dass ich das übernehme? Ich bin den ganzen Papierkram bereits mit James Pendragon durchgegangen ...«

»Mit Cordays Anwalt?« Lily kniff die Augen zusammen.

Peter nickte.

»Er ist in Ordnung, Lily, ein anständiger Mann. Du brauchst dir keine Sorgen zu machen, es ist alles vollkommen korrekt abgelaufen. Corday mag man nicht wirklich über den Weg trauen, und James mag hin und wieder mit ihm Golf spielen, aber wenn es um Rechtsangelegenheiten geht, ist er absolut integer.«

Nicht die neue, geteerte Zufahrt zum Haus erregte Liams besondere Aufmerksamkeit, auch nicht die frisch gestrichene Front, die neuen Fenster oder die Rampe an der Haustür, nein, erst die im Flur fehlende Clarice-Cliff-Vase ließ ihn aufmerken.

Er sagte nichts, aber sein Blick entging Lily nicht.

Sie verkniff sich eine Erklärung und lenkte seinen Blick stattdessen auf die viel augenfälligeren Veränderungen.

Er kommentierte alles mit einsilbigen Lautäußerungen. Dann bestand er darauf, sich auch den ersten Stock anzusehen, wobei Peter ihm letztendlich behilflich sein musste. Es kostete Liam viel

Mühe und Schmerzen, die Treppe hinauf- und wieder herunterzukommen, und Lily war froh, als er wieder in seinem Rollstuhl saß.

Dann verabschiedete Peter sich. Er wollte ihnen zwar gerne helfen, aber die beiden brauchten auch Zeit für sich allein.

Dabei wollten weder Liam noch Lily wirklich, dass er jetzt schon ging.

Das einzige Zimmer, das sie sich noch nicht angesehen hatten, war Liams.

Lily stand vor der geschlossenen Tür und zögerte.

Sie hatte solche Angst davor, es ihm zu zeigen.

Dieses Zimmer schrie Liams Gesundheitszustand förmlich heraus, während all die anderen Veränderungen eher flüsternd darauf hindeuteten.

Liam bemerkte ihre Zurückhaltung und ließ die kurze Pause in der Hausführung unkommentiert. Stattdessen sah er sich einfach noch einmal um und versuchte, sie anzulächeln.

»Du hast ganz schön geschuftet.«

»Ich nicht. Peter. Er hat das alles organisiert. Gefällt es dir?«

»Sieht toll aus«, sagte er matt.

»Ich weiß, es nicht gerade das, was du dir vorgestellt hattest, aber ...«

»... wir müssen praktisch denken«, vollendete er den Satz für sie.

»Ja, aber es ist ja nur vorübergehend. Und später machen wir es dann so, wie du es dir eigentlich gedacht hattest ... Ich weiß doch, wie viele Pläne du hattest, und an die werden wir uns auch halten, nur eben nicht gerade jetzt ...«

Er erwiderte nichts. Sie nahm all ihren Mut zusammen und öffnete schließlich die Tür. Dann schob sie ihn in das Zimmer, das nach seinen Plänen eigentlich das Wohnzimmer hatte werden sollen.

Wenn er die Augen schloss, konnte er es immer noch vor sich sehen ... die weißen Wände, den Holzfußboden, die dunkelrote Akzentwand, an der er einige seiner Architekturzeichnungen aufhängen wollte, unter anderem die von Frank Lloyd Wright, die das letzte Geschenk seiner Eltern gewesen war ... Er sah die Bücherregale rechts und links des Kamins vor sich und die mokkafarbenen Wildledersofas, die sie noch vor ihrem Umzug bei Heal's gesehen hatten.

Doch wenn er die Augen öffnete, sah er ein höhenverstellbares Krankenhausbett, Griffstangen im Bad, den Patientenlifter. So diskret auch alles gestaltet war – es sprang ihn gnadenlos an und verhöhnte ihn in seinem jämmerlichen Zustand.

»Ich habe jetzt einfach erst mal alles irgendwie hingestellt, wenn du willst, können wir das noch umarrangieren ...«, stammelte Lily.

In dem Moment vermochte er, genauer hinzusehen.

Die Wände waren weiß, wie er es geplant hatte. Die Akzentwand war in dem Dunkelrot gestrichen, das er sich ausgesucht hatte. Der Holzfußboden war abgezogen und genauso versiegelt worden, wie er es vorgehabt hatte. Die Bücherregale, die er bereits entworfen hatte, waren gebaut und aufgehängt worden.

Seine Sachen, seine Bücher, seine Lieblingsstücke waren darin platziert, und sein Lloyd Wright und die anderen Architekturzeichnungen, die er schon seit Jahren rahmen lassen und aufhängen wollte, hingen an den Wänden. Sie hatte dafür gesorgt, dass sie alle da waren. Sie hatte sich solche Mühe gegeben.

Doch so sehr er sich auch bemühte, sich auf die positiven Dinge zu konzentrieren – das Monstrum von Bett konnte er nicht ignorieren.

»Wie sollen wir denn da beide reinpassen?«, witzelte er wenig überzeugt und mit unverhohlener Ablehnung.

»Es ist ja nur vorübergehend.«

»Ich weiß, aber ist das nicht ein bisschen übertrieben?«

»Dein Ergotherapeut ist hier gewesen. Ein solches Bett musste sein, damit sie dich aus dem Krankenhaus entlassen.«

»Gut, und jetzt haben sie mich entlassen. Können wir das Ding nicht rausschmeißen und stattdessen ein schönes Doppelbett aufstellen?«

»Gute Idee ...« Lily lächelte.

»Ich meine das ernst. Man wird mich wohl kaum ins Krankenhaus zurückholen, bloß weil ich hier kein höhenverstellbares Bett habe. Die Leute sind dazu da, uns zu beraten, Lily, die sind nicht die Polizei. Man muss sich nicht sklavisch an ihre Anweisungen halten ...«

Je länger er redete, desto mehr klang er wie vorhin im Krankenhaus – beleidigt und schmollend. Zum Schluss richtete er seinen ganzen Ärger gegen sie, und sie betrachtete ihn mit der gleichen Bestürzung, mit der er gerade das Bett gemustert hatte.

Doch dann verpuffte die unerklärliche, plötzlich aufgestiegene Wut auf sie, auf alle, auf das verdammte Bett, und er schämte sich.

»Es ist ja nur vorübergehend ...«, wiederholte Lily piepsend. Er streckte den Arm nach hinten aus und nahm ihre Hand, fand aber kein Wort des Trostes und der Beruhigung.

Diese erste Nacht verbrachten sie gemeinsam.

Lily schlief erschöpft auf dem Sessel neben dem Bett ein, die Hand auf seiner Bettdecke. Er lag in dem neuen Bett, starrte an die frisch gestrichene Decke und lauschte der Stille.

Entgegen der landläufigen Meinung waren Krankenhäuser nämlich keine Oasen der Ruhe, vielmehr herrschte ein ständiger Geräuschpegel. Immer war irgendwo irgendetwas los, immer war irgendwo irgendjemand wach, ganz gleich, zu welcher Tages- oder Nachtzeit.

Alles, was er hier hörte, war Lilys leises Atmen und in der Ferne das Rauschen des Meeres.

Er hatte sich so darauf gefreut, nach Hause zu kommen, doch jetzt folgte die Ernüchterung.

Er hätte sterben können.

War es beinahe.

Und jetzt war er wieder zu Hause.

Aber er wollte gar nicht hier sein.

Er hatte jeden Funken Energie, der ihm noch geblieben war,

darauf konzentriert, sich auf den heutigen Tag der Entlassung zu freuen.

Er hatte ein schlechtes Gewissen.

Ihm war nicht gut, Übelkeit stieg in ihm auf.

Es war viele Jahre her, seit Liam zuletzt gebetet hatte, aber jetzt schloss er die Augen und dankte Gott, dass er überlebt hatte. Er bat ihn um die nötige körperliche Kraft und mentale Stärke, in den nächsten Monaten für seine vollständige Genesung zu kämpfen.

Er legte die gesunde Hand auf Lilys Kopf. Ihr Haar fühlte sich weich und seidig an.

Als er endlich einschlief, fing es schon fast an zu dämmern, und wenig später weckten ihn die Rufe der Möwen.

Einen Moment lang glaubte er, er sei noch im Krankenhaus.

Dann schlug er die Augen auf und sah das Zimmer.

Lily war weg.

Er verspürte einen Anflug von Panik, bis er sie in der Küche hörte.

Direkt über ihm hing ein typischer dreieckiger Bettgalgen von der Decke. Als er sich am Abend hingelegt und Lily neben ihm gesessen hatte, hatte er zu ihm aufgesehen und gescherzt, vielleicht sollte er sich einen Papagei anschaffen, der dort sitzen könne.

»Dann hätte ich jemanden, mit dem ich mich unterhalten könnte, wenn du zu tun hast.«

»Keine schlechte Idee, soll ja Glück bringen ...« Sie hatte gelächelt.

»Papageien sollen Glück bringen?«, hatte er verdutzt gefragt.

»Nein. Wenn einem ein Vogel auf den Kopf kackt.« Sie nickte in Richtung Bettgalgen. »Du wärst direkt in der Schusslinie.«

»Hm, vielleicht doch nicht so eine gute Idee.«

Jetzt benutzte er ihn für seinen eigentlichen Zweck und zog sich daran mit dem linken Arm hoch. Schon erstaunlich, wie stark sein linker Arm geworden war, um den außer Gefecht gesetzten rechten Arm zu ersetzen. Er hatte sich im Krankenhaus daran versucht, mit links zu zeichnen und zu schreiben, was mal mehr, mal weniger gut gelungen war. Das Problem war, dass ihm die Kraft so schnell abhanden kam. Er hatte so wenig Saft wie eine fast leere Batterie. Aber mit der Zeit würde das schon werden. Mit der Zeit. Zeit.

Endlich hatte er sich ganz aufrecht hingesetzt, da kam Lily mit einem Tablett herein.

»Ich dachte, du hättest vielleicht Lust auf Frühstück im Bett«, verkündete sie strahlend.

»Ach, du meinst, weil ich die letzten zwei Monate auch immer im Bett gefrühstückt habe ...«

Ihr Lächeln erstarb, und er biss sich auf die Lippe, als könne er die spitze Bemerkung damit ungeschehen machen.

»Tut mir leid ... tut mir leid ...«, entschuldigte er sich.

»Nein, du hast ja ganz recht ... Ich habe nicht nachgedacht ...«

»Hättest du was dagegen, wenn ich erst mal aufstehe, mich anziehe und dann in der Küche frühstücke? Es ist Ewigkeiten her, seit ich zuletzt an einem richtigen Tisch gegessen habe.« Jetzt war er übertrieben höflich, weil er sie auf keinen Fall wieder vor den Kopf stoßen wollte. Dieser plötzliche Wechsel beunruhigte sie allerdings nur noch mehr.

»Überhaupt nicht.« Sie schlug denselben höflichen Ton an wie er. »Möchtest du baden?«

Er nickte.

»Ich lasse dir Wasser ein.«

Es war gar nicht so einfach, ihn in die Badewanne zu bekommen. Körperlich war es eigentlich kein Problem, denn es standen ja entsprechende Hilfsgeräte bereit. Es war eher ein psychologisches Problem. Die Situation war ihnen beiden so neu und fremd.

Lily versuchte, sich auf das Wesentliche zu konzentrieren.

»Sitzt du bequem? Geht das so mit deinem Bein? Berührt der Gips das Wasser? Ist die Temperatur okay so?«

»Alles wunderbar. Aber noch schöner wäre es, wenn du mir Gesellschaft leisten würdest.« Er streckte die gesunde Hand nach ihr aus, zog sie zu sich heran, küsste sie ausgiebig und zärtlich, spürte, wie sie den Atem anhielt, und ließ sie dann seufzend wieder los.

»Ich habe dich so vermisst«, flüsterte er.

»Ich dich auch«, entgegnete sie. Und nicht erst seit deinem Unfall, dachte sie. »Also: Kokos oder Avocado?«

»Habe keinen Hunger, danke.«

»Shampoo, du Knalltüte.« Lächelnd zeigte sie ihm die Flaschen.

Auch das war im Krankenhaus anders. Dort war es normal, dass es Pflegepersonal gab, das alles für einen tat, irgendwann gewöhnte man sich daran. Aber das hier war etwas anderes. Diese Frau hier war Lily, *seine* Frau, die Frau, die stets zu ihm aufgesehen, um seinen Rat, seine Hilfe gebeten hatte.

Natürlich hatte sie ihm auch früher schon mal die Haare gewaschen, aber das war eher ein intimes Spiel gewesen, es war nicht aus einer Abhängigkeit heraus passiert. Er hatte keine Hilfe beim Waschen oder Anziehen gebraucht, seit er ein kleines Kind gewesen war.

Und genauso fühlte er sich jetzt. Alles, was er seit seiner Kindheit erreicht hatte, war wie ausgelöscht. Er war wieder ein Kind.

Er sah, wie Lily neben der Wanne kniend seine Füße wusch, und hätte am liebsten geheult.

Er war doch nicht ihr Kind. Er war ihr Mann!

Aber wie sollte er ihr Mann sein, wenn er sich überhaupt nicht mehr wie ein Mann fühlte?

Lily konnte seine Anspannung spüren.

»Alles okay?«

»Das fühlt sich irgendwie … merkwürdig an.«

Sie setzte sich auf ihre Fersen und betrachtete ihn.

Dann nickte sie, stand auf und zog sich aus. Vorsichtig ließ sie sich hinter ihm ins Badewasser gleiten und wusch ihm die Haare.

Liam schloss die Augen. Er genoss die sanft und liebevoll massierenden Bewegungen ihrer Finger auf seiner Kopfhaut.

»Ich liebe dich«, flüsterte er heiser.

»Ich liebe dich auch …« Lily lächelte und legte seufzend die Wange an seine Schulter. Dass ihm Tränen über das Gesicht liefen, konnte sie natürlich nicht sehen.

Sie setzten sich vor das Haus in den Garten und sahen aufs Meer hinaus. Händchen haltend genossen sie die Sonne, bis sie wieder hineingingen und er sich hinlegte, um ein wenig zu schlafen. Dann las Lily ihm aus der Zeitung vor.

Gegen Abend erhoben sie sich von dem Sofa in seinem Zimmer, und Lily drehte die Musik leiser.

»Ich werde dann jetzt mal Abendessen machen. Möchtest du mir helfen?«

»Wie denn?«

»Na, eine Hand hast du doch zur Verfügung ... Du könntest etwas umrühren.« Sie zwinkerte ihm zu.

»Ach, wenn es dir nichts ausmacht, verzichte ich lieber.«

»Klar, kein Problem.«

»Würdest du mich vorher aber bitte in mein Arbeitszimmer bringen?«

»Sicher?«

Er nickte.

»Keine Sorge, ich will nicht arbeiten. Nur lesen.«

Zwanzig Minuten später rief sie aus der Küche, ob er eine Tasse Tee wolle. Als sie keine Antwort bekam, brachte sie ihm einfach eine.

Als Lily mit je einer Teetasse in den Händen in der Tür stand und sah, was er da vor sich auf dem Zeichentisch ausgebreitet hatte, blieb ihr fast das Herz stehen. Sie hielt die Luft an.

Lily hatte das Strichmännchen und die wenigen Worte, mit denen sie Liams Zeichnung ergänzt hatte, beim Saubermachen wiedergefunden. Fassungslos angesichts ihrer eigenen Dummheit hatte sie ihre Zusätze so gut sie konnte ausradiert und den Plan in die Schublade seines Schrankes gelegt.

Doch der leichte, trotz sorgfältiger Radierung zurückgebliebene Schatten war Liams scharfem Blick nicht entgangen. Mit den Fingerspitzen fuhr er jetzt darüber, als würde er Blindenschrift lesen.

Er wandte den Blick von der Zeichnung ab und richtete ihn auf das Fenster, hinaus in die Schwärze der Nacht.

Lily schöpfte Hoffnung. Vielleicht hatte er gar nichts bemerkt.

»Abendessen ist gleich fertig«, verkündet sie so normal wie möglich.

»Ich habe keinen Hunger«, entgegnete er tonlos.

»Du musst aber etwas essen.«

Er antwortete nicht, starrte nur weiter auf das Fenster und auf die dahinterliegende Finsternis und das darin versinkende Meer.

»Ich habe dein Leibgericht ...«

»Ich habe gesagt, ich habe keinen Hunger«, fiel er ihr ins Wort.

Lily sank das Herz.

»Was ist denn los, Liam?«, fragte sie, obwohl sie die Antwort kannte.

»Was los ist? Du willst wissen, was los ist? Was ist das da?« Er konnte den Zorn in seiner Stimme nicht verhehlen, als er auf den Plan zeigte.

»Das ist gar nichts.« Sie stellte die Tassen ab, eilte zum Zeichentisch und griff nach dem Papier.

»Wenn es nichts ist, wieso willst du es mir dann unbedingt wegnehmen?« Abwehrend legte er die Hand auf den Tisch.

Lily seufzte. Biss sich auf die Lippe. Sah ihn reumütig an.

»Ich war wütend. Ich habe das nicht so gemeint. Ich wollte dich nicht wirklich ...«

»Verlassen?«, unterbrach er sie.

Aus seinem Blick sprach eine so tiefe Verletzung, dass es Lily die Sprache verschlug.

»Du wolltest mich verlassen?« Ausdruckslos sah er sie an.

Sie schüttelte heftigst den Kopf.

»Nein, wirklich nicht, Liam, das musst du mir glauben.«

»Und was ist das dann!?«, platzte es wütend aus ihm hervor.

»Ein Fehler, ein dummer Fehler! Wir hatten uns gestritten, und ich war sauer.«

»Wir hatten uns gestritten?«

»Ja, am Abend vor deinem Unfall. Wir hatten einen Mega-Zoff, und am nächsten Morgen ging es gleich so weiter, und ich war so verletzt und wütend, dass ich unvernünftig und albern reagiert habe ... Ach, Liam.«

Sie kniete sich neben ihn und wollte ihn in den Arm nehmen, aber er nahm all seine Kraft zusammen, um sich ihr zu entziehen.

»Lass mich, Lily. Bitte.«

»Bitte, ich will es dir erklären.«

Doch er schüttelte den Kopf.

»Ich möchte alleine sein.«

»Aber ...«

»Bitte, Lily.«

»Wie denn? Ich kann dich doch so nicht allein lassen.«

»Und das ist genau der Punkt, stimmt's?« Aus hohlen Augen sah er sie an. »Du könntest mich so nicht verlassen, selbst wenn du wolltest, stimmt's? Und darum sag ich es jetzt, Lily: Geh.«

»Was?«

»Ich will, dass du gehst.«

»Ich soll gehen ...?«

»Ja, zurück nach London, egal, was du willst, aber bleib bloß nicht hier.«

Lily hatte Mühe, Ruhe zu bewahren. Sie nahm sein Gesicht in ihre Hände und zwang ihn eher unsanft, sie anzusehen. Es war ihr egal, ob sie ihm wehtat, denn ihr tat es bis zur Besinnungslosigkeit weh, dass der Mann, den sie liebte, glaubte, dass sie nicht mehr mit ihm zusammen sein wollte.

»Ich gehe überhaupt nirgendwo hin, Liam. Ich gehöre hierher, zu dir.«

»Ich will dich hier aber nicht haben.«

»Das meinst du nicht wirklich.«

Wie recht sie doch hatte. Er wollte nicht, dass sie ihn verließ. Doch gleichzeitig meinte er es bitterernst, denn er hatte das Gefühl, dass sie ihn verlassen wollte, und er wollte ihrem Glück auf keinen Fall im Wege stehen.

»Ich möchte nicht von hier weg. Ich möchte hier bei dir sein, Liam. Ich liebe dich.«

»Ich liebe dich auch. Und weil ich dich liebe, möchte ich nicht, dass du den Rest deines Lebens mit einem Krüppel verbringen musst.«

»Du bist kein Krüppel. Du wirst wieder gesund.«

»Na, wenigstens glaubt einer von uns daran.«
»Weil es stimmt.«
»Und wenn nicht?«
»Du wirst wieder gesund«, sagte sie mit fester Stimme.
»Und wenn nicht?«, wiederholte er ebenso stur.
»Dann werden wir auch zurechtkommen. Zusammen. Aber du wirst wieder gesund werden, Liam.«

Er nickte langsam, als stimme er ihr zu, doch sein Blick sagte etwas anderes.

»Zusammen«, wiederholte sie, küsste ihn und lehnte ihre Stirn gegen seine. Dann sah sie ihm fest in die Augen. »In guten wie in schlechten Zeiten. Ich liebe dich, und ich werde nirgendwo hingehen, ganz gleich, was du sagst. Okay?«

Er schwieg.

»Okay?«, wiederholte sie.

Lily wartete, nahm ihn in den Arm, beteuerte flüsternd und eindringlich ihre Liebe zu ihm, ihre Aufrichtigkeit, ihre Loyalität, bis er schließlich nickte, als glaube er ihr.

Er beklagte sich nicht, als sie ihn in die Küche schob, und bemühte sich, etwas zu essen, doch die Bissen blieben ihm fast im Hals stecken.

Daran konnten auch ihre Liebes- und Treueschwüre nichts ändern.

In ihm war etwas zerbrochen, etwas viel Kostbareres als eine Vase.

11

Lily hatte Liam zu seiner ersten ambulanten Röntgenuntersuchung seit seiner Entlassung aus dem Krankenhaus vor knapp zwei Wochen gebracht.

Zwei Wochen, die wenig mit der von Lily ersehnten innigen erneuten Annäherung zu tun gehabt hatten und eher eine Zerreißprobe für sie beide gewesen waren.

Immer wieder hatte sie Liam versichert, dass sie ihren Platz in dieser Welt ausschließlich an seiner Seite sah, und Liam schien ihr das auch abzunehmen. Dennoch war er völlig verändert.

Erst hatte sie sich eingeredet, das läge an allem, was er durchgemacht hatte, an der neuen Situation zu Hause, der neuen Rollenverteilung, seiner Abhängigkeit von ihr, die ihm mehr zu schaffen machte als ihr. Sie war nicht so naiv, zu glauben, dass all das spurlos an ihm vorübergegangen war. Und doch wusste sie, dass seine Veränderung weit weniger dramatisch ausgefallen wäre, wenn er nicht gesehen hätte, was sie auf seinen Plan geschrieben hatte.

Immer wieder verfluchte sie sich selbst für ihre eigene Blödheit. Kindisch war sie gewesen. Albern. Sie hatte nicht nur eine Blaupause ruiniert.

Die Untersuchung war reibungslos verlaufen, und solange sie sich im Krankenhaus aufgehalten hatten, war Liam wieder ganz der Alte gewesen – charmant, bescheiden, dankbar.

Doch kaum waren sie draußen, verwandelte er sich wieder in das ungehobelte, überempfindliche, reizbare, patzige Wesen, das er die letzten zwölf Tage zu Hause gewesen war. Und damit wurde ihr schmerzhaft bewusst, dass seine negative Grundstimmung nur am Rande von seinen körperlichen Schwierigkeiten herrührte.

Jetzt waren sie auf dem Nachhauseweg, und er starrte nur wortlos aus dem Fenster. Auf seinem Gesicht zeichnete sich jene düstere Miene ab, die seit seinem zweiten Tag zu Hause seine ständige Begleiterin war.

Lily schaltete einen Gang hoch und gab etwas mehr Gas. Sie wollte möglichst schnell nach Hause kommen, raus aus dieser Enge. Zu Hause konnte er sich wenigstens in ein anderes Zimmer verkrümeln. Sie würde den Anblick einer geschlossenen Tür heute besser ertragen können als den Anblick seines verschlossenen Gesichtes.

Als sie Gas gab, brach er plötzlich das Schweigen.

»Würdest du bitte etwas langsamer fahren, Lily? Du machst mich ganz nervös.«

Sie presste die Lippen aufeinander und nahm den Fuß vom Gas.

»Wieso fährst du eigentlich immer zu schnell?«, maulte Liam, als der Wagen an Geschwindigkeit verlor.

»Tu ich das? War mir gar nicht bewusst.«

»Ach, hör schon auf, natürlich weißt du das. Du fährst immer zu schnell.«

Lily war fest entschlossen, nicht mit ihm zu streiten. Stattdessen konzentrierte sie sich auf die Geschwindigkeitsbegrenzung.

Zehn Minuten später meldete er sich wieder zu Wort.

»Wieso fährst du denn jetzt so langsam?«

»Du hattest mich gebeten, langsamer zu fahren.«

»Aber das heißt doch nicht, dass du wie ein alter Mann mit Krückstock fahren musst.«

Sie seufzte.

»Wie schnell soll ich denn deiner Meinung nach bitte fahren?«

Auch er machte einen Stoßseufzer und wandte den Blick zum Seitenfenster hinaus.

»Wie wär's, wenn du dich an das Tempolimit hältst?«

»Ich dachte, das hätte ich getan.«

»Falsch gedacht.«

Lily hatte keine Kraft, sich mit ihm zu streiten.

Es hatte auch gar keinen Sinn, sie würde ohnehin den Kürzeren ziehen. Egal, was sie zurzeit sagte oder tat, es war sowieso verkehrt.

Sie seufzte.

»Bitte, Liam. Ich habe es nicht so gemeint.«

Seine Miene verfinsterte sich nur noch mehr.

»Vielleicht würde ich es tatsächlich eines Tages vergessen, wenn du mich nicht ständig wieder daran erinnern würdest.«

»Ich möchte das nur ein für alle Mal geklärt haben.«

»Schon okay. Ich werd's überleben.«

Ich werd's überleben.

Als handelte es sich um einen seiner gebrochenen Knochen.

Lily gab auf.

Beide verfielen wieder in jenes unbequeme Schweigen, das auf ihnen lastete, ihnen die Luft abschnürte.

Lily war so unendlich erleichtert, Peters Auto vor dem Haus stehen zu sehen, dass sie am liebsten geheult hätte. Sie schluckte die Tränen herunter und zwang ein breites Lächeln in ihr Gesicht, als Peter auf sie zukam.

»Hey, Peter, wie geht's dir?«, rief sie, zog die Handbremse an, zerrte den Schlüssel aus dem Zündschloss und stürzte aus dem Wagen, kaum dass er zum Stillstand gekommen war. Peter begrüßte sie mit einer herzlichen Umarmung.

Liam saß immer noch auf dem Beifahrersitz seines großen Geländewagens. Da sein Handgelenk zu schwach war, um sich längere Zeit auf Krücken abstützen zu können, war er weiterhin auf den Rollstuhl angewiesen. Zum Glück wog der nicht viel und war äußerst wendig. Das war nicht nur für Lily wichtig, sondern auch für Liam selbst, der freudig überrascht festgestellt hatte, dass er ihn im Erdgeschoss mit viel Geduld und Spucke sogar selbst manövrieren konnte. Aber er begegnete dem Gerät noch immer mit einer Hassliebe. In diesem Moment aber hasste er es, dass er nicht selbst aus dem Wagen aussteigen, ins Haus gehen und sich in seinem Zimmer einschließen konnte, während diese beiden Menschen, die sich um ihn kümmern sollten, sich aufführten, als sei er überhaupt nicht vorhanden.

Doch dann sah Peter mit einem so vertrauten und ehrlichen Grinsen zu ihm ins Auto und kam so forschen Schrittes um den Wagen herum auf ihn zu, dass Liam wieder einmal ein schlechtes Gewissen bekam. Jetzt ging es ihm nur noch schlechter. Ja, ihm war richtig übel.

Lily überließ es Peter, Liam aus dem Auto zu helfen, ging in die Küche und setzte wie im Autopilot-Modus Wasser auf. Als die Handwerker da gewesen waren, hatte sie den lieben langen Tag kaum etwas anderes getan als Tee zu kochen und zu trinken. Früher hatte sie höchstens zwei, drei verschiedene Teesorten im Haus gehabt. Jetzt konnte ihr Kühlschrank völlig leer sein, aber in ihrem Küchenschrank reihte sich eine beeindruckende Auswahl erlesener Tees aneinander. Sie hatte einen richtigen Tee-Spleen entwickelt. Sie stellte eine Kanne mit drei Tassen auf ein Tablett und holte extra für Peter etwas Schokoladenkuchen aus dem Vorratsschrank.

Sie waren in Liams Arbeitszimmer gelandet und redeten.

Beide verstummten, als Lily hereinkam, und sahen sie an. Peter lächelte, als sie das Tablett abstellte. Liams Miene war weiterhin verschlossen. Er rollte langsam los Richtung Tür.

Lily konnte sich beherrschen, bis er hinaus in den Flur gerollt war.

»Alles in Ordnung?«, fragte sie dann.

»Ich gehe aufs Klo«, gab er patzig zur Antwort.

Sie schickte sich an, ihm zu folgen.

»Was machst du?«, fragte er.

»Ich dachte, du bräuchtest vielleicht Hilfe.«

»Wobei denn? Willst du ihn für mich halten, oder was? Ob du's glaubst oder nicht, ich habe immer noch *ein* Glied, das funktioniert, guck!« Er fuchtelte mit der linken Hand herum. »Siehst du? Voll funktionstüchtig, genau wie mein Gehirn, und jetzt verzieh dich gefälligst!«

Lily keuchte, als hätte er sie in den Magen geboxt. So hatte er noch nie mit ihr geredet. In dem Ton. In der Lautstärke. Mit einer solchen Verachtung.

»Liam ...« Ihr kamen sofort die Tränen.

»Lass mich doch einfach nur verdammt noch mal in Ruhe, verstanden? Lass mich in Ruhe!!!«, schrie er sie an.

Fassungslos stand sie da und sah ihn an, jegliche Farbe war aus ihrem Gesicht gewichen. Dann drängte sie sich an ihm vorbei und rannte aus dem Haus.

Sie schaffte es bis zum ins Dorf führenden Pfad.

»Lily. Lily! Warte ...«

Nach Atem ringend holte Peter sie ein. Auch er war blass.

Lily blieb stehen, schlug die Hände vors Gesicht und fing hemmungslos an zu weinen. Als Peter sie erreichte, zog er sie an sich, schlang die Arme um sie und hielt sie dann so lange eng an sich gedrückt, bis das Schluchzen nachgelassen und sie sich einigermaßen beruhigt hatte. Dann ließ er sie los, strich ihr über das nasse Gesicht, küsste sie auf die Wangen, schüttelte den Kopf und nahm sie so unendlich liebevoll wieder in den Arm, dass sie fast einen weiteren Heulkrampf bekommen hätte.

»Es tut mir so leid, Peter ...«, stammelte sie.

»Wie bitte? Was tut dir leid? Das war doch nicht deine Schuld! Liam hatte da gerade einen Aussetzer, aber einen kompletten Aussetzer, Lily«, versicherte er ihr, während sie sich die Nase putzte. »Und das habe ich ihm auch gesagt. Komm jetzt.« Er nahm sie bei der Hand.

»Ich möchte nicht zurück.«

»Wir gehen auch gar nicht zurück.«

Er setzte sich in Richtung Dorf in Bewegung.

»Wo gehen wir hin?«

»Einen trinken.«

»Ich kann nicht ... Ich meine, ganz gleich, was Liam mir an den Kopf wirft, ich kann ihn doch nicht allein lassen.«

»Natürlich kannst du das.« Peter beschleunigte den Schritt. »Wenn er seine Ruhe haben will, dann soll er verdammt noch mal seine Ruhe haben.«

»Aber wenn was passiert?«

»Dann passiert eben was«, gab er zurück. »Aber da er sich wie ein schmollendes Kind in seinem Zimmer eingeschlossen hat, glaube ich kaum, dass so wahnsinnig viel passieren kann.«

Vor dem Rusted Anchor hatte man Tische aufgestellt und Blumenkörbe aufgehängt und damit offiziell die Sommersaison eingeläutet. Die Touristen genehmigten sich hier draußen in der Sonne ein kleines Bier, während an der Bar wie üblich nur Einheimische saßen.

Nach der Wärme und dem Sonnenschein kam Lily die Schankstube des Rusted Anchor dunkel und kühl vor.

Peter führte sie zu einem kleinen Tisch in einer abgelegenen Ecke, ging dann an den Tresen und kam wenige Minuten später mit einem Bier und dem Gin Tonic, um den sie gebeten hatte, zurück.

»Ich wusste gar nicht, dass du Gin magst?«

»Ich auch nicht.« Sie trank einen Schluck von dem Drink, den Peter ihr reichte.

Es war ein doppelter.

Lily fing unwillkürlich an zu husten, Peter entschuldigte sich, schenkte etwas Tonic nach und bot ihr sein Taschentuch an.

Sie nahm es dankbar an, putzte sich die Nase und nippte – dieses Mal etwas behutsamer – an ihrem Glas.

»Tut mir wirklich leid«, wiederholte Peter.

Sie schüttelte entschieden den Kopf.

»Nein, nein, wenn sich einer entschuldigen muss, dann ich.«

»Du brauchst dich für überhaupt nichts zu entschuldigen, Lily. Du hast es wirklich nicht leicht im Moment, dafür habe ich vollstes Verständnis.« Er streckte den Arm quer über den Tisch aus und nahm ihre Hand.

Peter war so unendlich verständnisvoll, dass sie am liebsten schon wieder geweint hätte.

Peter zog ein großes, weißes, sauberes Taschentuch hervor, reichte es ihr und lächelte milde, als Lily sofort ihr Gesicht darin vergrub.

»Es ist alles meine Schuld …«, schluchzte sie durch die Baumwolle.

»Jetzt hör aber auf!«

»Nein, wirklich. Oder zumindest fühlt es sich so an … Er konnte sich gar nicht daran erinnern, dass wir uns an dem Morgen gestritten hatten. Vielleicht war er irgendwie abgelenkt, weil er immer wieder an unseren Streit denken musste, vielleicht war er deswegen unkonzentriert und ...«

Peter schüttelte entsetzt den Kopf.

»Nein, Lily, nein«, hielt er dagegen. Er musste sie irgendwie beruhigen. »Zieh dir den Schuh bitte nicht an, Lily. Das war nicht deine Schuld. Das Gerüst war nicht vorschriftsgemäß aufgebaut worden, das hat überhaupt nichts mit dir zu tun, hörst du? Es sei denn, du arbeitest heimlich für Corday ...?«

Er zwinkerte ihr zu, in der Hoffnung, ihr ein Lächeln zu entlocken, aber sie schüttelte nur den Kopf und vergrub das Gesicht wieder in seinem Taschentuch.

»Aber es geht doch nicht nur darum, Peter, es geht auch um all das, was vor dem Unfall passiert ist. Und jetzt ... Na ja, von seinen Verletzungen und so weiter mal ganz abgesehen, steckt er jetzt vierundzwanzig Stunden am Tag mit mir in diesem Haus fest, da ist es doch klar, dass er langsam durchdreht. Wenn ich ganz ehrlich bin, dann hatte ich gehofft, wir könnten neben seinen körperlichen Verletzungen auch unsere seelischen heilen. Ich weiß, es muss eine Strafe sein, auf diese Weise gezwungenermaßen Zeit mit jemandem zu verbringen, aber ... o Gott, ich muss zugeben, dass ich mir genau das gewünscht habe, während er im Krankenhaus lag.«

»Das ist doch vollkommen verständlich.« Peter legte wieder beruhigend die Hand auf ihre.

»Aber genau das ist eben nicht eingetreten. Ganz im Gegenteil. Er tut alles dafür, die Kluft zwischen uns weiter zu vergrößern.«

»Du darfst das nicht persönlich nehmen, Lily.«

»Wie soll ich das denn bitte nicht persönlich nehmen, Peter? Ich bin seine Frau!«

»Ja, und du als seine Frau kennst ihn besser als jeder andere, du kennst ihn in- und auswendig, Lily, und du weißt, wie stolz er ist.«

»Nicht einmal jetzt, wo er mich braucht, will er mich um sich haben.«

»Das ist doch Unsinn, Lily. Er reagiert auf die Situation, nicht auf dich.«

»Meinst du wirklich?« Sie lehnte sich über den Tisch und sprach flüsternd weiter, weil sie sich so schämte. »Es ist nicht gut gelaufen zwischen uns ... vor dem Unfall ... wir haben uns kaum noch gesehen ...«

»Er hat rund um die Uhr gearbeitet, Lily, das ist alles. Und ich auch ...«

»Ich hatte nicht das Gefühl, dass das alles war.«

»Lily, Liam wäre ohne dich aufgeschmissen. Er will nicht ohne dich sein.«

»Und warum will er dann nicht, dass ich mich um ihn kümmere?«

»Weil er daran gewöhnt ist, sich um *dich* zu kümmern. Liam ist immer jemand gewesen, zu dem die Menschen aufschauten. Und jetzt ist er selbst für die banalsten Dinge auf die Hilfe anderer angewiesen. Das ist extrem schwierig für ihn, das musst du verstehen, Lily.«

»Ich habe mich wirklich bemüht, ihn zu verstehen, Peter. Wirklich.« Sie sagte das nicht nur, um ihn zu überzeugen. Mit geröteten Augen sah sie ihn an. Sie brauchte Unterstützung. »Ich habe doch mein Bestes getan, oder?«

Peter schüttelte langsam den Kopf.

»Arme Lily. Alle haben sich die ganze Zeit nur auf Liam konzentriert. Kein Mensch hat daran gedacht, wie schwierig die ganze Situation für dich sein muss. Du brauchst Hilfe.«

Er hob die Hände, um ihren Widerspruch abzuwehren.

»Liam darf nicht vergessen, dass du seine Frau bist – und nicht irgendeine Pflegekraft, die ihm den Hintern abwischt und ihm die Tabletten reicht.«

Sie wollte lachen, brachte aber nur ein Schluchzen hervor.

»Er macht mich wahnsinnig. Wenn ich ihm Hilfe anbiete, beschwert er sich, ich würde ihn wie ein kleines Kind behandeln, wenn nicht, ist er mir angeblich egal. Ganz gleich, was ich mache, es ist sowieso falsch.«

»Dann hör auf damit.«

»Selbst heute im Auto. Entweder fahre ich ihm zu schnell oder zu langsam.«

»Er ist unendlich frustriert. Er war noch nie auf andere Menschen angewiesen, Lily. Noch nie. Auch früher nicht. Ich habe nie verstanden, wie er nach dem Tod seiner Eltern so gut allein zurechtkam. Ich meine, schließlich war er erst achtzehn.«

»Er hat immer alles unter Kontrolle gehabt«, nickte sie.

»Und jetzt hat er gar nichts mehr unter Kontrolle. Macht es jetzt klick?«

»Natürlich. Ich weiß nur nicht, was ich jetzt tun soll ... und dann ... na ja ... dann hat er gesehen, was ich auf seinen Plan gekritzelt habe.«

Peter sah sie fragend an.

»Wovon redest du?«

Schuldbewusst sah sie zu ihm auf, sagte aber nichts.

»Was für einen Plan?«, wollte er wissen. »Lily? Was hast du gemacht?«

Betreten erzählte sie ihm, was sie getan hatte.

»Ich habe ihm gesagt, dass es eine Überreaktion im Eifer des Gefechts war und dass ich es nicht so gemeint habe, aber er glaubt mir einfach nicht«, schloss sie ihre Beichte ab.

Peter nickte.

»Und wie lange läuft das jetzt schon so?«

»Seit er entlassen wurde. Ich habe es nicht so gemeint, ich war nur so sauer, dass ich kindisch geworden bin ...«

»Du warst aufgebracht, das ist doch völlig verständlich ...«

»Findest du?«

»Natürlich.« Mit seinem breiten Daumen wischte er ihr eine Träne aus dem Gesicht. »Ich weiß, dass es dir nicht leicht gefallen ist, hierherzuziehen, Lily. Und ich kann dir sagen, ich habe ein ziemlich schlechtes Gewissen, weil ich euch schließlich von London hierhergeschleift habe ... Liam hat so viel um die Ohren gehabt seitdem, aber du ... Ich weiß, wie einsam man sich hier fühlen kann, wenn man niemanden kennt und die Leute, die man kennt, überhaupt keine Zeit für einen haben ... Mach dir keine Sorgen, Lily, ich werde es Liam erklären. Ich rede mit ihm.«

»Meinst du denn, er wird auf dich hören?«

»Das wird er wohl müssen … So kann es jedenfalls nicht weitergehen.«

»Vielleicht ist das genau der Punkt? Vielleicht will er gar nicht, dass es weitergeht, vielleicht wäre es ihm lieber gewesen, wenn ich ihn wirklich verlassen hätte.«

»So ein Quatsch, Lily. Er braucht dich, und er liebt dich.«

»Manchmal habe ich eher das Gefühl, dass er mich hasst.«

»Tut er aber nicht. Er hasst sich im Moment nur selbst. Wenn er allerdings so weitermacht, dann wirst du ihn irgendwann auch hassen, und das bereitet mir viel größere Sorgen. Du schaffst das nicht alleine, Lily.«

»Ach, wird schon gehen. Muss ja.«

»Nein, muss es nicht. Und ich werde es nicht zulassen, dass du dich kaputt machst. Du brauchst Hilfe.«

»Bekomme ich doch. Im Moment fahre ich ihn zweimal die Woche zur Krankengymnastik. Und der Ergotherapeut kommt jeden Freitag vorbei.«

»Ja, und das reicht ganz offensichtlich nicht. Also, was machen wir?«

Welche Wohltat, ihn »wir« sagen zu hören!

Peter lehnte sich zurück und dachte nach.

»Corday hatte doch versprochen, euch in jeder erdenklichen Weise zu helfen, oder? Na, dann soll der Alte jetzt mal zeigen, dass er zu seinem Wort steht. Überlass das mal mir.«

Er küsste sie auf die Wange und lächelte ihr aufmunternd zu.

»Peter … Danke.«

»Wozu sind Freunde denn da?«

»Na ja, normalerweise, um Spaß miteinander zu haben und die Freude am Leben zu teilen.«

»Ein guter Freund ist immer für seine Freunde da – in guten wie in schlechten Zeiten.«

Hand in Hand spazierten sie zum Haus zurück. Fremde Augen hätten in ihnen ein Pärchen gesehen, das einen romantischen Spaziergang unternimmt.

Sie hörten die Musik bereits, bevor sie das Haus sehen konnten.

Nicht einmal die Möwen hatten eine Chance, gegen den ohrenbetäubenden Lärm von Radiohead anzukreischen.

Peter blieb am Gartentor stehen, wandte sich Lily zu und legte die Hände auf ihre Schultern.

»Lass mich als Erstes reingehen und mit ihm reden, ja?«

Sie nickte. Zählte bis sechzig, bevor auch sie ins Haus ging.

Die Tür zu Liams Zimmer war geschlossen.

Sie ging in die Küche und setzte erneut Wasser auf. Das Ritual des Teekochens war tröstlich.

Lily war sich sicher, dass Peter Liam dazu verdonnern würde, sich bei ihr zu entschuldigen. Und ihr ging auf, dass sie das gar nicht wollte. Nicht, wenn er es nicht ernst meinte. Nicht, wenn er es nur tat, weil Peter ihm den Kopf gewaschen und es ihm aufgetragen hatte.

Abgesehen davon hatte sie im Moment keine Lust, seine Entschuldigung anzunehmen. Sie war gerade alles andere als nachsichtig. Am liebsten würde sie ihn anschreien, ihn beleidigen, ihn anbrüllen und richtig fies zu ihm sein. Es ihm mit gleicher Münze heimzahlen.

Doch sie konnte nicht. Schließlich hatte sie zwei gesunde Beine und eine rechte Hand, mit der sie einen Stift oder sonst etwas halten konnte, wenn sie wollte.

Etwa eine Stunde waren die beiden Männer in Liams Zimmer, bevor Peter mit ernster und Liam mit betretener Miene wieder herauskamen. Liam entschuldigte sich bei Lily, sie nahm seine Entschuldigung an, aber all das lief eher automatisch denn herzlich ab. Darum blieb Peter – obwohl er eigentlich eine andere Verabredung hatte – noch zum Abendessen. Er blödelte und tratschte wie ein Weltmeister, und trotzdem wurde es keine ausgelassene Runde. Um acht Uhr verkündete Liam, dass er müde sei, und bat Peter, ihm ins Bett zu helfen.

Da Liam ihre Nähe am Abend so offenkundig abgelehnt hatte, zögerte Lily am nächsten Morgen, in sein Zimmer zu gehen.

Doch dann rief sie sich selbst zur Räson, beschwor sich, sachlich zu bleiben, und klopfte an. Er nahm ihre Hilfe einsilbig und irgendwie resigniert an.

Beim Frühstück wechselten sie kein Wort, die Atmosphäre zwischen ihnen war zum Zerreißen gespannt. Lily hielt es keine Minute länger in dem Haus aus. Als Liam dann auch noch ihr Angebot, mit ihm Schach zu spielen, mit den harschen Worten ablehnte, er wolle nicht, dass sie »rund um die Uhr mit ihm Händchen hielt«, beschloss sie, nach Penzance zu fahren. Schließlich hatten sie fast keine Vorräte mehr, redete sie sich ein, und genoss dann die Banalität eines ganz normalen Einkaufs.

Als sie wiederkam, sah sie, dass jemand angerufen hatte. Sie schaltete die Wiedergabe des Anrufbeantworters ein.

»Lily? Ich bin's, Peter. Gute Nachrichten. Duncan Corday höchstpersönlich hat mich gerade angerufen. Er hat jemanden organisiert, der ab Montag ins Haus kommen und Liam helfen kann. Er kann am Montag anfangen, wenn er euch zusagt. Montags bis freitags von halb acht bis mittags, damit du mal eine Pause hast. Und nach Absprache und Bedarf auch mehr. Was sagst du? Ruf mich doch mal zurück, damit wir einen Termin für ein Vorstellungsgespräch vereinbaren können. Ihr müsst ihn euch ja erst mal ansehen.«

Trotz der schweren Einkaufstaschen empfand Lily eine immense Erleichterung. So immens, dass sie direkt wieder ein schlechtes Gewissen bekam, weil sie der Aufgabe mit Liam alleine nicht gewachsen war. Weil sie ihn im Stich ließ.

Zwei Tage später stand Dylan pünktlich auf der Matte. Lily machte ihm die Tür auf. Sie war so nervös, dass sie ein ganz ernstes Gesicht machte und ihre Hände schweißnass waren. Doch sein Lächeln reichte für sie beide.

»Dylan.« Er reichte ihr die sonnengebräunte, schlanke Hand. »Duncan Corday hat mich geschickt.«

Sie staunte über seine langen Finger, schüttelte ihm die Hand und runzelte die Stirn.

»Sie habe ich doch irgendwo schon mal gesehen?«

»Vielleicht unten am Strand?«

Lily war sich nicht sicher. Sie hatte sich sehr für die Surfer interessiert, als sie endlich am Whitesands Beach aufgetaucht waren, und empfand es als Wohltat, sie auf den Wellen reiten zu sehen. Und obwohl sie ihnen nie wirklich nahe kam, kannte sie ihre Gesichter. Auch sein Gesicht kannte sie, aber nicht vom Strand, da war sie sich relativ sicher.

»Kann schon sein, aber ich glaube nicht ...«

»Ich jobbe hin und wieder bei der Surfschule. Und ab September mache ich das letzte Jahr Sporttherapie an der Polytechnischen in Falmouth«, fügte er hinzu, als ihre Augen sich weiter verengten. »Und ich habe gerade ein sechswöchiges Praktikum in der Physiotherapie am Krankenhaus von Truro gemacht.«

Jetzt erinnerte sie sich.

»Dann habe ich Sie da gesehen.« Lily freute sich, ihn einordnen zu können. »Im Krankenhaus.«

Er war der junge Mann gewesen, der ihnen die Tür aufgehalten hatte, als Liam entlassen wurde.

Sie erzählte ihm nicht, dass sein Lächeln an jenem Tag ihr das flüchtige Gefühl gegeben hatte, dass sich alles zum Guten wenden könnte – es erschien ihr jetzt wie schon damals irgendwie lächerlich. Doch sie nahm die Wiederbegegnung als ein gutes Omen.

Auch jetzt lächelte er wieder und zeigte seine schönen weißen Zähne. Er wirkte insgesamt so stabil und gesund. Er war wohl eins fünfundachtzig groß, hatte breite Schultern und schmale Hüften, war gleichmäßig braun, hatte strahlend blaue Augen und lockige, sonnengebleichte Haare, die ihm bis auf die Schultern reichten. Vom Aussehen her wäre er glatt als amerikanischer Surfer durchgegangen, doch sobald er den Mund aufmachte, konnte man hören, dass er aus dieser Gegend stammte.

Sie ertappte sich dabei, wie sie ihn anglotzte, und trat schnell einen Schritt beiseite, um ihn hereinzulassen.

»Kommen Sie doch bitte herein. Mein Mann Liam ist gerade in seinem Arbeitszimmer. Ich dachte, vielleicht könnten wir beiden ein paar Takte miteinander reden, bevor Sie sich ihm vorstellen, wenn Sie nichts dagegen haben?«

Er zuckte mit den Schultern, als wolle er sagen »Was soll ich schon dagegen haben?«, und Lily ging in die Küche voraus, wo sie ihm bedeutete, sich an den Tisch zu setzen. »Mir wurde geraten, Ihnen ein paar Fragen zu stellen«, verriet sie ihm mit entwaffnender Naivität. »Okay?«

Er nickte.

»Gut. Die erste ist ganz einfach: Tee oder Kaffee?«

»Tee bitte, mit drei Stück Zucker.«

»Handwerkertee«, sagte sie lächelnd.

Sie bereitete ihnen beiden eine Tasse zu und setzte sich dann ihm gegenüber an den Tisch.

»Erzählen Sie noch etwas mehr von sich; was Sie gerade so treiben ...«

»Also, im Moment sammle ich praktische Erfahrung. Eigentlich wollte ich ja nächsten Montag in einem Pflegeheim in Penzance ein Praktikum antreten, aber als Duncan anrief und mir von Mr. Bonner erzählte ... Na ja – jetzt bin ich hier!«

»Woher kennen Sie denn Duncan Corday?«

»Ach, wir sind irgendwie verwandt, aber zum Glück nur über diverse Ecken ... Seine Kinder sind meine Vettern und Cousinen zweiten Grades oder so. Die Verwandtschaft ist nah genug, um mich zu bestimmten Festen einzuladen und mir Weihnachtskarten zu schicken, aber entfernt genug, um sie nicht jedem auf die Nase binden zu müssen.«

Er konnte ihr ansehen, dass sein Geständnis sie beruhigte, und grinste sie breit an.

»Sie sind wohl auch nicht gerade der größte Fan von Onkel Dunc, was?«, fragte er sie rundheraus.

»Ach, ich kenne ihn ja kaum«, antwortete sie äußerst diplomatisch, was sein Lächeln noch breiter werden ließ.

»Welche Musik hören Sie gerne?«, wechselte Lily schnell das Thema.

»Welche Musik ich gerne höre?« Die Frage überraschte ihn.

»Ich frage, weil ich nicht möchte, dass Sie und Liam sich gegenseitig wahnsinnig machen. Liam hört nämlich den ganzen Tag lang Musik. Das ist so sein ›Ding‹. Er mag Genesis, The Who, Yes, Phil Collins, U2, Queen ... Und was er gar nicht abkann, sind Boygroups und Folk. Wenn Sie sich also jetzt als großer Blues- und Steeleye-Span-Fan outen würden, wäre das Desaster gewissermaßen vorprogrammiert ...«

»U2 ist die beste Band der Welt, und Phil Collins ist ein Heiliger, obwohl mir sein letztes Album ein bisschen zu soft war. Auf Boygroups kann ich gut verzichten, und obwohl ich Folk gar nicht schlecht finde, bin ich ganz bestimmt kein verkappter Morris-Tänzer.«

»Na, dann ist ja gut.« Sie war immer noch nervös und lächelte daher ein wenig künstlich. »Sonst würde es nämlich auf gar keinen Fall funktionieren. Musik hören ist im Moment das Einzige, was er tut.«

Wie aufs Stichwort erfüllte Ella Fitzgerald das Haus.

»Ach, genau, hatte ich ganz vergessen. Er liebt Jazz.«

Der junge Mann nickte langsam.

»Wer tut das nicht«, antwortete er so feierlich, dass sie nicht wusste, ob er es ernst meinte oder sie aufzog.

»Gut ... weiter ... Rauchen Sie?«

»Eigentlich nicht. Gelegentlich, auf Partys und so.«

Sie nickte.

»Wir rauchen nicht, von daher möchten wir auch nicht, dass im Haus geraucht wird.«

»Klar. Kein Problem.«

»Politische Ansichten?«

Überrascht sah er sie an, dann zuckte er mit den Schultern.

»Nicht besonders ausgeprägt. Jeder nach seiner Fasson.«

»Das heißt, Sie wollen sich nicht festlegen?«

»Vor allem möchte ich mich nicht festlegen *lassen*«, grinste er. »Meine Eltern waren ... sind ziemlich aktiv, das hat mich abgeschreckt.«

Sie nickte.

»Das kann ich gut verstehen. Eltern können einem gründlich den Spaß an etwas verderben.«

»Und was ist mit Ihrem Mann?«

»Er tönt immer wieder gerne, dass er alle Parteien komplett überflüssig findet. Er meint, das Land sollte wie ein Unternehmen geführt werden, mit dem fähigsten Kopf des Landes an der Spitze, eingestellt und kontrolliert von einem Rat der kompetentesten Vertreter aus Wirtschaft und Wissenschaft.«

»Den Spruch haben Sie sich wohl schon öfter anhören müssen, was?«

»Ups. So deutlich?«

»Na ja, so, wie Sie das eben runtergeleiert haben ...«

»Ja, ich kenne seine Ansichten in- und auswendig.«

Jetzt lächelte sie zum ersten Mal richtig, und erst jetzt bemerkte Dylan, wie hübsch sie war. Als sie ihm die Tür geöffnet hatte, waren ihm nur ihre müden Augen und ihr erschöpftes Gesicht aufgefallen.

»Und Ihnen ist klar, was hier gebraucht wird? Hilfe bei der täglichen Hygiene, beim An- und Ausziehen, Krankengymnastik?«

Er nickte.

»Kein Problem?«

»Kenne ich alles vom Krankenhaus.«

»Er kann manchmal ein bisschen ... *schwierig* sein.« Eigentlich kam sie sich gemein vor, das zu sagen.

Der junge Mann nickte kaum merklich.

»Das können wir wohl alle«, sagte er. »Ist ja auch verständlich. Verdammt hart, plötzlich seine Unabhängigkeit zu verlieren.«

»Ich wollte mich ja selbst um ihn kümmern, aber ...« Sie wusste nicht, wie sie den Satz beenden sollte.

»Manchmal fällt es leichter, Hilfe von einem unbekannten Dritten anzunehmen.«

Sie nickte. Wie recht er doch hatte. Wie weise er war.

»Wie alt sind Sie, Dylan?«

»Zwanzig.«

Die Musik verstummte genauso unvermittelt, wie sie eingesetzt hatte.

Lily lächelte wieder nervös.

»Ich glaube, jetzt sollten Sie sich ihm vorstellen.«

Dylan fiel auf, dass Lily anklopfte und darauf wartete, dass ihr Mann sie hereinbat, bevor sie die Tür öffnete.

Das Gespräch darüber, fremde Hilfe anzuheuern, hatte nicht sie mit Liam geführt, sondern Peter. Lily hatte überhaupt nicht einschätzen können, wie er darauf reagieren würde, und dann schien er völlig gleichgültig. Ob das echt oder gespielt war, konnte sie nicht recht sagen, aber er hatte Peter kaum eines Blickes gewürdigt und letztlich nur einen – offenbar wohlüberlegten – Satz gesagt: »Tut, was ihr für richtig haltet.«

Dass Dylan direkt von Duncan Corday geschickt wurde, war in Lilys Augen nicht gerade ein Pluspunkt gewesen. Aber seit sie mitbekommen hatte, dass auch er eine – diplomatisch ausgedrückt – differenzierte Meinung zu ihm hatte, war er in ihrer Achtung gestiegen.

Denn trotz Cordays nicht enden wollender Freundlichkeiten wurde Lily nicht richtig warm mit ihm.

Er hatte etwas von einem Vogel. Einem Raubvogel, der ausdauernd und intensiv seine Beute beäugte und nur darauf wartete, zum Sturzflug anzusetzen, um auf Kosten anderer seine eigenen Bedürfnisse zu befriedigen.

Dylan schritt selbstsicher auf Liam zu, reichte ihm die Hand und stellte sich ihm völlig zwanglos vor, obwohl Liam ihn unverhohlen feindselig ansah.

»Sie müssen Mr. Bonner sein. Ich bin Dylan. Dylan Thomas.«

Liam zog die Augenbrauen hoch und ignorierte die ausgestreckte Hand des Jungen.

»Sind Sie ein Dichter, Dylan Thomas?«, sagte er so trocken, dass es fast wie eine Beleidigung klang.

»Nein, und aus Wales stamme ich auch nicht«, antwortete der junge Mann und hielt Liams bösem Blick mit einer Gelassenheit stand, die Lily imponierte.

»Nein, mit dem Akzent bestimmt nicht.« Liam nickte.

Schweigend musterte er Dylan von Kopf bis Fuß, dann sagte er leise: »Sie sind also mein neues Kindermädchen.«

»Ich bin hier, um Ihnen zu helfen, wenn Sie möchten«, entgegnete Dylan ruhig.

»Hat meine Frau Ihnen bereits genügend aufdringliche Fragen gestellt, oder darf ich auch noch?«

Lily warf Dylan einen entschuldigenden Blick zu, doch er lächelte beruhigend.

»Schießen Sie los«, forderte er Liam auf.

»Sind Sie Links- oder Rechtshänder?«

»Wieso?«

»Weil ich wissen möchte, ob Sie mir den Arsch mit links oder mit rechts abputzen werden.«

Entsetzt riss Lily die Augen auf, doch Dylan ließ sich nur ganz kurz aus dem Konzept bringen, bevor er die Schultern streckte und Liam direkt ansah.

»Ach, das ist mir eigentlich egal. Aber reinkriechen werde ich Ihnen ganz sicher nicht.«

Liam erwiderte seinen provokativen Blick, dann fing er zum Glück an zu lachen. Richtig herzhaft, sodass er sich den Bauch halten musste. Zum ersten Mal, seit er aus dem Krankenhaus entlassen worden war.

»Sie kriechen also nicht jedem in den Arsch, ja? Freut mich zu hören.«

Dann reichte Liam ihm seine linke Hand, und Dylan ergriff sie ohne zu zögern.

Mit diesem Handschlag besiegelten sie, dass sie sich verstanden. Liam lächelte.

Lily verspürte grenzenlose Erleichterung.

Liam mochte ihn.

Sie selbst hatte sich bereits für Dylan entschieden und in den letzten Minuten Blut und Wasser geschwitzt, ob auch Liam ihn würde akzeptieren können.

»Wann fangen Sie an? Also, vorausgesetzt, dass Sie bei uns anfangen *möchten*?«

»Sie bestimmen.«

»So bald wie möglich«, lag ihnen beiden auf der Zunge, doch Lily überließ es Liam, das auszusprechen.

12

Punkt halb acht tauchte Dylan die nächsten zwei Wochen montags bis freitags im Rose Cottage auf. Mit der gleichen Zuverlässigkeit war Lily jeden Morgen bereits in der Küche anzutreffen, wo sie frischen Tee aufbrühte, den Dylan dann Liam brachte. Nach dieser ersten Stärkung machten die beiden – Liam im Schlafanzug – zwei Stunden Krankengymnastik, dann half Dylan Liam im Bad und beim Ankleiden. Ganz gleich, welches Wetter herrschte – und es regnete häufiger als dass die Sonne schien – unternahmen sie anschließend einen Spaziergang in den Ort. Sie machten sich einen Spaß daraus, Liams Rollstuhl über die Schlaglöcher und Steine des Pfades rumpeln zu lassen.

Das war die tägliche Vormittagsroutine.

Wenn sie zurückkamen, platzten sie in die Küche, um sich ein spätes Frühstück zu gönnen. Ja, »platzen« war in Lilys Augen der richtige Ausdruck. Wie eine Bombe. Dylan nannte das Beschäftigungstherapie. Doch Lily fragte sich, wer hier eigentlich beschäftigt wurde.

Jetzt gerade jedenfalls, nach Liams jüngstem Versuch, ein komplettes englisches Frühstück zuzubereiten, war *sie* damit beschäftigt, die Küche wieder in einen akzeptablen Zustand zurückzuversetzen. Überall standen schmutzige Pfannen und Töpfe herum, leere Schachteln und Dosen, benutzte Teller und Besteck. Immerhin hatten es die leeren Teetassen auf mysteriöse Weise bis zur Spüle geschafft. Die Luft war schwanger vom Geruch nach gebratenem Speck, Würstchen und gebackenen Bohnen.

»Ich weiß ja, dass es gut fürs Selbstwertgefühl ist, zu wissen, dass man für sich selbst kochen kann – ich staune nur, dass diese Therapie das Aufräumen völlig ausblendet«, beklagte Lily sich, während sie den Spülstein freiräumte und heißes Wasser einlaufen ließ.

Dylan sah sich kurz zu ihr um und lachte augenzwinkernd, als er Liam zur Küche hinausschob.

Auch Liam drehte sich zu ihr um, lachte allerdings nicht. Er sah Lily einfach nur an.

Sie fragte sich immer, was er wohl dachte, wenn er sie so ansah.

Sie lächelte, aber er wandte sich ab und rief dem blonden jungen Mann hinter sich zu:

»Komm, Dyl, jetzt ist Denksport angesagt.«

Lily seufzte, war aber fest entschlossen, sich nicht die Laune verderben zu lassen, und wandte sich wieder dem Abwasch zu. Die beiden Männer verschwanden in Liams Arbeitszimmer.

Liam behauptete, sein Geist müsse genauso trainiert werden wie sein Körper, und forderte Dylan darum zu endlosen Schachpartien heraus oder bombardierte ihn mit Wissensfragen, um herauszufinden, wer von ihnen beiden schlauer war.

Was sie jetzt an Gesprächsfetzen aufschnappte, drehte sich um Musik.

Das Gespräch, das Lily mit Dylan geführt hatte, wiederholte sich mit Liam.

»Phil Collins ist ein Heiliger, obwohl mir sein letztes Album ein bisschen zu soft war.«

»Na ja, da war er ja auch verliebt, oder?«

»Man wird also weich, sobald man sich verliebt?«

»Manchmal schon. Du nicht?«

»Also, ich werde eher hart.«

Lily hörte Liam lachen und musste ebenfalls lachen. Nicht so sehr über Dylans anzüglichen Witz als vor Freude über Liams Lachen.

Lily dankte dem Herrgott jeden Tag von Neuem dafür, dass er ihnen Dylan geschickt hatte. Und Peter. Und sogar Duncan Corday.

Es kam ihr vor, als habe sie sich damit abgemüht, ganz allein ein schweres Gewicht zu heben – und als sei dann jemand gekommen und hätte einfach am anderen Ende mit angepackt.

Lilys Erleichterung darüber, dass die Männer sich so gut verstanden, war nicht in Worte zu fassen.

Aus dem Arbeitsverhältnis war sehr schnell eine Freundschaft geworden.

Liam hatte Lily so oft patzige Antworten gegeben, wenn sie ihm Hilfe anbot. Von Dylan konnte er beinahe jedes Angebot annehmen.

Dylan hatte ihr das Leben deutlich erleichtert, aber an den Schwierigkeiten, die in ihrer Ehe herrschten, konnte er nichts ändern. Die blöde kleine Zeichnung, die wenigen Worte auf der Blaupause hatten einen Schaden angerichtet, der nicht so einfach zu reparieren war. Die Kommunikation zwischen Lily und Liam war rudimentär, angestrengt, und manchmal bitter.

Eigentlich hätte Dylan ja mittags Feierabend haben sollen, aber im Laufe der Wochen hatte sich eingebürgert, dass er bis nachmittags blieb. Kaum war Dylan weg, schloss Liam die Tür zu seinem Arbeitszimmer und tauchte erst wieder auf, wenn Lily zum Abendessen rief. Ganz gleich, wie spät es war – er aß entweder nur eine Spatzenportion oder schob das Essen auf dem Teller umher. Dann fing er an zu gähnen und gab vor, müde zu sein. Lily half ihm ins Bett, wo er blieb, bis Dylan am nächsten Morgen um halb acht aufkreuzte.

An den Wochenenden kam Peter zu Besuch und nahm Dylans Rolle ein – mit dem Unterschied, dass er zum Abendessen blieb und nicht zuließ, dass Liam zur Sandmännchenzeit ins Bett ging. Er sorgte dafür, dass Liam länger aufblieb und sie zu dritt am Küchentisch saßen, wo sie redeten, Wein beziehungsweise Tee oder Kaffee tranken und sich Witze erzählten. Wenn Lily Liam so ausgelassen mit Peter sah, war sie wild entschlossen, auch ihre Beziehung wieder da hinzubringen, wo sie unbefangen miteinander umgehen konnten. Sie hoffte, dass es mit der Zeit leichter würde, aber Liam schien sie jetzt, da er für die körperlichen Hilfestellungen nicht mehr so sehr auf sie angewiesen war, emotional nur noch mehr auf Abstand zu halten.

Manchmal war sie richtig neidisch darauf, dass Dylan ihm so nah sein durfte. Ja, es rührte sich eine absurde Eifersucht in ihr, wenn sie sah, wie Liam jemand anderem so bereitwillig das Lächeln und die Berührungen schenkte, die er ihr konsequent verweigerte.

Liam dankte dem Schicksal für Dylan Thomas. Als Peter mit ihm darüber gesprochen hatte, dass sie Hilfe brauchten, lagen ihm so einige bissige Bemerkungen auf der Zunge, doch zum Glück hatte er die Klappe gehalten. Er würde es nie offen zugeben, aber die Entscheidung für professionelle Hilfe war natürlich richtig gewesen.

Im Grunde wusste er, dass er sich wie ein Ekel benahm, aber er konnte es nicht ändern.

Er hatte das Gefühl, im Recht zu sein.

Er hatte das Gefühl, alles falsch zu machen.

Das Aufeinanderprallen dieser völlig konträren Gefühle trug nicht gerade dazu bei, dass er sich besser fühlte.

Er wusste gar nicht, wo ihn die schlimmeren Schmerzen plagten, im Körper oder in der Seele?

Dylan war wie ein Licht in der Dunkelheit.

Er war besser als jedes von den Ärzten verabreichtes Schmerzmittel.

Er brachte Abwechslung in die tägliche Routine, lenkte ihn ab, war unbeschwert.

Liam konnte mit Dylan alles machen.

Die erste Woche war turbulent gewesen.

Obwohl er sich vorgenommen hatte, genau das nicht zu tun, sperrte sich Liam anfangs gegen Dylan. Er widersprach allem, was er sagte oder vorschlug, bis Dylan sich zu ihm umdrehte und in aller Gemütsruhe sagte:

»Wissen Sie was, wenn Sie mal aufhören würden, wegen jedem Pipifax so einen Aufstand zu machen, könnten Sie wirklich Fortschritte erzielen. Sie wollen doch gerne aus dem Ding da rauskommen, oder?«

Er hatte in Richtung Rollstuhl genickt, und zwar mit der gleichen Verachtung im Blick, die Liam für das Gerät empfand, das ihm Lebensretter und Klotz am Bein zugleich war.

Liam hatte es die Sprache verschlagen. Aber danach war so einiges besser geworden. Zwar fiel es ihm immer noch schwer, von einem Jungen herumkommandiert zu werden, dessen Vater er sein konnte, aber er erkannte gleichzeitig, dass dieser Junge in der Tat wusste, was das Beste für ihn war.

Nach dieser Konfrontation entwickelten sie neue Rituale, die Liam zugegebenermaßen viel besser gefielen als die alten.

Jetzt machten sie wieder ein Musik-Quiz. Abwechselnd legten sie CDs in Liams hochkomplizierte Stereoanlage ein und ließen den anderen raten, wer was sang.

Es klang ganz so, als würde Liam gewinnen, denn Dylan beklagte sich lautstark über Liams letzte Wahl.

»Ach, Scheiße, Liam. Ich kenne das Lied, aber ich habe keine Ahnung, wie es heißt oder wer es gesungen hat.«

»Soll das heißen, du gibst auf?«

»Gib mir noch ein paar Sekunden ... nein. Nein. Verdammt. Sag schon. Ich beiß' mir sicher gleich in den Arsch, aber sag ...«

»Primal Scream, Rocks.«

»Da wäre ich nie drauf gekommen. Okay, du bist dran. Wollen mal sehen, wie lange du brauchst, um das hier zu erraten ...«

Sekunden später jaulte er triumphierend auf.

»Mannomann, das ist doch kinderleicht. Für wie alt hältst du mich? Sechs? Queen natürlich, Bohemian Rhapsody. Komm, Dylan, streng dich ein bisschen an.«

»Okay. Dylan Thomas nimmt jede Herausforderung an.«

Dylan arbeitete sich durch die Holzkästen, in denen Liam seine riesige Sammlung von Musikalben aufbewahrte, grün vor Neid angesichts der Auswahl und der alten, aber hervorragenden Stereoanlage von Bang & Olufsen.

Die beiden hatten durch die Musik und ihren ähnlichen Sinn für Humor zueinander gefunden, und die Beziehung festigte sich dadurch, dass Dylan sich schlicht weigerte, sich alles von Liam gefallen zu lassen.

Liams Arbeitszimmer war zu einer Art Basislager geworden. Wo einst Funktionalität und Sachlichkeit vorherrschten – Zeichentisch, Sofa, Regale voller Fachbücher und Gebrauchsanleitungen, der antike Planschrank aus Eiche, den Lily ihm zu seinem dreißigsten Geburtstag geschenkt hatte –, gaben nun seine Stereoanlage, Platten, CDs, Zeitschriften, schöngeistige Bücher, ein Sessel, ein Fernseher und ein DVD-Gerät den Ton an.

Immer wenn Dylan länger als verabredet blieb, zogen sich die beiden in diesen Raum zurück und fochten ihre juvenilen Wettkämpfe aus.

Dylan zog eine Platte aus dem Kasten, vergewisserte sich, dass Liam nicht heimlich guckte, und legte sie auf.

»Coldplay, Clocks«, rief Liam bereits nach den ersten Klängen.
»Nicht schlecht, aber nicht gut genug.«
»Mist. Noch eins.«
»Nein, nein, Freundchen. Jetzt bin ich dran. Du durftest schon zweimal hintereinander. Und hast beide Male verloren.«

Es herrschte einen Moment lang Ruhe, dann sagte Liam:
»So, dann sag mir mal, was das ist.«
Ein Gitarrenriff erfüllte das Haus.
Dylan lehnte sich zurück, verschränkte die Hände hinter dem Kopf und grinste arrogant.
»Das nennen Sie schwierig, Mr. Bonner?«
»Wie? Kennst du das etwa? Dafür bist du doch viel zu jung.«
»Stimmt. Beschwer dich bei meinen Eltern.«
»Also?«
»Owner of a Lonely Heart, Yes. Verdammt guter Song.«
»Stimmt. Verdammt guter Song.«

Sie ließen den Titel weiterlaufen und schwiegen, hörten sich das ganze Lied an und fingen erst wieder an zu reden, als das nächste einsetzte. Ihr Quiz hatten sie vergessen.

»Wie alt bist du eigentlich, Liam?«
»Hat Lily dir das etwa noch nicht verraten? Ich dachte, du wüsstest schon alles über mich.«
»Na ja, ich weiß schon so einiges, aber ganz bestimmt noch nicht alles.«
»Wovon du in der vergangenen Stunde Zeugnis abgelegt hast.«
»Haha. Also?«
»Also was?«

»Wie alt bist du?«
»Achtunddreißig.«
»Im Ernst? Ach, du Scheiße. Verdammt alt.«
»Pass bloß auf.«
»Stimmt doch. Ich meine, das heißt, du bist achtzehn Jahre älter als ich. Mannomann, Liam, du bist quasi doppelt so alt wie ich. Du könntest mein Vater sein.«

Es entstand ein kurzes Schweigen, und Dylan fürchtete schon, zu weit gegangen zu sein. Doch dann grinste Liam nur breit.

»Vergiss es. Du bist viel zu hässlich, um mein Sohn sein zu können.«

Sie lachten, dann schwiegen sie wieder. Dann sah Dylan Liam an und schnaubte.

»Achtunddreißig«, sagte er ungläubig und schüttelte den Kopf. »Fast vierzig. Kein Wunder, dass du auf Oldies stehst, Mann. Du könntest echt mein Vater sein. Ich glaube, ich nenne dich von jetzt an Dad.«

Diese letzte Bemerkung versetzte Liam einen Stich. Doch er schaffte es, darüber hinwegzugehen. Gespielt wütend sah er Dylan an.

»Und ich glaube, ich nenne dich von jetzt an hohles Brot. Und jetzt halt die Klappe und leg die nächste Scheibe auf.«

Lily schaltete den kleinen Fernseher in der Küche ein. Es lief eine dieser unsäglichen Nachmittags-Talkshows, in der eine scheinheilige, hoffnungslos überschminkte Moderatorin versuchte, ein verhuschtes Frauchen davon zu überzeugen, dass sie zusehen sollte, sich von ihrem undankbaren, untreuen Ehemann zu trennen.

Lily tat die zarte Frau irgendwie leid, konnte aber nicht verstehen, wieso manche Menschen den Drang verspürten, ihre privaten Probleme öffentlich im Fernsehen zu besprechen. Sie war sich durchaus im Klaren darüber, dass sie die Glotze dann konsequenterweise auch ausschalten sollte, hörte aber der Frau und der Moderatorin trotzdem weiter zu.

Es lag glockenklar auf der Hand, dass sie ihren Mann schnellstmöglich verlassen und sich ein neues Leben aufbauen sollte – Lily stimmte sogar in die Zurufe des Publikums mit ein. Sie amüsierte sich über sich selbst und war richtig erleichtert, als sich endlich eine große Frau in einem geblümten Kleid in der ersten Reihe erhob und der Frau in aller Deutlichkeit mitteilte, sie solle diesen Nichtsnutz verlassen.

Seltsam, ging es Lily durch den Kopf, während sie das schmutzige Spülwasser ab- und frisches einlaufen ließ, wie klar man die Probleme anderer Menschen sehen und einschätzen konnte, während man vor seiner eigenen Tür im dichtesten Nebel herumstocherte.

Vielleicht sollte sie Liam auch mal zu so einer Talkshow schleifen und sich von einer ganzen Armee großer Frauen in geblümten Kleidern zurufen lassen, was zu tun sei.

Sie stellte sich die Szene vor: Sie und Liam, wie sie vor einem voreingenommenen Publikum der ganzen Welt ihre Eheprobleme mitteilten.

Natürlich war das eine lächerliche Vorstellung, aber vielleicht wäre es gar keine schlechte Idee, wenn jemand zwischen ihnen vermitteln würde. Liam bekam derzeit alles, was sie sagte, in den falschen Hals – im Grunde brauchte sie selbst für die harmlosesten Wortwechsel eine Art Dolmetscher. Sie dachte sofort an Peter. Allerdings wäre es nicht fair, ihn da ausgerechnet jetzt mit hineinzuziehen, er hatte schon genug um die Ohren. Er hatte Liam nach Cornwall geholt, weil er fürchtete, mit dem Riesenprojekt von Corday allein nicht fertig zu werden – und jetzt blieb ihm gar nichts anderes mehr übrig.

Als sie ihn das letzte Mal gesehen hatte, war es zur Abwechslung sie, die sich besorgt zum Thema Gewichtsabnahme und Schlafmangel geäußert hatte.

Es wäre unfair, ihn jetzt auch noch mit ihren Privatproblemen zu belästigen.

Nun gut. Wenn sie ihre Situation sachlich von oben betrachten könnte, was würde sie sich dann selbst raten?

Vielleicht, dass sie sich nicht so sehr auf die Folgen konzentrieren sollte, die Liams Unfall für sie hatte, sondern darauf, was er für Liam selbst bedeutete. Oder vielleicht sollte sie sich gar nicht darauf konzentrieren ... Das war wahrscheinlich Teil ihres Problems, dass sie zwischen zwei Extremen hin- und herpendelte. Mal behandelte sie ihn wie einen Invaliden, mal tat sie, als sei gar nichts passiert. Vielleicht sollte sie versuchen, den goldenen Mittelweg zu finden? Seine Schroffheit nicht persönlich zu nehmen und einfach weiterzumachen und zu hoffen, dass sich die Lage verbesserte.

Auf jeden Fall würde sie sich – das versprach sie sich selbst, als sie noch mehr heißes Wasser nachlaufen ließ, um sich einer ganz besonders schmutzigen Pfanne anzunehmen – eine Spülmaschine kaufen. Als der Raum, der eigentlich mal ihr Hauswirtschaftsraum werden sollte, zu Liams Badezimmer umfunktioniert wurde, hatte sie gedacht, dass kein Platz mehr dafür sei. Aber wenn die Herren jetzt jeden Tag ein solches Schlachtfeld hinterließen, würde sie schon noch irgendwo eine freie Ecke finden.

Wenigstens war sie doch noch zu etwas nütze, ging es ihr durch den Kopf, als sie seufzend den Topfkratzer zur Hand nahm, um dem verbrannten Fett zu Leibe zu rücken.

Lily hatte die aus Liams Zimmer dringende Musik und die Gespräche erfolgreich ausgeblendet und fuhr entsprechend erschrocken zusammen, als sie Liam nach ihr rufen hörte.

»Lily! Lily, du musst mir helfen!«

Sie ließ den Topfkratzer ins Wasser platschen und lief schnell in sein Zimmer.

»Was ist denn? Was ist passiert?« Angsterfüllt sah sie ihn an, als sie sein schmerzverzerrtes Gesicht sah.

»Wie heißt das Lied? Ich werd noch wahnsinnig. Ich kenne es, und du kennst es auch, das weiß ich, oh, Mann, ich dreh gleich durch!«

»Das ist alles? Darum hast du mich gerufen?« Aus ihren weit aufgerissenen Augen sprachen Sorge und Zorn. »Ich dachte, es sei etwas passiert! Ich dachte, du hättest dir wehgetan!«

»Also, mein Ohr blutet, zählt das? Du weißt ja, dass ich diesen Europopmist nicht ertrage.« Er zog eine Flunsch.

In dem Moment löste sich etwas in ihr, und sie konnte lachen. Sie freute sich darüber, dass er sie um Hilfe gebeten hatte, und ganz besonders freute sie, dass es sich dabei um so etwas Triviales handelte.

Lächelnd sah sie zu Dylan, der unglaublich selbstgefällig aus der Wäsche guckte.

»Darf ich es ihm sagen?«

»Das bedeutet dann aber, dass er die Runde verloren hat. Liam?«

»Bitte, bitte, sag es mir, damit diese Gehörknöchelvergewaltigung endlich ein Ende hat!«

»Das ist Whigfield. Saturday Night.«

»Wer?«

»Sag bloß, du kannst dich nicht erinnern? Das haben sie doch 1994 rauf und runter gespielt, als wir noch jung genug waren, um auf Ibiza die Nächte durchzufeiern.«

»Ach Scheiße, klar. Danke, Lily.«

»Gern geschehen.«

Kaum wandte sie den beiden wieder den Rücken zu, kabbelten sie sich schon wieder wie Schuljungs.

»Das war ein Regelverstoß, Dylan.«

»Wie bitte? Und gegen welche Regel habe ich verstoßen?«

»Wir spielen hier ein Musik-Quiz, und der Lärm da ist ja wohl keine Musik.«

»Okay, okay, dann lege ich etwas anderes auf.«

»Ach, du willst wieder zweimal hintereinander dran sein?«

»Du hast doch gerade gesagt, die letzte Nummer hätte nicht gezählt. Nur, weil sie nicht aus deiner Epoche stammt.«

»Meiner *Epoche*?«

»Ja, klar. Und der von Mozart.«

»Dir geht doch bloß der Arsch auf Grundeis, weil du verlierst.«

»Ach, Klappe, Dad.«

Um halb vier saßen die beiden immer noch im Arbeitszimmer. Lily überlegte, endlich mal die Fenster zu putzen, staunte gleichzeitig darüber, wie sie auf einmal zur Hausfrau mutiert war, und dann fiel ihr entsetzt ein, dass sie vollkommen vergessen hatte, noch einmal zum Windenhaus zu gehen, um ihre Schulden zu begleichen.

Vor Wochen hatte sie das Bild von dort mitgenommen, das jetzt in Liams Zimmer hing.

Abi hatte es nie wieder erwähnt.

Lily streckte den Kopf zur Arbeitszimmertür herein und sah zu Dylan.

»Bleibst du noch lange?«

»Willst du mich loswerden?«

»Quatsch, ich wollte nur hören, ob ich schnell runter in den Ort gehen könnte, bevor du abhaust.«

»Kein Problem ... Ich gehe erst, wenn ich gewinne.«

»Na, dann wirst du ja noch ziemlich lange hierbleiben«, provozierte Liam ihn.

Dann wandten sich die beiden wieder der Musik zu.

Lily zog sich Schuhe und Jacke an und trat hinaus in das sonnige Wetter.

Das Dorf war wie verwandelt.

Die Sonne hatte ihm neues Leben eingehaucht. Nicht nur in Form sprießender Pflanzen und zwitschernder Vögel, sondern auch in Form von Menschen, die wie aus dem Winterschlaf erwachte Tiere aus ihren Häusern gekrochen oder aus wärmeren Gefilden in den hiesigen Frühling zurückgekehrt waren.

Sämtliche Geschäfte, die seit Lilys und Liams Ankunft saisonbedingt geschlossen gewesen waren, hatten inzwischen ihre verstaubten Fensterläden und Pforten geöffnet.

Schon von Weitem konnte Lily sehen und hören, dass im alten Inn richtig was los war. Nicht nur die übliche Runde Einheimischer hatte sich dort versammelt, sondern auch Tagesgäste, die bei dem schönen Wetter im T-Shirt herumliefen, aber misstrauisch oder vernünftig genug waren, auch Regenjacken bei sich zu haben.

Das letzte Stück zur Galerie hinunter ging Lily im Laufschritt.

Abi, die rotbraunen Locken mit einem Seidenschal zurückgebunden, hatte einen Hammer in der Hand, um oben neue

Gemälde aufzuhängen. Anna saß hinter der Kasse und feilte sich die Fingernägel.

»Es tut mir so furchtbar leid ...«, fiel Lily mit der Tür ins Haus. »Ich habe ja total vergessen, das Bild zu bezahlen ... Gott, ist mir das peinlich ... Jetzt habe ich aber Geld dabei ... Neunzig Pfund, oder?«

Anna schüttelte den Kopf.

»Mrs. Hunter sagt, dass Sie können haben Bild für sechzig.« Das Mädchen lächelte Lily merkwürdig an.

»Ach, das ist wirklich nett von ihr, aber das kann ich nicht annehmen.«

»Sie darauf besteht.« Und damit wandte sie sich dem Kassenapparat zu und tippte sechzig ein.

»Aber das kann ich nicht annehmen ...«, versuchte Lily es noch einmal, doch diesmal erhielt sie Widerrede von oben.

»Natürlich können Sie. Mitarbeiterrabatt.«

Lily wand sich.

»Mir ist das so peinlich, das ist jetzt schon über einen Monat her ...«

»Nun machen Sie sich mal keine Gedanken. Ich weiß doch, dass Sie reichlich andere Sachen um die Ohren hatten.«

»Das ist keine Entschuldigung.«

»Also, in meinen Augen ist es eine, und zwar eine verdammt gute.« Abi stieg von der Leiter, kam die Treppe herunter und überraschte Lily, indem sie sie in den Arm nahm.

»Na gut, wenn Sie meinen«, stammelte Lily, die von dieser herzlichen Begrüßung ganz verwirrt war.

»Ja, meine ich.« Abi ließ sie los und strahlte sie an.

Betreten zog Lily das Geld aus der Tasche und zählte drei Zwanzig-Pfund-Scheine ab.

»Ich ... also, wirklich, vielen Dank ... Sie hätten ja nicht ... das ist wirklich nett von Ihnen ...«

»Das Vergnügen ist ganz auf meiner Seite. Ehrlich gesagt, bin ich einfach immer total aus dem Häuschen, wenn jemand etwas von Nathan kauft.«

»Sie müssen sehr stolz auf ihn sein.«

»Klar«, gab sie unumwunden zu. »Aber ist doch auch echt gut, oder? Mal im Ernst, ich habe keine Ahnung, woher er das hat. Ich wünschte, meine künstlerische Ader wäre etwas ausgeprägter, aber letztlich verkaufe ich eben doch nur die Kunst anderer Leute, und das hat seinen guten Grund. Und von seinem Vater hat er's ganz bestimmt auch nicht ...«.

Sie hielt inne und neigte sich Lily vertrauensvoll zu. »Sagen wir mal so, er war so gut wie nie da, als Nathan noch klein war, und wenn er mal auftauchte, dann nur, um Ärger zu machen. Aber gut, aus dem Jungen ist auch so ein Mann geworden, und zwar einer, auf den ich verdammt stolz bin, ja. Das nur für den Fall, dass Sie es noch nicht mitbekommen haben.« Sie blinzelte übertrieben. »Tut mir leid, aber wenn man mir erst eine Gelegenheit gibt, über mein Lieblingsthema zu reden, kenne ich kein Halten mehr.«

Aber dann verstummte sie doch und sah Lily so forschend ins Gesicht, wie es sonst nur ihre Mutter tat, wenn sie sich länger nicht gesehen hatten.

»Heiliges Kanonenrohr, habe ich einen Teedurst!«, konstatierte sie dann plötzlich. »Sie hätten nicht zufällig Lust, eine Tasse mitzutrinken?«

Lily zögerte.

»Eigentlich müsste ich wieder nach Hause ...«

»Und uneigentlich? Ich brauche wirklich mal jemanden, der die Geschichten noch nicht alle kennt, ich möchte so gerne mit meinem tollen Sohn angeben ...«, scherzte Abi und sah dabei so enttäuscht aus, dass Lily sofort einen Rückzieher machte.

»Na gut, in Ordnung, ich muss aber eben zu Hause anrufen, ob es okay ist.«

Sie ging hinaus und holte das Handy aus der Tasche. Erleichtert stellte sie fest, dass sie Empfang hatte, und rief bei Liam an.

Dylan ging ans Telefon. Er war ausgezeichneter Laune.

»Klar, kein Problem«, versicherte er ihr, als Lily sagte, dass sie doch etwas länger unterwegs sein würde. »Wir stecken gerade in einer neuen Partie Schach, und ich kann hier eh nicht weg, bevor ich ihn wenigstens einmal geschlagen habe.«

Sie hörte Liam im Hintergrund frotzeln:
»Davon träumst du aber auch nur, Dylan ...«
»Es ist also okay?«
»Ja, natürlich. Wird langsam Zeit, dass du aus dem Haus kommst und dich amüsierst.«
»Ich trinke bloß eine Tasse Tee, Dylan.«
»Schon klar, aber selbst das hast du ja wohl schon länger nicht getan, oder?«
Da hatte er recht.
Wann war sie zuletzt mit einer Freundin Kaffee trinken gewesen? Die braune Plörre in Plastikbechern, die sie zusammen mit Peter im Krankenhaus heruntergewürgt hatte, zählte jedenfalls nicht.
Das musste in London gewesen sein. Kurz bevor sie wegzogen. Mit Ruth. Ruth hatte neulich mal angerufen, und Lily hatte immer noch nicht zurückgerufen.
Da tauchte Abi hinter ihr auf, Jacke und Handtasche bereits in der Hand.
»Alles klar?«
Sie nickte.
»Ich habe sozusagen einen Freifahrschein.«
»Wunderbar! Dann gehen wir ins Port Hole, das beste Restaurant am Platz, und lassen es uns mit einem ausgiebigen Nachmittagstee so richtig gut gehen!«
»Das Port Hole?«, wunderte sich Lily.
»Sie kennen das Port Hole nicht? Ist das Ihr Ernst? Sie haben wirklich ziemlich abgeschieden gelebt, seit Sie hergekommen sind, was?«
Lily nickte.
»Es ist aber irgendwie auch alles geschlossen gewesen.«
»Ja, zugegeben, im Winter ist es hier ziemlich trostlos. Sie haben Merrien Cove in der schlimmsten Jahreszeit kennengelernt. Ein guter Freund gab mir seinerzeit den weisen Rat, mal im Januar herzukommen, bevor ich hier sesshaft würde. Im Sommer ist es hier wunderschön, Sonne, Strand, massenweise Leute, nette Restaurants, Spaziergänge, Natur, alle Geschäfte auf. Aber in

der ersten Jahreshälfte ... überhaupt kein Vergleich. Man könnte meinen, man sei in einer anderen Welt.«

Sie hakte sich bei Lily unter, und Lily staunte, wie sehr sie diese freundschaftliche Geste rührte.

»Es tut mir so leid, dass ich erst jetzt mit dem Geld für das Bild gekommen bin. Sie haben sicher schon gedacht, ich hätte es geklaut.«

»Quatsch. Ich hatte die Sache schon völlig vergessen. Bis Sie dann vorhin wieder im Laden standen. Und ich bin mir sicher, dass Sie Wichtigeres zu tun hatten. Wie geht es Ihrem Mann?«

»Ach, so ... lala.«

Abi wartete auf mehr, aber da Lily schwieg, redete sie selbst weiter. »Ich wollte eigentlich noch mal vorbeikommen, dachte aber, dass Sie jetzt, wo Ihr Mann wieder zu Hause ist, vielleicht nicht so gerne unangemeldeten Besuch haben ...«

»Sie hätten gerne vorbeikommen können. Ich freue mich über Besuch.«

»Na gut, jetzt weiß ich ja, dass ich willkommen bin.«

»Jederzeit.«

Plaudernd schlenderten sie die Küstenstraße entlang. Auf halber Strecke zwischen dem Alten Windenhaus und dem Inn bog Abi unvermittelt rechts ab und führte Lily durch einen niedrigen Torbogen, der ihr noch nie aufgefallen war. Eine schmale Gasse führte zwischen den Cottages zu einer der höher gelegenen Straßen, die als Sackgasse ganz hinten im Ort endete.

Etwa hundert Meter weiter lag auf der linken Seite ein dreistöckiges Steincottage mit Blick über die Dächer von Merrien Cove und einem gemalten Schild mit der Aufschrift »The Port Hole«.

»Ich wusste nicht einmal, dass es das hier gibt.« Bewundernd betrachtete Lily die gelben Steine und die Panoramafenster.

»Im Sommer steht ein Schild unten an der Straße, aber im Winter ist es wie alles andere in Merrien Cove auch geschlossen.«

Abi öffnete die niedrige Eingangstür und duckte sich unter dem Sturz hindurch. Eine altmodische Messingglocke mit hellem, klarem Klang schlug an.

Als Erstes nahm Lily den Geruch in dem Haus wahr. Es war ein schwerer, süßer Duft nach Zimt und Vanille, der von Kerzen und Backwaren herrührte.

In allen drei Stockwerken waren die Fußböden gefliest und die Wände in goldenem Ocker gehalten. Abi nahm Lily mit bis ganz nach oben, wo sie sich einen Tisch am Fenster mit Blick über die ganze Bucht aussuchte. Lily setzte sich und konnte von ihrem Platz aus den Strand und die dahinter liegende Steilküste sehen, bis zur nächsten Landzunge. Auf den schaumgekrönten Wellen tanzten sonnenhungrige Surfer.

»Wunderschön.« Sie lächelte Abi an, und die ältere Frau erwiderte ihr Lächeln sehr herzlich.

»Warten Sie, bis Sie das Essen hier gekostet haben.« Sie begrüßte die hochgewachsene, blonde junge Frau, die lächelnd und mit der Karte in der Hand auf sie zukam, freundlich. »Hallo, mein Engel, wie geht's dir heute? Lily, das ist Lorna, die Geschäftsführerin, Lorna, das ist Lily. Sie und ihr Mann haben Rose Cottage gekauft.«

»Sie Glückliche!« Strahlend reichte Lorna Lily die Karte. »Das ist mein Traumhaus! Der beste Blick der Welt!«

»Und die beste Nachbarin der Welt«, scherzte Abi.

An den Wänden hingen alte Fotos von Merrien Cove. Auf dem einen war eine Person, die Lily irgendwie bekannt vorkam, aber es dauerte einige Minuten, bis sie darauf kam, dass der junge Mann, der da wie eine kräftige, stolze Eiche neben einem Fischerboot im Hafen stand, Proctor in jungen Jahren war.

»Oh, mein Gott, das ist ja ...«

»Proctor.« Abi amüsierte sich über Lilys Staunen. »War mal ein ganz schönes Prachtexemplar, was? Hach, wenn er doch nur achthundertzweiunddreißig Jahre jünger wäre ...«

Statt Blumen steckten in den kleinen Vasen aus gefrostetem Glas auf dem Tisch verschiedene Gräser und Zweige aus der näheren Umgebung. Manche blühten zartrosa.

Die Möbel waren alle aus Holz, aus dunkelbrauner, unbehandelter Eiche. Die Tische waren äußerst solide, und die Sitze der Stühle hatte man mit goldgelbem, terrakottafarbenem und rostrotem Stoff bezogen.

Im Hintergrund lief leise Jazz. Lily dachte sofort an Liam. Wie oft hatten sie in London Jazz zum Abendessen im Garten aufgelegt ... Lily wurde ganz melancholisch.

»Alles in Ordnung?« Abi kniff die Augen zusammen, als sie das sehnsuchtsvolle Gesicht der deutlich jüngeren Lily sah.

Lily blinzelte und erzwang ein Lächeln.

»Ja, danke. Mir ging nur gerade durch den Kopf, wie wunderschön es hier ist.«

»Danke.«

»Danke? Wollen Sie damit etwa sagen, dass Ihnen nicht nur die Galerie, sondern auch dieses Restaurant gehört?«

»Nicht ganz, aber zur Hälfte.« Sie nickte.

»Dann sind Sie also gar kein Bohemien, sondern eine Geschäftsfrau ...« Lily lächelte.

»Ach, ich wäre so gerne eine Vollblut-Bohemien gewesen«, erwiderte sie grinsend, »aber das ist in unseren modernen Zeiten eine ziemlich idealistische Vorstellung, von der man schnell abrückt, wenn man alleinerziehende Mutter ist. Kinder brauchen stabile Verhältnisse, und da Nathans Vater ihm das nie hätte bieten können, musste ich eben dafür sorgen.«

»Sie sind also nicht mehr zusammen ...?«

»Nein, schon lange nicht mehr.«

»Was ist passiert? Wenn ich fragen darf ...«

Sie nickte.

»Charles stammte aus einer sehr wohlhabenden Familie und ich nicht«, stellte sie lakonisch fest. »Geldadel gegen arme Kirchenmaus ... Seine Familie hat mich nie akzeptiert und hat mich das während der zwei Jahre, die wir dagegen ankämpften, auch deutlich spüren lassen. Am Ende hat er sich dann für sie und gegen mich und seinen Sohn entschieden.«

»Wie schrecklich.«

»Wir waren nie verheiratet.«

»Ja und? Er hat Sie verlassen, das ist mit oder ohne Trauschein schlimm.«

»Freut mich, dass Sie das so sehen. Seine Familie sah das nämlich ganz anders. Und war dann paradoxerweise am Ende doch froh über meine stets verteufelte Fortschrittlichkeit. Denn dadurch, dass ich der Institution Ehe nicht viel abgewinnen konnte, war es ihrem wunderbaren Sohn viel einfacher möglich, aus meinen Fängen zu fliehen – und er war nicht geschieden und ergo nicht stigmatisiert.«

»Das muss ganz schlimm für Sie gewesen sein.«

»War es auch. Damals. Ich weiß noch, dass ich ihn damals sehr geliebt habe, aber zum Glück habe ich längst vergessen, warum eigentlich.« Sie lachte entspannt, und Lily stimmte ein.

»Was ist mit ihm passiert?«

»Ach, er hat geheiratet. Gut geheiratet. Irgendein angesehenes Mädchen aus guter Familie. Mit ihr hat er dann auch noch Kinder bekommen, aber Nathan hat sie nie kennengelernt.«

»War das seine Entscheidung?«

Sie seufzte und dachte einen Moment nach.

»Wissen Sie was, da bin ich mir gar nicht so sicher. Ich glaube, er hat mal versucht, Kontakt aufzunehmen, aber was dabei rausgekommen ist ... keine Ahnung. Klingt schrecklich, oder, dass ich das nicht weiß, aber jedes Mal, wenn ich vorsichtig nachfrage, lässt er mich abblitzen oder wechselt das Thema. Das kann er sehr gut.«

»Typisch Mann«, stieß Lily mit solcher Inbrunst hervor, dass Abi sie neugierig ansah.

»Und was ist mit Ihnen, Lily?«

»Was soll mit mir sein?«

Abi fiel auf, dass Lily irgendwie auf der Hut war.

»Na ja, jetzt wissen Sie über meine dunkle Vergangenheit Bescheid – und wie sieht es mit Ihrer aus? Womit ich nicht sagen will, dass auch Ihre Vergangenheit dunkel sein muss, aber wenn sie es ist, bin ich mehr als Ohr!« Abi grinste schelmisch, worauf Lily lachte und mit den Schultern zuckte.

»Ach, da gibt es nicht viel zu erzählen.«

»Das glaube ich Ihnen nicht. Erzählen Sie mir von sich und Liam. Wie lange sind Sie schon zusammen?«

»Wir sind schon ziemlich lange verheiratet. Seit ich neunzehn war.«

»Das nenne ich eine junge Braut.«

»Es schien uns damals das Richtige zu sein, und ich habe es auch nie bereut ...« Ihre Stimme brach ab.

Bis jetzt. Zwar sprach Lily die Worte nicht aus, aber Abi hörte sie trotzdem.

»Und wie geht es Ihrem Mann?«, erkundigte sie sich noch einmal.

Lily zögerte kurz.

»Gute Frage ...« Sie versuchte zu lachen, doch es blieb ihr im Halse stecken. Sie senkte den Blick.

»Können ganz schön anstrengend sein, wenn sie krank sind, die Kerle, was? Wie große Kinder ...«

Lily nickte.

»Haben Sie eigentlich Kinder? Ich war so damit beschäftigt, Ihnen von meinem eigenen Spross vorzuschwärmen, dass es mir völlig durch die Lappen gegangen ist, Sie danach zu fragen!« Aufmunternd lächelte Abi Lily an.

Und wieder zögerte Lily. Ihre Lippen formten lautlos die Worte, die ihre Kehle nicht freigeben wollte. Und gerade, als Abi sich entschuldigen wollte, falls sie Lily mit dieser Frage zu nahe getreten war, schüttelte Lily den Kopf.

»Nein, wir haben keine Kinder«, antwortete sie mit solch gequälter Miene, dass Abi sanft eine Hand auf ihre legte.

»Ich will mich Ihnen nicht aufdrängen und auch nicht meine Nase in Ihre Angelegenheiten stecken, aber wenn Sie reden wollen – ich kann richtig gut zuhören. Ja, das mag Ihnen jetzt absurd vorkommen, so wie ich sonst in einer Tour schnattere, aber ich kann wirklich gut zuhören, und ich bin für Sie da, wenn Sie mich brauchen.«

»Danke.«

Abi hatte das Gefühl, dass es nun besser war, das Thema zu wechseln, und widmete sich der Karte.

»Haben Sie Lust auf etwas mehr als nur eine Tasse Tee? Etwas Herzhaftes? Was meinen Sie?«

Lily freute sich, nickte und nahm die Karte zur Hand. »Ist nicht ein bisschen spät für die Mittagskarte?«

»Ja, streng genommen schon, aber da wir es sind ... Also, es hat gewisse Vorteile, Inhaberin eines Restaurants zu sein ...« Sie zwinkerte. »Ich habe kein Problem damit, mich mit Kuchen vollzustopfen, aber ich habe gerade unwiderstehliche Lust auf Bobs Lasagne, die ist einfach himmlisch ...«

»Ist Bob der Koch?«

»Manchmal, ja, wenn ihm danach ist. Er kocht aus Leidenschaft, zieht sich liebend gern mal die Schürze an und hilft aus, wenn der reguläre Koch seinen freien Tag hat. Aber er hat auch einen ›richtigen‹ Job. Ihm gehört ein Buchladen in Truro, ein wunderbares Geschäft, halb Laden, halb Café, man kann sich also hinsetzen und im neuesten R. J. Ellory blättern, während man sich ein Riesenstück von Bobs sündhaft gutem Schokoladenkuchen einverleibt.«

»Klingt gut.«

»Ist es auch ... Ich glaube, das könnte Ihnen gefallen, lassen Sie uns da mal zusammen hinfahren ... Wenn Ihr Mann Sie mal einen halben Tag entbehren kann ...«

»Das kann er ganz bestimmt. Gerne.«

Abi strahlte sie an, dann wanderte ihre Aufmerksamkeit auf etwas, was sich hinter Lily befand, und grinste noch viel breiter. Juchzend stand sie von ihrem Stuhl auf.

»Du bist zurück! Wann bist du angekommen?«

Lily drehte sich um. Ein gepflegter Mann Mitte fünfzig, etwa eins fünfundsiebzig groß und trotz Glatze gut aussehend, kam mit ausgestreckten Armen auf sie zu.

»Ach, Lily ...«, wandte sie sich entschuldigend noch einmal um, »das ist Bob. Bob, du bist ja wieder da!«

Binnen Sekunden war Abi bei ihm und fiel ihm um den Hals, als habe sie ihn Jahrzehnte nicht gesehen.

Er sieht gar nicht schwul aus, dachte Lily und schalt sich gleich selbst angesichts ihrer Vorurteile. Obwohl ... Er war *sehr* gepflegt, trug seine Brille an einer Kette um den Hals, einen Pulli von Ralph Lauren über einem Polohemd ... Und sowohl die Oberteile als auch seine Hose waren in verschiedenen Lila- und Violetttönen gehalten.

Sie hielten sich bei den Händen.

Ganz gleich, welcher Art ihre Beziehung war, Lily beneidete sie um ihren ungezwungenen und vertrauten Umgang miteinander. Dann drehte Abi sich zu Lily um und streckte ihr die Hand entgegen.

»Bob, ich möchte dir Lily vorstellen, Lily, das ist der fabelhafte Bob, der genauso süß und wunderbar ist wie seine Kuchen.«

Bob strahlte wie ein Lampenladen, als er Lily die Hand schüttelte.

»Lily ... freut mich sehr, Sie kennenzulernen, ich habe schon viel von Ihnen gehört.« Und mit diesen Worten hatte er sie auch schon an sich gezogen und ebenfalls in die Arme geschlossen. Zunächst war Lily leicht irritiert, aber dann freute sie sich einfach nur über seine Warmherzigkeit.

Er setzte sich zu ihnen, aß mit ihnen, lachte mit ihnen und sorgte dafür, dass sie sich alle duzten. Lily entspannte sich immer mehr und genoss die wunderbare Gesellschaft, bis sie Stunden später regelrecht selig und auf neuen Freundschaftswolken schwebend wieder nach Hause ging. Sie hatte neue Kraft geschöpft.

13

„Lily!«

Liams Stimme hallte mit einer Kraft durch den Flur, die man ihm bei seiner schwachen körperlichen Konstitution gar nicht zugetraut hätte.

Lily schnitt Karotten für den Eintopf und überlegte gerade, wie es wohl ankäme, wenn sie Dylan nun zum vierten Mal hintereinander einladen würde, zum Abendessen zu bleiben.

Sie war zu dem Schluss gekommen, dass Dylan ein Geschenk des Himmels war, stark und geduldig und mit einem Sinn für Humor ausgerüstet, der eigentlich im Kontrast zu seinem ruhigen Äußeren stand. Wenn Dylan da war, war Liam so viel umgänglicher, viel entspannter und besser gelaunt. So wie früher.

In letzter Zeit hatte Lily sich zunehmend Sorgen gemacht, dass sein Unfall Liam auch über die sichtbaren körperlichen Folgen hinaus Schaden zugefügt hatte. Sie hatte neulich nachts im Internet gesurft und einen Artikel darüber gefunden, dass ein schwerer Unfall Einfluss auf die Persönlichkeit eines Menschen haben konnte. Gesteigerte Aggressivität, verminderte Toleranzfähigkeit. Sie befürchtete mehr und mehr, dass genau das Liam passiert war, andererseits konnte sie beobachten, dass er nur ihr gegenüber so launisch war.

Wie zum Beispiel an diesem Morgen.

Lily hatte ihm gleich morgens eine Tasse Tee in sein Zimmer gebracht. Er war bereits glockenwach gewesen und hatte im Bett sitzend gelesen, doch als sie anklopfte, sagte er nichts, und als sie schließlich unaufgefordert das Zimmer betrat, ihm einen guten Morgen wünschte und den Tee auf seinem Nachttisch abstellte, starrte er weiter in sein Buch, als sei sie gar nicht vorhanden.

Aber kaum war Dylan da, strahlte und lachte er wieder, erzählte ihnen beiden, wie gut ihm der Roman gefiel, den er gerade las, und dass er von dem Autor schon viel früher etwas hätte lesen sollen. Er fragte Lily, ob sie nicht noch andere Bücher von ihm auftreiben könne, und Lily hatte lächelnd genickt und ihm versprochen, es zu tun – während sie sich die ganze Zeit fragte: Warum? Warum war er so?

»Lily!!« Dieses Mal schrie er förmlich nach ihr und klang sehr ungeduldig.

Sie legte das Messer auf das Schneidebrett, stützte sich auf der Arbeitsplatte ab, um sich einen emotionalen Halt zu verschaffen, und seufzte. Als sie sich gesammelt hatte, setzte sie ein Lächeln auf und antwortete: »Ich komme!«

Als sie, die Hände an einem Geschirrtuch abwischend, aus der Küche trat, waren die beiden im Flur und zogen sich ihre Jacken an.

»Ihr geht aus?« Sie klang unüberhörbar überrascht.

Liam nickte bloß, als sei das gar nichts Ungewöhnliches.

»Wir gehen ein Bier trinken. Haben wir Geld?«

»Deine Brieftasche liegt in einer Schublade in deinem Zimmer, ich hol sie eben.«

»Nicht nötig, kann ich selbst«, pfiff er sie zurück und arbeitete sich dann mitsamt dem Rollstuhl an ihr vorbei.

Lily drückte sich gegen die Wand, um ihm Platz zu machen, und sah Dylan fragend an.

»Wie hast du das denn hinbekommen?«

Der Junge freute sich diebisch.

»Kinderspiel. Ich musste ihn nur glauben lassen, dass es seine eigene Idee war.«

»Das musst du mir unbedingt beibringen!« Auch Lily lächelte, aber eher gequält.

Sie drückte sich wieder gegen die Wand, als Liam zurückgerollt kam, und rührte sich nicht, während Dylan sich erst seine eigenen Schuhe anzog und sich dann vor Liam hinkniete, um ihm in seine zu helfen.

Dann richtete Dylan sich wieder auf und sagte: »Na los schon, Lily, wir wollen doch nicht ewig auf dich warten.«

»Ich dachte, das sollte so was wie ein Herrenabend werden?«, gab sie leichthin zurück, aber es klang gekünstelt.

»Falsch gedacht. Familienausflug.«

Sie sah Liam in Erwartung seines Einspruchs an, doch der nickte. »Ja, nun mach schon!«

Lily hätte sich gerne noch schnell gekämmt, Lippenstift aufgetragen oder ein frisches T-Shirt angezogen, aber da sie die positive Aufbruchsstimmung auf keinen Fall gefährden wollte, indem sie die Männer warten ließ, legte sie nur das Geschirrtuch zur Seite und schlüpfte in Windeseile in ihre Schuhe und einen Cordblazer, von dem sie wusste, dass Liam ihn besonders gerne mochte.

Als sie fertig war, saßen die beiden bereits draußen im Auto. Sie kletterte auf den Rücksitz, und kaum saß sie, drehte Liam sich zu ihr um und sah sie an.

»Schöne Jacke.«

Sie freute sich über diese persönliche, leicht scherzhafte Bemerkung und antwortete ihm deutlich unbefangener, als sie es noch vor wenigen Stunden für möglich gehalten hätte:

»Ja, nicht? Finde ich auch. Hat mein Mann mir geschenkt.«

»Dein Mann hat einen ziemlich guten Geschmack.«

»Natürlich hat er den, schließlich hat er mich geheiratet.«

Kurz schien es, als seien sie vollkommen unbeschwert, und tatsächlich hatte Lily in diesem Moment das Gefühl, als würde sie einer großen Last entbunden. Dann wandte Liam sich wieder ab. Nicht das körperliche Abwenden tat ihr weh, sondern die Tatsache, dass er von da an mit Dylan sprach, als befände sie sich gar nicht im Auto.

Sie fuhren über die Landzunge und hinunter in den Ort. Auf dem kleinen Parkplatz beim Pub waren zwar noch Plätze frei, aber Dylan bog rechts ab und stellte den Wagen auf dem Strandparkplatz ab.

Lily wollte gerade fragen, warum er das tat, als es ihr selbst aufging. Der Strandparkplatz war leer. Dort gab es kein Publikum für die Vorstellung, die Liams Aussteigen aus dem Auto bedeutete, keine neugierigen oder mitleidigen Blicke, wenn er sich im

Rollstuhl zurechtsetzte, keine Hilfsangebote von aufmerksamen Passanten, auf die beide Männer gut und gerne verzichten konnten.

Lily bewunderte Dylan dafür, dass er in seinem jungen Alter schon einen so guten Instinkt dafür hatte, was für Liam das Richtige war, während sie selbst nach dreizehn Jahren Ehe mit diesem Mann offenbar immer das Falsche tat. Sie hätte so nah wie möglich am Pub geparkt und jede ihr angebotene Hilfe dankbar angenommen.

Die wenigen Male, die sie Liam allein mit dem Auto irgendwohin gefahren hatte, waren immer eine Tortur gewesen. Dagegen bewältigte Dylan das Hinein- und Heraushelfen mit einer unglaublichen Leichtigkeit. Lily trat einen Schritt beiseite und hoffte, den Balanceakt zwischen »nicht im Weg herumstehen« und »Hilfsbereitschaft signalisieren« hinzubekommen.

Schwierigkeiten gab es erst, als die vorderen Räder von Liams Rollstuhl in der Metallschwelle der Pub-Eingangstür stecken blieben. Zwei an der Bar stehende Männer stellten ihre Gläser ab und eilten sofort zu Hilfe. Aus dem unauffälligen Betreten des Lokals wurde im Handumdrehen ein Spektakel, und sämtliche Gäste sahen zu, wie Liam mit seinem Rollstuhl nicht nur über die Schwelle gehoben, sondern gleich auch zu einem freien Tisch am Fenster getragen wurde. Entsetzt sah Lily dabei zu, doch Liam wirkte gelassen und dankte den Männern für ihre Hilfe.

»So. Jetzt bin ich ja endlich hier. Und werde mir auch ein Glas gönnen. Keine Angst«, fügte er angesichts ihrer besorgten Miene hinzu, »ich meine natürlich ein Glas Orangensaft. Aber sorg bitte dafür, dass die beiden Gewichtheber jeweils ein Bier bekommen, ja?«

Sie tat, was er ihr aufgetragen hatte, und die beiden an die Bar zurückgekehrten Männer prosteten Liam dankend zu.

»Cheers.«

Liam antwortete mit einem Nicken.

»Na, was ist denn mit Ihnen passiert?«, fragte der Ältere der beiden, ein schmaler Mann um die fünfzig mit grauen Haaren und eckigem Gesicht.

Nach dem Anflug einer Pause antwortete Liam.

»Bin zwanzig Meter gestürzt und habe mich falsch abgerollt.«

»Sind wohl von den Klippen gesprungen, was?«

Es wurde gelacht, und Liam lachte mit.

»So was in der Art, ja.«

Die beiden Männer sahen einander an, dann zwinkerte der Jüngere Liam freundlich zu.

»Wenn ich dir einen Rat geben darf, Junge ... nächstes Mal warte besser, bis Flut ist.«

Am Nebentisch saß ein alter Mann und spitzte angestrengt die Ohren. Seine Haut war runzlig und nussbraun, und seine Glatze kompensierte er mit einem langen grauen Bart. Seine drahtige Gestalt beugte sich über einen knorrigen Stock aus Walnussholz. Er hatte Liam angestarrt, seit dessen Rollstuhl an der Türschwelle hängen geblieben war.

»Dann sind Sie wohl der junge Mann, der vom Kunstzentrum runtergefallen ist«, meldete er sich mit lauter Reibeisenstimme zu Wort. »Hab ich in der Zeitung gelesen.«

»Oha, ich bin ja richtig berühmt.« Liam lächelte, aber sein Ton war leicht angestrengt, was jedoch niemand außer Lily zu bemerken schien.

»Wohl eher berüchtigt. Schlechtes Omen, wenn Sie mich fragen. Hab's neulich noch zu meiner Alten gesagt, das wird nichts Gutes werden. Was soll denn so ein Bauwerk hier in unserer Gegend? Von uns hier hat das keiner haben wollen. Aber dieser Corday hält sich ja für besonders schlau, dieser Fatzke!«

Der Mann hinter dem Tresen lehnte sich über die Zapfhähne und sagte:

»Na, ob das so stimmt, Thomas Trewithen? Deine Frau meint doch, das Projekt ist gut für die Leute hier.«

»Also, ihm hier hat's ja wohl kaum was Gutes gebracht, oder?«, lachte der Mann heiser und zeigte mit dem Stock auf Liam. »Und das Zeug, was Sie da trinken, tut Ihnen auch nicht gut. Orangensaft? Was soll denn der Quatsch? Was Sie brauchen, ist ein ordentliches Glas Starkbier. Ich werde demnächst sechsundneunzig, und ich habe seit meinem vierzehnten Geburtstag jeden Tag zwei

Gläser Stout getrunken. Bin fit wie ein wilder Stier.« Er fuchtelte mit dem Stock in Richtung Bar.

»Hey, Alan! Ein Stout für den jungen Mann hier. Geht auf mich.«

»Du hast noch 'ne Rechnung offen, Thomas.«

Der alte Mann grinste, dass seine Zahnlücken sichtbar wurden.

»Na, dann muss es wohl aufs Haus gehen, mein Lieber.«

Der Wirt schüttelte den Kopf, lächelte aber, zapfte ein Starkbier und reichte es einem der Männer, die Liam hereingeholfen hatten.

»Davon wachsen Ihnen Haare auf der Brust, Kumpel«, krächzte der alte Mann zufrieden, als das Glas vor Liam abgestellt wurde.

»Zu dumm, dass es auf deinem Kopf nicht geholfen hat, alter Junge.« Der Wirt zwinkerte Lily zu.

»Genießen Sie es, Kumpel. Das ist das erste und letzte Bier, das der alte Alan Tremaine je in dieser Schänke ausgegeben hat. Und der Geizkragen ist so alt, dass man in seiner Geldbörse noch Schillinge von vor dem Krieg finden kann«, konterte der alte Mann.

Liam betrachtete das Glas vor sich auf dem Tisch.

Lily wollte gerade etwas sagen, doch Dylan schritt bereits ein, indem er das Glas von Liam wegnahm und es dem alten Mann auf den Tisch stellte.

»Vielen Dank, aber das verträgt sich nicht mit den Medikamenten, die er zurzeit einnimmt. Trinken Sie es besser selbst, und geben Sie ihm später mal einen aus.«

»Ach. Ja. Gut.« Der Alte verschlang das Glas schon mit den Augen und nickte. »Könntest recht haben, Junge. Könntest recht haben. Ich schulde Ihnen eins«, versicherte er dann Liam. »Wenn Sie wieder ganz auf dem Damm sind. Wenn Sie aus dem Teil da raus sind. Wenn Sie aufstehen und sich Ihren Drink selbst an der Theke abholen können.«

»Wenn ich auf meinen eigenen zwei Beinen und ohne dieses Monstrum« – er schlug mit der gesunden Hand gegen das eine Rad des Rollstuhls – »hier hereinspaziere, gehen einen Abend lang alle Getränke auf mich.«

»Wir werden Sie dran erinnern.« Der Mann hob das Glas und prostete ihm zu. »Wir werden Sie dran erinnern.«

Lily, Liam und Dylan blieben dann nicht mehr lange.

Zwar waren alle ungewöhnlich freundlich und herzlich, aber trotzdem berief Liam sich nach einer dreiviertel Stunde darauf, müde zu sein, und wollte nach Hause.

Sein Abgang gestaltete sich genauso umständlich wie sein Auftritt, weil seine neuen Freunde sich alle von ihm verabschieden und ihn an sein Versprechen erinnern wollten.

Nach Hause zurückgekehrt, fanden sie zwei Nachrichten auf dem Anrufbeantworter vor. Eine von Peter und eine von der Verwaltung des Krankenhauses, die einen Termin mit dem Psychologen in der folgenden Woche bestätigte. Als Liam das hörte, wurde er nur noch stiller. Es war zwar erst halb acht, aber Liam sagte, er sei sehr müde und habe überhaupt keinen Hunger. Er entschuldigte sich und zog sich in sein Zimmer zurück.

Auch Lily verging schlagartig der Appetit. Sie gab Dylan den vorbereiteten Eintopf mit, dann geisterte sie ziellos durchs Haus, bis sie sich in dem großen Raum unter dem Dach ans Fenster setzte. Das Dachgeschoss hatte eine Gästewohnung werden sollen, mit eigenem Bad und Wohnzimmer. Eine Gästewohnung, die völlig ungenutzt geblieben wäre. Ein leerer Raum, wie eine weiße Leinwand. Ohne jede Bestimmung. Mal abgesehen von den Kartons, die immer noch nicht alle ausgepackt waren.

Bis jetzt hatten sie noch kein Gästezimmer gebraucht. Seit sie hierhergezogen waren, hatte noch nie jemand außer ihnen in Rose Cottage übernachtet. Die angekündigten Besuche ihrer Mutter und ihrer Freundin Ruth waren bisher nicht zustande gekommen. Wahrscheinlich war das ihre eigene Schuld. Lily hatte andere Dinge im Kopf gehabt. Natürlich hatte Lily sie nach Liams Unfall angerufen, als sie wusste, dass er außer Lebensgefahr war, aber sie hatte ihr nur auf den Anrufbeantworter gesprochen. Sie hatte absichtlich zu einem Zeitpunkt angerufen, zu dem Ruth kaum zu Hause anzutreffen war, und ihre Nachricht möglichst sachlich und unspektakulär formuliert.

Und natürlich hatte Ruth zurückgerufen, aber Lily wollte ihre Fragen nicht hören. Fragen, auf die sie zu dem Zeitpunkt keine Antwort wusste.

Da Ruth sie nicht erreichen konnte, hinterließ auch sie eine lange Nachricht, in der sie ihre Hilfe anbot, schickte Liam einen Obstkorb und Lily Blumen. Lily hatte sie noch nicht zurückgerufen und ihr auch nicht für die Aufmerksamkeit gedankt. Und je länger sie es aufschob, desto schwerer fiel es ihr.

An einem Abend wie diesem, an dem sie einfach nicht zur Ruhe kam, trieb sie schließlich auch das noch um.

Irgendwann beschloss sie, ebenfalls früh ins Bett zu gehen. Sie wollte noch lesen, doch ihre Augen waren zu müde. Sie legte das Buch zur Seite und versuchte zu schlafen, aber ihr Kopf war glockenwach und ließ es nicht zu.

Gegen drei Uhr morgens stand sie schließlich auf und ging nach unten, um Ruth einen Brief zu schreiben. Sie wollte sich für alles bedanken und sich dafür entschuldigen, dass sie sich so zurückgezogen hatte.

Auf dem Weg zur Küche fiel ihr auf, dass unter Liams Tür Licht hindurchschien.

Lily blieb stehen.

Vielleicht war er bei eingeschaltetem Licht eingeschlafen.

Vielleicht brauchte er irgendetwas und brachte es nicht über sich, sie darum zu bitten.

Lily war hin- und hergerissen, entschied sich dann aber, vorsichtig anzuklopfen. Als sie keine Antwort bekam, öffnete sie die Tür.

Er saß im Rollstuhl am Erkerfenster und schaute hinaus in die Dunkelheit.

»Alles in Ordnung?« Sie wusste selbst nicht, warum sie flüsterte.

Überrascht drehte er sich zu ihr um.

Sie hatte sich nicht mit ihm in diesem Raum aufgehalten, seit sie sich an seinem zweiten Tag zu Hause so fürchterlich gestritten hatten. Seit sie sich geweigert hatte, ihn zu verlassen, und eine weitere Nacht in dem Sessel neben seinem Bett verbrachte. Am nächsten Abend hatte er sie gebeten, oben zu schlafen. Und behauptet, er könne besser schlafen, wenn er wüsste, dass sie die Nacht komfortabel in ihrem Bett verbrachte.

Sie wussten beide, dass er sie verbannt hatte – sie hatte ihn verletzt, und er wollte sie verletzen. Aus dieser Verbannung war der Normalzustand geworden.

Jeder schlief für sich.

Zumindest versuchten sie es.

»Ich konnte nicht schlafen«, erklärte Lily ihr Auftauchen wahrheitsgemäß.

»Ich auch nicht.«

»Brauchst du irgendetwas?«

Wortlos sah er sie an. Sie fuhr fort: »Ich wollte mir einen Tee machen – möchtest du auch einen?«

Er nickte.

Sie ging in die Küche und wollte gerade den Wasserkocher einschalten, als sie die halbvolle Whiskyflasche sah und es sich anders überlegte. Von einem gewissen Übermut geritten, holte sie zwei Gläser aus dem Schrank und schenkte jeweils zwei Finger breit von dem Whisky ein. Sie brachte die Gläser und die Flasche in Liams Zimmer und setzte sich ihm gegenüber auf die breite Fensterbank. Die Flasche stellte sie neben sich ab, eins der Gläser reichte sie ihrem Mann.

»Was ist das?«

»Ein Schlummertrunk.«

»Willst du mich umbringen?«

»Vielleicht.« Sie lächelte vorsichtig, und zu ihrer Erleichterung erwiderte er ihr Lächeln und nahm ihr das Glas aus der zitternden Hand.

»Cheers.«

Es kam ihr vor, als müsse er sich zwingen, das Zeug zu trinken, aber als er das Glas erst angesetzt hatte, nahm er einen großen Schluck und lächelte zufrieden.

»Kaum zu glauben, wie verdammt gut das schmeckt.«

Sie nippte an ihrem Glas und verzog das Gesicht.

»Ich würde genau das Gegenteil sagen.«

»Ist eigentlich gar nicht dein Ding, oder?«
Sie lachten.
»Und warum dann das hier?«
»Ich dachte, ein kleiner Drink könnte nicht schaden.«
»Ich werde danach garantiert besser schlafen können, von daher eine gute Entscheidung.«
»Schläfst du generell schlecht?« Kaum hatte sie die Frage ausgesprochen, befiel sie auch schon ein schlechtes Gewissen – das müsste sie doch wissen!
Er nickte.
»Wenn ich doch nur etwas für dich tun könnte.«
»Du tust schon genug.«
»Ja?«
Er nickte, biss sich auf die Unterlippe und sah sie an.
»Aber ich mache immer alles falsch, stimmt's?«
Er schüttelte den Kopf.
»›Wie geht es dir?‹ ist eine ziemlich blöde Frage, oder?«
Mit leicht vorwurfsvollem Blick, aber gleichzeitig lächelnd sah er sie an.
»Und darum stellst du sie nie?«
Sie erwiderte sein Lächeln.
»Darum, und weil du mir das letzte Mal, als ich sie gestellt habe, fast den Kopf abgerissen hättest.«
»Die Schmerzen sind manchmal kaum auszuhalten.« Das sollte eine Entschuldigung sein.
»So schlimm?«
»Manchmal schon, ja.«
»Und jetzt?«
»Das hier hilft.« Er hob das Glas. »Und ich habe das Gefühl, dass es langsam besser wird.« Jetzt lächelte er aus gespielter Tapferkeit. »Wie heißt es doch so schön? Die Zeit heilt alle Wunden.«
»Hartnäckiges Klischee.«
»Ich weiß, aber ich hoffe, dass etwas Wahres dran ist.«
Er sah in diesem Moment so traurig und verletzlich aus, dass sie am liebsten seine Hände genommen und ihn gefragt hätte, ob

es mit ihnen auch besser würde, ob auch ihre Beziehung heilen würde ... Ihre Lippen bewegten sich, aber sie bekam keinen Ton heraus, und obwohl sie ihn so gerne berühren wollte, konnte sie ihm nicht die Hand reichen, es war, als seien ihre Arme festgeklebt.

Also sagte sie nur: »Es ist schon spät.«

Er schwieg zunächst, dann sagte er: »Und wir haben beide morgen viel zu tun.«

Er schlug einen sarkastischen Ton an, den sie aber entweder nicht bemerken wollte oder tatsächlich nicht bemerkte.

»Soll ich dir ins Bett helfen?«

»Geht schon, danke.«

»Na dann ... Gute Nacht«, sagte sie leise, wie zu einer neuen Zufallsbekanntschaft, doch dann beugte sie sich zu ihm, als wolle sie ihn küssen.

Er wusste selbst nicht, warum, aber er wandte den Kopf ab und wieder dem Fenster zu und vereitelte damit ihre Annäherung. Er hörte sie leise und resigniert seufzen, dann stand sie auf und ging hinaus. Er verfluchte sich selbst und fragte sich wieder einmal, was für ein Mensch er geworden war. Frustriert schloss er die Augen. Wieso kam er nicht dagegen an?

14

Nathan Hunter staunte. Während überall in der Welt ständig neue Autobahnen und Hochhäuser wie Pilze aus dem Boden schossen, sah Merrien Cove jedes Mal, wenn er nach Hause zurückkehrte, gleich aus.

Er stellte das Auto auf dem Strandparkplatz ab, stieg aus, streckte die müden Beine, inhalierte die frische, salzige Luft und ließ den leichten Nieselregen sein Gesicht benetzen.

Von hier aus konnte man das ganze Dorf sehen, wie es sich vom alten Gasthaus an der Ecke am Wasser entlang bis zum winzigen Hafen nach Westen erstreckte. Am Hafen endete die Straße und ging über in einen Wanderweg, der über die Landzunge zum Weststrand führte.

Das Ufer betrachtend, zauberte die Erinnerung an alte Träume und Gewohnheiten ein Lächeln auf sein sonnengebräuntes Gesicht. Er kam wirklich viel in der Weltgeschichte herum, aber wenn er nach Merrien Cove zurückkehrte, fühlte sich das jedes Mal an, als schlüpften seine müden Füße in bequeme Schuhe. Hier war er zu Hause.

Er sah die Galerie am Ende der Straße. Die Tür stand halb offen. Trotz des Nieselregens beschloss er, das Auto stehen zu lassen und den Rest zu Fuß zu gehen.

Entspannt lächelnd schlenderte er los. Das Schmuddelwetter konnte ihm nichts anhaben – er hatte Sonne im Herzen! Als er sich der Galerie näherte, sah er sie bereits durch die offene Tür. In verwaschenen Jeans und einem pinkfarbenen T-Shirt, die wilden Locken mit einem roten Tuch zurückgebunden, tänzelte sie zu einer Melodie in ihrem Kopf mit einem großen gelben Staubwedel bewaffnet durch das Erdgeschoss. Sie erinnerte ihn an einen bunten, in einem Glas gefangenen Schmetterling.

Leise betrat er den kühlen Raum, um sie nicht zu stören, und beobachtete sie eine Weile.

»Ich glaube, du hast da was übersehen.«

Sie erstarrte mit dem Rücken zu ihm und dem Staubwedel mitten auf einem Bilderrahmen. Nathan konnte ihr Gesicht nicht sehen, wusste aber, dass in diesem Moment das breiteste Lächeln der Welt jenes ihm so vertraute Gesicht zierte.

Dann drehte Abi sich um und stieß einen Freudenschrei aus. Sie raste auf ihn zu und warf sich ihm in die Arme.

»Sachte, Mum«, lachte er. So sehr er sich auch freute, seine Mutter wiederzusehen – ein klein wenig peinlich war ihm die überschwängliche Begrüßung schon.

»Nathan!« Abi sog den vertrauten Duft seines Aftershaves ein und schlang die Arme ganz fest um ihn. Die Liebe zu ihrem einzigen Sohn schnürte ihr fast die Luft ab. »Du glaubst ja gar nicht, wie sehr ich mich freue, dich zu sehen!«

»Ich bin doch nur ein paar Monate weg gewesen«, lachte er und schob sie sanft von sich.

»Ja, und das waren wie immer die längsten paar Monate meines Lebens.« Sie lächelte, aber er bemerkte die Tränen, die in ihren Augenwinkeln glitzerten, und nahm sie noch einmal in den Arm.

So blieben sie eine Weile stehen und gewöhnten sich wieder aneinander, bis sie selbst sich aus der Umarmung löste, ihm über die unrasierte Wange strich und staunte, wie toll und gleichzeitig müde er aussah.

»Wann bist du angekommen?«

»Bin heute früh um drei in Gatwick gelandet und dann direkt hierhergefahren.«

»Du Ärmster, du musst ja völlig fertig sein. Du siehst vollkommen alle aus.«

»Mir geht's prima.«

»Und wie lange bleibst du? Ach nein, sag's mir lieber nicht, es ist ja doch nie lange genug!«

Er zuckte mit den Schultern und sagte, er wisse es noch nicht, er habe nichts Konkretes geplant, mal sehen, wie lange er es aushielte … Worauf sie beide lachten, weil seine Wanderlust und sein Unvermögen, sich längere Zeit am gleichen Ort aufzuhalten, ihnen beiden nur zu vertraut war, sie aber auch beide frustrierte.

Abi freute sich, wieder jemanden zu haben, um den sie sich kümmern konnte, hängte das »Geschlossen«-Schild an die Tür, hakte sich bei ihrem Sohn unter und verkündete glücklich: »Komm schon, nach Hause. Ich mache dir jetzt erst mal ein ordentliches Frühstück, und dann kannst du dich auf dein Bett setzen und mir dabei zusehen, wie ich deinen Koffer auspacke, und so tun, als würdest du mir helfen …«

Eigentlich war es nur logisch gewesen, Dylan einen eigenen Schlüssel zu geben. Am Wochenende jedoch zweifelte Lily daran, ob das auch klug gewesen war, denn als sie Samstagmorgen in einem dünnen, halbtransparenten Morgenmantel die Treppe herunterkam, spazierte er gerade zur Tür herein.

»Es ist Samstag, Dylan«, rief sie überrascht aus, aber er grinste sie nur an und sagte: »Ich weiß.« Dann machte er die Tür hinter sich zu und zog sich die Schuhe aus.

»Was machst du dann hier?«

»Er besucht mich.«

Liam tauchte in der Tür zu seinem Zimmer auf.

»Gut, DT. Wenn du schon so früh hier bist, kannst du mir auch gleich mal helfen.«

»Wobei?«

»Ich kann mich einfach nicht entscheiden, ob ich die komplett ausgebeulte Hose anziehen soll oder vielleicht doch lieber die komplett ausgebeulte Hose? Was meinst du?«

Dylan folgte Liam in sein Zimmer.

»Vielleicht solltest du dazu übergehen, Sarongs zu tragen, die sind einfacher an- und auszuziehen.«

»Also hör mal, ich bin doch kein Mädchen!«

»Führst dich aber manchmal schon so auf.«

Die Tür schloss sich hinter ihnen.

Lily gab ihren Plan, Kaffee zu kochen, vorerst auf und ging wieder nach oben, um sich etwas Passenderes anzuziehen. Schließlich war außer *ihrem* Mann jetzt noch ein anderer im Haus.

Als sie in Jeans und Sweatshirt wieder herunterkam, half Dylan Liam in seine Schuhe.

»Es reicht dir also nicht, ihn von montags bis freitags aushalten zu müssen – jetzt rückst du sogar zu Wochenendbesuchen an?«, witzelte sie. »Was habt ihr vor?«

»Wir gehen raus«, brummte Liam, während er damit kämpfte, den Jackenärmel über die Schiene an seinem Handgelenk zu ziehen.

Lily unterdrückte den Drang, ihm helfen zu wollen, und hakte stattdessen so unbekümmert wie möglich nach:

»Okay. Toll. Und wo wollt ihr hin?«

Liam stöhnte frustriert und gab auf. Er streckte Dylan den Arm entgegen, damit dieser den Lederärmel über die unnachgiebige graue Schiene schieben konnte.

»Dylan will mich überraschen. Frag ihn.«

»Dylan?«

»St. Austell.«

»Und da …?«

»Bleiben wir den ganzen Tag«, antwortete Liam.

Er wusste genau, dass sie das nicht gemeint hatte, aber er hatte ganz offenkundig Spaß daran, sie zu ärgern.

Dylan lächelte sie reuig an.

»Wir werden uns eine bekannte Touristenattraktion ansehen, die ich jetzt aber nicht nennen möchte, da es sonst keine Überraschung mehr wäre. Ich dachte nur, es würde ihm guttun, mal rauszukommen und was ganz anderes zu sehen.«

»Da hast du wie immer recht.« Wenn sie ganz ehrlich war, hatte es ihr nach der gestrigen Nacht vor einem ganzen Wochenende alleine mit Liam gegraut. »Es tut ihm gar nicht gut, den lieben langen Tag immer nur in der Bude zu hocken.«

»Es tut ihm gar nicht gut …«, wiederholte Liam verächtlich. »Du tust gerade so, als wenn ich gar nicht hier wäre. Ich mag mich nicht auf deiner Augenhöhe befinden, Lily, aber ich kann trotzdem immer noch an einem Gespräch teilnehmen.«

Lily sah ihn an und verdrehte schuldbewusst die Augen. Liam sah aber nur Enttäuschung in ihrem Gesicht.

»Tut mir leid, natürlich kannst du das, ich wollte ja auch nicht ...«, entschuldigte sie sich schnell, doch er schnitt ihr das Wort ab.

»Hör auf, von oben herab mit mir zu reden, Lily.«

Dylan schüttelte entsetzt den Kopf.

»Wenn sie von unten zu dir hinaufreden sollte, müsste sie sich wohl auf den Boden legen, Kumpel«, mischte er sich sarkastisch ein.

Lily lächelte ihm dankbar zu und wünschte, sie würde sich öfter mal trauen, mehr wie er zu sein.

Wenn Liam Dylan gegenüber ungerecht oder ausfallend wurde, zahlte Dylan ihm das mit gleicher Münze heim. Und genau das verschaffte ihm Liams Respekt. Dylan gelang es auf wundersame Art, Liam klarzumachen, dass er sich danebenbenahm, ohne genau das zu sagen. Die beiden waren Freunde geworden, aber Dylan arbeitete auch immer noch für Liam. Sie hatten ihre ganz eigenen Spielregeln aufgestellt, und wie es aussah, klappte das hervorragend.

»So, du mürrischer alter Sack, dann wollen wir mal los, bevor ich es mir anders überlege und dir Hausarrest verpasse. Und glaub bloß nicht, dass ich dich schieben werde, das kannst du selber machen.«

»Mit einer Hand?«, protestierte Liam, der sofort wieder guter Laune war. »Dann fahre ich doch ständig im Kreis.«

»Hm, wo du recht hast, hast du recht.« Dylan legte die Hände auf die Schiebegriffe des Rollstuhls. »Und außerdem musst du die gesunde Hand schonen ...«

»Wieso? Gehen wir etwa zur Jahrestagung obsessiver Onanierer?«

»So was in der Art, ja. Passt doch wunderbar, schließlich bist du im Umkreis von hundert Kilometern der größte W ...«

Es klingelte an der Tür.

»Na, das ist ja gerade noch mal gut gegangen«, zwinkerte Dylan Lily zu, die losging, um die Haustür zu öffnen.

Es war Peter, den Arm voller Geschenke.

Zeitschriften und DVDs für Liam, Blumen für Lily: ein riesiger, wunderschöner Strauß gelber Dahlien.

»Die sollen ein bisschen Sonne ins Haus bringen«, sagte er, überreichte sie Lily und küsste sie auf die Wange. »Ist er zu Hause?«

Mit einem nach links gewandten Nicken wies sie ihm den Weg.

»Danke, Peter, die sind wunderschön. Ja, er ist da, aber auf dem Sprung. Er und Dylan machen einen Ausflug.«

»Ach? Dann geht es ihm also besser?«

Lily zuckte mit den Schultern. Ein Versuch, zu lächeln, scheiterte kläglich.

Sie tat Peter leid, und er schloss sie schnell in die Arme. Dann nahm er sie bei der Hand und marschierte mit ihr schnurstracks in Liams Zimmer, wo Liam und Dylan sich mit gedämpften Stimmen ein Wortgefecht lieferten.

»Jemand, der so mit seiner Frau umgeht, versucht doch in Wirklichkeit nur zu vertuschen, was für ein verdammter Schlappschwanz er ist...«

Dylan kniete vor Liam und band ihm die Schnürsenkel, während er ihn auf seine locker-freundliche Art zurechtwies.

»Na, besser Schlappschwanz als gar kein Schwanz... Stell dir bloß mal vor, der wäre dir bei deinem Sturz vom Kunstzentrum abhanden gekommen.«

Schockiert sahen sie alle zu Peter, aus dessen Mund diese Äußerung gekommen war, und dann zu Liam.

Liam verzog das Gesicht.

Zu einem breiten Lächeln.

»Peter! Wo zum Teufel hast du dich die ganze letzte Woche versteckt?«

»Da, wo du mich nicht finden konntest, du alter Stinkstiefel.«

Mit ausgestreckten Armen ging er auf Liam zu, und schon lagen sich die beiden Männer in den Armen.

»Du bist gerade rechtzeitig... Hast du Lust, mitzukommen?

Keine Ahnung, wo es hingeht, aber Dylan hat mir Alkohol, Drogen und Musik versprochen.«

»Wow, klingt echt verlockend ...« Peter grinste. »Aber ich muss leider ablehnen. Ich bin nämlich gar nicht hier, um dich zu besuchen, sondern um deine Frau zu entführen.«

»Du willst Lily entführen? Danke für die Warnung, aber was erwartest du jetzt von mir? Dass ich um sie kämpfe? Dann müsste ich dich bitten, dich hinzuknien und dir einen Arm auf den Rücken zu binden, damit wir einigermaßen ebenbürtige Gegner sind.«

Lily lächelte traurig, als die beiden lachten.

Sie konnte sich nicht recht über seine Ausgelassenheit freuen.

Mit allen anderen war er so, wie sie ihn kannte.

Nur mit ihr nicht.

Immerhin wusste sie, dass es den alten Liam, den sie so sehr vermisste, immer noch gab.

Aber es war ein schwacher Trost.

Was musste sie tun, damit er auch ihr gegenüber wieder der Alte war? Damit er auch mit ihr wieder alle möglichen Scherze machte?

Oder spielte er womöglich allen anderen etwas vor, während er nur ihr gegenüber sein wahres Ich zeigte? Den streitsüchtigen, jähzornigen, verbitterten Liam.

Dann sah sie zu Dylan.

Sein Blick war finster wie ihrer, sein Lächeln genervt wie ihres.

Ihre Blicke begegneten sich, und seiner strahlte Empathie aus.

Sie war nicht die Einzige. Auch Dylan musste sich von Liam so einiges gefallen lassen. Er ging damit nur irgendwie besser um als sie.

Dann drehte Peter sich zu ihr um und reichte ihr wieder die Hand.

»Komm schon. Weil dein Mann mich ohnehin nicht aufhalten kann, entführe ich dich jetzt zu einer Tasse Tee.«

»Du willst mit ihr *Tee trinken*?«, spottete Liam sofort. »Du entführst meine wunderschöne Frau, und das ist alles, was du mit ihr vorhast? Tee trinken?«

»Und Kuchen essen.« Peter zwinkerte. »Nicht zu vergessen.«
»Mannomann. Diese Dekadenz. Was für ein extrem ausschweifendes Leben du führst, Peter. Ich bin fassungslos. Wenn ich nicht in diesem verdammten Ding säße, würde ich dir mal zeigen, was man an einem verregneten Tag wie heute mit einer tollen Frau so alles machen kann ...«

Er lächelte immer noch, aber sein Ton war spitz.

Das schien Peter gar nicht aufzufallen.

Er lachte.

Bildete sie sich das alles nur ein?

Im nächsten Moment überraschte Liam Lily damit, dass er ihr zuzwinkerte.

»Okay, Dilly-Boy, dann schieb mich mal hier raus. Bis später, ihr beiden – und tut nichts, was ich nicht tun kann, sosehr ich es mir auch wünsche ...«

Als sie weg waren, schlug Lily Peter vor, ins Port Hole zu gehen, falls er das mit dem Tee und dem Kuchen ernst gemeint habe. Durch den leisen Regen spazierten sie den Küstenweg hinunter in den Ort. Lily war sehr still, Peter hingegen plapperte wie üblich über Gott und die Welt.

Ein paar in durchsichtige Billig-Regenmäntel gehüllte Touristen standen an der Hauptstraße vor einem kleinen Café und studierten sehnsüchtig die Karte, die Tee und heiße Schokolade verhieß.

Das Café war geschlossen.

»Das Port Hole ist geöffnet, wenn Sie gerne eine Tasse Tee hätten«, informierte Lily sie unaufgefordert im Vorübergehen.

Dankbar lächelten sie sie an.

»Da, sehen Sie das Schild?« Lily zeigte auf einen Aufsteller etwas weiter die Straße herunter. »Sie brauchen nur dem Pfeil zu folgen. Oder uns, wir wollen da nämlich auch hin.«

»Neuer Job als Fremdenführerin?«, witzelte Peter, als sie weitergingen. »Woher kennst du das Lokal?«

»Von Abi, einer neuen Freundin ...«

»Du hast eine neue Freundin?« Peter freute sich aufrichtig.

»Ja, du musst sie unbedingt mal kennenlernen, ich bin mir sicher, du wirst sie mögen.«

Doch sie trafen weder Abi noch den liebenswerten Bob an, dafür aber eine ganze Reihe seiner verführerischen Kuchen, die sich in der Glasvitrine von ihrer besten Seite zeigten.

Peter bestellte Tee, betrachtete mit unverhohlenem Appetit den feilgebotenen kulinarischen Luxus und bestellte schließlich mehrere Sorten Kuchen.

»Peter!«, protestierte Lily, als Lorna lächelnd eine dreistöckige Etagere voller Kuchen auf ihrem Tisch abstellte und Lily wie eine alte Freundin begrüßte.

»Was denn?«, hielt er dagegen. »Jetzt sag bloß nicht, du isst keinen Kuchen wegen der vielen Kalorien! Ein bisschen mehr kannst du ruhig vertragen.«

»Na, vielen Dank«, entgegnete Lily schnippisch und genehmigte sich dann genau das Stück Schokoladenkuchen, auf das Peters Gabel sich gerade zubewegt hatte.

»Ich geb dir was ab«, bot sie grinsend an, als die Vorfreude in seinem Gesicht sich in Enttäuschung verwandelte.

»Nein, nein, schon okay. Du hast es nötiger als ich. Außerdem ist das ja wohl das Mindeste, was ich für dich tun kann – dir ein lausiges, wenn auch köstlich aussehendes Stück Kuchen zu spendieren ...«

»Das sieht nicht nur köstlich aus, es schmeckt auch köstlich.« Lily grinste ihn noch einmal an und leckte sich genüsslich die Schokoladencreme von den Fingern.

Peter freute sich, etwas von der alten Lily aufglimmen zu sehen.

»Aber abgesehen von dem lausigen und köstlich schmeckenden Stück Kuchen schulde ich dir eine Erklärung. Ich habe dich in letzter Zeit vernachlässigt.«

»Ach ja?«

Lily blinzelte überrascht.

Sie hatte so viele andere Sachen im Kopf gehabt, ihr war gar nicht aufgefallen, dass es über eine Woche her war, seit sie ihn zuletzt gesehen hatte. Ja, richtig, er hatte sie seit vier Tagen nicht angerufen. Sonst rief Peter eigentlich täglich an.

»Ja.« Er lächelte schuldbewusst, aber gleichzeitig schelmisch, als könnte er platzen vor Freude. »Die Sache ist die … also … Ich hatte in letzter Zeit etwas mehr zu tun als sonst.«

Lily machte ein mitfühlendes Gesicht.

»Ja, ich weiß, Peter, und ich kapiere gar nicht, wie du das alles alleine schaffst …«

»Nein, Lily, das ist es nicht. Also ja, natürlich ist im Büro und am Bau immer noch wahnsinnig viel zu tun, aber was ich meinte, war … Na ja, also, die Sache ist die … also, ich habe jemanden kennengelernt.«

Und damit – das konnte Lily sofort heraushören – meinte er nicht, dass er irgendeine neue Bekanntschaft gemacht hatte, sondern dass es sich um einen sehr wichtigen Menschen handeln musste.

»Du hast jemanden kennengelernt?« In ihren grauen Augen blitzte es vor Neugier und Freude auf.

Peter hatte ja schon öfter Frauen kennengelernt, und trotz seiner Leibesfülle war die Liste der Frauen in seinem Leben beachtlich lang. Letztlich war immer er es gewesen, der die Beziehungen wieder beendete.

»Ich finde nicht, dass ich übermäßig wählerisch bin, Lily«, hatte er ihr nach der Trennung von der letzten Kandidatin erklärt, »aber ich wüsste nicht, warum wir unser Leben an jemanden verschwenden sollten, der nicht der Richtige für uns ist. Das wäre niemandem gegenüber fair.«

Er wartete – das gab er selbst zu – immer noch auf die Frau seines Lebens.

Er nickte, legte die Gabel ab und vergaß einen Moment lang den Kuchen, weil er an etwas dachte, das noch viel köstlicher war.

»Sie heißt Wendy.«

Mit glänzenden Augen sah er Lily an. Es fiel ihm schwer, vor lauter Freude nicht zu lächeln.

»O mein Gott!« Lily blinzelte überrascht und erfreut. »Ist sie es? Ist sie die Frau deines Lebens?«

»Na ja, sie ist die Einzige, von der ich je geglaubt habe, dass sie es sein könnte, ich weiß nicht, ob sie es damit auch offiziell ist?«

»Peter! Jetzt red nicht weiter um den heißen Brei! Ich will alles wissen, los, erzähl schon! Wie alt ist sie? Was macht sie beruflich? Wie sieht sie aus? Wie hast du sie kennengelernt? Wann stellst du sie mir vor?«

»Heh, Lily, piano! Wo soll ich denn jetzt anfangen?«

»Am Anfang«, grinste Lily.

»Also da, wo wir uns kennengelernt haben.«

Lily stützte das Kinn in die Hände und hörte ihm zu.

Peter sah, wie eine junge Frau bei strömendem Regen am Straßenrand relativ hilflos mit einem Radmutternschlüssel an ihrem platten Reifen herumfummelte, und hielt an. Die Arme war vollkommen durchnässt, ihre Haare trieften, die Wimperntusche lief ihr in schwarzen Streifen über das Gesicht.

Trotzdem sah Peter sofort, wie hübsch sie war.

Sie lächelte ihn dankbar an, obwohl sich bald herausstellte, dass auch er die Radmuttern keinen Millimeter bewegen konnte.

Peter verzichtete gerne darauf, den starken Mann zu markieren, weil er genau wusste, dass er den Kürzeren ziehen würde, und rief sofort den Pannendienst an.

Sie warteten in seinem Auto.

Geschlagene zwei Stunden.

In diesen beiden Stunden trockneten ihre Haare und verwandelten sich in seidige Locken, und sie bekam rosige Wangen.

In diesen Stunden verstrich nicht eine Sekunde, in der sie nicht redeten oder lachten.

»Du warst also ihr Ritter ohne Furcht und Tadel?«, hakte Lily an dieser Stelle ein. Peter hatte keinen einzigen Krümel seines Kuchens gegessen.

»So was in der Art.« Er grinste schüchtern. »Sie ist noch nicht so lange in Cornwall, hat aber als Kind hier gelebt, bis ihre Eltern mit ihr nach Manchester zogen. Vor einem halben Jahr ist sie zurückgekommen, als man ihr einen Job an ihrer alten Schule anbot.«

»Sie ist Lehrerin?«

Er nickte.

»Grundschule. Rüpelhafte Sechsjährige, aber es macht ihr riesigen Spaß, und sie ist so froh, wieder in Cornwall zu sein. Na ja, abgesehen davon, dass ihr auf irgendeiner dunklen Landstraße der Reifen geplatzt ist und die Radmuttern festsaßen. Aber das hätte ihr ja überall passieren können. Der Pannendienst hat den Wagen abgeschleppt, und ich habe ihr angeboten, sie nach Hause zu fahren …«

»Wo wohnt sie denn?«

»In St. Agnes. Sie hat da ein Haus gemietet, solange sie ihr Haus in Manchester noch nicht verkauft hat. Jedenfalls sind wir auf dem Weg zu ihr noch in einen Pub gegangen, um was zu trinken, und dann haben wir beschlossen, auch noch ein Abendessen dranzuhängen, und dann … äh … na ja …«

»Äh na ja?« Lily zog die Augenbrauen hoch.

»Nein, nein, das meinte ich nicht … So ist sie nicht …« Peter wusste genau, dass Lily ihn bloß aufzog, ging ihr aber trotzdem auf den Leim. Er hielt einen Moment inne und berichtete weiter: »Seitdem haben wir uns zwei Mal gesehen, und heute Abend gehen wir essen. Und wenn es heute Abend genauso gut läuft wie die letzten Male … Also, wie soll ich sagen? Dann würde ich mich freuen, wenn … Wenn ich sie dir und Liam mal vorstellen dürfte.«

Lily hatte Peter noch nie so schüchtern gesehen.

Dabei hatten sie doch eigentlich immer über alles miteinander geredet, auch über seine Eroberungen.

Voller Zuneigung lächelte sie ihn an.

»Gerne. Wann?«

»Ich dachte, wir vier könnten nächstes Wochenende vielleicht zusammen abendessen gehen. Meinst du, Liam ist dabei? Wenn er mit Dylan einen Tagesausflug macht, müsste er es doch auch ein paar Stunden mit uns aushalten, oder? Wir müssen auch gar nicht in die Ferne schweifen, wenn das Gute so nahe liegt. Wie wäre es mit hier?«

»Das fände ich großartig …« Lily nickte und überlegte, dass Liam eher zusagen würde, wenn Peter ihn selbst fragte. Sie wollte so gerne, dass er zusagte. Sie wollte diese Wendy kennenlernen –

die Frau, die Peter in einen schüchternen, linkischen Jungen verwandelt hatte, der seine Aufregung kaum verbergen konnte.

Aber auch die Vorstellung, mit Liam auszugehen, etwas ganz Normales mit ihm zu unternehmen, war so verlockend wie der Kuchen auf dem Teller vor ihr.

»Meinst du, Liam hätte Lust?«, fragte Peter noch einmal nach.

»Frag ihn am besten selbst. Ich bin sicher, dass er deine neue Flamme genauso gerne kennenlernen möchte wie ich.«

Von Liam und Dylan war noch keine Spur zu sehen, als Lily und Peter zum Rose Cottage zurückkehrten.

Peter musste zurück nach Truro.

»Ich muss mich ja noch in Schale schmeißen. Obwohl ...« Er blickte reumütig auf seinen fülligen Bauch. »Mir täte es sicher am besten, wenn ich das Auto stehen lassen und nach Hause joggen würde ...«

»Aber der Kuchen war die kleine Sünde doch wert, oder, Peter?« Lily tätschelte seine Wampe.

»Normalerweise würde ich dir umgehend beipflichten, aber ...«

Lily riss die Augen auf. »Du würdest für Wendy auf Kuchen verzichten?«, rief sie. »Na, dann muss es ja wirklich ernst sein. Was hast du morgen vor? Ist doch Sonntag. Magst du zum Mittagessen kommen? Dann könntest du Liam fragen ...«

»Machst du Yorkshire-Pudding?«

»Peter! Nach all dem Kuchen heute? Bist du dir sicher?«

Er nickte eifrig.

»Ich glaube, sie steht auf kräftige Männer.« Er zwinkerte ihr zu. »Ich meine, immerhin hat sie die Wampe schon gesehen und will immer noch mit mir essen gehen.«

Peter setzte sich ins Auto und checkte sein Handy. Er lächelte selig, als er die SMS von Wendy las, mit der sie ihm mitteilte, wie sehr sie sich auf den Abend mit ihm freue.

Lily winkte ihm nach und ging ins Haus. Wenn sie ehrlich war, passte es ihr ganz gut in den Kram, dass Liam und Dylan noch nicht zurück waren. Sie konnte gut mal eine Weile allein sein. Seltsam, dachte sie, hatte sie sich doch die meiste Zeit in Rose Cottage immer nur über ihre Isolation beklagt.

Sie machte sich daran, das Abendessen zuzubereiten, fest entschlossen, das Haus mit köstlichen Düften zu erfüllen. Sie wusste, wie dankbar Dylan für jede ordentliche Mahlzeit war, und wollte ihn gerne dazu bewegen, noch etwas länger zu bleiben – Liam war einfach so viel umgänglicher, wenn Dylan da war, und sie wollte gerne einen erträglichen Abend verbringen.

Um sechs waren sie zurück.

»Wir können jederzeit essen.«

Liam schüttelte den Kopf.

»Jetzt nicht. Vielleicht in einer Stunde? Der Tag heute war anstrengend für mich, ich würde mich gerne eine Weile hinlegen.«

»Klar. Wie war's denn?«

»Absolut großartig.«

»Was habt ihr denn gemacht?«

»Eine Brauereibesichtigung.«

»Eine Brauereibesichtigung?«, fragte sie erstaunt. »Ist das das neueste Wort für eine Kneipentour?«

»So sieht's aus. Dylan wollte mir mal zeigen, dass es unter bestimmten Umständen auch Vorteile hat, im Rollstuhl zu sitzen.«

Die beiden Männer sahen sich an und kicherten, Lily dagegen war entsetzt.

»Hast du etwa getrunken? Blöde Frage, was macht man wohl sonst auf einer Kneipentour? Ach, Liam. Du sollst doch keinen Alkohol trinken, solange du Schmerzmittel nimmst.«

»Ach was? Und du meinst, das wüsste ich nicht?«

»Soll das heißen, dass du heute keine Schmerzmittel genommen hast?«

»Bier oder Schmerzmittel, Bier oder Schmerzmittel ...« Liam tat, als würde er nachdenken. »Mal überlegen. Wenn ich die Wahl hätte, wofür würde ich mich wohl entscheiden?« Er warf ihr einen Blick zu und rollte sich dann umständlich in sein Zimmer.

»Der Vorteil an diesem Gerät ist übrigens, dass einen niemand nach Hause tragen muss ...«

Er schloss die Tür hinter sich, Lily seufzte und wandte sich an Dylan. »Grundsätzlich bin ich dir wirklich dankbar, dass du Sachen mit ihm unternimmst, aber ich fürchte, das war nicht gerade die beste Idee heute.«

»Er zieht dich doch bloß auf, Lily. Er hat maximal ein kleines Bier getrunken. Wir haben wirklich eine Brauerei besichtigt, in St. Austell. Erst bekommt man eine Führung durch die gesamte Anlage, und dann darf man ein paar Biersorten probieren.«

Erleichtert seufzte Lily auf. Dann schüttelte sie traurig den Kopf.

»Warum tut er mir das an?«

»Weil er es nicht leiden kann, wenn du ihm sagst, was er zu tun und zu lassen hat.«

»Aber das mache ich doch gar nicht ... oder?«

»Manchmal. Aber wir beide wissen, dass du das nur aus Sorge um ihn tust. Liam dagegen ... Na ja, irgendwo weiß er es natürlich auch, aber er will es nicht immer so auffassen. Er will zeigen, dass er immer noch unabhängig ist, Lily. Auf die einzige ihm derzeit mögliche Weise. Du musst bedenken, dass er im Moment in quasi allen Lebensbereichen von anderen Menschen abhängig ist ...« Dylan verstummte, als Liam nach ihm rief.

»Mach dir keine Sorgen, es geht ihm gut«, versicherte Dylan ihr, als sie besorgt zu Liams geschlossener Tür sah. »Ich soll ihm sicher bloß dabei helfen, die Schuhe auszuziehen oder so ...«

Er verschwand in Liams Zimmer.

Lily ging wieder in die Küche, drehte die Ofenhitze herunter, schnappte sich eine offene Flasche Rotwein und schenkte sich ein großes Glas ein.

Sie sah auf die Wanduhr. Fünf nach halb sieben. Um halb acht war Peter mit Wendy verabredet. Sie hoffte inständig, dass seine Traumfrau ihn nicht warten ließ, da er sonst womöglich einen Nervenzusammenbruch erleiden würde.

Sie starrte noch immer auf die Uhr, als Dylan hereinkam.

»Jemand zu Hause?«

»Wie?«

»Du warst doch gerade meilenweit weg.«

»Ach so, ja, ich habe gerade an Peter gedacht.«

»An Peter? Wieso?«

»Hm, ich weiß nicht, ob ich das weitererzählen darf …«, sagte sie mit einem Augenzwinkern.

»Du brauchst es mir gar nicht zu erzählen.«

»Ach nein?«

»Nein, ich weiß es nämlich längst: Er ist ein verkappter Transvestit.«

Lily brach in schallendes Gelächter aus.

»Du hast dir wohl die Fotos in Liams Zimmer angesehen, was? Das von Peter in einem engen Minirock und hochhackigen Stiefeln? Da hatte er sich verkleidet. Für eine Geburtstagsparty. Nein, er hat heute Abend ein Date mit einer Dame, die er noch nicht besonders lange kennt, die es ihm aber bis unter die Haarwurzeln angetan hat.«

»Also, wenn er auch nur ansatzweise so ist wie ich, versaut er sich alles gründlich. Trinkt zu viel, um sich zu beruhigen, und benimmt sich dann irgendwann so daneben, dass er das Objekt seiner Begierde für immer vergrault … So laufen erste Dates bei mir jedenfalls ab.«

»Im Ernst? Das kann ich mir gar nicht vorstellen. Du wirkst doch so … so …«

»Vernünftig?«, bot er an. »Ja, so sehen mich alle, die mich aus beruflichen Kontexten kennen – zum Glück. Ich kann es mir nicht erlauben, mit der Gesundheit und dem Leben meiner Klienten zu spielen. Vielleicht bin ich gerade deshalb im Privatleben ganz anders. Du weißt schon, Yin und Yang, Gleichgewicht der Dinge und so.«

Lily zeigte auf die Flasche.

»Jetzt hast du ja Feierabend. Hätte dein leichtsinniges Ich vielleicht Lust, ein Glas Wein mit mir zu trinken?«

»Klar, gerne.«

Er holte sich ein Glas und setzte sich neben sie. Sie schenkte ihm ein.

»Dann muss ich allerdings mein Auto bei euch stehen lassen und mit dem Taxi nach Hause fahren. Ich für meinen Teil habe in St. Austell nämlich sogar ein ganzes Bier getrunken. Normalerweise trinke ich überhaupt nicht, wenn ich noch fahren muss. Und nach dem hier« – er hob das Glas – »wird es kriminell.«

»Zur Not könntest du auch hier übernachten«, schlug sie vor. »Im Gästezimmer steht jetzt endlich auch ein Bett. Du könntest es einweihen.«

»Ich möchte mich nicht aufdrängen.«

»Ach, so ein Quatsch! Du weißt genau, wie sehr wir deine Gesellschaft schätzen.«

Sie wollte nicht zugeben, dass sie nicht mit Liam allein sein wollte.

»Ich habe eine große Lasagne zum Abendessen gemacht«, lockte sie Dylan.

»Und du bist sicher, dass es für uns alle reicht?«

»Es würde sogar fürs ganze Dorf reichen, Dylan. Aber vielleicht hast du ja auch etwas ganz anderes vor?«

»Wie zum Beispiel?«

»Na ja, es ist Samstagabend, du bist jung, frei und Single – da würde es doch naheliegen, dass du irgendwo die Nacht zum Tag machst, oder?«

»Kann schon sein, mache ich aber nicht. Von daher nehme ich die Einladung gerne an, danke.«

»Was machst du denn sonst so abends?«

Er zuckte mit den Schultern.

»Im Moment nicht besonders viel. Bier trinken und fernsehen. Nichts gegen Liam, aber ich bin immer ganz schön alle, wenn ich nach Hause komme.«

»Und was guckst du so?«

»In erster Linie Sport. Es gibt da einen Sender, der sich auf Extremsportarten spezialisiert hat. Also, richtig extrem, wo man sein Leben aufs Spiel setzt.«

»Wie zum Beispiel?«

»Zum Beispiel mit Haien schnorcheln oder von Bergen springen. In einer Sendung geht es sogar um Extrembügeln.«

»Extrembügeln?« Lily runzelte die Stirn und war sich sicher, dass er sie auf den Arm nahm.

»Ja, dabei hängt man an einem Kletterseil von einer hundert Meter hohen Felswand und bügelt ein weißes Hemd. Vielleicht sollte ich da mal mitmachen – mein Berg von Bügelwäsche zu Hause ist bald so hoch wie der Mount Everest.«

Sie lachte, und er staunte, wie sehr sich ihr Gesicht dabei veränderte.

»Also, davon habe ich nun wirklich noch nie etwas gehört, muss ich gestehen, aber ich glaube, ich weiß, von welchem Sender du redest … Liam hat ihn manchmal ohne Ton laufen, wenn er Musik hört. Unzählige gut trainierte junge Männer, die auf Monsterwellen reiten oder auf Snowboards mit halsbrecherischer Geschwindigkeit senkrecht abfallende Pisten runterrasen, ja?«

»Ganz genau. Ich war auch schon mal dabei«, erzählte er stolz. »Habe bei einem Wettkampf am Strand von Newquay mitgemacht. Bin dritter geworden.«

»Surfen?«

»Nee. Bier trinken …« Erst sah er sie todernst an, dann fing er an zu lachen. »Ja, klar, Surfen.«

Und dann fügte er betont entspannt hinzu: »Liam will, dass ich ihm das Surfen beibringe, wenn es ihm wieder besser geht.«

»Wann auch immer das sein wird«, sagte sie leise.

»Er hat einen starken Willen.«

»Das stimmt.«

Sie schwiegen und hielten sich beide an ihren Weingläsern fest. Die Rundung lag bauchig in ihrer Hand, und Lily hob das Glas so weit an, dass ihr der Duft in die Nase stieg.

In ihrem Gesicht spielte sich ein Film ab, den er schon öfter gesehen hatte.

»Das ist völlig normal, Lily«, sagte er sanft.

»Was?«

»Dass er dich so behandelt. Es ist leider Gottes normal, dass jemand, der ein solches Trauma erlitten hat, all seine negativen Gefühle an dem Menschen auslässt, der ihm am nächsten steht.«

Sie nickte. Und sie staunte, wie Dylan gerade noch über Extremsport reden und so jung wirken konnte, und dann auf einmal eine Weisheit an den Tag legte, wie man sie nur von deutlich älteren Menschen erwartete. Sie blinzelte ein paar Mal, sah ihn an und fragte dann: »Hast du eigentlich eine Freundin, Dylan?«

»Willst du mir damit sagen, dass du nicht über Liam reden willst?«

Er fasste ihr Schweigen als ein Ja auf, konnte es aber nicht sofort akzeptieren.

»Ich möchte nur, dass du weißt, dass ich nicht nur für Liam da bin. Ich bin auch für dich da, wenn du mich brauchst, okay?«

»Ich dachte, du wolltest Physiotherapeut werden, nicht Psychotherapeut?«, sagte sie lächelnd, aber nicht ohne eine gewisse Abweisung in der Stimme.

»Punkt für dich. Und nein, ich habe keine Freundin. Jedenfalls nicht im Moment. Und nicht, weil ich nicht gerne eine hätte oder mich nicht bemühen würde.«

Diese Aussage nahm sie zum Anlass, ihm zu versichern, was für ein gut aussehender, intelligenter junger Mann er war, und dass er eines Tages eine wunderbare Frau finden würde, die ihn zum Lachen bringen konnte. Dann schwiegen sie beide einvernehmlich, tranken Wein und warteten darauf, dass Liam zum Abendessen auftauchen würde. Nach einigen Minuten legte Lily die Hand auf Dylans Arm.

»Dylan ...«, sagte sie mit leiser, heiserer Stimme. »Danke.«

Er nickte, und mehr wurde dazu nicht gesagt. Liam tauchte wieder auf, und das Gespräch bei Tisch verlief eine Spur weniger angestrengt als sonst.

Am nächsten Tag goss es in Strömen, und Lilys Vorhaben, im Garten Mittag zu essen, fiel buchstäblich ins Wasser. Und so versammelten sie sich doch wieder um den Küchentisch – sie, Liam, Peter und Dylan, der am Ende doch über Nacht geblieben war.

Um der Gemütlichkeit willen hatte Lily den Kamin angezündet. Der dunkle, wolkenverhangene Himmel draußen, der flackernde Feuerschein drinnen, die leise Musik und der leichte Geruch nach Eisen, der sich manchmal einstellte, wenn sich Regenluft mit dem köstlichen Aroma eines Roastbeefs vermischte, ließen Lily vor lauter Behaglichkeit ganz warm ums Herz werden.

Liam war ausgezeichneter Laune – und zwar nicht nur Peter und Dylan, sondern auch ihr gegenüber.

Sie hatte ihm morgens im Bad und beim Anziehen geholfen, und er hatte mit ihr geplaudert, während sie ihm die Brust und die Schultern wusch. Ja, er hatte sie sogar kurz auf den Mund geküsst. Als sie ihm beim Anziehen half, scherzte er darüber, dass er zugenommen hatte, obwohl er immer noch gut sechs Kilo weniger wog als vor seinem Unfall. Und als sie fertig waren, dankte er Lily ausdrücklich für ihre Hilfe.

Lily staunte wieder einmal, dass seine Laune sich genauso unvorhersehbar und oft änderte wie das Wetter. Dennoch sog sie diesen aufmerksamen Liam gierig in sich auf und weigerte sich, daran zu denken, dass dieser Gemütszustand abrupt enden konnte.

Peter dagegen war so still, dass Lily erst fürchtete, der Abend mit Wendy sei in einem fürchterlichen Desaster geendet. Doch schon bald durchschaute sie, dass er zwar zurückhaltend, aber keineswegs entmutigt war. Er war irgendwie anders, wie genau, war schwer zu sagen, aber auf jeden Fall anders, und Lily brannte natürlich darauf, ihn zu fragen, wie der Abend verlaufen war. Gleichzeitig wollte sie ihre Aufmerksamkeit nicht von Liam abwenden, der heute so sehr wie schon lange nicht mehr dem Mann glich, den sie von früher kannte und den sie liebte.

Sie ließ Peter und Liam allein am Tisch sitzen und über alles mögliche andere reden, während sie mit Dylans Hilfe das Mittagessen zubereitete und sich an Liams Lächeln erfreute.

Liam erkundigte sich sogar nach dem Kunstzentrum. Er hatte das Thema bisher gemieden wie der Teufel das Weihwasser, und nachdem Peter ihm versichert hatte, dass alles nach Plan verlief, wechselte er auch sofort wieder das Thema.

Irgendwann fing er an, von ihrer gemeinsamen Studienzeit zu reden, erzählte alte Anekdoten und Abenteuer, die für viel Gelächter sorgten, und alles fühlte sich fast so an wie früher.

Lily war nicht die Einzige, die das dachte. Auch Peter war hocherfreut darüber, seinen Freund endlich wieder lachen zu sehen und alte Geschichten erzählen zu hören. Er staunte, wie jemand, der sich in letzter Zeit so dramatisch verändert hatte, plötzlich wieder ganz der Alte sein konnte.

Er wollte, dass sie einen schönen Tag miteinander verbrachten. Er wollte, dass sie das Leben in seiner ganzen Schönheit zelebrierten, und auch die Zukunft, in die sie sich alle voller Zuversicht und Freude bewegten – denn obwohl Peter zu seinem eigenen Leben schwieg, brodelte es in ihm. Er konnte es kaum abwarten, seine Gefühle herauszulassen und seine Freunde an seinem Glück und seiner Hoffnung teilhaben zu lassen.

Er hatte es schon vor Augen. Ganz wie in alten Zeiten, nur noch viel besser, weil sie nicht zu dritt, sondern zu viert um den Küchentisch herum sitzen würden. Wendy wäre das neue Familienmitglied.

Peter hatte seine Liebe gefunden, dessen war er sich ohne jeden Zweifel sicher. Er hätte nie gedacht, dass es so einfach sein würde, aber zu seiner Überraschung und Freude war es das, und wenn es nach ihm ginge, würde er den Rest seines Lebens mit ihr verbringen.

Lilys und Liams Beziehung war immer sein großes Vorbild gewesen, und es hatte ihn geschmerzt, dabei zusehen zu müssen, wie dieser Leitstern immer mehr verblasste und fast zu Staub zerfallen war. Und so kam zu seiner Freude, mit Wendy die Frau seines Lebens gefunden zu haben, auch die Freude darüber, dass trotz der Widrigkeiten der letzten Zeit jenes unbestimmte Etwas, das Lilys und Liams Beziehung besonders gemacht hatte, noch immer vorhanden war.

Peter lächelte, wenn Liam Lily anlächelte. Er lachte vor Freude, wenn Liam über ihre Witze lachte. Und er nickte zufrieden, als Liam Lilys Hand nahm und ihre Handfläche gegen seine Lippen drückte.

Während beim Essen teilweise gefräßige Stille geherrscht hatte, überschlugen sich danach alle mit Komplimenten an die Köchin. Beinahe gestand Lily, dass die Ehre für den wunderbaren Kirschkuchen zum Dessert nicht ihr gebührte, aber dann war sie doch so frei, ausnahmsweise mal etwas zu verschweigen und sich im Ruhm eines anderen zu sonnen. Nicht, weil sie das für ihr Ego brauchte, sondern weil sie die nette Stimmung nicht stören wollte.

Sie blieben in der Küche sitzen, schalteten, nachdem die CD durchgelaufen war, auf Radio um und hörten die Hitparade.

Als sie bei Hit Nummer sieben waren, gelang es Lily endlich, das Gespräch auf Peters Liebesleben zu lenken. Peter fragte Liam wie verabredet, was er von einem gemeinsamen Abendessen am folgenden Wochenende halten würde, und Liam sagte sofort zu. Darüber hinaus blieb Peter aber zurückhaltend und verriet ihnen nur unverfängliche Details wie das Restaurant, in das er die Dame seines Herzens eingeladen hatte, und wie ihm das Essen dort geschmeckt hatte.

Sie bohrten so lange nach, bis er schließlich einräumte, dass auch der gestrige Abend mit Wendy ganz phantastisch gelaufen sei, dass er die Sache aber nicht beschreien wolle. Alle lachten und nahmen Peter nacheinander in den Arm. Doch selbst dieses Geständnis war noch nicht die ganze Wahrheit. Die ganze Wahrheit war, dass er im Moment überhaupt nicht über sein Liebesleben reden wollte. Am gestrigen Abend, als er sich in ihrem Lächeln verlor, war ihm aufgegangen, dass er etwas unglaublich Kostbares gefunden hatte, das er einfach nur schweigend betrachten und ehrfurchtsvoll in all seiner Schönheit genießen wollte.

Dylan, der ein Einzelkind und seinen etwas ungewöhnlichen Eltern einigermaßen entfremdet war, genoss größtenteils schweigend das gesellige Beisammensein, als handele es sich um ein wärmendes Feuer. Hin und wieder meldete er sich zu Wort, aber im Großen und Ganzen war er vollauf damit zufrieden, zuzuhören und sich zur Abwechslung mal unterhalten zu lassen, statt immer auf hohem Niveau parlieren zu müssen.

Als Lily aufstand, um Kaffee zuzubereiten, sah sie ihr Spiegelbild im Küchenfenster.

Wie sie strahlte. Endlich sah sie mal wieder wie der Mensch aus, der sie einmal gewesen war, und der sie so gerne wieder sein wollte. Gebannt betrachtete sie sich, als blicke sie in das Gesicht einer Fremden.

15

In der darauffolgenden Woche bekam die Rose-Cottage-Familie erneut Zuwachs.

Reefer war ein Collie-Mischling und war Dylans Hund.

Dylans Mitbewohner, der überwiegend Spätschichten am Krankenhaus geschoben hatte, war ausgezogen, sodass der Hund nun regelmäßig den ganzen Vormittag allein zu Hause war. Nachdem er wieder mal ein Möbelstück als Kauknochen missbraucht hatte, bat Dylan darum, ihn fortan zu Lily und Liam mitnehmen zu dürfen. Er wollte ihn lediglich im hinteren Garten halten, aber das Tier hatte es verstanden, Lily mit seinen großen braunen Augen um die Pfote zu wickeln und einen etwas komfortableren Platz vor dem Kamin in der Küche zu ergattern. Von dort war Reefer irgendwann in Liams Arbeitszimmer gewandert, und jetzt – nur wenige Tage nach seinem ersten Erscheinen – bewegte Reefer sich ungehindert im ganzen Haus.

Lily und Reefer hatten beide eine Schwäche für Jaffa Cakes. Sie ergänzten sich hervorragend – Reefer liebte das Biskuit und Lily das Orangengelee und die Schokolade – und wurden beste Freunde. Jeden Morgen ging Lily mit Reefer spazieren, während Dylan und Liam sich konzentriert der oftmals schmerzhaften Physiotherapie widmeten.

Da er von Natur aus folgsam war, brauchte Reefer weder Halsband noch Leine. Er rannte Lily immer ein Stück voraus, blieb hin und wieder stehen und sah sich nach ihr um, dann raste er zurück und drückte ihr seine feuchte Schnauze in die Hand, als wolle er sie animieren, einen Schritt schneller zu gehen.

Lily war überrascht und auch ein wenig traurig, wie sehr sie die Gesellschaft eines anderen Lebewesens bei ihrem morgendlichen Spaziergang genoss. So fühlte sie sich weniger einsam, und ihr

Streifzug hatte plötzlich einen Sinn. Früher war sie losgelaufen, um einfach mal eine Stunde aus dem Haus zu kommen – jetzt war ihre tägliche Runde plötzlich ein Muss. Doch Lily genoss nicht nur die Gesellschaft des Hundes, sondern auch die Gesellschaft anderer, die der Hund aufgrund seines gutmütigen und offenen Naturells anzog.

Dylan war an diesem Morgen früher als sonst gekommen, weshalb Reefer bereits an der Haustür auf sie wartete, als sie die Treppe herunterkam. Die Schnauze auf den Vorderpfoten abgelegt, blinzelte er mit seinen riesigen, ausdrucksvollen Augen zu ihr auf.

Er ließ sie in Ruhe eine Kanne Tee machen, dann scharwenzelte er um sie herum, wedelte wie ein Weltmeister mit dem Schwanz und versuchte, sie aus der Küche und hin zur Haustür zu schieben.

»Dürfte ich vielleicht erst eine Tasse von dem Tee trinken, den ich netterweise machen durfte?«, lachte sie, verwarf dann aber ihre Frühstückspläne und zog ihre Gummistiefel an.

Es würde ein warmer Tag werden.

Die blassgelbe Sonne sog gierig den Tau aus dem Boden, bis er in tiefen Nebelschwaden auf der Landschaft lag.

Sie verfolgten den üblichen Weg über die Landzunge und hinunter nach Merrien Cove.

Die drei Fischer manövrierten gerade eines der kleineren Fischerboote ins Trockendock. Die motorisierte Winde zog die schwere Kette über Lenkrollen, die in der Hafenmauer verankert waren. Ein Mann stand neben der Winde und sorgte dafür, dass das Seil gerade lief, der Jüngere marschierte hinter dem kleinen Schiff her, um es am Bug zu stabilisieren, und der Ältere beaufsichtigte die ganze Aktion.

Sie hatten Lily von Anfang an gegrüßt, wenn sie auf ihrem Spaziergang vorbeikam, aber seit sie Reefer bei sich hatte, nahmen sie sich die Zeit für einen kurzen Plausch und wuschelten dem Hund mit ihren Arbeiterhänden sanft durch das seidige Fell.

Als Lily Reefer das erste Mal dabeihatte, war er begeistert auf die drei Männer zugelaufen und hatte sie der Reihe nach begrüßt.

Da war es für Lily nur natürlich gewesen, ihm zu folgen. Mit seiner unbekümmerten Art war er über Grenzen hinweggetollt, die sie monatelang nicht zu überqueren gewagt hatte.

Jetzt wusste sie, dass Proctors Kollegen Dizzy und Whip hießen.

Dizzy war der Jüngere, Ende zwanzig, schätzte Lily, und sein Kopf sah aus, als hätte man einen umgekehrten Besen darauftransplantiert. Sein dickes, struppiges rotes Haar stand ihm jedenfalls bei Wind und Wetter zu Berge. Zusammen mit seinem strahlenden Lächeln hätte er glatt mit einem Leuchtturm konkurrieren können.

Whip, vermutlich Mitte fünfzig, war klein und schweigsam. Er grüßte immer nur durch ein Nicken, nie mit Worten.

Es war Lily von Anfang an schwergefallen, Proctors Alter zu schätzen. Von seiner Kleidung her zu schließen, stammte er aus einem ganz anderen Jahrhundert. Seine runzlige, dunkle Haut glich der eines Walrosses, seine Haltung war aufrecht und stolz, und er grüßte stets mit einem lauten, klaren »Myttin da«, was laut Abi »Guten Morgen« auf Kornisch hieß.

Heute hatten die Männer zu tun, winkten ihr aber dennoch, und sie blieb stehen und sah ihnen eine Weile bei der Arbeit zu. Sie war so sehr darauf konzentriert, dass sie den anderen Zuschauer am Ende der gebogenen Hafenmauer nicht sofort bemerkte.

Der Mann beobachtete sie und die Fischer. Lily kannte ihn nicht. Er lächelte ihr zu, und als Lily seine Kamera sah, nahm sie an, er sei ein Tourist. Doch dann hob er die Kamera und machte ein Foto.

Daran war so weit nichts Ungewöhnliches, schließlich waren Orte wie Merrien Cove wohl bis in den letzten Winkel in den Urlaubsalben von Sommergästen aus aller Welt verewigt. In diesem Fall war die Linse aber nicht auf den Ort oder die Landschaft gerichtet, sondern auf Lily.

Verwirrt trat sie einen Schritt zurück. Das ging doch ein bisschen zu weit, fand sie.

Hatte er sie etwa gerade fotografiert?

Einerseits hätte sie ihn gerne zur Rede gestellt, andererseits wollte sie sich am liebsten umdrehen und schnell verschwinden. Die beiden gegenläufigen Impulse lähmten sie.

Dann sah sie etwas genauer hin und stellte fest, dass die Kamera genauso gut auf die Landschaft hinter ihr gerichtet sein konnte.

Lily war das alles nicht geheuer. Sie drehte sich um und ging.

Die junge Frau hatte so überrascht ausgesehen, als er sie fotografierte, dass Nathan fast gelacht hätte. Seine Vernunft warnte ihn jedoch und ermahnte ihn, sich zu entschuldigen und ihr zu erklären, dass er unüberlegt und spontan gehandelt hatte.

Wie ein Gemälde seines Lieblingsmalers Rosetti hatte sie ausgesehen mit ihrem dunklen, weichen Haar, den geröteten Wangen und den großen grauen Augen, die so ernst schauten.

Es war wie ein innerer Zwang gewesen, er hatte die Szene einfach festhalten müssen. So ging es ihm immer, wenn er etwas sah, das ihn faszinierte oder bewegte.

Er wollte es verewigen.

Er wollte den Moment jederzeit wieder betrachten können.

Er hielt sich selbst nicht für religiös, aber dennoch empfand er die Welt als ein einziges großes Wunder, und all ihre sichtbaren Facetten konnten in seinen Augen gar nicht hässlich oder abstoßend sein.

Schönheit lag im Auge des Betrachters, und Nathan konnte selbst in Dingen etwas Schönes entdecken, das sich den meisten Menschen nicht erschloss.

Nicht, dass die Schönheit dieser jungen Frau verdeckt gewesen wäre. Er wusste, dass auch andere sie als schön bezeichnen würden. Und das lag nicht nur an ihrer Figur, ihrem hübschen Gesicht und den im Wind flatternden Haaren, sondern auch an der Traurigkeit und Zerbrechlichkeit, die sie ausstrahlte.

Erst beim dritten Foto bemerkte sie, was er da tat, und sie sah so verletzt aus, dass er es fast bereute, mit der Kamera eine Grenze überschritten zu haben.

Das Einfachste war nun, sie glauben zu lassen, sie habe sich geirrt. Darum hielt er sich die Kamera wieder vor die Nase und richtete sie so aus, als fotografiere er irgendetwas links hinter ihr, und als sei sie ihm nur zufällig ins Bild geraten.

Es funktionierte. Die Frau warf einen kurzen Blick über die linke Schulter und sah, dass sie vor der Galerie stand, die stets ein beliebtes Touristenmotiv war. Peinlich berührt eilte sie davon, tauchte in den Schatten des Windenhauses ein, bis sie hinter dessen runder Mauer verschwand.

16

Nathan hatte den ganzen Tag im Studio verbracht. Als er nach Hause kam, war Abi in der Küche.

Zu den üblichen Jeans und einem riesigen Pulli, den sie dem bunten, wenig stringenten Muster nach zu schließen selbst gestrickt hatte, trug sie die pinkfarbenen Hüttenschuhe, die er nicht ausstehen konnte und mit deren Konfiszierung er jedes Mal, wenn er sie sah, drohte. Sie hörte Radio, ihr Haar sah noch wilder aus als sonst, und sie sah erhitzt aus. Sie bügelte nämlich gerade seine Sachen, die sie zuvor seinen Protesten zum Trotz aus dem Koffer geholt und gewaschen hatte.

Er hatte ihr schon so oft erklärt, er könne das selbst machen. Schließlich hatte sie ihn zur Selbstständigkeit erzogen. Sie hatte ihm als Teenager sogar eingeimpft, sich niemals darauf zu verlassen, dass andere die grundlegendsten Dinge des täglichen Lebens für einen erledigten. Darum hatte er schon früh Kochen, Waschen, Putzen und Bügeln gelernt. Doch wenn er jetzt, als erwachsener Mann, nach Hause kam, ließ sie es sich nicht nehmen, seine Wäsche zu machen. Es war für sie zu einem Ritual geworden. Um ihn willkommen zu heißen.

Sie sah auf, als sie etwas an der Tür hörte, und strahlte ihn an.

»Na, du? In der Kanne ist frischer Tee.«

»Ein Kaffee wäre mir lieber.«

»Es ist Nachmittag, und wir befinden uns in England.«

»Und seit wann bist du eine Verfechterin traditioneller Werte?« Lächelnd ging er auf sie zu und küsste sie auf die Stirn. Dann schenkte er sich doch eine Tasse Tee ein und setzte sich damit an den Tisch, den Stuhl so gedreht, dass er die Füße hochlegen und dem Feuer entgegenstrecken konnte.

Es war zwar nicht sonderlich kühl, aber da er gerade längere

Zeit in einem Land verbracht hatte, wo das Thermometer mittags auf gut und gerne 35 Grad kletterte, war er völlig durchgefroren.

Betty Proctors große, rot getigerte Katze, die im Sommer zwischen Abis und Bettys Küche pendelte, lag auf der Fensterbank, sprang aber sofort von dort herunter und auf Nathans Schoß. Er begann, ihren Kopf zu streicheln, worauf sie anfing zu schnurren.

Abi zog den Stecker des Bügeleisens heraus, platzierte den Stapel gebügelter Wäsche auf der Kommode, um sie später nach oben zu bringen, klappte das Bügelbrett zusammen und brachte alles in den Hauswirtschaftsraum. Dann setzte sie sich ihrem Sohn gegenüber an den Tisch, schenkte sich ebenfalls einen Tee ein und genoss die gute Gesellschaft.

Nathan trank einen Schluck.

»Ich habe heute unten am Hafen eine Frau gesehen.«

»Ach ja?« Abi war sofort klar, dass hinter seiner betonten Lässigkeit mehr steckte.

»Aber ich kannte sie nicht.«

»Wahrscheinlich eine Touristin.«

»Vielleicht. Vielleicht auch nicht. Dunkle Haare, trauriges Lächeln. Als hätte sie den Sinn des Lebens gefunden und wieder verloren.«

»Ach, das könnte Lily sein.«

»Sie hatte einen Hund bei sich, irgendeine große, schlanke Promenadenmischung.«

Abi schüttelte den Kopf.

»Dann doch nicht. Lily hat keinen Hund.«

»Also nicht Lily?«

»Wahrscheinlich nicht. Was sollen die Fragen?«

»Bin bloß neugierig.«

»Du weißt ja, was Neugierde für dramatische Folgen haben kann. Neugier ist der Katze Tod.«

»Hast du das gehört, Tiger?« Mit dem Mittelfinger strich Nathan über das dunkelrote V, das das karamellfarbene Fell der Katze am Kopf zeichnete, worauf das Tier nur noch lauter schnurrte. »Zeig am besten niemals Interesse an irgendetwas, sonst kriegst du Ärger!«

»Das habe ich nicht gemeint, und das weißt du ganz genau!« Sie sah ihn streng an, nahm es aber humorvoll. »Ich staune nur, dass du dich so sehr für jemanden interessierst, den du überhaupt nicht kennst.«

Er fragte sich, warum er ihr nicht das Foto zeigte, das er am Nachmittag entwickelt hatte. Das Bild war so gut geworden, wie er erwartet hatte. Nein, besser. Es war der Hammer. Er war schon immer äußerst selbstkritisch gewesen – ein Charakterzug, der ihm das Leben nicht immer leicht gemacht, aber auch den beruflichen Erfolg beschert hatte, mit dem er sich niemals brüstete. Aber in diesem Fall freute er sich trotz aller Selbstkritik über das besonders gelungene Foto.

Trotzdem erwähnte er es nicht.

»Sie war außergewöhnlich schön«, sagte er stattdessen. Und sah, wie seine Mutter die Stirn runzelte.

Dann fragte sie ihn spitz:

»Bist du in letzter Zeit mal in New York gewesen?«

Jetzt war er es, der sie streng ansah.

Er schüttelte den Kopf.

»Nein, ich ...«

»Dann wird es höchste Zeit, mein Lieber.«

»Ach ja?«

Sie fixierte ihn, doch er nippte einfach nur an seinem Tee und sagte dann: »Ich mache heute Abendessen. Eins von meinen Currys. Und zwar so scharf, dass diese hässlichen Hüttenschuhe davon bis zum Mülleimer geschleudert werden.«

»Du versuchst doch bloß, das Thema zu wechseln.«

Er lächelte geheimnisvoll und verriet ihr mit seinem unbeirrbaren Blick, dass er genau das hiermit getan hatte.

»Okay, okay. Gerne, ich freu mich drauf. Danke. Wir könnten diese Woche auch mal im Port Hole essen gehen, Bob freut sich sehr darauf, dich zu sehen.«

»Aha. Bob«, sagte Nathan mit Herzenswärme in der Stimme. »Wie geht's dem alten Jungen?«

»Pass auf mit dem ›alten‹ ...«, warnte Abi ihn lächelnd.

»Ach, stimmt, er ist ja sogar jünger als du ...«

»Drei Jahre.«

»Dein jugendlicher Lover.«

»Nathan ...«

»Wenn es nach ihm ginge, schon.«

»Wir sind Freunde.«

»Aber nur, weil du dem armen Burschen kein Zeichen gibst und ihn zappeln lässt.«

»Der arme Bursche, wie du ihn nennst, will gar kein Zeichen. Du weißt genau, dass ich nicht sein Typ bin.«

»Ach, Mum, erzähl mir doch nichts! Wenn Bob schwul ist, dann bin ich Doris Day!«

Abi sah ihren Sohn an und zog eine Augenbraue hoch.

»Soso. Und, wie sieht's aus? Ein Stückchen Bob-Kuchen zum Tee, liebe Doris?«

Lily hatte einen Entschluss gefasst.

Sie wollte Dylan vorschlagen, in das Gästezimmer einzuziehen. Er verbrachte inzwischen so viel Zeit im Rose Cottage, dass es für ihn viel praktischer wäre, auch dort zu wohnen. Zumal er, seit sein Mitbewohner ausgezogen war, Mühe hatte, die Miete für seine Wohnung aufzubringen.

Es wäre eine gute Lösung für ihn, und wahrscheinlich auch für Liam. Und auch ihre Motive waren nicht ausschließlich altruistischer Natur.

Denn Liam, so ging es ihr durch den Kopf, verhielt sich wie ein Igel. Wenn er mit Dylan zusammen war, war er zutraulich, doch sobald er weg war, rollte er sich ein und zeigte seine Stacheln.

Während Dylan am nächsten Tag die übliche Krankengymnastik mit Liam exerzierte, fuhr Lily nach Truro zu Peter.

Er hatte einen Home-Office-Tag im Garten eingelegt, wo er – für seine Verhältnisse leger gekleidet – an dem weißen schmiedeeisernen Tisch saß, auf dem irgendwelche Pläne ausgebreitet lagen. Er streckte die aus den Chino-Shorts herausragenden, kräftigen Beine zur Seite aus, auf dass die Sonne sie wie von Zauberhand ein klein wenig bräunte.

Lily kam durch den hinteren Garteneingang. Sobald er sie sah, strahlte er übers ganze Gesicht und schob die Pläne einen Tick zu hastig zusammen. Fast, als wolle er etwas verbergen.

»Perfektes Timing«, begrüßte er sie. »Ich wollte gerade Pause machen.« Er streckte die Arme über den Kopf und gähnte übertrieben. »Sei so lieb und mach uns einen Kaffee, Lily, dann kann ich in der Zwischenzeit diesen ganzen Papierkram ins Arbeitszimmer bringen.«

Im Vorbeigehen erhaschte Lily einen Blick auf die Pläne, und sofort begriff sie, worum es ging.

Er hatte sich so bemüht, das Kunstzentrum ihr gegenüber nicht zu erwähnen, weil er davon ausging, dass er damit einen wunden Punkt treffen würde. Aber Liams schwerer Unfall hatte nichts an der Tatsache geändert, dass das Projekt weiter eine große Rolle in Peters Leben spielte.

Und jetzt musste er allein damit fertig werden.

»Du kannst ruhig darüber reden, Peter«, versicherte Lily ihm, von schlechtem Gewissen geplagt.

»Ich weiß nicht, was du meinst.«

»Du brauchst nicht so zu tun, als existierte es nicht.«

Er versuchte, sie so anzusehen, als hätte er keine Ahnung, was sie meinte, doch dafür kannten sie einander einfach zu gut.

»Aber wünschst du dir nicht manchmal, dass es nicht existierte?«

Sie sah aus, als würde sie einen Moment darüber nachdenken. Dann schüttelte sie den Kopf.

»Ich versuche eigentlich, mir zu sagen, dass nichts ohne Grund passiert.«

Lily ging in die Küche, in der sie sich so gut auskannte wie in ihrer eigenen, machte Kaffee, brachte ihn hinaus in den Garten und setzte sich. Mit geschlossenen Augen lehnte sie sich zurück, ließ sich die Sonne ins Gesicht scheinen und von ihrer Wärme verwöhnen.

Als Peter wieder herauskam, lächelte er immer noch einen Tick zu strahlend.

»Und, wie geht's dem Patienten?«

»Ist die Ungeduld in Person.«

»So schlimm?«

»Ja, immer noch.«

»Und wie geht es dir?«

»Ganz gut.«

Peter wartete eigentlich auf eine ausführlichere Antwort, doch als die ausblieb, redete er weiter.

»Und wie macht sich der Junge?«

»Dylan? Der ist klasse. Ich weiß nicht, wie wir je ohne ihn zurechtgekommen sind, na ja, seien wir ehrlich, sind wir ja im Grunde gar nicht … und darum …« Sie atmete schwer aus und hielt sich an ihrer Kaffeetasse fest. »Darum bin ich jetzt hier. Ich wollte etwas mit dir besprechen, eine Idee, die ich hatte … Ich möchte Dylan vorschlagen, bei uns einzuziehen.«

Peter schwieg. Lily hörte ihn langsam ausatmen.

»Okay …«, sagte er mit Bedacht.

Sie schenkte Kaffee nach.

»Okay«, wiederholte er, »ich kann schon verstehen, wie du darauf kommst, aber bist du dir sicher, dass das so schlau ist? Er arbeitet für euch. Wenn er bei euch wohnt, verwischen sich die Grenzen.«

»Ich weiß.«

»Und vielleicht will er auch gar nicht bei euch einziehen. Vielleicht hätte er dann das Gefühl, rund um die Uhr im Dienst zu sein.«

»Ja, der Gedanke ist mir auch schon gekommen.«

»Natürlich soll er dir und Liam das Leben erleichtern, und das tut er ja auch nach Kräften, aber ihr dürft euch nicht von ihm abhängig machen, Lily. Ab September wird er wieder studieren. Was wird dann?«

»Meine Stimme der Vernunft«, lächelte sie und strich ihm über die Wange. »Also, erstens wird es Liam bis dahin hoffentlich besser gehen, und er wird nicht mehr so viel Hilfe brauchen. Zweitens kann Dylan gerne über Liams Genesung hinaus als Untermieter bei uns wohnen bleiben. Drittens kann er aber auch gerne in ein Studentenwohnheim in der Stadt umziehen, das läge dann ganz bei ihm.«

Peter nickte nachdenklich.

»Und was sagt Liam dazu?«

»Ich habe noch nicht mit ihm darüber gesprochen, ich wollte erst deine Meinung dazu hören.«

Peter zuckte mit den Schultern.

»Die Sache hat Vor- und Nachteile und will gründlich durchdacht sein ...«

»Ich glaube, das habe ich bereits.«

»Ich finde nur, dass du dir Zeit lassen und nichts überstürzen solltest. Nicht, dass du es später bereust.«

Sie nickte.

Und obwohl sie es eigentlich schon sorgfältig abgewogen hatte, schlief sie Peter zuliebe doch noch einmal darüber. Da sich aber auch bis zum nächsten Tag keine Zweifel einstellten, weihte sie Liam in einem seiner entspannteren Momente in ihre Idee ein, Dylan zu ihrem Untermieter zu machen.

Sie hatte Widerstand erwartet und war umso mehr überrascht, als er sich ihrem Vorschlag gegenüber aufgeschlossen zeigte.

»Keine schlechte Idee.«

»Aber auch keine gute, oder wie?«

»Das habe ich nicht gesagt. Es gibt dabei nur so einiges zu bedenken. Zum Beispiel die Frage, ob wir unser Zuhause wirklich mit einer dritten Person teilen wollen.«

»Das Haus ist doch so groß, wir würden kaum merken, dass er hier ist. Er könnte die ganze obere Etage für sich haben.«

»Er könnte auch den ersten Stock haben, davon würde ich auch nichts merken.« Liam lächelte schief.

»Wie dem auch sei, ich wollte es wenigstens vorgeschlagen haben. Du kannst ja darüber nachdenken und dann entscheiden.«

»Also, im Prinzip ist es eine gute Idee. Wie können ihn beide gut leiden, wir kommen gut mit ihm zurecht und wissen, dass es bei ihm momentan finanziell etwas eng ist.«

»Heißt das, dass du es dir überlegen wirst?«

»Können wir das nicht gemeinsam tun?«

»Ich dachte, du wolltest vielleicht in Ruhe darüber nachdenken.«

»Also, wie gesagt, prinzipiell eine gute Idee. Dir ist klar, dass Dylan seinen Hund mitbringen würde?«

»Ja.«

»Und das macht dir nichts aus?«

»Überhaupt nicht. Ich finde es irgendwie schön, ihn um mich zu haben.«

»Den Hund oder Dylan?«

»Beide.« Lily lächelte. So etwas hätte der alte Liam auch gesagt. Ihr Liam.

»Du bist also doch immer noch da«, sagte sie und drückte ihm sanft die Zeigefingerspitze auf die Stirn.

»Was?«, fragte er so harsch, dass sie einen Schritt zurücktrat.

»Nichts ... Würde es dir denn etwas ausmachen? Einen Hund im Haus zu haben?«

Er schüttelte den Kopf.

»Du hast also nichts dagegen?«

»Nicht im Entferntesten.«

»Also soll ich mit ihm reden?«

»Nein.«

»Aber ich dachte ...«

»*Ich* werde mit ihm reden.«

»Okay, wenn du willst. Wann?«

»Morgen. Kurz bevor er nach Hause geht. Damit er nicht meint, uns sofort antworten zu müssen. Damit er noch ein wenig Bedenkzeit hat.«

Doch Dylan brauchte nicht nachzudenken. Er war sofort einverstanden.

Als Liam es ihr sagte, atmete Lily langsam aus und stellte fest, dass sie lächelte.

Die Vorstellung, dass ein Fremder in ihre Zweisamkeit eindrang, wäre früher unmöglich gewesen. Und jetzt freute sie sich sogar darauf. Wie sich die Dinge doch geändert hatten.

»Na, dann werden wir ja bald zu dritt sein.« Liams Stimme klang plötzlich heiser.

»Zu viert«, korrigierte Lily ihn und versuchte, weiter zu lächeln. »Du hast Reefer vergessen.«

Als Liam schlaflos im Bett lag und die Gedanken in seinem Kopf Karussell fuhren, dachte auch er darüber nach, wie die Dinge sich geändert hatten und sich weiter ändern würden, wenn Dylan erst bei ihnen wohnte.

Lilys Erleichterung war grenzenlos gewesen, das hatte er genau gespürt.

Er wusste, dass es eine gute Idee war, Dylan im Rose Cottage unterzubringen, er konnte ihr wirklich so einiges abgewinnen – trotzdem hatte er gemischte Gefühle.

Natürlich war Dylan sein Freund, in seinen Augen mittlerweile sogar ein guter Freund, aber ursprünglich und vornehmlich war er nun mal seine Pflegekraft. Das sorgte für eine seltsame Dynamik in der Beziehung. Liam war der Arbeitgeber, der Ältere, dem Dylan sich des Öfteren beugen musste. Gleichzeitig war ihre Beziehung in gewisser Hinsicht zutiefst intim, weit über das Maß einer normalen Beziehung hinaus.

Dass Dylan Liam spaßeshalber »Dad« nannte, änderte natürlich nichts daran, dass ausgerechnet er Liam umsorgte, wie es seit langer, langer Zeit niemand mehr getan hatte.

Liam hatte Dylan gerne um sich. Ja, verdammt, er würde sogar so weit gehen zu sagen, dass er den Jungen liebte. Wenn sie zusammen waren, redeten sie nicht immer nur über Liam. Liam kannte inzwischen Dylans komplette Lebensgeschichte, und die war nichts für Zartbesaitete. Der Junge hatte es alles andere als leicht gehabt.

Er hatte viel darüber nachgedacht, was wohl schlimmer war: liebevolle Eltern zu verlieren oder Eltern zu haben, die sich nicht für einen interessierten?

Liam fragte sich, wie sich alles entwickelt hätte, wenn seine

Eltern noch am Leben gewesen wären. Wie wären sie mit allem, was passiert war, umgegangen?

Nach dem Tod seiner Eltern hatte er einen Teil seiner selbst ausgeschaltet. Den Teil, der ständig hätte heulen können, den Teil, der einen Nervenzusammenbruch erleiden wollte, den Teil, der nicht pragmatisch und stark sein wollte. So hatte er es geschafft, es hatte funktioniert. In der Folge hatte er immer seltener an seine Eltern gedacht. Und als er dann Lily kennenlernte, beschloss er, sich von nun an vollends auf die Gegenwart und die Zukunft zu konzentrieren und die Vergangenheit für immer ruhen zu lassen.

Doch seit seinem Unfall war es ihm ungeheuer schwergefallen, das weiter durchzuhalten. Vor allem nachts, wenn er wegen der Schmerzen nicht schlafen konnte.

Dann lag er in seinem Bett und dachte an Lily, die allein im ersten Stock schlief, und an das, was sie schon alles gemeinsam durchgemacht hatten. Und die Schlaflosigkeit nahm zu.

Er war kein Mann, der die »Warum ich?«-Frage stellte. Dinge passierten, und man ging mit ihnen um, fertig, so war das Leben. Und so riss er sich auch in den dunklen Stunden immer wieder zusammen und zwang sich, das Positive zu sehen.

Zum Beispiel war positiv, dass die Ärzte davon sprachen, die Bandage an seiner rechten Hand zu entfernen, weil die Hand schon wieder so stark war. Und wenn er erst die Bandage los war, würde er sicher auch bald den Rollstuhl loswerden.

Er hatte sich nicht mehr mit einer solchen Inbrunst auf etwas gefreut, seit er als Kind Weihnachten entgegenfieberte. Dieser verdammte Rollstuhl. Wenn das Krankenhaus nicht ohnehin knapp bestückt wäre, würde er ihn am liebsten über die Klippe schieben, sobald er ihn nicht mehr brauchte.

Wieder beide Hände benutzen können. Beide. Er machte Dylan gegenüber oft Witze, er könne sich nicht einmal gleichzeitig die Zähne putzen und den Hintern abwischen. Aber eigentlich war das gar kein Witz.

Er fühlte sich so nutzlos. So unendlich nutzlos.

Vor allem, wenn er mit Lily zusammen war.

Die Kluft zwischen ihnen wurde immer breiter und tiefer. Aber wie sollte er etwas dagegen tun, wenn er hilflos wie ein Baby, aber längst nicht so niedlich war?

Sie war schon lange vor dem Unfall nicht glücklich gewesen. Wie mochte es ihr jetzt wohl gehen? Er wusste es ja, sie war unglücklich. Sie waren beide unglücklich. Aber wie sollte er sie glücklich machen, in seinem Zustand?

Was nützte er ihr überhaupt noch? Er war nicht mehr ihr Mann. Er war verdammt noch mal gar kein Mann mehr!

Alle sagten sie ihm, er solle Geduld haben, bis sein Bein wieder in Ordnung sei, dann würde alles wieder gut.

Die Zeit heilt alle Wunden, so sagt man ja.

Aber wie viel Zeit blieb ihm noch, bis sie von der Situation die Nase voll hatte und tatsächlich die Koffer packte und ihn verließ?

Es wäre besser gewesen, wenn sie damals gegangen wäre, am Tag seines Unfalls.

Vielleicht war es in Wirklichkeit das, was sie wollte?

Wollte Lily gehen?

Nein. Nein. Nein.

Lily würde ihn niemals verlassen. Sie waren ein gutes, ein starkes Paar. Sie hatten immer gesagt, gemeinsam würden sie alles durchstehen. Solange sie einander hatten, konnte nichts schiefgehen. Und sie hatten einander doch noch, oder?

Warum hatte er sich ihr neulich abends nicht geöffnet?

Er hatte doch gespürt, dass sie reden wollte. Und er hatte sie so gerne berühren wollen.

Sie waren sich so fremd. So fern. So etwas hatten sie in den dreizehn Jahren ihrer Beziehung noch nie erlebt.

Auch nicht, als...

Als...

Er schüttelte den Kopf und ballte frustriert die Hand, wogegen die Muskeln sofort schmerzhaft protestierten. Er öffnete die Faust wieder und legte sich die Hand aufs Gesicht. Rieb sich die müden Augen und die gerunzelte Stirn.

Ach, Lily.

Manchmal war er so wütend auf sie, dass er ihr eine runterhauen könnte. So, jetzt hatte er es zugegeben. Manchmal würde er ihr am liebsten an die Gurgel gehen.

Diese Gefühle machten ihm Angst.

Aber warum war er wütend auf sie?

Er sollte auf sich selbst wütend sein. Nur auf sich selbst.

Er vermisste sie.

Er vermisste ihre Gemeinschaft.

Aber wie konnten sie je wieder wie früher sein, wenn er sich so verhielt?

Wie konnten sie je wieder glücklich werden, wenn …

Liam schüttelte den Kopf und seufzte frustriert.

»Du bist doch ein blödes Arschloch, Liam Bonner«, schimpfte er mit sich selbst. »Ein blödes Riesenarschloch.«

Wieder schüttelte er den Kopf.

Aber es lag doch nicht nur an ihm! Es war doch nicht alles nur seine Schuld! Oder?

Sie hätte sich ja auch ein bisschen mehr Mühe geben können.

Sie hätte sich in vielerlei Hinsicht mehr Mühe geben können.

Zum Beispiel neulich abends, als sie ihn geküsst hatte.

Sie hatte ziemlich schnell aufgegeben.

War ziemlich schnell hoch ins Schlafzimmer gegangen. In den ersten Stock. Wo er nicht hinkam.

Als er daran zurückdachte, öffnete er die Augen und sah zu der Stelle, an der Lily gesessen hatte. Der Ausdruck von Schmerz in seinem Gesicht wich dem von Überraschung und einem Anflug zynischer Freude, als er bemerkte, dass sie etwas zurückgelassen hatte, das er noch gut gebrauchen konnte.

17

Der Tag, an dem Dylan ins Rose Cottage einzog, war der erste sonnige Tag seit einer geschlagenen Woche. Und man konnte nur hoffen, das Wetter habe nun endlich in Richtung Sommer umgeschlagen. Nur die Rosen blühten noch nicht. Die Knospen wurden immer dicker, wollten sich aber partout nicht öffnen. Es war ihnen nicht zu verübeln – die Sonne stand noch nicht hoch genug am Himmel, um ihnen im Schatten des Hauses Wärme und Licht zu spenden.

Dylan hatte seinen alten Mini so mit seinen Habseligkeiten vollgestopft, dass er an eine überquellende Mülltonne erinnerte. Mit offenen Fenstern, aus denen laute Musik dröhnte, fuhr Dylan vor.

»Dylan ist da«, rief Lily laut, damit Liam es hörte, der noch im Bett lag. Doch ihre Äußerung war völlig überflüssig, weil das laute Sprotzen des kleinen Vehikels Ankündigung genug war. Erleichtert und traurig sah sie, wie sich auf Liams Gesicht zum ersten Mal, seit Dylan am Freitag nach Hause gefahren war, ein Lächeln abzeichnete.

»Der Untermieter ist da. Gesund und munter?«

Sie nickte.

»Gesund und trotz der Zumutung, die sein Wagen eigentlich darstellt, offensichtlich auch munter. Kannst du sein Auto sehen?«

Liam schüttelte den Kopf.

»Sieht aus wie ein Flohmarkt auf Rädern. Das Auto ist so voll, dass man Dylan gar nicht sehen kann. Und ich glaube, Reefer hat er aufs Dach gebunden. Ich seh mal, ob er Hilfe braucht …«

Und damit ging sie nach draußen. Sie öffnete die Beifahrertür, um Reefer zu befreien, der sich in Wirklichkeit den Vordersitz mit einer Kiste voller alter LPs und einem schwarzen Müllsack geteilt hatte, aus dem Klamotten hervorquollen. Er leckte kurz ihre Hand ab und trottete dann an ihr vorbei durch die offene Haustür und legte sich seufzend vor den kalten Kamin in der Küche. Er war froh, endlich sein Ziel erreicht zu haben.

»Komm, ich helfe dir«, sagte Lily und beäugte die Surfbretter, die Dylan auf dem Dach des Wagens festgezurrt hatte.

»Nicht nötig, danke, ich schaff das schon. Ist gar nicht so viel, wie es aussieht, die meisten Sachen im Kofferraum sind sowieso für den Flohmarkt bestimmt, und was da nicht ein neues Zuhause findet, landet auf der Müllkippe. Die Bretter kann ich unten im Klub unterbringen. Eine Tasse Tee wäre allerdings der Hammer, habe gestern meinen Auszug gefeiert und jetzt einen tierischen Brand.«

»Das kommt davon, Dylan.«

»Danke, Mama. Apropos: Wo ist Dad?«

»Der liegt noch im Bett. Geht ihm heute nicht besonders.«

Dylans Lächeln verwandelte sich in ein besorgtes Stirnrunzeln.

»Hm. Dann werde ich mal besser nach ihm sehen, bevor ich hier weitermache.«

Dylan ging an ihr vorbei ins Haus und klopfte leise an Liams Tür, bevor er eintrat. Lily hörte ihn scherzen: »Was ist das denn bitte für ein lausiges Empfangskomitee? Wo sind die Blaskapelle und die Transparente? Und was machst du um diese Uhrzeit noch im Bett, du alter Simulant?«

Lily ging in die Küche, schaltete den Wasserkocher ein und schaute im Schrank nach Dylans Lieblingskeksen. Schon komisch, er war in den letzten Wochen fast täglich hier gewesen, aber heute hatte sie das Gefühl, ihn verwöhnen zu müssen.

Er kam in die Küche, als sie gerade heißes Wasser in die Kanne goss.

»Und, wie lautet die Diagnose?«

»Hat gestern Abend vergessen, seine Schmerztabletten zu nehmen, darum macht ihm sein Knie zu schaffen, das ist alles. Ich habe ihn medikamententechnisch wieder auf Kurs gebracht, von daher müsste es ihm in einer Stunde oder so wieder besser gehen.«

»Er hat vergessen, seine Schmerztabletten zu nehmen? Aber ich hatte sie ihm doch gebracht ...«

»Ich glaube, er ist eingeschlafen, bevor er sie nehmen konnte ...« Dylan zuckte mit den Schultern. »Keine Sorge, so beschissen, wie es ihm heute geht, passiert ihm das nicht noch mal.«

»Gut. Beziehungsweise nicht gut, aber du weißt, was ich meine.« Sie reichte ihm eine Tasse Tee. »Das war der letzte Rest Milch. Ich laufe eben runter nach Merrien Cove und hole neue. Brauchst du etwas?«

»Glaub nicht.«

»Soll ich den Hund mitnehmen?«

»Klar.« Er lächelte irgendwie gezwungen.

»Alles in Ordnung?«

»Ja, klar, alles prima. Reef! Gassi!«

Es war Lily etwas seltsam vorgekommen, wie Dylan ihrem Blick ausgewichen war, doch kaum trat sie zur Haustür hinaus in den Sonnenschein, dachte sie nicht mehr darüber nach. Sie genoss die Wärme auf ihrem Gesicht und hoffte, dass das schöne Wetter ein gutes Omen und sie nur wieder ein wenig paranoid war.

Erst, als sie am Hafen angekommen war, fiel ihr ein, dass der kleine Gemischtwarenladen erst um zehn aufmachte. Sie blieb vor der Galerie stehen, unschlüssig, ob sie warten oder wieder nach Hause gehen sollte. Da hörte sie jemanden nach ihr rufen.

Abi hing halb aus einem der winzigen Fenster im ersten Stock und winkte Lily aufgeregt mit einem gelben Staubwedel zu.

»Lily! Wie schön, dich zu sehen! Hier ist jemand, den du unbedingt kennenlernen musst! Komm rein. Na los schon, hopp, hopp!« Und damit verschwand sie und schloss das Fenster.

Lily sah Reefer an.

Ihr Zögern entging Abi nicht, die sie weiter beobachtete. Sie machte das Fenster wieder auf.

»Ist das deiner?«

»Vorübergehend, ja.« Lily zuckte kurz mit den Schultern.

Abi sah von Lily zu Reefer und machte dabei ein Gesicht, als habe sie soeben etwas begriffen. »Dann bring ihn einfach mit, Süße!« Und damit schloss sie das Fenster wieder.

Zögerlich betrat Lily das wunderbar duftende Ladenlokal.

Abi kam die Treppe herunter, gefolgt von einem jungen Mann.

»Lily!« Abi küsste sie auf die Wange. »Endlich kann ich ihn dir vorstellen. Das ist mein Sohn Nathan. Nathan, das ist meine Freundin und Nachbarin Lily.«

Lächelnd kam er auf sie zu, doch Lilys Lächeln erstarb.

Das war der Mann vom Hafen. Der sie fotografiert hatte.

Oder auch nicht.

Wäre sie nicht ohnehin schon so blass gewesen, wäre ihr nun alle Farbe aus dem Gesicht gewichen.

Ihm schien ihr Unbehagen gar nicht aufzufallen. Lächelnd reichte er ihr die Hand.

»Hallo …«

Er wartete kurz, dann lächelte er noch etwas breiter und fügte hinzu:

»Schön, Sie wiederzusehen.«

Diese Äußerung, gepaart mit einem Lächeln, das sie als spitzbübisch bezeichnen würde und das er eindeutig von seiner Mutter geerbt hatte, war das vollumfängliche Geständnis, dass seine Linse an jenem Tag am Hafen sehr wohl und sehr gezielt auf sie gerichtet gewesen war. Lily war so konsterniert, dass es eine Weile dauerte, bis sie die ihr gereichte Hand schüttelte, ohne Nathan jedoch dabei anzusehen.

Nathan dagegen hatte Lilys Gesicht nicht aus den Augen gelassen, seit sie den Laden betreten hatte. Er betrachtete sie auf eine Weise, als suche er nach irgendwelchen Fehlern.

Sie schalt sich selbst für ihr albernes Benehmen und zwang sich, ihn ebenfalls anzusehen.

Sein braunes Haar konnte gut einen neuen Schnitt vertragen, die Spitzen waren von der Sonne gebleicht und seine Haut goldbraun.

Er trug verwaschene, an den Knien aufgerissene Jeans und ein kragenloses, weißes Hemd, das nach Künstler, aber auch sehr teuer aussah.

Wenn Lily in dem Augenblick sie selbst gewesen wäre, wäre ihr sicher außerdem aufgefallen, wie verdammt gut er aussah. Wie seine vollen Lippen die etwas eckige Nase ausglichen und wie seine großen, intelligenten, von dichten Wimpern umrahmten Augen blass blaugrün schimmerten, wie gut sein Körper proportioniert und trainiert war, wie warm, sanft und trocken seine Hand in ihrer lag und wie gepflegt seine Fingernägel im Gegensatz zu ihren waren, an denen sie in letzter Zeit zu oft kaute.

Es war eine Schande, dass sie all das nicht wahrnahm, denn sicher hätte sie ihn bewundert, wie man ein schönes Gemälde im Museum bewundert oder eine Skulptur von Michelangelo. Aber sie war zu sehr mit ihrem eigenen Unbehagen beschäftigt, als dass sie das vor ihren Augen Sichtbare schätzen konnte.

Abi, die der Inbegriff der stolzen Mutter war – und zu Recht, wie sie fand –, liebte es, mit ihrem Sohn vor Freunden, Bekannten und sogar Fremden anzugeben.

Und so freute sie sich auch sehr, ihn Lily vorstellen zu können, denn Lily hatte ja, was Nathans künstlerische Arbeit betraf, bereits ihre Bewunderung geäußert.

»Lily ist ganz begeistert von deinen Arbeiten, Nathan. Eines deiner Bilder hat sie schon, und auf ein zweites hat sie bereits ein Auge geworfen.«

Er lächelte bescheiden. Zwar war er die Lobhudeleien seiner Mutter seit Jahren gewöhnt, aber sie waren ihm immer noch irgendwie unangenehm. Ihn tröstete, dass Lily noch peinlicher berührt wirkte als er selbst.

»Sind Sie Sammlerin?«

»Nein, aber in Sachen Kunst weiß ich, was mir gefällt ...«

»Lily hat früher in London in einer Galerie gearbeitet«, verriet Abi ihrem Sohn.

»Ach ja? In welcher denn?«

»David Lithney, ganz in der Nähe vom Soho Square. Schon mal davon gehört?«

Er strahlte sie an.

»Sie machen Witze! David Lithneys Enkel Sebastian und ich kennen uns ziemlich gut. Haben zusammen studiert, also, nicht das gleiche Fach, aber gleicher Jahrgang. Ich schaue immer noch hin und wieder in der Galerie vorbei. Seltsam, dass wir uns da noch nie begegnet sind.«

»Sind wir ja vielleicht.«

Lächelnd schüttelte er den Kopf.

»Daran würde ich mich ganz bestimmt erinnern.« Um sie nicht noch mehr in Verlegenheit zu bringen, sprach er weiter über seinen Freund.

»Dann müssen Sie Sebastian ja auch ziemlich gut kennen ... Wie finden Sie ihn?«

Sie nickte langsam.

»Ich mag ihn sehr gern ... vor allem seinen Humor ...« Lily erinnerte sich an eine Anekdote. »Einmal hatten wir eine Mondrian-Privatausstellung für einen unserer etwas schwierigen Kunden, und als der Kunde auftauchte, hatte Sebastian das Bild mit einer Kopie ausgetauscht, die er selbst gemalt hatte ...«

»Typisch Seb!« Seine Augen blitzten auf.

»Das Beste war, dass der Kunde es gar nicht bemerkte«, lachte Lily, »und uns viel zu viele Nullen für einen originalen Seb Lithney gezahlt hat ... Wenn sein Vater das gewusst hätte, hätte er ihn umgebracht ...«

»Aber letztendlich bekam der Kunde dann doch wohl sein Mondrian-Original, oder?«

»Na ja, da Seb das Bild auf die Rückseite einer Cornflakespackung gemalt hatte, war uns schon klar, dass der Austausch nicht ewig unbemerkt bleiben würde!«

Abi freute sich, dass ihr Sohn und ihre neue Freundin sich so gut verstanden, und verdrückte sich, um mit ihrem endlich angeschafften Wasserkocher Kaffee zu machen.

»Und was machen Sie jetzt? Arbeiten Sie in einer der Galerien hier in der Gegend?«

»Nein, dabei fehlt mir meine Arbeit wirklich sehr«, gestand sie zu ihrer eigenen Überraschung.

»Kann ich gut verstehen. Ich lebe quasi für meine Arbeit.«

Sein mitfühlendes Lächeln war so echt, dass sie endlich den Mut fand, auszusprechen, was an ihr genagt hatte.

»Tut mir leid wegen neulich. Ich will nicht hoffen, dass ich eins Ihrer tollen Bilder verhunzt habe.«

Er sah sie an, als habe er keinen Schimmer, wovon sie redete.

»Na, das Foto, das Sie gemacht haben. Am Hafen. Ich bin Ihnen ins Bild gelaufen.«

»Nein, sind Sie nicht.«

Es überraschte sie beide, mit welcher Leichtigkeit er das sagte. Er beobachtete sie aufmerksam, um ihre Reaktion einschätzen zu können.

Sie machte ein genauso irritiertes Gesicht wie an jenem Tag, als sie glaubte, er habe sie fotografiert. Am liebsten hätte er gegrinst, aber er versuchte stattdessen, zu deeskalieren, indem er ganz sachlich sagte: »Ist eine tolle Aufnahme geworden. Ich mache Ihnen gerne einen Abzug davon.«

Sie sah ihn einen Moment aus ihren großen Augen an, aus deren Tiefe ein solcher Schmerz und auch Trauer sprachen, dass er gerne gewusst hätte, was in dieser Frau vorging. Was sie so quälte.

»Ehrlich gesagt, mag ich keine Fotos von mir. Mir wäre lieber, Sie würden es vernichten.«

Er nickte. Allerdings nicht, weil er ihrem Vorschlag nachkommen wollte. Das konnte sie nicht wissen, und darum war sie mit seiner Reaktion zufrieden. Dann tauchte Abi mit dem Kaffee auf, was Lily an die Milch erinnerte, die sie holen wollte. Hastig verabschiedete sie sich.

Als wäre all das nicht schon merkwürdig genug gewesen, empfand sie nach ihrer Rückkehr zum Rose Cottage, kaum dass sie die Tür hinter sich geschlossen hatte, etwas äußerst Seltsames: Aus irgendeinem unerfindlichen Grund hatte sie zum ersten Mal das Gefühl, nach Hause zu kommen.

Am Abend desselben Tages fand sie die Whiskyflasche, die mehr schlecht als recht unter einigem Abfall versteckt war, den Dylan ausgemistet hatte. Erst dachte Lily, die Flasche sei von ihrem neuen Untermieter, doch dann ging ihr auf, dass es die Flasche war, aus der sie sich und Liam in jener Nacht einen Drink eingeschenkt hatte. Da war sie noch halb voll gewesen. Jetzt war sie leer. Sie zog sie mit spitzen Fingern aus dem Mülleimer und betrachtete sie angewidert und enttäuscht.

Dylan hatte darauf bestanden, Liam ins Bett zu helfen, und wollte sich nun nach oben zurückziehen. Lily fing ihn im Flur ab und hielt ihm wortlos die Flasche vor die Nase. Sie bedeutete Dylan, ihr in die Küche zu folgen.

»Jetzt erzähl mir bitte nicht, dass das deine ist«, zischte sie.

Er schüttelte den Kopf.

»Keine Angst, ich will dich ja nicht beleidigen. Aber ich verspreche dir, dass ich mit ihm darüber geredet habe. Ich bin mir ziemlich sicher, dass es nicht wieder vorkommen wird.«

»Wie lange geht das schon?«

»Es war ein einmaliger Ausrutscher.«

»Darum geht es nicht. Du weißt genauso gut wie ich, dass er nichts trinken darf, solange er noch Schmerzmittel nimmt. Zumindest nicht in diesen Mengen.«

»Er hat behauptet, es sei ohnehin nicht mehr viel drin gewesen.«

»Alles ist relativ.« Im gleichen Moment ging ihr auf, dass sie es gewesen war, die ihm ein Glas Whisky fast aufgedrängt hatte. Die Einsicht stimmte sie milder.

»Ich möchte nicht, dass du mir so etwas verschweigst.«

Er nickte. Er konnte sie ja verstehen.

»Aber bei allem Respekt, Lily, ich habe das getan, was ich für das Beste hielt. Wenn ich gedacht hätte, dass es dir oder euch irgendwie hilft, wenn du das weißt, hätte ich es dir ja gesagt. Aber offen gestanden ...«

Er brauchte nicht weiterzureden. Lily wusste, was er sagen wollte. Die Stimmung zwischen ihr und Liam war auch so schon schlecht genug. Da konnten sie einen solchen Streit nicht auch noch gebrauchen.

Jetzt war sie es, die nickte.

»Glaubst du, dass er es wieder tun wird?«

»Ich glaube, er hat herausgefunden, dass kein Alkohol der Welt die Schmerzen wert ist.«

»Und glaubst du, er könnte anfangen, Alkohol zu trinken *und* Schmerzmittel einzunehmen?«

Dylan schüttelte den Kopf.

»Dazu ist er nicht der Typ. Er ist viel zu intelligent, so was Dummes würde er nie tun.«

»Mag ja sein, aber er hat sich so verändert ...« Sie wusste nicht recht, wie sie ihren illoyalen Gedanken formulieren sollte. »Er ist einfach nicht mehr der Alte.«

»Mag sein, aber ich kenne ihn ja erst seit seinem Unfall, also so, wie er jetzt ist, und ich würde meine Hand dafür ins Feuer legen, dass er nicht zum Alkoholiker und Tablettenjunkie wird.«

Er sah ihr offen und aufrichtig in die Augen. Sie nickte beruhigt und ließ es dabei bewenden.

18

Kurz nach Einbruch der Dämmerung spazierten Abi und Nathan hinunter in den Ort und gingen ins Port Hole. Beim Eintreten nahmen sie die entspannte Atmosphäre auf, die das Gemurmel und die Kerzen auf den Tischen der frühen Abendessensgäste an diesem Sonntag verbreiteten. Als sie über die Treppe in den ersten Stock gelangten, lösten sie sofort einen Freudenschrei hinter der Bar aus.

»Hey, na endlich! Der Weltenbummler ist wieder da! Und deine Mutter hat mir kein Wort davon gesagt!« Bob sah Abi vorwurfsvoll an, während er sich hinter dem langen Mahagonitresen mit den endlosen Reihen hochprozentiger Flaschen hervorarbeitete, und schenkte Nathan dann ein strahlendes Lächeln.

»Meine Schuld … Ich wollte dich überraschen.« Die beiden Männer begrüßten sich mit einer herzlichen Umarmung.

Der Nachteil an der Überraschung war, dass sämtliche Tische reserviert waren und sie sich zunächst an die Bar setzen mussten. Doch Abi, die zwischen den beiden Männern saß, die sie am allermeisten liebte, war einfach nur glücklich und redete wie ein Wasserfall. Davon, was Nathan als kleiner Junge so angestellt hatte, davon, wie Bob nach Merrien Cove gezogen war, und davon, wie sie und Bob sich kennengelernt hatten.

Bob und Nathan nickten. Sie hatten die Geschichten schon tausend Mal gehört, wären aber nicht im Traum darauf gekommen, Abi zu unterbrechen. Ausgelassen stimmten sie in ihr Gelächter ein und fügten hier und da einen Satz hinzu, der von ihnen erwartet wurde.

Schließlich stand Abi auf.

»Ich muss mal eben für kleine Mädchen. Wehe, ihr sprecht über irgendetwas Wichtiges, während ich weg bin!«

»Hm, also, wenn wir Redeverbot haben ...« Nathan prostete Bob zu, der ihn angrinste und mit ihm anstieß.

»Deine Mutter ist immer überglücklich, wenn du hier bist, das weißt du, oder?«

»Natürlich.«

»Und was hast du als Nächstes vor?«

Er zuckte mit den Schultern.

»Weiß ich noch nicht. Der *National Geographic* hat mir angeboten, einen ihrer Autoren nach Neuguinea zu begleiten.«

»Aber?«

»Woher weißt du, dass es ein Aber gibt?«

»Gibt's etwa keins?«

Nathan nickte.

»Doch. Also, das ist schon ein ziemlich tolles Angebot, aber« – sie lachten – »ich kenne den Journalisten von einem früheren Einsatz, bei dem wir nicht besonders gut miteinander auskamen.«

»Und warum will er dich dann dabeihaben?«

»Vermutlich, weil ich der Beste bin.« Nathan zuckte lässig mit den Schultern und machte ein übertrieben unschuldiges Gesicht, um seine Ironie zu unterstreichen.

»Nein, im Ernst, wir sind auf persönlicher Ebene zwar nicht so gut klargekommen, aber das Ergebnis unserer Zusammenarbeit war so ziemlich das Beste, was wir beide je beruflich hervorgebracht haben. Ich habe noch ein paar Tage Zeit, es mir zu überlegen.«

»Und wenn du dich dafür entscheidest, wann musst du dann los?«

»Weiß ich noch nicht.«

»Aber im Grunde ist es also doch wieder nur eine Stippvisite?«

»Ja, wahrscheinlich.«

»Weiß deine Mutter das?«

»Natürlich nicht.«

»Na, dann wollen wir es ihr heute Abend auch noch nicht verraten, oder?«

»Heute Abend nicht und auch morgen und übermorgen noch

nicht. Du hast schon recht, Bob. Sobald Mum weiß, dass und wann ich wieder abreise, bläst sie Trübsal und kann unsere gemeinsame Zeit gar nicht mehr richtig genießen. Besser, der Abschied geht schnell über die Bühne.«

Anna, die abends im Port Hole jobbte und nun in der Uniform aus schwarzer Bluse und langer Schürze vor ihnen stand, kam zu ihnen an die Bar.

»Es gibt eine Tisch frei, Mr. Manson.«

»Bob, Anna. Habe ich dir doch schon so oft gesagt ...« Er erhob sich, als Abi zurückkam, und lächelte die junge Spanierin freundlich an. »Nenn mich doch bitte Bob.«

»Danke Mr. Manson ... Bob, Sir.« Anna deutete einen Knicks an.

Bob fing an zu lachen.

»Danke, Anna, Liebes, aber ich meinte, nur Bob ...« Er bot Abi seinen Arm an, und sie hakte sich unter. »So, mein Schatz, ich habe schon seit Längerem eine exzellente Flasche Wein für uns reserviert, so gut, dass sie nur zu einer besonderen Gelegenheit getrunken werden darf.« Er nahm Abis andere Hand und drückte sie sich kurz an die Lippen, dann führte er Abi zum Tisch. »Ich glaube, Nathans Rückkehr ist ein würdiger Anlass. Was meinst du?«

Seit Ewigkeiten hatte Lily nur Jeans getragen. Sie kam sich in dem Kleid, das sie sich für diesen Abend ausgesucht hatte, richtig fremd vor und wusste auch nicht, ob sie überhaupt noch in Schuhen mit hohem Absatz würde laufen können. Sie fühlten sich so unbequem an.

Überhaupt hatte sie sich gehen lassen.

Ihre Augenbrauen hatten sich ausgebreitet, ihre Haut war von der vielen frischen Seeluft ausgetrocknet, und sie hatte sehr lange gebraucht, um ihre Beine zu rasieren ...

Es hatte sie seltsam befriedigt, die Rituale wiederaufzunehmen, die in London zu ihrem Alltag gehört hatten und hier völlig in Vergessenheit geraten waren. Feuchtigkeitscreme, Make-up, Maniküre.

Das Resultat konnte sich sehen lassen.

Als sie sich vor den Spiegel stellte, blickte ihr eine völlig veränderte Lily entgegen. Jemand, der ihr zwar bekannt vorkam, den sie aber schon lange nicht mehr gesehen hatte. Ruth hatte immer gesagt, sie sei auf bescheidene Weise glamourös. Wenn ihre Freundin sie in den letzten Wochen gesehen hätte ... Wie immer, wenn Lily an Ruth dachte, nahm sie sich vor, sich bei ihr zu melden. Und wie immer wusste sie, dass daraus nichts werden würde.

Voller Schuldgefühle wandte Lily sich von ihrem Spiegelbild ab und ging hinunter, um zu sehen, wie weit Liam war.

Liam saß in seinem Rollstuhl am Erkerfenster des Arbeitszimmers und las. Er trug wie üblich einen Jogginganzug und hatte offenbar ganz vergessen, dass sie essen gehen wollten.

Er sah auf, als Lily leise anklopfte und das Zimmer betrat, und als er sie erblickte, konnte er seine Überraschung und Bewunderung nicht verbergen.

Allein dieser Blick war all die Mühe schon wert gewesen.

Doch dann schloss sich eine Tür.

Der anerkennende Blick verschwand, und er sagte mürrisch: »Du bist ja aufgebrezelt. Gehst du aus?«

Lily runzelte fragend die Stirn.

»Nein, *wir*.«

»*Wir*?«

»Ja. Wir gehen essen.«

Er sah sie an, als hätte sie soeben vorgeschlagen, einen Spaziergang über die Steilküste zu unternehmen.

»Wir haben doch gestern noch darüber gesprochen. Peter möchte uns jemanden vorstellen. Seine neue Freundin. Wendy.«

Liams Augenbrauen zogen sich zusammen, und er machte ein finsteres Gesicht.

»Und dafür müssen wir auswärts essen gehen. Warum?«

»Warum nicht?«, konterte sie leichthin. Sie war fest entschlossen, es nicht zu einem Streit kommen zu lassen.

»Vielleicht will ich nicht. Vielleicht ist auswärts essen gehen nicht gerade das, was man tun möchte, wenn man seine Glieder nicht bewegen kann und auf einen Metallhaufen auf Rädern angewiesen ist, um von A nach B zu kommen.«

Statt sich wie üblich zurückzuziehen, sah sie ihm direkt ins Gesicht und bot ihm Paroli: »Und vielleicht geht es dieses Mal ausnahmsweise nicht um dich, sondern vielleicht geht es heute zur Abwechslung um etwas, was jemand anderem sehr wichtig ist, und vielleicht ist dieser Jemand zufällig dein bester Freund. Du hast ihm versprochen, dass du mitkommst, und ich finde, du solltest dein Versprechen halten.«

Er wusste, dass sie recht hatte, und gab kein Widerwort.

»Also, machst du dich jetzt fertig?«, fragte sie nach längerem angespanntem Schweigen.

Er nickte.

»Brauchst du Hilfe?«

»Nein«, log er.

»Gut.«

Sie drehte sich um und ging nach oben.

Jedes Mal, wenn sie die Treppe hinaufging, zog sie eine klare Grenzlinie zwischen ihnen. Eine, die er nicht überschreiten konnte.

Er sah, wie sie sich entfernte, ohne sich noch einmal umzudrehen, dann rollte er Zentimeter für Zentimeter unter großen Mühen einhändig zurück in sein Schlafzimmer, dessen Einrichtung er hasserfüllt beäugte.

Das Krankenhausbett, das per Knopfdruck hoch- und runtergefahren werden konnte – völlig überflüssig, wie er fand, ein normales Bett hätte es doch auch getan –, das sich direkt anschließende Badezimmer, in das jeder hineinsehen konnte, weil es keine Tür hatte. Die Schranktür, die per Knopfdruck zur Seite glitt, die Kleidung, die so eingeräumt war, dass er selbst herankam. Es war alles so durchdacht, so gut gemacht. Und doch unterstrichen all die Dinge, die ihm das Leben erleichtern sollten, in seinen Augen nur, wie verdammt hilflos er war und wie nutzlos er sich fühlte.

Er wusste, dass er mithilfe seiner gesunden Hand aus dem Rollstuhl herauskommen und alles selbst machen konnte. Bisher war das aber immer nur unter den wachsamen Blicken seines Freundes und Helfers Dylan passiert. Allein hatte er es noch nie gemacht.

Aber er schaffte es. Alles. Er ignorierte die mörderischen Schmerzen und zog sich an. Einhändig zog er die Hose Zentimeter für Zentimeter über den schweren Gips und über die Hüfte.

Und dann scheiterte er an einer Banalität.

Wenn er nicht so verdammt wütend gewesen wäre, hätte er eigentlich darüber gelacht. Nachdem er unter größten Anstrengungen so weit gekommen war, sollte eine solche Kleinigkeit tatsächlich die Hürde sein, an der er scheiterte? Ein Manschettenknopf? Ein Manschettenknopf zwang ihn in die Knie? Seine schwache rechte Hand konnte nicht einmal einen einfachen Knopf durch ein Knopfloch stecken. Wer hätte das gedacht, dass ein so simples Unterfangen eine solch komplexe Koordination von Fingern und Daumen erforderte.

Er würde sie doch bitten müssen, ihm zu helfen.

Er öffnete den Mund, um sie zu rufen, aber ihr Name kam ihm nicht über die Lippen. Zum ersten Mal seit dem Unfall spürte er, wie ihm die Tränen kamen ... Im selben Moment hörte er, wie jemand die Haustür öffnete, und dann Peters Stimme.

»Juhu! Jemand zu Hause?«

Liams Erleichterung war grenzenlos. Dankbar rief er seinem Freund zu:

»Ich bin hier, Peter, komm rein!« Als Peter seinen Kopf zur Tür hereinstreckte, grinste er ihn an und fügte hinzu: »Hat dir eigentlich schon mal jemand gesagt, dass du es immer wieder schaffst, genau im richtigen Moment zu kommen?« Er streckte seinem Freund das linke Handgelenk entgegen.

»Machst du den mal bitte für mich zu? Ich habe heute feinmotorische Schwierigkeiten.«

Peters Erscheinen vermochte es, Liam in atemberaubender Geschwindigkeit aus den düstersten Gemütskellertiefen in himmelhochjauchzende Höhen zu katapultieren.

Es war ein seltsames Gefühl.

Gerade jammerte er noch – jetzt jubilierte er.

Der Mann, mit dem Lily an diesem Abend das Haus verließ, war nicht derselbe, den sie vor nur einer Stunde zurechtgewiesen hatte.

Vielleicht hatte er tatsächlich ein schlechtes Gewissen wegen seiner Bockigkeit, aber Lily war es ganz gleich, was den Sinneswandel bewirkt hatte, sie war einfach nur froh, dass er nicht mehr so deprimiert war.

»Wie ist sie denn so?«, hörte Lily Liam fragen.

»Perfekt«, lautete Peters schlichte, von Herzen kommende Antwort.

Sie machten sich auf den Weg in den Ort hinunter. Peter schob den Rollstuhl und bemühte sich, diversen Steinen und Schlaglöchern auszuweichen. Dylan war bei ihren täglichen Spaziergängen nie so zimperlich. Lily hatte sich um die Tischreservierung gekümmert und dafür gesorgt, dass sie einen Tisch im Erdgeschoss bekamen, um den herum ausreichend Platz war, damit Liam in seinem Rollstuhl gut manövrieren konnte. Lorna hatte sogar einen wunderschön mit Brokat gepolsterten Schemel bereitgestellt, damit Liam während des Essens das Bein hochlegen konnte, wenn er wollte.

Und tatsächlich ließ Liam es zu, dass Lorna sich um ihn kümmerte, ihm vom Rollstuhl auf einen der normalen Stühle half und dafür sorgte, dass sein Bein im richtigen Winkel lag und gleichzeitig nicht sofort von den anderen Gästen gesehen wurde.

Abends war das Port Hole ein ganz anderes Lokal als tagsüber. Überall waren zahllose Teelichter verteilt, deren warmes, weißes Licht die alten Steinwände in Szene setzte und die ockerfarbenen Wände in den Farben des Feuers im Kamin schimmern ließ.

Mit einer gewissen Überraschung – fast so, als sähe er sie zum ersten Mal – stellte Liam fest, wie schön seine Frau war. Ihre Haut glich in diesem sanften Licht Alabaster, ihre Lippen waren zartrosa und ihre Augen samtig-grau.

Er saß da und bestaunte sie, bis sie, da sie seinen Blick missverstand, ihn fragte, ob alles in Ordnung sei und ob sie etwas für ihn tun könne.

Kaum hatte sie die Worte ausgesprochen, bereute Lily sie auch schon – und war nicht wenig überrascht, als er nicht wie üblich beleidigt reagierte, sondern in übertriebener Manier seufzte und sagte: »Etwas zu trinken wäre nicht schlecht.«

»Mit oder ohne Kohlensäure? Oder möchtest du einen Saft?«

Seine gute Laune zerplatzte wie Seifenblasen.

»Ich dachte, bei einem so besonderen Anlass dürfte es heute mal was Stärkeres sein?«, entgegnete er schmallippig.

»Ich habe Wein bestellt«, schaltete Peter sich schnell ein.

Liam nickte, doch als der Wein kam und er Peter dabei zusah, wie er Lily ein Glas einschenkte, war er fest entschlossen, abzulehnen, falls er gefragt würde. Dylan hatte ihm erzählt, dass Lily die leere Whiskyflasche gefunden hatte, und seither wartete er darauf, dass sie irgendetwas dazu sagen würde. Bisher vergebens.

»Barsac. Möchtest du auch einen Schluck?« Peter sah ihn aufrichtig an. »Er ist gut. Was meinst du? Kannst du ein Gläschen vertragen?«

Liam entging nicht, wie Peter beim letzten Satz den Blick auf Lily richtete.

Er würde ihr zeigen, dass er immer noch Herr seiner selbst war und wusste, was er tat.

»Danke, aber ich glaube, ich halte mich besser an Wasser. Ach, und ich glaube, heute will ich mal so richtig über die Stränge schlagen: mit Kohlensäure!«

Er holte eine Plastikdose mit Tabletten aus der Tasche und stellte sie neben sein Weinglas, auf dass jeder sehen konnte, dass es diese Medikamente waren, die ihm diesen Abend und sein ganzes Leben versauten.

Von schlechtem Gewissen geplagt, stellte Lily ihr Weinglas wieder ab, obwohl sie so gerne davon getrunken hätte.

Das entging Liam nicht. Ein Teil von ihm wollte ihr sagen, sie sollte auf ihn keine Rücksicht nehmen und so viel trinken, wie sie wollte – ein anderer Teil fand es völlig in Ordnung, dass jemand sein Paria-Dasein mit ihm teilte. Es war dieser letzte Gedanke, der ihn aufmerken ließ. Was war denn bloß mit ihm los? Warum war er die ganze Zeit so schlecht drauf? Er zwang sich, seine Frau anzulächeln.

»Du brauchst nicht wegen mir nichts zu trinken.«

»Aber das ist doch irgendwie ungerecht ...«, wandte sie ein.

»Genau wie das Leben.«

Er nickte. Der Kloß im Hals verhinderte weitere Worte. Lily trank immer noch nicht.

Peter beobachtete die beiden.

Und wie immer rettete er die Situation mit einer Portion Humor.

»Also, wenn hier jemand einen Drink braucht, dann ja wohl ich. Seht euch mal meine Hände an, wie die zittern.« Er streckte die Hände aus. »Leute, ich rase auf die vierzig zu und komme mir vor wie ein Schuljunge! Ich bin das reinste Nervenbündel! Bin ich denn völlig bekloppt? Ich meine, ist ja nun beileibe nicht mein erstes Date ...«

Erleichtert stellten Lily und Peter fest, dass Liam wieder lächelte.

»Nein, aber es ist dein erstes Date, bei dem wir dabei sind. Weiß die Ärmste eigentlich, dass wir dich zwingen werden, sie in die Wüste zu schicken, wenn sie den Test heute nicht besteht? Und dir ist schon klar, dass du mir immer noch nicht erzählt hast, wo du sie eigentlich aufgegabelt hast, ja?«

Nur zu gerne erzählte Peter noch einmal die Geschichte ihrer ersten Begegnung.

Komisch, dachte Lily. Normalerweise wäre Liam doch der Erste gewesen, dem Peter sie erzählt hätte. Vielleicht war sie nicht die Einzige, der es derzeit schwerfiel, normal mit Liam zu kommunizieren.

Doch von Wendy zu erzählen, machte Peter nur noch nervöser. Auf seiner Stirn zeichneten sich Schweißperlen ab, seine Handflächen waren feucht. Lily sah, wie er sie sich an der Serviette abtrocknete und dann zum hundertsten Mal zur Tür sah.

»Ich muss mal eben für kleine Jungs.«

»Schon wieder?«, fragte Liam mit hochgezogener Augenbraue, und Peter schnitt eine Grimasse, als er sich erhob.

Lily sah ihm nach.

»Peter ist ja total aufgeregt. So habe ich ihn noch nie gesehen. Er ist doch sonst immer so unglaublich sachlich und vernünftig.«

»Ja, aber wenn ihm etwas wirklich wichtig ist, kann auch Peter mal nervös werden.«

»Und das heißt, dass ihm diese neue Freundin wirklich wichtig ist?«

»Glaube schon.«

»Was sie wohl für ein Mensch ist?«

Er zuckte mit den Schultern.

»Das werden wir ja gleich sehen.«

Sie schwiegen. Lily lauschte den Gesprächen an den Nachbartischen und nahm die Stille am eigenen Tisch überdeutlich wahr.

»Und, wie findest du das Restaurant?«, fragte sie schließlich, als ihr nichts Besseres einfiel.

»Nett.« Ein plattes, bedeutungsloses Wort.

»Es gehört Abi.«

Fragend sah er sie an.

»Freut mich, dass du eine Freundin gefunden hast.«

Er versuchte, sie anzulächeln. Sie hätte heulen können, als sie sah, welche Mühe ihn das kostete.

Lily gab auf. Sie schwiegen sich an, bis Peter an den Tisch zurückkehrte. Lily hatte ihren Wein immer noch nicht angerührt und tat, als würde sie noch einmal die Karte studieren. Liam starrte blicklos aus dem Fenster in die dunkle Gasse.

Es war eine mondlose Nacht. Da sie im Erdgeschoss saßen, konnte Liam das Meer nicht sehen, sondern nur Fenster und Dächer anderer Häuser sowie den dunklen Nachthimmel mit den schwarzen Wolken.

Sein Bein tat ihm jetzt schon höllisch weh – wie sollte das erst gegen Ende des Abends werden? Kurz entschlossen griff er nach seinen Schmerztabletten, nahm eine in den Mund, schnappte sich Lilys Glas und spülte die Pille mit einem Schluck Barsac herunter. Dabei ließ er Lily nicht aus den Augen. Fast schon wünschte er sich, dass sie ihn ertappen würde.

Doch sie sagte nichts.

Sie wusste genau, dass er das nur tat, um sie zu provozieren. Und genau darum würde sie nicht darauf reagieren und so tun, als wäre seine Aktion ihrer Aufmerksamkeit entgangen.

Sie hielt sich die Karte etwas länger als nötig vors Gesicht, um die Gefühle zu verbergen, die sein Verhalten in ihr auslöste. Sie wollte warten, bis ihre Wut so weit verflogen war, dass sie sich Liam wieder stellen konnte. Sie war fest entschlossen, Größe zu zeigen, denn schließlich konnte man ja verstehen, dass er sich so aufführte, oder? Doch als sie die Karte herunternahm und ihr Gesicht wieder innere Ruhe ausstrahlte, rumorte es in ihrem Bauch, und es dauerte eine Weile, bis sie begriff, dass eine ungeheure Wut in ihr aufstieg.

Wie konnte er es wagen, sie so zu behandeln?

Was hatte sie ihm angetan?

Womit hatte sie das verdient?

Ohne groß darüber nachzudenken, folgte Lily einem Impuls und schenkte Liam großzügig von dem Rotwein ein.

»Was soll das?«, fuhr er sie mit aufgerissenen Augen beleidigt an.

»Hast du dir verdient«, antwortete sie nur.

Ja, das hatte er sich verdient.

Sollte er doch da sitzen und das volle Glas anglotzen und sich aus reiner Boshaftigkeit beherrschen, nicht davon zu trinken, obwohl er nichts lieber täte. Sollte er sich doch zurückhalten, aber nicht aus Mitgefühl, wie sie, sondern aus Gehässigkeit. Dann würden sie schon sehen, wer am meisten damit zu kämpfen hatte.

Als Peter endlich an den Tisch zurückkehrte, war er ganz grau im Gesicht.

»Alles in Ordnung?«

»Ja, danke. Glaube schon. Sind bloß die Nerven.«

»Du hast doch gar keinen Grund, nervös zu sein.«

»Ich weiß, aber sie müsste längst hier sein«, stellte er verdrießlich fest.

Liam sah auf die Uhr und lächelte seinen Freund aufmunternd an.

»Na ja, was heißt ›längst‹? Sie ist erst ein paar Minuten über der Zeit.«

»Ja, aber normalerweise kommt sie niemals zu spät. Sie ist ein unglaublich pünktlicher Mensch. Mein Vater wird sie dafür lieben.«

»Und du liebst sie aus so vielen anderen Gründen.«

»Von Liebe ist noch gar keine Rede«, beeilte er sich, abzuwiegeln, wobei er auf den Tisch blickte und nicht verhindern konnte, dass seine Mundwinkel in Richtung Lächeln zuckten.

»Schon klar. Du bist nur bis über beide Ohren in sie verschossen«, meinte Liam.

»Allerdings.« Lily lächelte ihn an.

Peter sah zu ihnen auf und grinste nun über das ganze Gesicht, das gleichzeitig puterrot anlief.

»Sie ist etwas ganz Besonderes«, sagte er verlegen und sah dann abermals auf die Uhr.

»Ich hätte sie doch abholen sollen. Ich habe es ihr angeboten, aber sie wollte nicht. Hat gesagt, dass sie direkt von einer Kollegin hierherkommen würde und dass es albern wäre, wenn ich zu ihr fahren würde, weil das in der entgegengesetzten Richtung liegt.«

»Gib's zu, du wolltest sie doch bloß abfüllen, sie hinterher nach Hause fahren und dich da über sie hermachen«, zog Liam ihn auf.

»Das würde Peter niemals tun«, schritt Lily zu Peters Verteidigung ein. »Peter weiß, was sich gehört.«

»Im Gegensatz zu mir, ja?«

Lily war klar, dass er wieder versuchte, einen Streit vom Zaun zu brechen, und lächelte ihn daher einfach nur an, ohne auf seine Spitze einzugehen. Dann wandte sie sich wieder an Peter, um ihn zu beruhigen.

»Ich bin sicher, dass alles in bester Ordnung ist.«

»Ich hätte sie abholen sollen, aber sie wollte auf keinen Fall …«

»Sie wird jeden Moment hier sein …«

Und tatsächlich, wenige Minuten später öffnete sich die Tür, eine junge Frau trat ein, und Peters Gesicht strahlte mit einem

Mal viel heller und wärmer als alle Kerzen im Port Hole zusammengenommen.

Ihr strohblondes Haar war zu einem stufigen Bob geschnitten, der ihr weich bis gerade unters Kinn ging. Ihre winzige Stupsnase zierten helle Sommersprossen, und aus ihren riesigen grauen Augen beobachtete sie Liam und Lily mit einer Mischung aus Freundlichkeit, Hoffnung und Nervosität.

Sie trug ein Kleid, das Lily an die Kleider erinnerte, die ihre Mutter sie als Teenager gezwungen hatte anzuziehen: sehr feminin, mit Blumenmuster. Sie war unglaublich schüchtern, und der erste Teil dieses ohnehin etwas unbeholfenen Treffens begann mit gestammelten Begrüßungen sowie in der Aufregung an falschen Stellen landenden Küsschen. Lily konnte zunächst überhaupt nicht nachvollziehen, was ein Mann wie Peter über das hübsche Gesicht und die schlanke Figur hinaus an diesem linkischen, verängstigten Mädchen fand.

Doch nachdem sie binnen kürzester Zeit ein großes Glas Weißwein getrunken hatte, fing Wendy an, sich zu entspannen und sich in ihrer ganzen Schönheit zu entfalten. Es dauerte nunmehr keine zehn Minuten, bis Lily begriff, was Peter an ihr fand.

Sie hatte so etwas Unschuldiges an sich, etwas Unverbrauchtes und Makelloses, wie eine Knospe, die gerade im Begriff ist, ihre Blüte zu zeigen. Aber hin und wieder, wenn sie und Peter einander ansahen, konnte Lily auch etwas wunderbar Schelmisches in ihren Augen aufblitzen sehen.

Die Zungen lösten sich im Verlaufe des Essens, und bald wurde klar, dass Wendy einen äußerst subtilen, ansteckenden Humor hatte. Wenn sie lachte, musste man einfach mitlachen, und Lily, die Peter von Herzen wünschte, glücklich zu sein, war ganz angetan davon, wie Wendy ihn immer wieder berührte. Mal griff sie nach seiner Hand oder legte ihre auf seinen Arm, mal lehnte sie sich Schulter an Schulter an ihn, oder sie neigte den Kopf zu ihm hin.

Und Peters Augen leuchteten weiter mit den Kerzen um die Wette.

Doch je entspannter und redseliger Wendy wurde, desto stiller und in sich gekehrter wurde Liam.

»Alles in Ordnung?«, fragte Lily, als er das Gesicht verzog und auf seinem Stuhl herumrutschte.

»Jaja.« Er nickte. »Ich werde bloß ein bisschen steif ... Ich bin zwar dran gewöhnt, lange zu sitzen, aber nicht auf einem so unbequemen Stuhl ...«

»Soll ich nach einem weiteren Kissen fragen?«

»Nein ... ich möchte mich einfach nur ein bisschen bewegen ... Peter, würdest du mir mal eben in den Rollstuhl helfen, ich muss mal für kleine Jungs.«

»Klar.«

Als Peter aufstand und ihm in den Rollstuhl half, zwinkerte Liam Wendy zu.

»Ich muss eigentlich gar nicht, aber ich muss mal eben unter vier Augen mit Peter über dich reden.«

»Und ich dachte, nur Mädchen würden immer zu zweit aufs Klo gehen.« Lily sprang in einem Akt der Verzweiflung auf den Witzzug auf, lächelte ihren Mann an und staunte, als er lachte.

Kaum waren Peter und Liam verschwunden, nahm Lily Liams unberührtes Glas und goss seinen Inhalt in ihres. Wendy, die immer noch ganz ehrfürchtig vor dieser Frau war, von der Peter so begeistert erzählt hatte, wunderte sich und schwieg. Sie nippte an ihrem Weinglas.

Lily wartete, bis sie wieder hinter ihrem Glas auftauchte, und lächelte sie an.

Wendy verschluckte sich um ein Haar.

Lily konnte sich gerade noch beherrschen, aufzuspringen und ihr auf den Rücken zu klopfen. Stattdessen fragte sie lächelnd: »Sind wir wirklich so schrecklich?«

Wendy sah sie schuldbewusst an.

»Tut mir leid ... Aber ich hatte so eine Heidenangst davor, euch kennenzulernen.«

»Im Ernst?« Lily legte eine ordentliche Portion Mitgefühl in ihre Stimme, und die junge Frau dankte es ihr, indem sie einmal tief ausatmete und zu ihrer Beichte ansetzte.

»Ich war völlig durch den Wind …«, gestand sie.

»Aber warum denn?«

Wendy trank zur Stärkung noch einen Schluck Wein.

Lily schenkte ihr nach.

»Peter hat mir schon so viel von euch erzählt, ihr bedeutet ihm so viel …« Wendy verzog das Gesicht. »Das heißt, wenn ihr mich nicht mögt, habe ich ein Riesenproblem.«

Lily sah sie einen Moment verdutzt an, dann lachte sie.

»Ach, so ist das also! Kein Wunder! Glaubst du denn wirklich, dass unsere Meinung ihm so wichtig ist?«

Wendy nickte heftig.

»Peter hat nur in den allerhöchsten Tönen von euch gesprochen, von daher muss ich gestehen, dass ich ziemlich eingeschüchtert bin …«

»Na, dann konntest du ja jetzt feststellen, dass wir in Wirklichkeit gar nicht so toll sind. Und wir haben ganz bestimmt kein Wörtchen mitzureden, was die Frauen in Peters Leben angeht. Er hat schon so viele Freundinnen gehabt, denen ich nicht viel abgewinnen konnte, aber er hat sich nie von einer getrennt, nur weil wir unser Veto eingelegt hätten.«

Wendy blinzelte.

»*So viele* Freundinnen.«

»Na ja, Frauen umschwärmen ihn wie einen Schokoladenkuchen«, entgegnete Lily verschwörerisch. »Was Peter aber übrigens, das möchte ich sofort klarstellen, nie in irgendeiner Weise ausgenutzt hat. Er weiß, was sich gehört … ist ein richtiger Gentleman. O Gott, jetzt kann ich nur hoffen, dass du auf Gentlemen stehst … Heutzutage fliegen ja so viele Frauen auf die verruchten Typen …«

Wendy schüttelte entschieden den Kopf.

»Ich nicht. Ich habe keine Lust auf Spielchen.«

»Gut. Ich auch nicht.«

Die beiden Frauen sahen einander an, dann verzog Wendy entschuldigend das Gesicht. »Können wir noch mal von vorne anfangen … Ich war so darauf fixiert, dass ihr mich mögen müsst, dass … na ja … Ich war eigentlich gar nicht wirklich ich selbst, und jetzt haltet ihr mich wahrscheinlich für eine ziemlich dumme Nuss.«

»Ich halte dich nicht für eine dumme Nuss«, widersprach Lily freundlich. »Ein paar deiner kleinen grauen Zellen müssen ja intakt sein, wenn du gerne mit Peter zusammen sein möchtest.«

Wendy strahlte wie ein Honigkuchenpferd.

»Er ist doch einfach der Hammer, oder?«

Lily nickte. Auch ihr Lächeln wurde strahlender.

»Das freut mich zu hören. Und unter uns gesagt: Seit er dich kennengelernt hat, redet er quasi von nichts anderem mehr.«

»Wirklich?« Sie wirkte ehrlich überrascht und höchst erfreut.

»Ja, im Ernst. Obwohl es natürlich noch einen ganzen Haufen Detailfragen gibt, die ich dir gerne stellen würde.«

Wendy grinste.

»Was willst du wissen?«

»Na, alles«, antwortete Lily ebenfalls grinsend. Sie lachte.

»Das dürften wir in fünf Minuten abgehakt haben. Ich bin Lehrerin, wie Peter dir sicher schon erzählt hat, oder?«

Lily nickte.

»Ja, hat er, und er hat erzählt, dass du in Cornwall geboren bist.«

»Genau. In Tregavethen, in der Nähe von Truro. Das war, bevor die Industrie- und Gewerbegebiete anfingen, wie Pilze aus dem Boden zu schießen. Wir sind dort weggezogen, als ich sieben war.«

»Nach Manchester. Weiß ich von Peter.«

Wendy nickte.

»Meine Mutter und die Jungs leben immer noch dort, in Southport, aber mein Vater lebt jetzt in Südafrika.«

»Die Jungs?«

»Ich habe vier Brüder.«

»Vier?«, staunte Lily.

Sie nickte.

»Na ja, drei sind eigentlich nur Halbbrüder. Meine Eltern haben sich getrennt, als ich vierzehn war, und meine Mutter hat zwei Jahre später wieder geheiratet. Sie war ziemlich jung, als sie mich bekommen hat, und ihr Mann Adrian ist fünf Jahre jünger als sie. Er hatte noch keine Kinder.«

»Wow, vier Brüder?«, wiederholte Lily.

Wendy grinste.

»Yes. Vier. Nicholas ist sechsundzwanzig, Alexander fünfzehn, Adam zwölf, und James ist zehn.«

»Und wie alt bist du?«

»Achtundzwanzig.«

Warum kam ihr das so verdammt jung vor, sie war doch selbst nur wenige Jahre älter?

Als Lily achtundzwanzig war, war sie schon fast zehn Jahre mit Liam verheiratet gewesen.

Hatte sie zu jung geheiratet?

Sie waren so verliebt gewesen.

Lily stockte der Atem.

Waren gewesen?

Sie schüttelte diese Gedanken ab und konzentrierte sich wieder auf Wendy.

»Du bist also die Älteste.«

»Hmhm. Darum bin ich wahrscheinlich Lehrerin geworden. Ich bin es gewöhnt, mit einer Horde frecher Kinder umzugehen. Und du? Hast du Geschwister?«

»Nein, ich bin Einzelkind.«

»Genau wie ich.«

Sie sahen auf. Es war Peter, der sich wieder zu ihnen setzte.

»Obwohl Liam schon so etwas wie ein Bruder für mich ist.«

»Du liebst ihn wie einen Bruder, und trotzdem hast du ihn allein in der Toilette zurückgelassen?«, witzelte Lily und kaschierte damit ihre intuitive Sorge um Liam.

»Natürlich nicht.« Peter amüsierte sich. »Liam ist da drüben und schmeißt sich an eine der Kellnerinnen heran.«

Blitzschnell drehte Lily sich um und sah, wie die junge Spanierin, die sonst im Windenhaus arbeitete, Liam zum Tisch zurückschob.

»Das ist Anna. Sie arbeitet in Abis Galerie.« Lily staunte nicht schlecht, als sie die dunkle Schönheit nicht nur lächeln, sondern auch wie einen Wasserfall plappern sah. »Wo sind die sich denn über den Weg gelaufen?«

»Ach, die Kleine hat auf Spanisch vor sich hin geflucht und sich zu Tode erschrocken, als Liam ihr im Vorbeigehen antwortete.«

»Er spricht Spanisch?«, fragte Wendy.

Lily nickte.

»Er hatte drei Jahre Spanisch in der Schule, und als wir in den USA lebten, hatte die Firma, für die er arbeitete, viele Spanisch sprechende Kunden, sodass er noch mal einen Intensivkurs belegte. Er spricht die Sprache ziemlich gut, hat aber nur selten Gelegenheit, sie anzuwenden.«

Lily sah sich noch einmal nach den beiden um und staunte über die Gefühle, die sich in ihr regten.

Liam sah aus, als würde er sich wirklich amüsieren.

Wenn sie und er so miteinander umgehen könnten, wäre es ein perfekter Abend.

Annas älterer Bruder Marcello hatte mit sechzehn einen Motorradunfall gehabt und war seither von der Taille abwärts gelähmt. Er war jetzt sechsundzwanzig und verheiratet und hatte zwei großartige, schwarzäugige Söhne, in die Anna vollkommen vernarrt war. Marcello und seine Frau Jacy betrieben östlich von Barcelona ihre eigene Bar. Er hatte nie zugelassen, dass seine Behinderung sein Leben bestimmte oder gar ruinierte, und so war es für Anna und ihre Familie völlig normal geworden, ein Familienmitglied im Rollstuhl zu haben.

Das alles wusste Liam natürlich nicht. Ihm fiel nur auf, dass dieses spanische Mädchen tatsächlich mit *ihm* sprach und nicht versuchte, so zu tun, als habe sie das Monstrum, in dem er saß, gar nicht bemerkt. Natürlich hatte sie es bemerkt, aber erst, nachdem sie ihm ins Gesicht gesehen hatte. Und für sie war der Rollstuhl ganz offensichtlich einfach ein Teil von ihm und nichts Besonderes.

Sie fragte ihn, wo er so gut Spanisch gelernt hatte, und er erzählte ihr zunächst von seiner Zeit in den USA, ließ sich von ihren sanften, schlehenfarbenen Augen dann aber dazu verleiten, von den regelmäßigen Urlaubsreisen mit seinen Eltern zu erzählen. Sechs Jahre hintereinander waren sie immer an den gleichen Ort in Katalonien gefahren, als er noch klein war.

Seine Eltern hatten Spanien geliebt, und diese Liebe lebte in ihrem einzigen Sohn fort. Seit dem Tod seiner Eltern war er jedoch nicht mehr dort gewesen, aus Angst, der Zauber des Landes könnte mit seinen Eltern gestorben sein.

Doch während sie miteinander sprachen, war plötzlich alles wieder so präsent, und die lebhaften Erinnerungen taten gar nicht weh. Liam freute sich, als er erfuhr, dass Anna nicht nur den kleinen Ort Caldetes, in dem sie immer gewohnt hatten, kannte, sondern sogar sein Lieblingsrestaurant auf der Plaza Mayor, und dass dieses Lokal immer noch existierte und immer noch von derselben Familie betrieben wurde.

Liam hatte seit über zehn Jahren nicht mehr über diese Zeit in Spanien geredet, seine Kindheitserinnerungen hatte er immer ganz für sich behalten. Nicht einmal Lily wusste davon.

Annas Begeisterung und Herzenswärme hatten ihn angesteckt, und er versprach ihr, unbedingt irgendwann einmal nach Caldetes zurückzukehren. Auf diesen Gedanken war er vorher noch nie gekommen, aber auf einmal schien ihm dieses Vorhaben extrem wichtig zu sein.

Lächelnd kehrte er an den Tisch zurück, geschoben von einer lächelnden Anna.

Lily beobachtete die beiden und freute sich, dass es jemand geschafft hatte, den alten Liam hervorzuholen, und dass dieser alte Liam fürs Erste der Alte blieb: ausgeglichen, entspannt, freundlich. Sie wünschte sich nur so sehr, dass sie dem Geheimnis auf die Spur käme und selbst den Schlüssel zu seiner wankelmütigen Seele hätte.

Der Rest des Abends war sehr angenehm, aber auch kurz, denn Liam musste irgendwann einräumen, dass er nicht mehr länger bei ihnen am Tisch sitzen konnte.

Spontan schlug Lily vor, statt des Desserts noch einen Kaffee bei ihnen zu trinken.

Peter sah Liam fragend an.

»Von mir aus gerne«, entgegnete der entspannt. »Was meinst du, Lily?«

»Von mir kam doch der Vorschlag.«

»Stimmt. Na, dann ist ja alles klar. Magst du Schokolade, Wendy? Ich habe nämlich ungefähr achttausend Schachteln Pralinen zu Hause. Das ist einer der Vorteile, wenn man krank ist: Man erhält einen nicht enden wollenden Strom von Süßigkeiten und frischem Obst.«

»Ich liebe Schokolade.«

»Super. Ich glaube auch nicht, dass wir es gutheißen könnten, dass Peter sich mit jemandem zusammentut, der keine Schokolade mag. Also los, Schumacher, hilf mir in meinen Ferrari und schieb mich nach Hause.«

Lily kochte Kaffee, während Liam sein Pralinenlager plünderte.

Peter führte Wendy durch das Haus, dann setzten sich alle in Liams als Wohnzimmer dienendes Arbeitszimmer. Die beiden Frischverliebten saßen dicht nebeneinander auf dem Sofa, hielten Händchen und schauten sich sogar dann in die Augen, wenn sie eigentlich mit Liam oder Lily sprachen. Lily fiel auf, wie Peter Wendy immer dann, wenn er etwas sagte, ansah, als heische er nach ihrer Zustimmung. Sie war fast schon neidisch, als er Wendy in Lilys und Liams Anwesenheit sogar küsste. Und sie seufzte traurig und freudig berührt, als sie ihre Hände eng miteinander verflochten, weil schlichtes Händchenhalten ihnen nicht ausreiche.

Sie blickte zu Liam hinüber.

Wir waren auch mal so zueinander.

Wir haben uns mal gemocht. Uns begehrt.

Wir waren auch mal ganz selbstvergessen, wenn wir zusammen waren. Und aufgeregt.

Ach, wie schön doch eine junge Liebe war. Süß wie eine reife Frucht, makellos und unverdorben, voller naiver, schöner Hoffnungen, Aufregung, Vorfreude. Köstlich.

Der Anblick löste Sehnsüchte in ihr aus.

Auch Liam beobachtete die beiden.

Sein Herz zog sich schmerzhaft zusammen. Und dann spürte er, wie die chronischen Schmerzen in seinem Bein wie von Zauberhand verschwanden – sich einfach in Luft auflösten.

Er war immer völlig fasziniert, wenn das passierte.

Es passierte jetzt allerdings immer seltener, und eine Erklärung für das Phänomen war noch nicht gefunden worden.

Es war schön und schrecklich zugleich.

Sein Bein war dann immer taub, wie tot. Es schlief.

Und auch Liam nickte, endlich vorübergehend schmerzfrei, auf seinem Rollstuhl ein.

Behutsam weckten sie ihn wieder auf.

Es war ihm peinlich, in der Gegenwart seiner Freunde eingeschlafen zu sein, aber es gelang ihm, sich lachend zu entschuldigen. Dann bat er Peter, ihm ins Bett zu helfen.

»Tut mir leid, dass ich diesen wunderbaren Abend so abrupt beende«, sagte er, als er Wendys Hand zum Abschied schüttelte, »aber ich habe das Gefühl, dass es nur der erste von vielen war.«

»Das würde mich sehr freuen.« Lächelnd beugte Wendy sich zu ihm herunter und küsste ihn auf die Wange.

»Hmmmm. Du riechst nach Schokolade«, murmelte er, während er die Augen kaum noch offen halten konnte.

Wendy blieb stehen, wo sie war, bis die Männer den Raum verlassen hatten, dann setzte sie sich zu Lily auf die Fensterbank.

»Und? Habe ich bestanden?«, fragte Wendy betont unbekümmert, aber immer noch ein bisschen unsicher.

»Na ja. Grade so«, zog Lily sie auf.

»Hätte ich irgendetwas tun sollen? Sagen sollen? Fragen sollen?«

»Also, eine Sache hat mich schon gewundert.«

»Nämlich?«

»Dass du gar nichts über Liam wissen wolltest.«

»Gilt das als Versäumnis?«

»Na ja, die meisten Leute stellen immer gleich tausend Fragen, aber vermutlich hat Peter dir längst in epischer Breite erzählt, was passiert ist.«

»Ein bisschen schon, aber ich wollte das Thema nicht ansprechen. Ich denke mir, Liam hat die Nase voll davon. Ich meine, nach allem, was Peter mir erzählt hat, ist sein Zustand doch nur vorübergehend. Sein Unfall hat also im Grunde nichts damit zu tun, wer er ist, was für ein Mensch er ist, oder?«

Lily blinzelte.

Sie wusste nichts zu erwidern.

Sie hatte die Wahrheit gesagt.

Genauso sollte es eigentlich sein.

Aber sie ließen beide zu, dass sein Unfall, seine Verletzungen, nicht nur ihn, sondern auch sie beeinflussten. In viel zu hohem Maße.

Vielleicht sollte sie sich an Wendy ein Beispiel nehmen und Liam einfach wie den Mann behandeln, der er vor seinem Unfall gewesen war. Denn tief in seinem Inneren war er ja immer noch der gleiche Mensch. Das hatte er heute Abend gezeigt – hinter der ruppigen Fassade war er immer noch der gute alte freundliche, liebenswerte, witzige, kluge, großherzige Liam.

Als Peter und Wendy sich verabschiedet hatten, holte Lily tief Luft und betrat ganz leise Liams Schlafzimmer.

Sie war überrascht, dass er noch wach war.

»Hallo«, sagte sie leise. »Alles in Ordnung? Kann ich etwas für dich tun?«

Er ignorierte sie.

Lily verkniff sich ein Seufzen und versuchte es noch einmal, im gleichen Ton, nur etwas lauter, als hätte er sie nicht gehört.

»Kann ich etwas für dich tun, Liam?«

Schweigen.

»Du musst fix und fertig sein. Ich bin es jedenfalls. Also, bis morgen. Schlaf gut. Wenn du was brauchst, ruf einfach.«

Sie lächelte und ging.

Er ließ noch ein paar Sekunden verstreichen, ohne sich zu rühren.

Dann blinzelte er.

Er hatte auf ihr genervtes Seufzen gewartet.

Das Seufzen, das er jedes Mal hörte, wenn er sich so aufführte. Er wusste sehr wohl, dass er kindisch war, konnte aber einfach nichts dagegen tun. In ihm saß ein solcher Groll, dass er körperliche Übelkeit verspürte. Er bekam es selbst mit der Angst zu tun, als der Hass in ihm aufflammte, ein gegen alles und jeden gerichteter Hass, den er immer wieder an seiner Frau ausließ … Dabei wusste er doch, dass sie nicht die Ursache dieses Hasses war, er wusste, dass er irrational reagierte, er wusste, dass dieser Hass sich in erster Linie gegen ihn selbst richtete. Und dass Lily überhaupt nichts falsch gemacht hatte.

Dass er sie leiden ließ.

So, wie er leiden musste.

Seine Lily.

Wenn es je ein Mensch gewagt hätte, seine Lily so zu behandeln, wie er sie derzeit behandelte …

»Lily«, wollte er rufen, doch es wurde nur ein heiseres Flüstern.

»Lily!!«, versuchte er es noch einmal.

Dieses Mal waren kurz darauf schnelle Schritte im Flur zu hören.

»Was ist, Liam?«, fragte sie so besorgt, dass er sich gleich noch mehr schämte.

Er streckte ihr die Hand entgegen.

»Es tut mir leid.«

Sie zögerte kurz, bevor sie seine Hand ergriff, was völlig verständlich war, und doch versetzte es ihm einen Stich. Es schmerzte ihn so sehr, dass ihm die Worte, die er sich zurechtgelegt hatte, nun doch nicht über die Lippen kamen.

Sie setzte sich neben ihn, und sie hielten sich an den Händen, als wollten sie sich gegenseitig vor dem Absturz bewahren.

Es gab so viel zu sagen. Und doch schwiegen sie.

Bis Lily irgendwann das Schweigen brach.

»Er wird sie heiraten.«

»Woher willst du das wissen?«

»Ich weiß es einfach. Wir kennen Peter schon so lange. Er hat die Frau seines Lebens gefunden.«

»Da könntest du recht haben.«

Sie sah ihn mit unbewegtem Gesicht an. In ihrem Blick lag ein wenig Hoffnung.

»Na, das ist ja mal ganz was Neues, dass ich recht haben soll.«

»Kommt eben hin und wieder mal vor. Allerdings selten. So wie der Halleysche Komet.«

Aus seinem Blick sprachen Zuneigung und Wärme. Genug, um sie aus der Reserve zu locken und sie seine Hand zu ihrem Gesicht führen zu lassen. Mit geschlossenen Augen schmiegte sie ihre Wange an seinen Handrücken und genoss das wunderbare Gefühl seiner Haut auf ihrer.

»Ich mag dich eigentlich gar nicht fragen, aber ich möchte es so gerne wissen ...«, murmelte sie. »Du wirkst so ... so ...«

Ihr fehlten die richtigen Worte.

Ihm fielen jede Menge ein.

Verbittert.

Wütend.

Verletzt.

Nachtragend.

Schuldbewusst.

»Ich werde mich schon wieder aufrappeln«, antwortete er mit entschlossener, fester Stimme. Er wollte, dass dies die Wahrheit war. Obwohl der Schmerz doch so viel tiefer lag als in seinen gebrochenen Knochen.

Sie nickte erleichtert, drückte die Lippen auf seine Hand und wagte es dann, ihm noch eine Frage zu stellen. Eine nicht minder wichtige.

»Werden wir uns auch wieder aufrappeln?«

Er schwieg.

Sie schloss die Augen und hielt die Luft an wie ein Kind. Als sie sie wieder öffnete, sah er sie an. Ihm standen Tränen in den Augen. Flehentlich war sein Blick, wie eine Umarmung, die sein Körper ihm nicht gestattete.

»Warum hast du damals nie geweint, Lily?«

Sofort spürte er, wie sie sich zurückzog, wie sie ihre beiden Hände sinken ließ, ohne seine loszulassen.

Sie schaffte nicht mehr als ein heiseres Flüstern.
»Ich habe so viel geweint.«
»Aber nicht mit mir. Du hast nie mit mir geweint«, flüsterte auch er.
Sie konnte ihm nicht in die Augen sehen.
Es dauerte eine Weile, bis sie wieder daran dachte, zu atmen.
Dann fragte sie ihn noch einmal.
»Werden wir uns auch wieder aufrappeln?«
Er antwortete nicht.
Als Lily wieder zu ihm hinsah, war er vor lauter Erschöpfung eingeschlafen.

Vier Stunden später wachte er von den hämmernden, bohrenden und stechenden Schmerzen in seinem Bein wieder auf. Lily war fort.

19

Die Tür des Rose Cottage öffnete sich jeden Morgen zur gleichen Zeit. Man konnte die Uhr danach stellen. Um halb neun trat sie heraus, durchschritt den kleinen Vorgarten, passierte das Törchen und bog nach rechts ab. Obwohl die Strecke über die Landzunge zum Weststrand viel schöner war, wandte sie sich immer gen Osten und ging in den Ort.

Abi hatte ihm erzählt, was sie über Liams Unfall wusste, und sich darüber ausgelassen, wie schwer Lily es hatte. Seine Mutter war ganz offensichtlich begeistert von Lily Bonner, sie hatte sie fest ins Herz geschlossen und würde das sicher auch mit ihrem Mann Liam tun, sobald sie ihn kennenlernte.

Ja, es war sicher nicht einfach für die beiden. Nathan hatte in der weiten Welt schon mehr als genug Angst und Entbehrung gesehen, und es gab etwas in Lilys Blick, das ihn daran erinnerte. Als würde sie seelisch verhungern.

Er mochte Lily. Sie sah immer so allein aus. So einsam.

Vielleicht spazierte sie deshalb immer ins Dorf hinunter statt in die Einöde der Landzunge.

Driftwood Cottage war das letzte Haus im Ort, es stand recht isoliert und war von einem halben Hektar Garten und einem Hektar Feldern umgeben. Abi behauptete immer, sie liebe die Einsamkeit, aber Abi lebte ja auch nur im Sommer hier, wenn in Merrien Cove etwas los war und ihre Freunde in der Nähe waren.

Seine Mutter hatte ihm erzählt, Lily sei erst kürzlich von London hierhergezogen.

Nathan hatte während seines Studiums drei Jahre in London gelebt und über die riesigen Unterschiede zwischen der Hauptstadt und der Provinz gestaunt. Natürlich ist theoretisch jedem klar, dass Stadt und Land nicht das Gleiche sind, aber die Praxis sieht dann doch noch mal ganz anders aus … In London herrschte rund um die Uhr Betriebsamkeit. In Cornwall machten selbst die Immobilienmakler am Wochenende zu.

Er hatte die Zeit in der Großstadt genossen, viele seiner Freunde lebten und arbeiteten immer noch dort, aber er war nie versucht gewesen, in London sesshaft zu werden. Wenn er auf Großstadtentzug war, behalf er sich mit wohldosierten und eher seltenen Übernachtungsbesuchen bei seinem Freund in Soho. Zuhause fühlte er sich aber – wie seine Mutter – eigentlich nur im Driftwood Cottage in Merrien Cove.

Dort war ihm alles so vertraut. So bequem.

Und er hatte sein Studio. Er liebte es, in ihm zu arbeiten. Seit Jahren schon dachte er darüber nach, sich ein größeres Studio einzurichten. Bei seinem letzten Besuch in New York hatte er sogar überlegt, sich dort ein Loft zu kaufen, doch hatte bisher immer der letzte Kick gefehlt, um sich endgültig für hier oder dort zu entscheiden. Merrien Cove war der einzige Ort, an den er regelmäßig unregelmäßig zurückkehrte – und darum bewahrte er alles, was er brauchte, hier auf.

Die meiste Zeit war er ohnehin auf Achse, und das gefiel ihm. Es gab jenseits seines eigenen Erfahrungshorizontes so vieles zu entdecken.

Deshalb wollte er Patrick Cooper, den ruppigen Journalisten, auch gerne nach Neuguinea begleiten, das hatte er bereits entschieden.

Aber aus irgendeinem unerfindlichen Grund hatte ihm Nathan am Telefon gesagt, er brauche, bevor er endgültig zusagen könne, noch ein, zwei Tage, um einige persönliche Angelegenheiten zu regeln. Zwar deutete Cooper vage drohend an, sich einen anderen Fotografen zu suchen, aber Nathan wusste genau, wie gerne Cooper ihn und niemand anderen für das Projekt gewinnen wollte.

In diesem Punkt war Nathan mit einer unerschütterlichen Selbstsicherheit gesegnet. Er wusste, dass er gut war. So, wie er wusste, dass er laufen konnte. Punkt, aus. So war das. Vollkommen natürlich.

Seine innere Uhr hatte sich noch immer nicht ganz an die britische Zeit gewöhnt, und so kam es, dass er seit vier Uhr morgens wach und seit sechs Uhr an der Arbeit war.

Und nun stand er mit der Kamera in der Hand an der äußersten Kante der Steilküste, ganz in der Nähe des sich in den Ort hinunterwindenden Wanderweges.

Er redete sich ein, den perfekten Sonnenaufgang fotografieren zu wollen, doch die Sonne war längst aufgegangen, und er stand noch immer an seinem Posten. In Wirklichkeit wartete er auf Lily, das wusste er. Er wusste nur nicht genau, warum.

Es hatte nach einem warmen Tag ausgesehen, als er aus dem Haus ging, aber inzwischen war ihm die Feuchtigkeit in die Kleidung und danach bis in die Knochen gekrochen.

»Idiot«, beschimpfte er sich selbst und wollte gerade gehen, als er das Quietschen des Gartentors von Rose Cottage hörte. Er blieb stehen und wartete, bis Lily in Hörweite war.

»Guten Morgen.«

Sie machte einen Satz zur Seite, als hätten die Worte sie buchstäblich umgehauen, fing sich dann aber und lachte ihn etwas unbeholfen an.

»Tut mir leid, Sie müssen mich für überirdisch schreckhaft halten, aber ich mache diese Runde jeden Tag, und hier oben ist mir so gut wie noch nie jemand begegnet.«

»Ich weiß.«

»Was wissen Sie?«

»Dass Sie jeden Tag hier Ihre Runde machen. Ich habe Sie beobachtet. Tut mir leid, ist eine schlechte Angewohnheit von mir, nehmen Sie es bitte nicht persönlich. So bin ich. Immer auf der Suche nach dem perfekten Motiv.«

»Klingt ja fast wie in einem Krimi.« Ihr scheues Lächeln verriet ihm, dass sie ihm verziehen hatte, und ermunterte ihn, den Faden weiterzuspinnen.

»Sie krönen meine Suche mit Erfolg.«

Sie schnaubte und machte eine wegwerfende Handbewegung.

»Ich bin noch nie besonders fotogen gewesen.«

»Irrtum. Glauben Sie mir, ich bin Experte.«

»Mag sein.« Sie dachte über seine Einschätzung nach, als sei ihr diese Möglichkeit nie in den Sinn gekommen. »Aber ich lasse mich einfach nicht gerne fotografieren. Ich komme mir doof dabei vor.«

»Aber jeder muss sich doch mal fotografieren lassen. An Geburtstagen ...«

Sie schüttelte den Kopf.

»Weihnachten?«

»M-m.«

»Nicht mal bei Ihrer Hochzeit?«

»Da habe ich die ganze Zeit den Schleier vorm Gesicht gelassen. Selbst beim Empfang.«

»Das ist nicht Ihr Ernst?«

»Stimmt. Ich hatte gar keinen Schleier. Nicht einmal ein Kleid. Oder zumindest nicht den Traum in Weiß. Ich hatte ein blaues Sommerkleid mit Gänseblümchenmuster an, das ich für fünfzehn Dollar im Second-Hand-Laden erstanden hatte, und Liam, mein Mann, trug Jeans. Wir waren nicht gerade das glamouröseste Brautpaar.«

Automatisch fasste er sich an die eigene zerschlissene Jeanshose. »Fünfzehn Dollar? Sie haben also in Amerika geheiratet?«

Sie wirkte leicht zerknirscht, wie sie sich auf die Lippe biss und nickte.

»In Las Vegas. Total peinlich, oder?«

»Nein.«

Sie schwiegen kurz, dann fragte sie:

»Sind Sie verheiratet?«

Er schüttelte den Kopf.

»Waren Sie's mal?«

»Nö.«

»Wären Sie es gerne?«

»Vielleicht. Eines Tages.«

»Wenn Sie die richtige Frau gefunden haben.«

»Ja, genau.«

Sie sahen einander an, dann nickte sie und ließ den Blick Richtung Dorf wandern.

»Na ja, ich muss dann mal weiter, ich muss etwas besorgen.«
»Ich auch«, log er. »Haben Sie etwas dagegen, wenn ich Sie begleite?«
Sie zuckte mit den Schultern.
»Nein, wieso sollte ich?«
Er wusste nicht recht, warum er sie begleiten wollte, und genauso wenig wusste er, warum er sich eigentlich so für sie interessierte. Sie hatte irgendetwas an sich, so viel wusste er, etwas … Er kam noch nicht drauf, aber es faszinierte ihn. Es war ihr Blick, der ihm gefiel. Wie sie ihn ansah. Oder vielmehr, wie sie ihn nicht ansah.

Er war nicht eitel, aber er wusste sehr wohl, dass die meisten Frauen ihn attraktiv fanden, und die meisten ließen sich so von seinem Aussehen ablenken, dass quasi kein vernünftiges Gespräch mehr möglich war. Entweder gerieten sie ins Stottern, oder sie flirteten ganz offensiv. Das konnte hin und wieder ganz nett sein, aber im Prinzip hatte er – dafür hatte seine Mutter gesorgt – großen Respekt vor den Frauen, er mochte diese wundersamen Wesen wirklich, und manchmal wollte er sich einfach nur gut mit ihnen unterhalten.

Lily, so schien es, übersah vollkommen, dass er ein attraktiver Mann war. In ihren Augen war er einfach nur ein Mensch, und das gefiel ihm.

»Wo haben Sie denn heute Ihren Hund gelassen?«
»Ach, das ist gar nicht meiner, der gehört« – Lily stockte und überlegte, welche Bezeichnung für Dylan wohl angemessen war und am wenigsten erklärungsbedürftig – »einem Freund«, sagte sie schließlich etwas lahm.

Zu ihrer Erleichterung fragte er nicht weiter nach.
»Sind Sie oft hier?«, erkundigte sie sich, und er freute sich über ihre Redseligkeit.
»So oft es geht. Die Gegend hier hat irgendetwas an sich, was mich früher oder später immer wieder magisch anzieht.«
»Und wie lange sind Sie dieses Mal hier?«
Er zuckte mit den Schultern.
»Weiß ich noch nicht genau.«

»Abi hat mir erzählt, dass Sie viele Fernreisen unternehmen.«
Er lächelte.
Witzig, wie gewählt sie sich ausdrückte.
»Ich unternehme viele Fernreisen«, wiederholte er und staunte, als sie sofort begriff, was er meinte, und anfing zu lachen.
»Klingt doch besser als ›Sie kommen ganz schön rum‹, oder?«
Jetzt war er es, der lachte.
Während Lily Brot, Milch, Eier und etwas von dem dicken Hinterschinken zusammensuchte, von dem sie wusste, dass Liam und Dylan ihn so gern mochten, stöberte er in den Zeitschriften und informierte sich darüber, was seine Kollegen und Konkurrenten so trieben. Als sie sich auf die Kasse zubewegte, entschloss er sich, eine wahllos gegriffene Illustrierte und eine große Tafel Schokolade für Abi zu kaufen.
Lily machte große Augen, als sie das Heft in seiner Hand sah.
»Ist da was von Ihnen drin?«
Er schüttelte den Kopf.
»Nicht in dieser Ausgabe.«
»Es war aber schon mal was von Ihnen drin?«
Er nickte.
»Schon öfter?«
Wieder nickte er und lächelte bescheiden.
»Ich bin beeindruckt.«
»Ach was.«
Sie drehte sich um, und er folgte ihr aus dem Laden. Sie blieben kurz blinzelnd stehen, bis ihre Augen sich an das helle Tageslicht gewöhnt hatten. Seufzend sog Nathan die frische Meeresluft ein, die Erinnerungen an eine glückliche Kindheit in ihm weckten.
»Leben Sie gerne hier?«, fragte er sie, als sie wieder den Wanderweg ansteuerten. Er konnte sich nicht vorstellen, dass es jemandem hier nicht gefallen könnte.
Er sah ihr an, dass sie sich irgendwie verpflichtet fühlte, ja zu sagen, in Wirklichkeit aber lieber etwas ganz anderes antworten wollte.
»Mir können Sie es ruhig sagen. Wir werden Sie nicht von

hier verbannen, bloß weil Sie zugeben, dass es Ihnen hier nicht gefällt.«

»Es geht so.«

»Sie meinen, das hier geht so?«

Er machte eine ausladende Armbewegung zum Horizont, wo sich der eisblaue Himmel mit den zarten grauen Wolken über das aufgewühlte Meer wölbte.

»Nein, das ist spektakulär. Aber ich rede nicht nur von der Landschaft.«

Und da verstand er.

»Nur weil man eine gute Aussicht hat, muss man sich in einem leeren Zimmer noch lange nicht wohlfühlen, richtig?«

Sie antwortete mit dem wehmütigsten Lächeln, das er je gesehen hatte. Doch dann war es, als schlösse sich eine Tür, und sie legten den Rest des Weges schweigend zurück.

Als sie Rose Cottage erreichten, setzte Lily ein förmliches Lächeln auf und sagte nur noch knapp: »So, da wäre ich«, bevor sie das Gartentörchen öffnete.

Ohne ein weiteres Wort und ohne sich noch einmal umzusehen, ging sie ins Haus.

Ihm war klar, dass ihr Verhalten nichts mit Unhöflichkeit zu tun hatte, sondern damit, dass er einen wunden Punkt getroffen und sie sich daraufhin zurückgezogen hatte.

Lily Bonner war wie ein exotischer Fisch, ein wunderschöner, in bunten Farben schillernder Fisch, der sich in den Korallenriffs im Indischen Ozean tummeln sollte, aber irgendwie im kalten Atlantik bei den Wolfsbarschen gelandet war, wo seine Farben immer mehr verblassten und er ums Überleben kämpfte.

Selbst überrascht von diesem abstrusen Vergleich schüttelte er den Kopf und lachte dann laut auf, als er sich vorstellte, was seine Mutter wohl sagen würde, wenn ihr jemals zu Ohren käme, dass er sie mit einem Wolfsbarsch verglichen hatte.

20

Am nächsten Tag hatte Liam einen Termin bei den Physiotherapeuten im Krankenhaus, und Lily hoffte, dass er nichts dagegen hatte, wenn sie mitfuhr. Sie wollte mit eigenen Ohren hören, was man dort zu seinen Fortschritten sagte. Sie war sich sicher, dass die Version, die sie ansonsten von Dylan zu hören bekam, von dessen Optimismus schöngefärbt war.

Doch als sie so weit fertig war, waren die beiden Männer längst abfahrbereit und wollten ohne sie los.

»Wir frühstücken unterwegs«, erklärte Dylan. »Aber Reef würde dir sicher gern Gesellschaft leisten.«

»Ein Ei oder zwei, Reef?« Lily versuchte ihre Enttäuschung zu überspielen.

»So viel, wie der Hund frisst, würde ich eher ein oder zwei Dutzend einplanen«, scherzte Liam, während er sich unter Mühen aus seinem Zimmer rollte. »Komm schon, Dyl, hilf mir mal eben. Ich brauche meine Kräfte noch in der Folterkammer.«

»Folterkammer?«

»Mhm, diese Physiotherapisten sind von Torquemada höchstpersönlich geschult.«

»Soll ich mitkommen?«

»Damit es für meine rituelle Erniedrigung noch mehr Zeugen gibt? Nein, danke. Außerdem komme ich ja ganz gut damit klar. Wie lautet das Motto, Dylan?«

Die beiden sahen sich an und sagten dann unisono:

»Was nicht tötet, härtet ab.«

»Bis später, Lily.«

»Ja, bis später, Lil.«

Und damit rauschten sie ab.

Sie brachte es fertig, für die Zubereitung, das Essen und das Aufräumen des Frühstücks eineinhalb Stunden aufzuwenden.

Gerade als sie wieder einmal die Gartenhandschuhe in der Hand hielt, eingehend betrachtete und sich überlegte, sie endlich anzuziehen und sich dem Rosengarten zu widmen, durchschnitt ein fürchterliches Schrillen die Stille.

Lily hörte es zum ersten Mal und kam deshalb erst nach einem Moment der Verwirrung darauf, dass es die Türklingel war, die sie gerade aus ihrer gedanklichen Debatte gerissen hatte.

Es dauerte einen weiteren Moment, bis sie begriff, dass der Mann, der vor der Tür stand und ihr irgendwie bekannt vorkam, Duncan Corday war.

»Hallo.« Er lächelte.

Seine weißen Zähne blitzten auf.

Misstrauisch beäugte Lily ihn und lächelte ihn freundlicher an, als sie eigentlich wollte.

Woraufhin sich sein Lächeln intensivierte.

»Ich wollte Liam besuchen. Wenn er Besuch haben möchte. Wahrscheinlich hätte ich vorher anrufen sollen ...«

»Er ist nicht da«, teilte sie ihm knapp mit.

»Nicht da?« Erstaunt sah er sie an.

Angesichts Liams desolaten Gesundheitszustandes konnte Lily Cordays Verwunderung über diese Nachricht eigentlich gut verstehen.

»Physiotherapie«, erklärte sie.

Betretenes Schweigen.

Langes betretenes Schweigen.

Und dann erschlug er sie fast mit einem riesigen Strauß Blumen, den er hinter seinem Rücken hervorzog.

»Na, die hier sind jedenfalls für Sie ...«

»Oh, danke ... die sind aber schön.«

Dann schwiegen sie wieder, und Lily hoffte inständig, er möge sich jetzt verabschieden und verschwinden. Sie wollte nicht unhöflich sein, aber ihm doch signalisieren, dass er nicht gerade willkommen war.

Die Botschaft kam möglicherweise an, da er anfing, von einem

Fuß auf den anderen zu treten, aber gehen wollte er offensichtlich nicht, denn sein Lächeln wurde nur noch breiter.

»Ist er den ganzen Tag weg?«

Wie gerne hätte sie Ja gesagt. Wie gerne hätte sie behauptet, Liam würde erst gegen Abend wiederkommen, aber sie konnte noch nie gut lügen. Höchstens verschweigen. Oder verdrängen.

»Normalerweise ist er kurz nach Mittag wieder da.«

Corday sah auf die Uhr.

Lily wusste, dass es bis Mittag nicht mehr lange hin war.

Eigentlich wollte sie es wirklich nicht sagen, aber wie das manchmal so war, purzelten ihr auch jetzt ganz einfach die Worte aus dem Mund, die der Anstand gebot.

»Möchten Sie auf ihn warten?«

»Gerne.«

Duncan Corday folgte Lily in die Küche, wo er seine schwere Barbourjacke über einen Stuhl hängte. Dabei fiel ihm das Handy aus der Tasche, und Lily ging in die Knie, um es aufzuheben.

Durch den Aufprall war das Display aktiviert worden, es zeigte ein Foto als Hintergrund. Eine junge Frau mit langen blonden Haaren und einem strahlenden Lächeln. Ihre Gesichtszüge ähnelten denen Duncan Cordays, waren aber etwas weicher und feiner.

»Das ist meine Tochter Isabella«, erklärte er.

»Sie ist wunderschön.«

»Ja, nicht?« Er nickte und betrachtete das Bild. »Und intelligent noch dazu. Sie hat in Cambridge Kunstgeschichte studiert.«

Irgendwie kam Lily die Frau bekannt vor.

»Kunstgeschichte?«, fragte Lily, als sie ihm das Handy reichte. Vielleicht waren sie sich schon einmal irgendwo begegnet.

»Hat mit Bestnote abgeschlossen«, erzählte er. »Sie arbeitet jetzt in einem privaten Museum in Paris.«

»Wie alt ist sie denn?«

»Siebenundzwanzig. Lebt jetzt seit sechs Jahren in Paris und ist immer noch restlos begeistert. Spricht inzwischen fließend Französisch. Ich weiß nicht, wie wir sie zurück nach England locken sollen.«

»Kann ich verstehen. Liam und ich kennen Paris recht gut.«
Lily lächelte bei der Erinnerung an die alten Zeiten. »Da haben wir uns nämlich seinerzeit kennengelernt, und darum fahren wir oft zu unseren Jahrestagen wieder hin ... Sie wissen schon.«

»Ja, richtig, das hat Liam Isabella auch schon erzählt.«

Lily runzelte die Stirn.

»Die beiden kennen sich?«

Corday nickte.

»Letztes Jahr, bevor Sie hierhergezogen sind. Isabella hatte sich eine längere Pause gegönnt, um zu Hause Zeit mit ihrer Mutter zu verbringen. Sie hatte in den letzten Jahren einfach so viel um die Ohren ... Zum ersten Mal seit ihrem Umzug nach Paris haben wir Weihnachten zusammen gefeiert ...« Während er so von seiner Tochter sprach, entspannten sich seine harten Gesichtszüge etwas, und er wirkte viel menschlicher und weniger skrupellos.

Reefer, der vor dem Kamin lag und sich von der Türklingel nicht weiter hatte stören lassen, öffnete nun, da er eine fremde Stimme in der Küche hörte, immerhin das eine Auge. Nach einer kurzen Beobachtungszeit erhob er sich, streckte sich ausgiebig, trottete zu Duncan Corday und stupste dessen Hand mit der Schnauze an.

Das Gespräch verstummte, doch Corday machte noch immer keine Anstalten, zu gehen. Dass Reefer den ungebetenen Gast offenkundig akzeptierte, beruhigte Lily, und sie besann sich darauf, nicht weiter zu überlegen, wie sie den Mann schnellstmöglich loswerden könnte. Selbst in der Einöde galten gute Manieren ja etwas.

»Möchten Sie etwas trinken?«

»Ja, gerne.«

Lily sah auf die Uhr. Sollte sie ihm jetzt Kaffee oder etwas Stärkeres anbieten? Er kam ihr zuvor, indem er sagte: »Eine Tasse Tee könnte ich jetzt gut vertragen.«

Tee? Sie war überrascht.

Tee kam ihr für einen Mann wie Corday irgendwie zu ... zivilisiert vor.

Sie hätte erwartet, dass er einen Kaffee trinken wollte oder sogar einen Whisky mit Eis.

»Haben Sie bestimmte Vorlieben?«

»Was Tee angeht? Was haben Sie denn anzubieten?«

»Ceylon, Earl Grey, Assam Lady Grey, English Breakfast ... Um nur ein paar zu nennen. Ich habe einen kleinen Tee-Tick ...« Sie öffnete den Küchenschrank und zeigte auf die vielen verschiedenen Schachteln und Dosen.

»Na, da haben wir ja was gemeinsam.« Er musste lachen, als er ihr Gesicht sah. »Ja, ich bin nun mal in Indien geboren und aufgewachsen, bis ich dreizehn war. Daher auch mein dunkler Teint. Auch wenn viele etwas anderes behaupten, er ist das Ergebnis einer unter der Sonne von Orissa verbrachten Kindheit.«

Er freute sich, sie lachen zu sehen.

Und sie ertappte sich dabei, dass dieses Lachen auf seine Kosten ging.

»Ich hätte gerne einen Darjeeling.« Er streckte sich über sie hinweg und holte die Schachtel aus dem Schrank.

Sie konnte sein Aftershave riechen, so nah war er ihr. Der Duft war irgendwie berauschend, aber auch sauber und frisch. Dazu mischte sich ein Hauch von Lanolingeruch, der in seinem Lammwollpullover hing.

Er roch gut.

Auch das überraschte sie. Aber was in aller Welt hatte sie denn auch erwartet? Dass er nach Höllenfeuer und Schwefel roch?

Sie rief sich in Erinnerung, dass sie diesen Mann doch eigentlich gar nicht kannte. Und während sie Wasser aufsetzte, den Tee vorbereitete und Kekse bereitstellte, setzte er sich an den Küchentisch und redete. Dabei kraulte er Reefer mit seiner großen, gepflegten Hand liebevoll den Kopf, und als sie den Tee servierte, seufzte er so glücklich, als habe er sich gerade in ein bequemes, vorgewärmtes Bett gekuschelt.

»Bei der Arbeit kriege ich immer nur dieses Baustellengebräu in beschädigten Bechern vorgesetzt. Es ist wirklich schön, mal mit jemandem zusammenzusitzen, der weiß, dass eine gute Tasse Tee durchaus mit einem guten Glas Wein vergleichbar ist.«

Er hob die Tasse und schnupperte genießerisch an dem aufsteigenden, aromatischen Dampf.

»Wunderbar. Und auch eine ganz wunderbare Küche ...« Anerkennend sah er sich in Lilys Domäne um.

»Im Vergleich zu Ihrer?«, platzte es aus ihr hervor.

»Sie haben eine richtige Küche, Lily, eine warme und einladende Küche, mit einem Kamin, vor dem ein Hund schläft und einer Hintertür in den Garten, neben der diverse Stiefel stehen. Nicht irgend so eine hochtechnisierte Vorzeigeküche, in der man nicht mal die freie Sitzplatzwahl hat, weil sonst das Feng Shui gestört werden könnte ...«

»Aber Ihre Küche ist wunderschön.«

»Ja, ästhetisch gesehen ist sie das natürlich, aber erst eine funktionale und gemütliche Küche ist für mich wahrhaftig schön. Mir gefällt Ihre Küche hier viel besser als unsere. Ich würde lieber einen ganzen Nachmittag hier an Ihrem Küchentisch verbringen und Tee trinken, als mich mit angelegten Ellbogen kerzengerade auf einen der Designerhocker zu setzen, die meine Frau vor unserem Frühstückstresen arrangiert hat. Alles, was ich bisher vom Haus gesehen habe, ist wirklich toll, Lily, und wie ich höre, haben Sie das meiste davon selbst gemacht, richtig? Glauben Sie mir, ich weiß genau, wie viel hier zu tun war, Liam hat mir das Haus ein paar Mal gezeigt, bevor Sie hierherzogen. Eigentlich schade, dass wir Sie da noch nicht kannten, Lily, Weihnachten herrscht immer ziemlich viel Trubel bei den Cordays, sie hätten so viele nette Menschen kennenlernen können. Glauben Sie mir, wenn man uns erst mal etwas besser kennt, sind wir gar nicht so schrecklich ... Ich hoffe, die Gelegenheit wird sich ergeben, wenn es Liam wieder besser geht.«

Eigentlich war seine kleine Ansprache ja richtig nett, sie war auch gar nicht gekünstelt, herablassend oder irgendwie peinlich. Wenn Lily ganz ehrlich war, freute sie sich beinahe über seine Gesellschaft.

Beinahe.

Aber gut, vielleicht hatte sie sich wirklich in ihm getäuscht.

Schließlich war sie ihm gegenüber nicht gerade unvoreingenommen. Er hatte ihren Mann extrem vereinnahmt und ihn ihr gewissermaßen weggenommen.

Liam hatte immer nur in den höchsten Tönen von Corday gesprochen, und das hatte sie wiederum geärgert, weil sie sich nun mal entschlossen hatte, einen schlechten Eindruck von ihm zu haben.

Liam war eigentlich ein guter Menschenkenner.

Und das war Reefer auch. Er lehnte jetzt vertrauensvoll an Cordays Bein.

»Toller Hund«, sagte er, als er ihren unbewussten Blick Richtung Hund bemerkte.

Warum überraschte es sie, dass er Hunde mochte?

Wahrscheinlich, weil sie davon ausgegangen war, dass er kein Mann war, der viel für Tiere übrig hatte.

»Er gehört Dylan ...«, hob sie an.

»Dylan?«

Lily hatte vollkommen vergessen, dass Dylan durch Cordays Vermittlung zu ihnen gekommen war. Und dass Duncan Corday und Dylan sogar entfernt miteinander verwandt waren. Für sie hatte der junge Mann mit dem sonnigen Gemüt überhaupt nichts mit diesem vermeintlich bärbeißigen Herrn mittleren Alters zu tun.

Sie nickte. Gott, war ihr das peinlich.

»Und wie klappt es mit Dylan?«

»Ach, er ist ein Geschenk des Himmels«, antwortete sie aus tiefster Seele. »Ich weiß gar nicht, wie wir vorher ohne ihn zurechtgekommen sind. Das heißt ... wir sind überhaupt nicht zurechtgekommen, also vielen, vielen Dank noch mal ...« Sie brach ab, als ihr peinlich bewusst wurde, dass sie bisher nie darauf gekommen war, sich mal bei ihm für seine Hilfe zu bedanken.

Sie war so darauf fixiert gewesen, ihm die Schuld an allen möglichen Entwicklungen zu geben, dass in ihren Augen alles, was er für sie tat, quasi das Mindeste gewesen war. Sie hatte unterstellt, dass seine Hilfsbereitschaft lediglich ein Ausdruck seines schlechten Gewissens war und er darum kein besonderes Lob oder gar Dank verdiente. Wenn sie jetzt aber endlich mit den Schuldzuweisungen aufhörte und nüchtern darüber nachdachte, ging ihr auf, dass all das gar nicht auf Duncan Cordays Rechnung ging. Zwar gehörte die Gerüstbaufirma zu seiner Holding, aber er war schließlich nicht selbst mit Restalkohol und einem stattlichen Kater zur Arbeit erschienen, wo er dann nicht bemerkte, dass einer der Bolzen kaputt war.

»Das freut mich ... Ich war mir ja nicht so sicher, wenn ich ehrlich sein soll. Als Isabella ihn ins Spiel brachte, hielt ich das für eine komplette Schnapsidee ... Sie hatte schon immer eine Schwäche für ihn, hat seine schlechten Seiten ausgeblendet und sich auf die guten konzentriert ... Sie hat gesagt, ich würde schon sehen, wie gut das passen würde, und sie hat wieder einmal recht behalten.«

»Es war der Vorschlag Ihrer Tochter, Dylan zu uns zu schicken?«

Corday nickte stolz.

»Sie fand, so ein junger Mann sei besser für Liam als irgendeine berufsmüde Haushaltshilfe.«

Lily atmete kräftig aus.

Woher wollte Duncan Cordays Tochter wissen, was gut für Liam war?

Diese Frau, von der Lily heute zum ersten Mal gehört hatte?

»Die beiden kennen sich wohl recht gut? Ihre Tochter und mein Mann ... Mir gegenüber hat er sie noch nie erwähnt.«

Falls er den leicht ängstlichen, aber auch spitzen Unterton in ihrer Stimme gehört hatte, ignorierte Corday ihn. Er zuckte nur mit den Schultern und nahm sich einen Schokokeks. »Nein, ich würde nicht sagen, dass sie sich besonders gut kennen. Sie haben in der Zeit, in der Isabella bei uns war, bloß ein paar Mal beim Abendessen nebeneinander gesessen. Aber wenn Sie mich fragen, sind die beiden sich sehr ähnlich, irgendwie seelenverwandt, und sie dachte sicher, wenn sie und Dylan sich gut verstehen, dann müssten Liam und Dylan sich auch gut verstehen. Aber jetzt sagen Sie mal«, wechselte er das Thema, als sie ihm Tee nachschenkte, »wie geht es Liam wirklich? Ich höre ja immer nur die offizielle Version.«

»Die offizielle Version?«

»Von Peter.« Er bedankte sich mit einem Nicken für den Tee.
»Und wie lautet Peters offizielle Version?«
»Den Umständen entsprechend gut.« Er zuckte mit den Schultern. »Was ich ziemlich nichtssagend finde. Ich wollte ihn gerne selbst sehen, wollte sehen, wie er zurechtkommt, wie Sie beide zurechtkommen … Wie geht es ihm wirklich, Lily?«
Er musste lange warten, bis er eine Antwort bekam.
Würde sie es über sich bringen, diesem Mann die ganze Wahrheit zu sagen?
Wie ging es Liam?
Ihrer Meinung nach schlecht.
Aber vielleicht war es besser, das für sich zu behalten.
Vielleicht sah er es ihr ohnehin an.
Denn ganz unvermittelt streckte er die Hand aus und legte sie kurz auf ihre.
»Sie sind nicht alleine, Lily. Wenn Sie oder Liam irgendetwas brauchen, egal was, rufen Sie einfach an.«
Lily brachte keinen Ton heraus und nickte nur.
Selbstverständlich merkte er, dass sie den Tränen nahe war, aber vor allem spürte er, dass sie sich weigerte, zu viel preiszugeben, und darum leerte er die Teetasse in einem Zug und sah dann ostentativ auf die Wanduhr.
»Tja, mir läuft schon wieder die Zeit weg. Ich muss leider los. Dürfte ich denn in ein paar Tagen noch mal hereinschauen?«
Lily wollte Nein sagen, aber stattdessen nickte sie.

Wie immer, wenn er von der Physiotherapie wiederkam, war Liam erschöpft. Mürrisch lehnte er das ihm angebotene Mittagessen ab und wollte ins Bett. Er ließ die Rollos runter und zog die Vorhänge zu, auf dass es in seinem Zimmer so dunkel würde wie in seiner Seele.
Dylan dagegen sagte nie Nein, wenn ihm etwas zu essen angeboten wurde. Er setzte sich zu Lily an den Küchentisch.
Dankbar schlang er die Lasagne herunter, die sie für Liam zubereitet hatte. Lily sah ihm dabei zu und brannte darauf, ihn zu fragen, was die Ärzte gesagt hatten.

Sie wartete, bis er seinen Teller ganz und ihren halb leer gegessen hatte.

»Und, wie lief's heute?«

»Gut.«

»Wirklich gut oder ›wir-stellen-Lily-ruhig‹-gut?«

»*Wirklich* gut, Lil – ich würde dich niemals anlügen!«

Sie bedachte ihn mit einem spöttischen Blick, und er tat beleidigt.

»Sie reden davon, ihm bald den Gips abzunehmen, von daher müssen sie doch glauben, dass es vorangeht. Und das wird buchstäblich eine riesige Erleichterung für ihn sein. So ein Gips wiegt ja fast eine Tonne, ein echter Klotz am Bein. Ich weiß, wovon ich rede. Ich habe mir als Kind selbst mal das Bein gebrochen. Damals hatte ich sechs Wochen einen Gips, das war echt die Härte. Und Liam schleppt das Ding jetzt schon viel länger mit sich herum. Er wird viel aktiver sein können, wenn das blöde Teil ab ist, pass bloß auf, er wird rumspringen und hüpfen wie Tigger auf Speed, und ehe du dichs versiehst, macht er beim New-York-Marathon mit. Und Reef und ich können uns eine neue Bleibe suchen, weil ihr uns nicht mehr braucht.«

Wie erhofft, lächelte Lily.

»Von uns aus braucht ihr euch keine neue Bleibe zu suchen. Ihr gehört doch schon zum Inventar.«

Er zwinkerte und freute sich. »Und wie war dein Tag?«

Das fragte er sie jeden Tag.

Es war schön, dass jemand nachfragte und ein gewisses Interesse zeigte, auch wenn sie normalerweise nie etwas Besonderes zu erzählen hatte.

»Anders.«

»Ach ja?« Er war so an ihre Standardantwort »Nichts Besonderes, das Übliche eben« gewöhnt.

»Ich hatte Besuch.«

»Jemanden, den ich kenne?«

»Duncan Corday.«

»Onkel Dunc?« Dem Runzeln seiner Stirn nach zu urteilen, erstaunte ihn das nicht weniger als Lily.

Die nickte.

Völlig unvermittelt sprang Dylan vom Stuhl auf, ging um den Tisch herum, hob ihr Kinn an und drückte den Kopf ein wenig zur Seite, um sich ihren Hals näher anzusehen.

»Was machst du denn da?«

»Nach Bisswunden suchen.«

»Er war eigentlich ganz in Ordnung«, lachte sie und entzog sich Dylan.

»Ja, genau so wickelt er einen ein. Schleimt sich ein, indem er den anständigen Kerl spielt, und wenn man ihm dann endlich restlos vertraut, schlägt er zu.«

Lily sah ihn aus zusammengekniffenen Augen an. Er machte sich über den Rest ihrer Lasagne her.

Manchmal wusste sie wirklich nicht, ob Dylan nur Spaß machte oder es ernst meinte.

Er sah sie finster an.

Dann fing er an zu grinsen.

»Na ja, das Onkelchen kann hin und wieder schon ganz in Ordnung sein.«

»Ach ja?«

»Ja.«

Er zögerte kurz.

»Die eigentliche Blutsaugerin ist seine Frau.«

»Hmhm, ich hatte schon das Vergnügen.« Die Ironie in ihrer Stimme war nicht zu überhören. Doch bevor er nachfragen konnte, sah sie ihn forschend an und fragte: »Und seine Tochter?«

»Isabella?«

»Isabella.«

»Die ist cool.« Dylan zuckte mit den Schultern.

Und das war so ziemlich das größte Lob, das von Dylan zu erwarten war.

»Habe ich das richtig verstanden, dass es ihre Idee war, dich hierherzuschicken?«

»Glaub schon.« Nickend schnappte er sich eine Scheibe Brot, die er sich mit Reefer teilte.

»Ich weiß zwar nicht, wie sie darauf kam, aber ich bin natürlich sehr froh über ihre gute Idee«, sagte Lily.

Dylan antwortete nicht, nahm sich noch eine Scheibe Brot und befahl Reefer zu sitzen und Pfötchen zu geben, bevor er ihm wieder etwas davon abgab.

»Siehst du sie oft?«

Er sah zu ihr auf und schüttelte den Kopf.

»Ich habe sie ein paar Mal besucht, aber das war, bevor sie geheiratet hat.«

»Sie ist verheiratet?«

»Hmhm, seit zwei Jahren oder so. Mit irgend so einem alten Krösus. Aber sie scheint glücklich zu sein ...« Er schob den zweiten leeren Teller von sich. »Das war großartig, Lil, Liam hat echt was verpasst ... Du hast nicht zufällig auch ein Dessert vorbereitet, oder?«

Lily lächelte.

Ein paar Tage später stand Duncan Corday schon wieder vor der Tür.

Dieses Mal war Liam zu Hause. Er saß mit Dylan in seinem Arbeitszimmer, sie spielten Schach.

Kurz nachdem Duncan Corday eingetroffen war, kam Dylan heraus und spazierte in die Küche.

»Du machst ihm Tee?«, fragte er Lily.

Sie nickte.

Dylan öffnete den Schrank unter der Spüle, holte eine Flasche Bleichmittel hervor und reichte sie ihr.

»Hier. Statt Milch«, sagte er mit einem Augenzwinkern. Dann nahm er seine Jacke vom Haken neben der Tür und pfiff Reefer zu sich.

»Willst du weg?«

»Ja, Mama.«

Lily verdrehte die Augen.

»Ich mache mich aus dem Staub, solange es noch geht. Hängst du bitte ein weißes Geschirrtuch aus dem Fenster, wenn die Luft wieder rein ist?«

Wie üblich konnte Lily in der Küche die Stimmen aus dem Arbeitszimmer hören. Duncan Cordays melodisches Brummen, das Liam hin und wieder mit einem Lachen kommentierte.

Es tat gut, ihn lachen zu hören.

Als sie den Tee brachte, verstummten die beiden.

Duncan Corday lächelte ihr zu.

Liam tat es ihm nach. Fast, als würde er ihn parodieren.

»Danke, Lily«, sagte Corday.

»Danke, Lily«, wiederholte Liam.

Sie zog sich in die Küche zurück.

Nach einer halben Stunde hörte sie Schritte hinter sich. Sie drehte sich um und sah Corday hereinkommen.

»Wir hätten gerne noch etwas Tee. Ich hoffe, das ist in Ordnung.«

»Natürlich.« Lily setzte sofort neues Wasser auf.

Er beobachtete sie einen Moment.

Ihm fiel auf, dass sie ihm automatisch wieder Darjeeling gemacht hatte, ohne ihn noch einmal zu fragen. Er wartete, bis das Wasser kochte, bevor er weitersprach.

»Ich habe den Eindruck, dass es ihm gut geht.«

»Ja, so kann er sein ...«

»Wenn er mit anderen zusammen ist?«

Sie nickte.

»Hmhm«, machte er. »Schon seltsam, dass wir unsere Probleme immer an denen auslassen, die wir am meisten lieben.«

»Ich glaube aber, dass er einen Wendepunkt erreicht hat«, eilte sie zu Liams Verteidigung.

»Na, das ist doch prima.«

Er schritt auf sie zu und legte ihr onkelhaft die Hand auf die Schulter.

»Lassen Sie ihm Zeit. Lassen Sie sich Zeit. Die Zeit heilt alle Wunden.«

Warum taten freundliche Worte manchmal mehr weh als unbedachte?

»Ach, und Lily ...« Sie sah ihn aus ihren grauen, vor Tränen glänzenden Augen an. »Verzeihen Sie meine Direktheit, aber gerade in schwierigen Zeiten dürfen Sie nie vergessen, dass es nur besser werden kann. Kommen Sie, ich nehme Ihnen das ab ...«

Eine Stunde später fuhr Corday wieder.

Sie ging zu Liam ins Arbeitszimmer.

Er saß in seinem Rollstuhl am Schachtisch, die Königin in der Hand, als würde er über etwas nachdenken.

»Soll ich 'ne Runde mit dir spielen?«

»Liebe Mrs. Bonner, wie soll ich *das* denn verstehen?«

Lily setzte sich ihm gegenüber und nahm sich die gegnerische Königin vom Schachbrett.

»Du hast mir mal beigebracht, wie man Schach spielt. Weißt du noch?«

»Ich habe dir eine ganze Menge Dinge beigebracht, Lily«, sagte er leise.

Dann stellte er seine Königin zurück an ihren Platz.

»Ich möchte jetzt nicht spielen, aber du darfst gerne hierbleiben ... und mit mir reden.«

»Mit dir reden?«

»Na, du weißt schon, wie früher, wenn wir spazieren gegangen sind oder beim Abendessen ... oder im Bett ...« Nachdenklich legte er den Finger auf den Kopf der Königin, ließ sie umkippen, sodass sie über das Brett rollte und andere Figuren umriss wie beim Bowlen. »Du hattest mir gar nicht erzählt, dass Duncan neulich hier war.«

»Ich hatte es Dylan erzählt.«

»Und das ist quasi dasselbe, ja? Dylan, der Mittelsmann.«

»Liam, bitte ...«

»Worüber hast du mit Duncan geredet?«, unterbrach er sie und sah sie dabei direkt an.

»Über dich«, antwortete Lily vorsichtig und erwiderte seinen Blick so ruhig wie möglich.

»Über mich.«

»Aber nicht viel. Er hat sich natürlich erkundigt, wie es dir geht.«

»Natürlich. Und worüber sonst noch?«

»Über Tee.«

»Über Tee?«

»Ja. Er ist passionierter Teetrinker.« Lily senkte den Blick auf das Schachbrett. »Er war nicht lange hier, so viel haben wir gar nicht geredet.«

Sie schwiegen. Lily widerstand der Versuchung, Liams Königin wieder aufzustellen. Stattdessen platzierte sie ihre, die weiße, auf dem Brett und arrangierte die anderen Figuren um sie herum: König, Läufer, Springer, Turm.

Er sah ihr dabei zu, wie sie alles systematisch aufbaute.

Dann sprach er weiter.

»Er nimmt mich morgen auf seinem Boot mit.«

»Wirklich?« Sie sah zu ihm auf.

»Sieh mich nicht so an, Lily ...«

»Wie *so*?«

»Na, so ... so verdammt missbilligend.«

»Aber ... ich ... habe doch gar nicht ... ich wollte nicht ...«

»Dir passt es nicht, wenn ich gar nichts tue, und es passt dir nicht, wenn ich etwas tue. Ich kann es dir so oder so nicht recht machen.«

»Du kannst es *mir* nicht recht machen?« Ihr Blick verhärtete sich. »*Du* kannst es *mir* nicht recht machen?« Sie sprang auf und wollte hinausrennen, doch er packte sie noch am Handgelenk.

»Lily, bitte bleib hier ... es tut mir l ...«

Der Rest des Wortes wurde vom Türknallen verschluckt, das Dylans Rückkehr begleitete.

»Ich bin's!«, rief er fröhlich durchs Haus. Sofort ließ Liam Lilys Hand los, fast, als habe er etwas Unanständiges getan.

»Ich habe das Bat-Mobil oben an der Straße wegfahren sehen und dachte, die Luft ist rein.« Er zwinkerte Lily zu, als er Liams Arbeitszimmer betrat. Natürlich war er vollkommen ahnungslos, welche Szene er gerade gestört hatte, denn Liams Miene hellte sich in dem Augenblick auf, als er den jungen Mann erblickte.

»Rate mal, was wir morgen vorhaben, Dylan! Wir machen einen Segeltörn!«

»Super. Hat Onkel Dunc dich auf die Seemöse eingeladen?«

»Das Boot heißt ›Seemöse‹?«

»Nein, sollte es aber. Oder alternativ ›Onkel Duncs Abschlepper‹.«

»Ich mache dann mal Abendessen«, flüsterte Lily und verdrückte sich in die Küche. Reefer folgte ihr schwanzwedelnd und rieb sich dann an ihrem Bein. Lily ging in die Knie, umarmte den Hund und vergrub das Gesicht in seinem dicken Fell, um sich zu beruhigen.

Kurz darauf kam Dylan hereinspaziert und suchte in den Schränken nach Keksen.

Lily richtete sich auf und lehnte sich gegen den warmen Herd.

»Hast du mit Liam gesprochen?«

»Hmhm. Er musste ziemlich dringend zwei Liter Tee zur Toilette tragen.«

»Dieser Segeltörn ...«

Er wusste, dass sie sich Sorgen machte.

»Was soll schon passieren? Ich finde es toll, dass er so begeistert ist und gerne raus will, um was zu unternehmen. Du kennst Cordays Boot nicht, stimmt's? Ist eher ein Kreuzer als ein Ruderboot. Auf dem Pott ist bestimmt mehr Platz als in eurem Haus hier, und moderner ausgestattet ist er auch. Es gibt sogar eine Crew. Und einen Koch. Wenn du Wert darauf legst ... Ich bin sicher, er würde sogar eine Krankenschwester anheuern.«

»Meinst du, Liam braucht eine?«

»War doch nur ein Scherz, Lil, jetzt mach dich mal locker. Es wird ihm guttun, und dir wird es auch guttun, ihn mal eine Weile los zu sein.«

»Ihn los zu sein? Ich bin ihn jeden Tag los, weil du so gut wie alles für ihn tust, Dylan ...«

»So gut wie, aber letztlich eben doch nicht alles, Lily, und du bist ständig in Bereitschaft, du brauchst auch mal ne Pause. Ich sorge dafür, dass sie ihn den ganzen Tag unter ihre Fittiche nehmen, und du gönnst dir mal eine Massage, gehst zur Maniküre oder sonst irgendwas ...«

»Massage? Maniküre?« Sie zog die Augenbrauen hoch.

»Sitze ich da einem Vorurteil auf?«, grinste er verschmitzt.

»Nein, das meinte ich nicht ... Ich weiß nur fast gar nicht mehr, was das ist ...« Sie zuckte mit den Schultern. »Ist auch nicht so wichtig. Liam ist jetzt wichtiger.«

»Es geht ihm zunehmend besser, Lily. Die letzten Röntgenaufnahmen waren gut, das weißt du doch, und wenn der Gips tatsächlich bald ab kommt, wird es von da an rasend schnell gehen.«

»Ich meinte eigentlich mehr seine geistige Verfassung, Dylan. Ich mache mir Sorgen um seine Psyche. Er ist ... er ist ...« Ihr fehlten die rechten Worte.

»So launisch wie das Wetter in Cornwall?«, schlug Dylan vor.

Lily nickte so verzweifelt, dass Dylan zum ersten Mal seinem Drang, sie in den Arm zu nehmen, nachgab.

»Ich hab's dir doch schon mal erklärt, Lily, das ist völlig normal. Ich weiß, dass es nicht leicht für dich ist, aber du musst versuchen, es nicht persönlich zu nehmen.«

»Es fühlt sich aber verdammt persönlich an«, murmelte sie und löste sich aus der Umarmung.

Dylan nickte verständnisvoll.

»Ich weiß, aber versuch doch mal, es wie einen Tube Ride zu sehen. Der absolute Hammertrip, aber ab und zu fliegt man auf die Fresse.«

Lily sah ihn aus ihren großen grauen Augen an, als hätte er gerade Chinesisch geredet.

»Verstehst wohl kein Surferlatein, was?«

Er war froh, dass sie wieder lächelte, auch wenn es nicht lange anhielt.

»Er ist vollkommen unberechenbar, Dyl«, gestand sie und setzte sich, ohne ihn anzusehen. Beging sie Verrat an Liam? »Manchmal macht er mir richtig Angst. Ich habe ein richtig schlechtes Gewissen, das zu sagen, aber es ist wirklich so.«

Er setzte sich ihr gegenüber.

Reckte den Hals nach unten, um ihr ins Gesicht sehen zu können. Auf einmal war er wieder ganz der ernsthafte, professionelle Dylan.

»Es ist alles andere als ungewöhnlich, dass jemand, der wie Liam ein Schädel-Hirn-Trauma erlitten hat, hinterher gewisse psychische Probleme hat. Das können Angstzustände sein oder Stimmungsschwankungen, das ist völlig normal. Es kann aber auch eine ernsthafte Depression folgen oder Aggressionen ... Ich habe Liam sehr genau beobachtet, Lily, und ich weiß, dass Liam manchmal ein richtiger Arsch mit Ohren sein kann, aber ich verspreche dir, ich sehe nichts Beunruhigendes. Er ist nur nicht so belastbar, er ist schnell gestresst. Dinge, mit denen du und ich leicht oder auch nicht so leicht umgehen können, machen ihn völlig fertig, und plötzlich schreit er und tritt um sich wie ein Kind. Ich bin mir aber ziemlich sicher, dass das bei ihm eine reine Frustreaktion ist und nichts Gravierenderes dahintersteckt.«

21

Cordays Ankunft in aller Herrgottsfrühe am nächsten Morgen war nicht zu überhören. Erst röhrte sein riesiger Geländewagen über die Landstraße am Driftwood Cottage vorbei, sodass Abi aus dem Bett fiel, und als er vorm Rose Cottage hielt, dröhnte der Motor so laut, dass die Fensterscheiben erbebten.

Liam – aufgeregt wie ein Kind an seinem Geburtstag – war schon mit den Hühnern aufgestanden und erwartete ihn vor dem Haus.

Corday war in Begleitung eines außergewöhnlich gut aussehenden jüngeren Mannes, der Lily bekannt vorkam, den sie aber nicht recht einordnen konnte. Als Liam ihn laut und freundlich begrüßte, ging ihr auf, dass es Cordays Sohn Christian war.

Duncan Corday hatte sich heute für Freizeitkleidung entschieden. Cremefarbene Chinos, teures Polohemd, ein über die Schultern gehängter Pullover, Segelschuhe. Er sah aus, als sei er einem teuren Lifestyle-Magazin entsprungen.

Christian war ähnlich gekleidet. Er trug das gleiche Polohemd in einer anderen Farbe, den gleichen Pullover und die gleichen Segelschuhe. Dazu allerdings Shorts.

Christian musterte Lily von oben bis unten. Lily fand seinen unverhohlen prüfenden Blick zunächst unverschämt, aber dann bemerkte sie, dass er sie in ihren abgeschnittenen Jeans, den Flipflops, dem T-Shirt und der alten Strickjacke mitnichten kritisch, sondern verwirrt beäugte.

Er drehte sich zu seinem Vater um und raunte ihm etwas zu, woraufhin Duncan Corday sofort zu ihr herüberblickte und ehrlich überrascht fragte:

»Ja, kommen Sie denn nicht mit, Lily?«

Soweit sie wusste, war sie nicht eingeladen gewesen. Liam hatte mit keiner Silbe etwas in der Richtung erwähnt.

Betreten sah Lily zu Liam, der sofort ein schuldbewusstes Gesicht machte und den Blick abwandte. Deutlicher hätte er kaum signalisieren können, dass er sie schlicht nicht dabeihaben wollte.

Ihr Magen zog sich zusammen, und es versetzte ihr einen Stich ins Herz – wie immer, wenn er so war. Wie immer, wenn er sie abwies.

»Tut mir leid, aber Segeln ist nicht mein Ding«, behauptete sie achselzuckend, als sie sich einigermaßen von dem Schrecken erholt hatte.

Corday zog die Augenbrauen hoch.

»Sind Sie denn überhaupt schon mal auf einem Segelboot gewesen?«

Sie schüttelte den Kopf.

»Woher wollen Sie dann wissen, dass es Ihnen nicht gefällt?«

»Lily wird schon auf einem Tretboot seekrank«, wandte Liam schnell ein.

Das stimmte zwar, unterstrich aber auch ihren Verdacht, dass sie nur deshalb nicht eingeladen war, weil ihr eigener Mann die Einladung an sie nicht ausgesprochen hatte.

Dylan, der kurz vor Cordays Ankunft ins Haus gegangen war, um Liams Medikamente zu holen, kam mit Sonnenbrille auf der Nase und Reefer bei Fuß heraus.

»Hi, Onkel Dunc. Alles fit im Schritt?«

»Sicher, wenn auch nicht so gut belüftet wie bei dir.« Mit hochgezogenen Augenbrauen beäugte Corday Dylans zerrissene Jeans und sein viel zu großes Totenkopf-T-Shirt. »Nicht gerade die passendste Kleidung für diesen Anlass, Dylan …«

»Ach, wieso, zur Not können wir ihn doch an den Fahnenmast hängen«, witzelte Liam.

»Oder ihn über die Planke schicken …«, fügte Christian gut gelaunt hinzu, während er den Jungen aber immer noch missbilligend musterte. »Das T-Shirt sieht aus, als könnte es ein bisschen Wasserkontakt vertragen.«

Unbeeindruckt ließ nun auch Dylan einen abschätzigen Blick über Christian schweifen.

»Ich hatte auch mal ein Paar Bermudashorts. Als ich sie auszog, war meine Unterhose verschwunden«, stichelte er und zwinkerte Lily zu.

Lily konnte sich ein Lachen nicht verkneifen.

»Na, dann wollen wir mal«, schaltete Duncan Corday sich schnell ein.

»Ich kann also bleiben, wie ich bin?«, fragte Dylan mit Unschuldsmiene.

»Tust du doch ohnehin schon seit Jahren«, frotzelte er, dann lächelte er Lily an. »Und Sie sind sicher, dass Sie nicht mitkommen möchten? Heute ist so gut wie kein Seegang zu erwarten.«

Der Blick, den sie auf Liam warf, bevor sie abermals höflich verneinte, war mehr als flüchtig, aber er entging Duncan Corday nicht. Da er ausnahmsweise mal nicht auf Konfrontationskurs war, ließ er es dabei bewenden.

»Gut, dann wollen wir mal los. Bis später, Lily, ich verspreche Ihnen, ich bringe Ihnen Liam unversehrt wieder.«

»Oder zumindest nicht versehrter, als ich es ohnehin schon bin«, fügte Liam hinzu.

»Bis später, Lil.« Dylan legte ihr im Vorbeigehen die Hand auf den Arm. »Und pass gut auf Reefer auf, ja?«

»Du musst nicht wegen mir aufbleiben«, rief Liam ihr über die Schulter zu.

»Ich wollte da sowieso nicht mit«, erklärte sie Reefer, als sie dem großen Geländewagen hinterherblickten.

Doch selbst Reefer sah sie zweifelnd an.

»Gut, und was machen wir jetzt?«

Was hatte Dylan doch gleich vorgeschlagen?

»Maniküre und Massage«, sagte sie und lachte bei der Vorstellung, um kurz darauf über den Umstand zu lachen, dass sie darüber lachte. War es wirklich so lächerlich, sich mal so etwas zu gönnen? Oder lag es daran, dass es nach allem, was passiert war, so unendlich selbstsüchtig, frivol und unnötig wirkte? Schon erstaunlich, wie Schuldgefühle einem an allem und jedem den Spaß verderben konnten.

Sollte sie den Tag womöglich besser mit etwas zubringen, das ihr überhaupt keinen Spaß machte?

Zu dem Thema fielen ihr sofort wieder die desolaten Rosenbüsche hinter dem Haus ein.

Sie hatte sich ganz bestimmt nicht darauf gefreut, das Projekt wieder in Angriff zu nehmen.

Durfte man Rosenbüsche überhaupt zu dieser Jahreszeit beschneiden?

Es wäre doch eine Schande, wenn sie dem Rosengarten komplett den Garaus machte. Sie konnte nicht gerade behaupten, mit einem grünen Daumen auf die Welt gekommen zu sein. Aber gut, wenn sie den Rosengarten ruinierte, hätte sie wenigstens einen weiteren Grund, schlecht drauf zu sein.

Und im Moment gefiel es ihr doch gut, schlecht drauf zu sein, oder?

Auch Liam half ihr ganz großartig dabei, schlecht drauf zu sein.

Wenn sie in seinen Augen zurzeit eine solche Niete war, dann konnte sie ihm doch den Gefallen tun und seinem Bild entsprechen.

Lily dachte nicht mehr weiter nach, sondern holte kurz entschlossen ihre Arbeitshandschuhe.

Er konnte den Rauch vom Dorf aus sehen.

Dick und grau quoll er in den klaren blauen Himmel, wo er sich von den vereinzelten, schneeweißen Schäfchenwolken absetzte.

Sein erster Gedanke war: Rose Cottage brennt!

War das außer ihm denn niemandem aufgefallen?

Er sah sich um. Die Eis essenden Menschen am Strand und die Surfer, die er fotografiert hatte, bekamen überhaupt nichts mit.

Angesichts ihrer Selbstvergessenheit kamen ihm Zweifel, und anstatt laut »Feuer!« zu schreien und allgemeine Unruhe zu verbreiten, beschloss er, hinaufzulaufen und nachzusehen, was los war.

Er rannte, so schnell er konnte die Küstenstraße entlang und auf dem Wanderweg bis hin zum Rose Cottage. Der Qualm stieg hinter dem Haus auf, das Gebäude brannte zu seinem Erstaunen nicht lichterloh. Atemlos lief er ums Haus herum. Auf der hinteren Terrasse hatte Lily jede Menge Rosenzweige zu einer Art Scheiterhaufen aufgeschichtet, der nun beeindruckend loderte. Dass sie mit dem unangemeldeten Gartenfeuer für Aufruhr sorgen könnte, war ihr überhaupt nicht in den Sinn gekommen.

Zwar tanzte sie nicht wie Rumpelstilzchen um das Feuer herum, aber sie hatte Erdstriemen im erhitzten Gesicht und Blätter in ihrem Haar, als sie mit einem weiteren Arm voller Dornenzweige auf das Inferno zuspazierte.

»Was zum Teufel tun Sie sich da an?«, rief er ihr zu.

»Ich tue mir gar nichts an«, antwortete sie verärgert. »Ich will bloß endlich dieses Chaos loswerden.« Sie warf die Zweige in die Flammen.

»Machen Sie immer so große Gartenfeuer so dicht an Ihrem Haus?«

Sie hielt inne und sah ihn an. Ihre Nasenspitze war schwarz von verkohltem Holz. Sie pustete sich den Pony aus dem Gesicht.

»Ob Sie's glauben oder nicht, das ist das erste Mal in meinem Leben, dass ich überhaupt ein Gartenfeuer mache.«

»Glaube ich gerne.«

Und zum ersten Mal, seit er sie kannte, sah er sie lächeln.

»Haben Sie wenigstens überprüft, woher der Wind kommt?«

Lily ließ alles, was sie noch im Arm hatte, auf der Stelle fallen, leckte sich einen Finger ab und hielt ihn in die Höhe.

Es war aber nicht der Zeigefinger, sondern der Mittelfinger, wie ihm kurz darauf auffiel.

»Gilt der mir?«, fragte er gespielt beleidigt.

»Nicht Ihnen persönlich. Eigentlich der ganzen Welt.«

»Sie zeigen der Welt den Stinkefinger?«

»Dem Leben, der Welt, dem Universum. Allem.« Dazu fuchtelte sie mit den Armen, als wolle sie die ganze Welt umarmen.

Da endlich begriff er, dass sie betrunken war. Voll wie eine Strandhaubitze.

Er sah etwas genauer hin. Das Törchen zum Rosengarten stand offen, die hinter der Mauer befindlichen Büsche streckten nicht mehr ihre Zweige zwischen den eisernen Stäben hindurch wie Gefangene ihre Arme, das Feuer prasselte, die Blätter tanzten in der Luft, und auf dem Gartentisch stand eine fast leere Flasche Gin.

»O nein, Lily«, seufzte er, als er die Flasche in die Hand nahm.

»Ich brauchte etwas, um das Feuer anzuzünden«, verteidigte sie sich, entwand ihm die Flasche und drückte sie an sich.

»Und sich selbst wollten Sie gleich mit flambieren?«

»Einen für mich, einen fürs Holz.«

Sanft nahm er ihr die Flasche ab, führte sie zum Tisch und drückte sie auf einen der Stühle herunter.

Kaum saß sie, vergrub sie das Gesicht in den Händen und stöhnte. Lang und gequält.

»Warten Sie da.«

Lily wusste nicht, ob sie ohnmächtig geworden oder kurz eingeschlafen war, aber als sie die Augen wieder öffnete, stand ein Tablett mit Kaffee und Keksen vor ihr auf dem Tisch, und Nathan hatte einen Eimer Wasser in der Hand.

»Wollen Sie den über mir oder über dem Feuer ausgießen?«, fragte Lily.

Statt zu antworten, schüttete er das Wasser vorsichtig über die brennenden Zweige, ging zurück in die Küche und füllte den Eimer wieder auf.

»Kann ich den bitte leihen, wenn Sie fertig sind?«, fragte sie, als er wieder herauskam. »Ich glaube, ich muss mich übergeben.«

»Trinken Sie Ihren Kaffee, Lily.«

»Trinken Sie Ihren Kaffee, Lily«, wiederholte sie und hob mit zitternden Händen den Becher an.

Nathan brauchte noch vier Eimer Wasser, um das Feuer unter Kontrolle zu bringen. Lily hielt sich inzwischen an der zweiten Tasse Kaffee fest und überlegte, ob das Zittern ihrer Hände vom Alkohol, vom Koffein oder vom Gefühlschaos kam.

Nathan setzte sich ihr gegenüber, stützte das Kinn auf die Hände und sah sie eindringlich an.

»Warum tun Sie sich das an, Lily?«, fragte er behutsam. »Ist das Leben wirklich so schlimm?«

Zu seinem Bedauern antwortete sie nicht, sondern schloss einfach nur die Augen, als habe sie fürchterliche Schmerzen.

»Na, kommen Sie schon, erzählen Sie es mir.« Er bedeckte ihre Hände mit seinen und staunte, wie kalt sie waren. »Sie wissen doch, was meine Mutter immer sagt, oder? Geteiltes Leid …?«

»… ist halbes Leid«, antwortete sie brav und öffnete die Augen, als sie seine Hände spürte.

»Oh, da kennen Sie meine Mutter aber schlecht! So etwas Voraussagbares würde nie über ihre Lippen kommen! Nein, Abi sagt immer: Geteiltes Leid ist gar kein Leid! Manchmal, wenn man die Dinge ausspricht, statt sie in einer Endlosschleife im Kopf herumsausen zu lassen, sind sie dann gar nicht mehr so schlimm …«

Er redete ganz leise auf sie ein und brachte sie schließlich selbst zum Reden. Er war ein guter Zuhörer. Bei der Mutter kein Wunder.

Sie staunte später darüber, wie sehr sie sich einem Fremden gegenüber geöffnet hatte.

Alles, was sie verdrängt hatte, alles, was sie fein säuberlich weggepackt und eingeschlossen hatte, alles, was sie dennoch bedrückt hatte, purzelte aus ihr hervor.

Die Tränen flossen ihr in Strömen über die zarte Haut ihrer Wangen.

Doch sie bemerkte nicht einmal, dass sie weinte.

Nathan sah es und sagte nichts.

Er schwieg und ließ sie reden.

»*Es war schon vor dem Unfall nicht mehr so toll zwischen uns.*«
»*Manchmal ist er mir völlig fremd.*«
»*Vielleicht müsste ich mich noch mehr bemühen, aber irgendwann hat man einfach keine Lust mehr, sich noch eine Abfuhr einzuhandeln.*«
»*Ich habe Angst vor ihm. Vor dem, was aus uns wird.*«

»*Ich hasse mich. Ich bin so unnütz. So eine Niete.*«

»*Wie kann ich bloß sagen, dass ich nicht gerne hier bin? Sieh dir doch mal die tolle Landschaft an!*«

»*Ich komme mir vor, als wäre ich im Ausland. Irgendwo, wo ich die Sprache nicht spreche.*«

»*Ich weiß nicht, wie ich dieses Haus in ein Zuhause verwandeln soll. In* mein *Zuhause.*«

Lily redete und redete. Als sie fertig war, überraschte Nathan sich selbst damit, dass er zu ihr ging und sie in den Arm nahm. Und sie war überrascht, dass sie es zuließ. Dann plötzlich war es ihr peinlich, dass sie sich so hatte gehen lassen. Die Intimität, die zwischen ihnen entstanden war, der Körperkontakt ... Lily konnte Nathan kaum mehr in die Augen sehen.

Als sie anfing, sich zu entschuldigen, schloss er sie nur noch mehr ins Herz, doch er hielt es jetzt für das Beste, das Thema zu wechseln.

Er schwieg eine Weile, dann nickte er in Richtung Haus und sagte: »Ich kann mich noch gut an den alten Mann erinnern, der hier gelebt hat.«

»Wirklich?« Ihr ehrliches Interesse ermöglichte es ihr, ihm wieder in die Augen zu sehen. »Was war er für ein Mensch?«

»Na ja, du weißt ja, wie das ist, als Kind hält man jeden über fünfzig, der allein in einer abgelegenen Bruchbude wohnt, für durchgeknallt oder böse.«

»Und, war er das? Durchgeknallt oder böse, meine ich?«

»Nein, er war einfach nur ein liebenswerter alter Mann, der mit den Jahren geistig etwas nachließ.«

»War er einsam?«

»Glaube ich kaum. Er hatte fünf Kinder und achtzehn Enkel oder so. Er hatte immer irgendjemanden zu Besuch. Ich bin mit einem seiner Enkel zur Schule gegangen, wir haben heute noch Kontakt.«

»Was ist mit dem alten Mann passiert?«

»Er ist gestorben.«

Sie nickte und runzelte die Stirn.

»Hier?«

»Nein, nein.« Nathan schüttelte den Kopf. »Er ist vor ungefähr vier Jahren in eine Art Seniorenheim in Truro gezogen, und kurz danach war's vorbei.«

»Und das Haus blieb den Naturgewalten überlassen ...«

»Ja, und dem Gericht.« Nathan nickte. »Es war ein ziemlich langwieriger und komplizierter Prozess, weil ja alles unter fünf Kindern und achtzehn Enkeln aufgeteilt werden musste. In der Zeit stand das Haus leer. Ich finde es schön, dass sich jetzt endlich wieder jemand um die alte Hütte kümmert ... Ich habe schon immer gesagt, dass daraus eine richtige Perle werden könnte, wenn nur jemand Zeit und Lust hätte, es zu restaurieren.«

»Schade, dass ich nur Ersteres habe«, seufzte Lily.

»Magst du das Haus etwa nicht?«, fragte er überrascht.

Sie zuckte mit den Achseln.

»Ach, das hat eigentlich nichts mit dem Haus zu tun ...« Sie schüttelte den Kopf, als wolle sie einen Gedanken loswerden. »Aber es geht ja weiter ... wir haben schon eine ganze Menge renoviert ... Willst du es dir mal ansehen? Es ist nicht ganz so geworden, wie wir es uns ursprünglich vorgestellt hatten ... Wir mussten ja auf Liams Zustand Rücksicht nehmen ...« Sie hielt inne und betrachtete das Haus. »Aber so langsam nimmt alles Gestalt an. Willst du es dir ansehen?«

»Gerne.«

Mit der Küche hatte er sich ja bereits vertraut gemacht, damit hielten sie sich nicht weiter auf.

Lily stellte ihre Kaffeebecher auf dem Esstisch ab, während er schon vorging in den Flur, wo er die wunderbar renovierte Eichentreppe bewunderte, die wie das Rückgrat des alten Hauses wirkte.

Als er sich nach Lily umsah, fiel sein Blick auf die offene Tür zu seiner Linken.

Er konnte sich an das Zimmer erinnern. Vor allem an den großen Kamin, an die für ein kornisches Haus hohen Decken und an das durch die großen Fenster hereinströmende Licht.

Die Regale quollen über vor Büchern und DVDs, auf dem kleinen Tisch stapelten sich Zeitschriften.

Doch er sah nur das Krankenhausbett, den Personenlifter, die Medikamente, die Griffe, die er an der Badezimmerwand erkannte.

Ihr entging nicht, dass er durch die offene Tür in Liams Zimmer sah.

Er sagte kein Wort, aber sein Gesicht sprach Bände.

Auch Lily schwieg. Sie zog einfach lautlos die Tür zu.

Dann standen sie sich einen Moment sprachlos gegenüber.

Er legte ihr eine Hand auf die Schulter.

Erleichtert stellte sie fest, dass nicht Mitleid aus seinem Blick sprach, sondern Verständnis.

»Alles wird besser werden«, sagte er mit fester Stimme.

»Ist nur vorübergehend«, entgegnete Lily wie üblich.

»Natürlich.« Er nickte.

»Soll ich dir auch oben zeigen?« Die Art, wie sie das sagte und daraufhin leicht schwankend kehrtmachte, verriet ihm, dass der Gin noch wirkte.

»Wenn es okay ist?«

»Klar.«

Auf dem Weg die Treppe hinauf staunte er, wie modern und luftig das alte Cottage durch die Renovierung geworden war, ohne dabei an Originalität einzubüßen. Die Verwandlung war beeindruckend, aber aus Lily sprach nicht die Spur von Stolz, als sie ihn herumführte. Sie war sachlich und hielt sich an keiner Stelle zu lange auf.

Erst, als sie bereits ganz oben angekommen war und bemerkte, dass er ihr nicht mehr folgte, drehte sie sich um. Er stand ein Stockwerk tiefer auf dem Treppenabsatz vor einem Gemälde, das sie vor Kurzem aufgehängt hatte, und betrachtete es nachdenklich.

»Nathan?«

»Was für ein großartiges Bild«, sagte er, ohne den Blick davon abzuwenden.

»Wirklich?« Sie klang überrascht.

Er nickte begeistert.

»Es ist toll ... So warme, lebhafte Farben.«

»Das war mein erster abstrakter Versuch. Normalerweise halte ich mich eher an Realismus oder Impressionismus ...«

»Du hast das gemalt?« Er drehte sich zu ihr um. Wenn Lilys Selbstwertgefühl nicht so unterentwickelt gewesen wäre, hätte sie Bewunderung in seinem Blick lesen können.

Sie nickte.

»Ich wusste gar nicht, dass du Künstlerin bist.«

»Ich bin keine ... Ich meine, ich habe früher mal viel gemalt ...«

»Früher? Jetzt nicht mehr?«

Sie schüttelte heftig den Kopf.

Ein Schatten huschte über ihr Gesicht und hielt ihn zurück, weiter nachzubohren und zu fragen, *warum* sie nicht mehr malte.

»Gut«, sprach er betont fröhlich weiter und trat von dem Gemälde zurück. »Dann mal weiter. Was ist da oben?«

»Nichts.«

Das Dachgeschoss war ungenutzt. Boden und Wände waren renoviert worden, es roch noch nach dem Holzlack und der Wandfarbe. Der Raum war leer bis auf ein paar noch immer verschlossene Umzugskartons, in denen Teile ihres alten Lebens lagerten.

Die einzigen Farbkleckse inmitten dieser Nacktheit waren das strahlende Blau und Grün, auf das man durch die Giebelfenster blickte.

»Das hier wäre ein perfektes Atelier«, murmelte er, als er sich auf der Fensterbank abstützte und die Schönheit in sich aufsog wie den Duft eines Parfums. Er drehte sich wieder zu ihr um und wagte es.

»Würdest du mir noch mehr von deinen Bildern zeigen?«

Er sah ihr an, dass sie am liebsten Nein gesagt hätte, aber ihr Blick schoss kurz zu einer großen Holzkiste in der Ecke des Raumes.

Sie sah, dass er ihrem Blick folgte.

Schluckte.

»Darf ich?«

Er öffnete die Kiste, bevor sie sich überlegt hatte, wie sie Nein sagen könnte, ohne dabei unhöflich oder kindisch zu wirken. Er zog die Leinwände heraus, die schon lange vor dem Umzug in dieser Versenkung verschwunden waren.

»Die sind nicht besonders gut«, murmelte sie, doch er drehte sich auf Knien zu ihr um, in jeder Hand ein Bild, und schüttelte den Kopf.

»Blödsinn.«

»Ja, das auch«, entgegnete sie.

Sein Mund verzog sich zu einem Lächeln.

»Du weißt genau, was ich meine.«

Sie blieb am Fenster stehen, rückwärts mit den Händen auf die Fensterbank gestützt, und beobachtete ihn dabei, wie er sich jedes einzelne Bild sehr genau ansah, dabei wenig sagte, aber umso häufiger nickte.

Ein Bild betrachtete er eingehender als die anderen, was allerdings nicht an der farbenfrohen, lebhaften Darstellung einer Flusslandschaft lag, sondern an der winzigen Signatur in der unteren rechten Ecke.

»L Hampton-Andrews?«, fragte er, unsicher, ob er die Schrift auf dem Aquarell richtig entziffert hatte.

»Das ist mein Mädchenname. Meine Mutter ist die Einzige, die noch die Bindestrich-Version verwendet. Ich beschränke mich eigentlich auf Andrews.«

Vorsichtig räumte Nathan die Bilder zurück in die Kiste.

»Lily Hampton-Andrews Bonner, ich bin beeindruckt. Und zwar nicht nur von deinem Nachnamen, sondern von deiner Arbeit. Sehr gut. Du könntest meine Mutter bitten, dich zu verkaufen.«

»Ich wusste gar nicht, dass sie auch Menschenhandel betreibt.«

Er lachte.

»Du bist wirklich gut. Das weißt du hoffentlich?«

»War ... vielleicht.« Sie gähnte.

Ihr Teint wirkte grau, ihre Augen müde.

»Wann kommen die anderen zurück?«

»Keine Ahnung. Wahrscheinlich eher spät. Wenn Duncan Corday mit im Spiel ist, wird es immer spät.«

»Ich möchte einen Ausflug mit dir machen.«
»Wohin?« Sein Ansinnen überraschte sie.
»Nach Penzance«, lautete die prompte Antwort.
»Warum?«
»Es gibt da etwas, was ich dir gerne zeigen möchte. Ein Museum. Ein Kunstmuseum. Penlee House. Bist du schon mal da gewesen?«
»Nein, ich … Ich bin noch nicht besonders viel herumgekommen, um ehrlich zu sein. Ich bin irgendwie nicht dazu gekommen …«
»Auch vor dem Unfall deines Mannes nicht?«
Sie sah ihn von der Seite an und erwiderte matt:
»Da war alles geschlossen.«
Er lachte laut auf, und auch sie lächelte.
»Hier macht im Winter so gut wie alles zu«, bestätigte er. »Was glaubst du, warum meine Mutter und ich regelmäßig die Flucht ergreifen? Bestimmt nicht nur, um nicht zu erfrieren.«
»Um nicht durchzudrehen?«
»So sieht's aus. Es sei denn, man steht auf Einsamkeit.«
»Und das tue ich bestimmt nicht …«, murmelte sie.
»Wie bitte?«
»Nichts …«
»Also, was sagst du? Hätte dein Mann etwas dagegen, wenn ich dich eine Weile entführe?«
Teilnahmslos schüttelte sie den Kopf.
»Er hätte bestimmt überhaupt nichts dagegen …«
»Solange ich dich wohlbehalten zurückbringe, ja?«
»Ich glaube kaum, dass er Bedingungen stellen würde.«

Der Geruch nach poliertem Holz und verblasster Pracht sowie die ehrfürchtige Stille erinnerten sie an eine Kirche. Lily sog die Atmosphäre gierig in sich auf. Schloss die Augen, um sie gleich wieder zu öffnen und die sie umgebenden Wunder von Neuem zu entdecken.
Penlee House beherbergte Gemälde von Malern der Newlyn School, jener Künstlergruppe, die es meisterhaft verstand, Corn-

wall in all seinen Facetten einzufangen und darzustellen. Die Menschen, das Land, das Meer, die Luft.

»*En plein air*«, seufzte Lily in einem der Ausstellungsräume, als pumpe sie selbst gerade puren Sauerstoff in ihre Lungen. Schon nach zehn Minuten in dieser wunderbaren Umgebung sah sie nicht mehr ganz so grau aus.

Nathan blieb an seinem Lieblingsgemälde hängen, während Lily völlig selbstvergessen weiterschlenderte und immer neue, schöne Bilder entdeckte. Nathan fand sie zwei Räume weiter wieder, wo sie das Aquarell eines blühenden Gartens betrachtete. Das Lächeln, das er unterdrückt hatte, seit er ihre Bilder wieder in der Kiste auf dem Dachboden verstaut hatte, kannte jetzt kein Halten mehr.

»Gefällt dir das?«

Sie nickte. Sprachlos.

»Ist auch eines von meinen Lieblingsbildern. Die Darstellung des Lichts erinnert mich an Tintoretto ...«

»Die Künstlerin ...«, murmelte Lily.

»Komm.« Sein Lächeln wurde immer breiter. »Im nächsten Raum hängt noch eins von ihr, ein bisschen größer ...«

Lily war schon unterwegs.

Er folgte ihr. Sie blieb vor einem Ölgemälde stehen, der Darstellung eines Strandes in Cornwall, an dem einige Frauen den Fischern dabei zusehen, wie sie ihren Fang an Land holen. Mit leichten Pinselstrichen und warmen, lebhaften Farben ausgeführt, war Lily nicht nur von dem Motiv an sich angetan. Sie entdeckte noch etwas ganz anderes auf dem Bild.

»Eloise Hampton-Andrews ...«, las sie die Signatur vor. Sie drehte sich zu Nathan um, der sich über das Staunen in ihren Augen amüsierte.

»Zufall?«

Sie schüttelte den Kopf.

»Eloise. Meine Urgroßtante.«

»Ich bin so oft hier, weil es tolle Wechselausstellungen gibt, aber diese Gemälde hängen immer hier, und ich kenne sie inzwischen in- und auswendig. Als ich deinen Mädchennamen auf deinem Bild sah, habe ich mich sofort gefragt, ob da ein Zusammenhang besteht.«

»Ich wusste gar nicht … Ich meine, natürlich wusste ich, dass sie gemalt hat … Meine Großmutter hatte ein paar ihrer Ölgemälde im Wohnzimmer hängen. Die fand ich schon als Kind wunderschön. … Und sie sind mit schuld daran, dass ich später selbst mit dem Malen anfing. Aber mir wurde immer gesagt, das sei nur ein Hobby von ihr gewesen, ich hatte keine Ahnung, dass … dass sie eine Verbindung zu Cornwall hatte … dass sie hier gelebt hat … dass einige ihrer Werke sogar ausgestellt sind, und ausgerechnet hier …«

»Sie verbrachte den Sommer 1892 in St. Ives und zog dann an die andere Küste«, las er aus der biografischen Angabe neben dem Gemälde vor, »und das folgende Jahr verbrachte sie in Newlyn, bevor sie schließlich nach London zurückkehrte …«

»… wo sie unter die Fittiche ihres Bruders, meines Urgroßvaters Alexander, kam«, beendete Lily den Satz.

Nathan lächelte.

»Siehst du, du bist nicht die Erste in der Familie, die Cornwall zu ihrer Wahlheimat macht … Wenn auch nur für kurze Zeit.«

Lily nickte nachdenklich.

»Ich habe das Gefühl, dass ihr künstlerisches Talent nicht gern gesehen war. Meine Großmutter hat mal erwähnt, dass Eloise für die damaligen Zeiten ziemlich wild gewesen war, und ich glaube, sie wurde verheiratet, um sie irgendwie zu bändigen.«

»Um aus ihr eine weniger freigeistige und weniger unkonventionelle Künstlerin zu machen?«

»Genau.«

»Und, hat es funktioniert?«

»Vielleicht. Ich habe das alles bis heute gar nicht gewusst. Und das an sich ist ja schon traurig genug. Ob sie wohl glücklich war?«

»Glücklich?«

»Na ja, sie wurde zu einem anderen Leben als dem, das sie sich gewünscht hatte, gezwungen … Wir haben heutzutage so viele Möglichkeiten, und wir bestimmen selbst über unser Leben … Für uns ist das alles selbstverständlich.«

»Stimmt. Wir können tun und lassen, was wir wollen.« Er nickte. »Man vergisst das manchmal. Wir bewegen uns in einem Tempo durch dieses Leben und diese Welt, werden hier und da manipuliert, aber letztendlich liegen die Entscheidungen einzig und allein bei uns ...«

22

Als Liam und Dylan nach Hause kamen, lag Lily bereits im Bett. Sie wollte sich vor ihnen verstecken. Oder vor sich selbst. Sie wollte sich einfach nur unter ihre Bettdecke verkriechen und so tun, als existiere sie gar nicht.

Sie hatte sich so lächerlich gemacht vor jemandem, den sie kaum kannte. Aber Nathan war so freundlich zu ihr gewesen. So geduldig. Als wenn sie es wäre, die krank sei und Pflege bräuchte. Vielleicht war ihr deswegen alles so peinlich.

Als sie das Schlagen von Autotüren und laute Stimmen vor dem Haus hörte, stand sie auf und trat ans Fenster.

Sie hatten ganz offensichtlich getrunken. Ein fünfter Mann saß nun am Steuer von Cordays hässlichem Schlachtschiff von einem Auto, und er war der Einzige, der sitzen blieb, während alle anderen grölend und lachend aus dem Auto fielen und Liam nicht gerade mit Samthandschuhen aus dem Fond des Wagens holten. Liam lachte und schrie vor Schmerzen.

Sie wurden nicht leiser, als sie das Haus betraten.

Sie schalteten das Licht ein, lachten, zerrten dann die Stühle über den Steinfußboden in der Küche, klirrten mit Gläsern und prosteten sich in verschiedenen Sprachen zu. Der Mann im Auto wartete.

Erst nach etwa einer Stunde verabschiedeten sie sich lautstark voneinander, dann röhrte draußen der Motor wieder auf, und Corday, Christian und der geduldige Fahrer entschwanden in die Nacht.

Dann wurde es still.

Ohrenbetäubend still. So still, dass sie nicht vor dem Morgengrauen einschlafen konnte.

Am nächsten Morgen rief er sie, sobald er ihre Schritte auf der Treppe hörte.

Er konnte es nicht abwarten, ihr von seinem Ausflug zu erzählen.

Er hatte sie nicht dabeihaben wollen, aber erzählen wollte er ihr dann doch davon.

Sie waren von Falmouth nach Fowey gesegelt, wo sie in einem ganz hervorragenden Restaurant ganz hervorragend zu Mittag gegessen hatten. Nachmittags hatten sie irgendwo draußen Anker geworfen und geangelt, dann waren sie dem Sonnenuntergang entgegen wieder zurückgesegelt. Er habe sich noch nie so frei und so lebendig gefühlt und noch nie einen so schönen Tag erlebt.

Mit einem ungekannten Heißhunger stürzte er sich auf das Frühstück, und Lily saß einfach da und lauschte seinem Redeschwall. Sie war seine Stimmungsschwankungen inzwischen gewöhnt und kommentierte sie nicht weiter. Sie erwähnte auch mit keiner Silbe, wie sie den Tag verbracht hatte. Nicht einmal das, was sie dank Nathans Hilfe über ihre Ahnin herausgefunden hatte.

Normalerweise hätte sie sich kaum beherrschen können, es ihm so schnell wie möglich in allen Einzelheiten zu erzählen, mit ihm hinzufahren und es ihm alles zu zeigen, ihm zu erklären, dass sie offenbar doch Wurzeln in Cornwall hatte und hier irgendwie zu Hause war.

Aber sie brachte kein Wort über die Lippen.

Ihm schien das nicht weiter aufzufallen.

Nur Dylan bemerkte, was mit dem Rosengarten passiert war.

In T-Shirt und Boxershorts kam er verkatert und vor sich hin murmelnd in die Küche, steuerte die Spüle an und füllte sich dort ein Glas mit Leitungswasser. Er blickte automatisch aus dem Fenster.

»Na, was du gestern gemacht hast, brauchen wir ja nicht zu fragen«, sagte er grinsend, nachdem er sich zu ihr umgedreht hatte.

Liam sah sich nicht veranlasst, zu fragen, was er damit meinte. Er hielt nur kurz inne, begrüßte Dylan mit einem Nicken und fabulierte dann weiter von seinem Segeltörn, bis Dylan sein Glas in einem Zug leerte, auf die Uhr schaute und verkündete, sie müssten sich auf die Socken machen.

Liam hatte wieder mal einen Röntgentermin im Krankenhaus. Dieses Mal war Lily fest entschlossen, ihn zu begleiten, und war noch vor ihnen im Flur und in voller Montur.

»Willst du weg?« Liam sah sie fragend an.

»Ich fahre heute mal mit ins Krankenhaus.«

»Das brauchst du nicht, Dylan fährt mich.«

»Ich möchte aber gerne.«

»Dylan *muss* dabei sein, er muss aus erster Hand hören, was der Arzt sagt, damit er meine Krankengymnastik danach ausrichten kann. Ich finde es überflüssig, wenn ihr beide mitkommt.«

Das war natürlich ein völlig plausibler Grund. Aber die Art und Weise, wie er mit ihr sprach, so trocken und von oben herab, ärgerte Lily. Und dann, zum krönenden Abschluss, hängte er noch zynisch hintendran: »Du möchtest doch, dass es mir bald besser geht, oder?«

Lily sah ihn mit zusammengekniffenen Augen an.

Sie hatte wirklich genügend Zugeständnisse gemacht. Hatte auf seine Traumatisierung, seine Schmerzen, seine medikamentöse Behandlung Rücksicht genommen und alle möglichen Entschuldigungen dafür gefunden, dass er so war, wie er war. Aber als sie das hörte und sein mürrisches, genervtes, herablassendes Gesicht sah, das er stets ihr allein vorbehielt, kam sie zu dem traurigen Schluss, dass er einfach kein netter Mensch mehr war.

»Hm. Ob ich möchte, dass es dir bald besser geht? Lass mich mal überlegen…« Sie tat, als würde sie sich nachdenklich am Kinn kratzen, schüttelte dann angewidert den Kopf, kickte ihre Schuhe von den Füßen gegen die Wand, kehrte ihm den Rücken zu, marschierte in die Küche und schloss die Tür hinter sich.

Genervt wandte Liam sich an Dylan.

»Was sollte *das* denn jetzt?«

Doch Dylan schüttelte nur den Kopf.

»Das hast du verdient, und das weißt du ganz genau.«

Und damit schob er ihn hinaus zum Auto.

Lily stützte sich auf die Arbeitsfläche in der Küche, sah durch das Küchenfenster die verkohlten Überreste ihres gestrigen Gartenfeuers und atmete lang und tief aus.

Ganz gleich, wie sehr man einen Hund liebte – wenn er bei jedem Annäherungsversuch nach einem schnappte, würde man es irgendwann aufgeben, sich ihm zu nähern.

Als könne er Gedanken lesen, stupste Reefer sie von hinten an. Sie drehte sich um und ging in die Knie, um ihn zu umarmen.

»Gott sei Dank habe ich dich. Mit wem sollte ich denn sonst wohl knuddeln?«

Er folgte ihr nach oben ins Schlafzimmer, wo sie schnell in ein Paar Shorts und ein T-Shirt schlüpfte und sich für den Fall, dass die Sonne nachlassen würde, bevor sie wieder nach Hause kam, einen Pulli um die Hüfte band. Dann ging sie wieder nach unten und nahm die Hundeleine vom Haken neben der Haustür.

»Na auf, komm schon.«

Sie machte die Tür auf, doch statt wie üblich Richtung Wanderweg zu trotten, schoss Reefer, der den Range Rover hatte wegfahren hören, die Straße hinauf.

Er war schon fast auf der Hauptstraße, als Lily ihn endlich einholte.

»Ist ja gut, alter Junge«, redete sie auf ihn ein und vergrub ihr Gesicht in seinem dichten, langen Fell. »Die haben uns einfach hier zurückgelassen, was? Aber was soll's, wir machen einen schönen Spaziergang, ja? Nur du und ich. Was meinst du?«

Lily hörte ein Auto hinter sich und packte den Hund schnell am Halsband. Als sie sich umdrehte, sah sie einen alten Jaguar Sportwagen aus der schmalen Einfahrt von Driftwood Cottage rollen. Nathan Hunter.

Sie zog Reefer einen Schritt zur Seite in die Hecke, um den Wagen vorbeizulassen, aber Nathan brachte ihn neben ihnen zum Stehen.

»Hi. Du bist aber spät dran heute.«

»Wie bitte?«

»Sonst gehst du doch immer früher spazieren.«

»Bin ich so berechenbar?«

»Das kann ich nicht beantworten. Ich sehe dich bloß jeden Morgen vorbeilaufen.«

»Ja, ist so eine Art Ritual.«

»Bist du heute wieder allein?«

»Liam und Dylan sind im Krankenhaus. Zum Röntgen. Ich wollte eigentlich mit, aber …«

Sie verstummte und zuckte mit den Schultern. Nachdenklich sah er sie an.

»Ich wollte auch einen Spaziergang machen, aber etwas weiter an der Küste entlang. Hast du Lust, mitzukommen? Kleine Abwechslung von der üblichen Runde runter ins Dorf.«

»Ich … ich …«

Er sah ihr an, wie sie nach einer Ausrede suchte, um Nein sagen zu können.

Dann fiel ihr eine ein.

»Was ist mit dem Hund?«

»Der wird den Strand ganz toll finden, keine Sorge.«

»Ich meinte eigentlich dein schönes Auto.«

»Er kann auf der Rückbank sitzen, solange er sich nicht in meinen Fahrstil einmischt. Ich kann es nicht haben, wenn man mir von hinten Anweisungen ins Ohr bellt.«

Sie lachte, und genau das war seine Absicht gewesen. »Also? Was sagst du?«

Eigentlich wollte sie dankend ablehnen.

»Okay.«

Sie waren schon fast zehn Kilometer gefahren, bis Dylan endlich fragte:

»Warum wolltest du nicht, dass Lily mitkommt?«

»Weil du wissen musst, welche krankengymnastischen Übungen ich machen soll. Und wie hart du mich rannehmen kannst.«

»Schon klar, aber das ist doch nicht der Grund, dass du sie nicht dabeihaben wolltest, und das weißt du ganz genau.«

Keine Reaktion.

Liams Miene war versteinert und signalisierte Dylan, dass er es dabei bewenden lassen sollte. Aber dafür war ihm die Angelegenheit zu wichtig.

»Also?«, bohrte er nach.

Liam seufzte. »Das ist meine Privatsache, Dylan.«

»Ja und? Gut, ich arbeite für dich, aber ich dachte, ich wäre auch dein Freund?«

»Hier und jetzt bist du in erster Linie mein Angestellter.«

Die Worte an sich waren nicht so beleidigend wie der Ton, in dem sie ausgesprochen wurden. Dylan kannte das schon. Einer von Liams Lieblingstricks. Die meisten Leute schluckten es einfach, wenn Liam so mit ihnen sprach, weil sie sich nicht mit ihm streiten wollten. Aber Dylan war nicht wie die meisten Leute.

»Du kannst echt so ein Arschloch sein, Liam.«

Liam warf ihm einen vernichtenden Blick zu.

»Wir können ja tauschen, dann wollen wir mal sehen, ob du immer noch so mutige Sprüche klopfst.«

»Jetzt spiel dich bloß nicht als Märtyrer auf, Mann. Möchtest du mal echtes Leid sehen? Wie wär's, wenn wir deinen Röntgentermin schwänzen und stattdessen mal auf die Kinderstation gehen? Da kannst du Kinder sehen, die wirklich schlimmere Verletzungen und Krankheiten mit deutlich mehr Würde ertragen als du.«

Liam schluckte leer.

Er musste an damals denken.

An die Hilflosigkeit, die noch so oft Gegenstand seiner Albträume war.

Wie lange war das jetzt her?

Wie konnte ihm das so nah und doch so fern vorkommen?

Schnell verdrängte er die unerträglichen Gedanken wieder.

»Was hast du eigentlich vor? Mir ein Geständnis über den Zustand meiner Ehe zu entlocken? Vergiss es.«

Jetzt war es Dylan, der schwer seufzte.

»Ich habe vor, dir klarzumachen, dass du die Sache völlig falsch angehst.«

»Ich versuche lediglich, wieder gesund zu werden und mein Leben weiterzuleben.«

»Ja, super, und dabei gleichzeitig alle Menschen vor den Kopf zu stoßen, die etwas für dich übrig haben? Jetzt hör mal zu, Liam. Was dir da passiert ist, das war natürlich große Scheiße, keine Frage. Aber du wirst wieder gesund werden. Ich weiß, dass es nicht leicht ist, aber statt dich dauernd nur zu bemitleiden, könntest du doch vielleicht mal darüber nachdenken, was für ein verdammtes Glück du gehabt hast. Du hättest sterben können. Aber du lebst. Und wenn du so weitermachst, geht vielleicht etwas anderes in deinem Leben, was mindestens genauso wichtig ist, für immer kaputt.«

Liam glotzte wie ein trotziges Kind aus dem Fenster.

»Du lebst, Liam, deiner Birne ist nichts passiert, in ein paar Monaten werden von deinen Verletzungen nur noch die Narben übrig sein, und du wirst eine grandiose Geschichte auf Lager haben, die du mal deinen Kindern erzählen kannst.«

»Halt an.«

»Was?«

»Du sollst anhalten, verdammt noch mal!«, schrie Liam ihn wütend an.

Dylan warf einen Blick in den Rückspiegel, dann trat er so heftig auf die Bremse, dass die Gurte ihn und Liam zurückhielten und der Motor schließlich absoff.

Die Vollbremsung schien seinen Ärger verjagt zu haben.

Zusammengesunken saß er auf dem Beifahrersitz.

Sie schwiegen. Liams sich langsam wieder beruhigende Atmung war das Einzige, was sie hörten.

Dann endlich sagte er etwas, aber so leise, dass Dylan ihn nicht verstand und ihn bitten musste, es zu wiederholen.

»Ich sagte, du hast verdammt noch mal nicht die blasseste Ahnung, wovon du redest.«

»O doch, Liam, glaub mir. Ich habe Menschen genesen sehen, die viel schlimmere Verletzungen hatten als du. Du hättest dein Bein verlieren können.«

»Das wäre mir lieber gewesen … Gegen die körperlichen

Schmerzen gibt es ja genügend Mittel ...« Aus hohlen Augen sah er Dylan an. »Aber gibt es auch etwas gegen die seelischen Schmerzen, Dylan? Gegen *meine* Schmerzen? Na los, sag schon. Du hast doch immer auf alles eine Antwort. Gibt es etwas?«

Nachdenklich sah Dylan ihn an. Er wählte seine Worte mit Bedacht.

»Könnte es dir vielleicht helfen, mit jemandem zu reden, Liam?«

Liam schnaubte verächtlich.

»Ich will keinen Seelenklempner!«

»Mag ja sein, dass du keinen willst, aber könnte es nicht sein, dass du einen *brauchst*?«

»Ich will und brauche keinen verdammten Seelenklempner, kapiert?«

»Okay, okay ... kapiert. Aber dann rede doch zum Beispiel mit mir, erklär mir, wie es dir geht, rede mit Peter, der ist doch dein bester Freund, der wird dich verstehen ... Aber vor allem, Liam, rede bitte und verdammt noch mal endlich wieder mit deiner Frau!«

Beide Männer verfielen in wütendes Schweigen, das sie nicht zu brechen vermochten.

Als Dylan die Stille nicht mehr aushielt, startete er den Motor und fuhr weiter.

»Wo fahren wir hin?«
»Nach Porthcurno.«
»Ist das weit?«
Er schüttelte den Kopf.
»Viertelstunde, höchstens. Ich kann gar nicht glauben, dass du da noch nie gewesen bist.«
»Das habe ich nicht gesagt.«
Er blickte zu ihr hinüber.
»Bist du denn schon mal da gewesen?«

Sie lächelte ihn an.

»Nein. Also, was genau ist Porthcurno?«

»Einer der schönsten Strände hier.«

»Fährst du dahin, um zu arbeiten?«, fragte sie mit Blick auf die Fotoausrüstung auf dem Rücksitz.

»Als Fotograf ist man immer im Dienst. Aber heute geht's mir wirklich mehr um den Genuss als um gute Bilder. Porthcurno ist einer meiner Lieblingsorte in Cornwall, ach, was sage ich, in der ganzen Welt. Im Sommer könnte man meinen, man wäre am Mittelmeer, der Sand ist fast weiß und das Meer jadegrün. Wunderschön.«

»Wenn es dir hier so gut gefällt, wieso bist du dann so oft unterwegs?«

»Abstand schafft bekanntlich Nähe.«

»Das klingt aber schwer nach einstudierter Standardantwort.«

Er lachte verlegen.

»Stimmt. Das werde ich nun mal oft gefragt. Vor allem von meiner Mutter. Wenn ich ehrlich bin, weiß ich es selbst nicht. Aber ich weiß, dass Cornwall nicht die einzige schöne Ecke der Welt ist.«

»Du bist schon wahnsinnig viel rumgekommen, oder?«

»Ja, ziemlich«, nickte er.

»Beneidenswert.«

Neugierig sah er sie an.

»Bist du denn nie auf Reisen, Lily?«

»Na ja, jedenfalls nicht so viel, wie ich gerne würde … Nach dem Abi habe ich das übliche Sabbat-Reisejahr eingelegt.«

»Und wo hat es dir auf der ganzen Welt am besten gefallen?«

Sie schwieg, dann zuckte sie kaum merklich mit den Schultern.

»Weiß nicht. In Paris vielleicht. Aber ich habe noch nicht genug von der Welt gesehen, um dazu etwas sagen zu können.«

»Das heißt, der Ort, der dir am allerbesten gefällt, ist ein Ort, an dem du noch nie warst?«

»So ungefähr, ja.«

Den Rest der Strecke bis nach Truro sprachen sie kein Wort. Als sie den Stadtrand erreichten, fuhr Dylan einen ruhigen Parkplatz im Grünen an und schaltete den Motor ab.

Liam seufzte und schloss in Erwartung der nächsten Standpauke die Augen.

Dylan hörte den Seufzer, ließ sich von seinem Vorhaben aber nicht abbringen.

»Manchmal muss man eine Wunde exponieren und Luft an sie lassen, damit sie heilen kann. Wenn man traurig oder sonst irgendwie bedrückt ist, ist es wichtig, mit jemandem darüber zu sprechen. Das gehört zum Genesungsprozess dazu – und du willst doch wieder gesund werden, oder?«

»Und wenn es nur wäre, um dich endlich zum Teufel jagen zu können, ja«, knurrte Liam.

Dylan sah zu ihm herüber. Er musste über Liams verbissenen Gesichtsausdruck lachen.

»Halt die Fresse, Dyl.«

»Sie vergreifen sich heute regelmäßig im Ton, Mr. Bonner.«

»Ja, weil man mich heute ständig bis aufs Blut reizt«, entgegnete Liam und bedachte den jungen Mann am Steuer seines Wagens mit einem durchdringenden Blick.

»Weil du dich heute ständig bis aufs Blut reizen *lässt*, meinst du wohl. Also, weißt du, Liam, manchmal kommst du mir echt vor wie ein ziemlich unreifes, albernes Kind ...« Mehr sagte Dylan nicht, denn als er den Blick zur Seite richtete, liefen Liam Tränen übers Gesicht.

Nathan lenkte den Jaguar auf den Parkplatz.

Kaum öffnete er die Wagentür, sprang Reefer vom Beifahrerfußraum über Lilys Schoß und den Fahrersitz hinweg nach draußen und fing an, die gesamte Umgebung zu beschnuppern.

»Na, wenigstens der Hund ist schon mal hier gewesen«, lachte Nathan, als Lily dem Tier hinterherrannte.

Er nahm seine Lieblingskamera, eine Leica, vom Rücksitz und verstaute den Rest der Fotoausrüstung im Kofferraum, bevor er Lily folgte.

»Mann, ist das schön hier«, murmelte Lily. Sie ließ den Blick von den Steilfelsen links über das mit Ginster und dicken Seegrasbüscheln bewachsene Tal zu den Steilfelsen rechts wandern. Noch waren sie nicht am Strand, aber der Sand unter ihren Füßen war so fein, dass sie Lust bekam, die Schuhe auszuziehen und barfuß Richtung Horizont zu rennen.

»Das Minack ist da oben rechts.« Er schirmte seine Augen mit der Hand gegen die Sonne ab und zeigte in die Ferne.

»Das Minack? Was ist das?«

»Ein in den Steilfelsen gebautes Freilichttheater.«

»Ach, stimmt, das hat Peter mal erwähnt. Soll ziemlich beeindruckend sein.«

»Stimmt. Du solltest es dir unbedingt bei Gelegenheit mal ansehen. Ganz gleich, welches Stück gespielt wird – allein die Lage und die Aussicht sind einmalig und einen Besuch wert. Aber nimm dir auf jeden Fall ein Sitzkissen mit, die Sitzreihen sind nämlich auch aus Stein. Wie meine Mutter immer so schön sagt: ›Die Sitze sind gar barsch zu meinem zarten Po.‹«

Lily grinste.

»Deine Mutter ist großartig.«

»Sie hält auch große Stücke auf dich.«

»Ist das Theater geöffnet?«

»Ja, klar. Die Saison hat im April angefangen.«

»Liam geht gerne ins Theater. Oder zumindest ist er in London gern ins Theater gegangen. Es gehörte einfach dazu.«

»Und du?«

Sie nickte.

»Lieblingsstück?«

»Kein bestimmtes.«

»Lieblingsbuch?«

Sie schüttelte den Kopf.

»Es gibt so viele tolle Bücher auf der Welt, warum soll man sich da auf eins beschränken?«

»So habe ich das noch nie betrachtet.«

Sie erreichten den Scheitelpunkt eines Hügels und konnten in die Bucht hinuntersehen.

Als Reefer das Wasser sah, legte er sofort einen Zahn zu, aber Lily blieb fasziniert stehen und sagte nur: »Wow.«

Nathan lächelte wissend.

»Es gibt einfach Orte, bei deren Anblick man sich unweigerlich besser fühlt, ganz gleich, wie deprimiert man sein mag. Das ist einer der vielen Gründe, warum ich Cornwall so liebe. Selbst mit einer handfesten Depression kann man hier nicht anders, als mit einem Lächeln auf den Lippen herumzulaufen.«

Während er redete, hielt er sich die Kamera vors Gesicht und wollte sie fotografieren. Er wollte das Staunen in ihrem Gesicht festhalten, bevor sie den Blick wieder abwandte.

Er ließ sie und die Kamera bis auf Weiteres in Ruhe und marschierte ihr voran den Rest des Weges bis zum Strand hinunter. Wie zwei ausgebreitete Arme umfingen die Steilfelsen die Bucht.

Lily dachte über das nach, was er gesagt hatte.

Vielleicht sollte sie mal mit Liam hierherkommen.

Nicht, dass Liam Interesse daran hätte, von ihr irgendwohin begleitet zu werden.

Aber vielleicht würde auch er hier endlich lächeln.

Es war so unbeschreiblich schön hier, dass sie vor Freude hätte tanzen mögen. Wie wunderschön der weiche, weiße Sand im Kontrast zum klaren, grünen Wasser und dem hohen, blauen Himmel stand. Sie musste an flüssiges Metall denken, an das Glänzen eines Skarabäus-Panzers, an einen in der Sonne glitzernden Edelstein. Die Farben waren so lebendig und stark, dass sie sich von ihnen wie von Sirenengesang angezogen fühlte. Sie war völlig weggetreten und kam erst wieder zu sich, als Nathan lachte, weil sie geradewegs ins Wasser gelaufen war. Mitsamt ihren Schuhen stand sie bis zu den Waden im Meer.

Er fasste sie am Arm und zog sie zurück.

Seine Hand war warm.

Liams Hände waren immer so kalt. Und es war schon so lange her, seit sie sie wirklich gespürt hatte.

Nathan fühlte die zarten, durch den Wind aufgerichteten Haare auf ihrem Arm und ihre weiche, von der Sonne gereizte Haut.

Sie drehte sich zu ihm um, wollte ihm danken, und die Sonne verwandelte das Grau ihrer Augen in magisches Violett.

Eine einsame Wolke verdunkelte kurzfristig die Sonne.

Als der Schatten wieder weg war, ließ er ihren Arm los.

»Wie geht es dir eigentlich heute?«

Sie bedachte ihn mit einem »Frag-nicht«-Blick, aber er hakte trotzdem nach.

»Wie ging es Liam, als er von seinem Segeltörn wiederkam?«

»Da war ich schon im Bett.« Sie bückte sich, um einen Kiesel aufzuheben. »Aber heute Morgen habe ich ihn gesehen. Er hat einen Riesenspaß gehabt. Ohne mich … Heute wollte ich mitfahren zum Krankenhaus, aber als ich das sagte …«

»Wollte er dich nicht dabeihaben?«

»Und besonders nett war er auch nicht zu mir. Das Übliche halt. Ich versuche, es an mir abprallen zu lassen, aber heute Morgen, muss ich zu meiner Schande gestehen, konnte ich mich nicht mehr beherrschen.«

»Inwiefern?«

»Ich habe ihm Kontra gegeben. Verbal. Aber er hat es nicht anders gewollt. Er hat mich immer weiter provoziert. Mich aufgestachelt und von sich gestoßen.«

»Hast du ihm eigentlich mal gesagt, wie unglücklich du bist?«

Sie schüttelte den Kopf.

»Ich glaube nicht, dass es nötig ist, das zu verbalisieren. Zwischen uns herrscht eine Spannung wie in einer dieser Plasmakugeln: Ich muss nur einen Finger nach Liam ausstrecken, und schon zuckt der Stromblitz.«

»Du musst mit ihm reden, Lily.«

»Ich weiß … aber es geht nicht … Früher konnte ich mit ihm über alles reden. Aber jetzt … können wir irgendwie überhaupt nicht mehr miteinander kommunizieren.«

»Manchmal sehen die Menschen die Dinge so verschieden, dass sie überhaupt nicht mehr drüber reden können.« Er bückte sich, hob ein Stück Treibholz auf und bewunderte es in seiner Hand.

Reefer sprang sofort aufgeregt vor ihm herum und wollte, dass Nathan das Stöckchen warf.

»Siehst du«, lachte er, »für mich ist das hier ein kleines Wunder, ein echtes Kunstwerk der Natur, von Meer und Zeit geformt. Für Reefer« – er wedelte mit dem Holz vor der Hundenase herum – »ist es ein Spielzeug.«

Und damit schleuderte er es ins Wasser, damit der Hund es wiederfinden konnte.

Es tat weh. Es tat so verdammt weh. Es tat viel mehr weh, als er sich je vorgestellt hatte. Aber die Erleichterung war immens.

Liam hatte das Gefühl, die Last der gesamten Welt sei von seinen Schultern genommen worden.

Und dass jeder Schritt, den er von jetzt an ging, leichter sein würde.

»Ich bring dich jetzt besser nach Hause.«

Lily nickte, atmete tief durch und rief dann den Hund, der im Wasser getollt hatte, ohne im Geringsten mitzubekommen, wie hoch die Gefühlswellen bei ihr am Strand geschlagen waren.

Schweigend fuhren sie nach Hause. Nathan sah hin und wieder zu ihr und lächelte sie an. Wie die Sonne, die nach und nach die Kälte vertrieb, gab er ihr mit jedem Lächeln ein wenig mehr Kraft.

Aus irgendeinem unerfindlichen, ritterlichen Grund fuhr er zunächst am Driftwood Cottage vorbei und brachte Lily die paar Meter bis zum Rose Cottage.

Er schaltete den Motor aus, und Lily suchte verzweifelt nach Worten des Dankes.

»Ich ...«

Doch er schüttelte nur den Kopf und legte ihr seine warme Hand an die Wange.

»Du bist nicht allein, Lily. Ich bin für dich da, wenn du einen Freund brauchst.«

Sie legte ihre Hand auf seine und drückte sie eine Sekunde gegen ihr Gesicht. Diese Geste der Dankbarkeit war ihm mehr als genug.

Abi war in der Küche. Sie sah auf und lächelte ihn an, als er hereinkam. Sie hatte etwas im Mund, weshalb das übliche »Hi« etwas verspätet kam.

»Ich dachte, du wolltest heute zum Windenhaus?«, fragte er.

»Mein Magen hat mich nach Hause abkommandiert«, erklärte sie und biss herzhaft in ihr Schinkensandwich.

»Möchtest du etwas essen?«

»Nein, danke, ich muss noch mal los ...«

»Ah, ja?«, fragte sie mit hochgezogener Augenbraue.

»Dauert aber nicht lange. Gehst du noch mal in den Laden?«

Sie zuckte mit den Schultern.

»Vielleicht. Aber auch nicht lange. Anna will gerne so viele Stunden wie möglich arbeiten, von daher kann ich sie gut allein lassen und mich diversem Papierkram widmen ... Außerdem wollte ich mal bei Lily vorbeischauen und sehen, wie es ihr geht.«

Er nickte, verlor aber kein Wort über den Vormittag. Sollte seine Mutter ihn mit Lily in seinem Auto gesehen haben, als sie wiederkamen, so behielt sie das hübsch für sich.

23

Als Lily heimkam, war das Haus noch leer.
Liam und Dylan hatten auf ihrer Mailbox eine Nachricht hinterlassen, sie würden spät zurückkommen.

Warum, erklärten sie nicht.

Sie überlegte kurz, ob sie zurückrufen und fragen sollte, ob alles in Ordnung war, aber wenn sie noch im Krankenhaus waren, hätte ohnehin keiner von beiden das Handy eingeschaltet. Stattdessen stellte sie sich unter die Dusche und wusch den Sand von ihren Beinen und das Salz aus ihrem Haar.

Das Mittagessen ließ sie genauso ausfallen wie das Frühstück. Reef gab sie ein paar Hundekuchen, dann machte sie sich eine Tasse Kaffee und nahm diese mit nach draußen. Den hinteren Garten meidend, setzte sie sich auf die niedrige Trockenmauer, die die Grenze zwischen dem Vorgarten und dem Hinterland markierte. Reefer saß mit gespitzten Ohren neben ihr und beobachtete konstant die Umgebung in der Hoffnung, ein wildes Kaninchen jagen zu können.

Lily war wieder einmal ganz in sich selbst statt in die atemberaubende Landschaft versunken, als sie Rufe von Driftwood Cottage her hörte.

Sie sah sich um. Nathan kam direkt auf sie zu, nicht ganz so schneidig wie sonst, weil er etwas Sperriges in den Händen hielt. Das sperrige Etwas war als Geschenk verpackt, Lily erkannte das handbedruckte Papier aus Abis Laden.

Da es sich um keine kleine Aufmerksamkeit handelte, die man erst mal hinter dem Rücken verstecken konnte, strahlte er Lily einfach nur an, stellte das Paket auf dem Boden ab und neigte das obere Ende ihr zu.

»Für dich.«

Misstrauisch sah sie ihn an.

»Was ist das?«

»Ein Geschenk.«

»Schon klar, aber was ist da drin?«

»Ein bisschen mehr Dankbarkeit hätte ich schon erwartet ...«, zog er sie auf.

»Tut mir leid, vielen Dank natürlich, ich bin nur so neugierig, und wieso ...«

»Na, dann mach es doch auf! Das ist eine allgemein anerkannte Maßnahme, wenn man wissen will, was in einem Geschenk drin ist.«

Lily errötete.

»Ist nur eine Kleinigkeit.« Hoffnungsvoll lächelte er sie an, während sie ihn nachdenklich betrachtete und dann lachte.

Mit verschränkten Armen stand er da und wartete. Fast hätte er dazu noch ungeduldig mit dem Fuß auf den Boden geklopft.

Dann gab sie nach.

Auf keinen Fall wollte sie das wunderschöne, mit Schmetterlingen handbemalte Papier zerreißen. Vorsichtig pulte sie seinem Gelächter zum Trotz das Klebeband ab und faltete das Papier zur Seite.

Es war eine Staffelei. Aus Holz. Mit einer weißen Leinwand darauf.

Der Ausdruck in ihrem Gesicht war schwer zu deuten.

»Du hast gesagt, du hast mal gemalt ...«

»Stimmt«, sagte sie nur, ohne ihn anzusehen. »Früher.«

Dieses Mal stellte er ihr die Frage.

»Warum hast du aufgehört?«

Es dauerte eine Weile, bis sie ihm antwortete, aber er wartete geduldig.

»Mir ist die Freude abhanden gekommen«, sagte sie schließlich, und in ihrem Ton schwang etwas mit, das ihn davon abhielt, weitere Fragen zu stellen. Neugierig, aber wortlos sah er sie an.

Lily erwiderte seinen Blick und schwieg.

Als das Schweigen anfing, unangenehm zu werden, schnappte er sich die Staffelei.

»Wo willst du sie haben?« Und bevor sie antworten konnte: »Ich glaube, oben wäre gut, oder? Wie ich schon sagte, das Dachgeschoss ist absolut prädestiniert für ein Atelier ...«

»Wieso fragst du mich dann noch?«, fragte sie, und er sah ein schelmisches Lächeln um ihre Lippen zucken.

Sie stellten die Staffelei gemeinsam auf. Er hatte ihr auch Farben mitgebracht, einen wunderschönen Ölmalkasten aus Holz.

Er sah ihr an, wie verlegen sie angesichts seiner großzügigen Geschenke war, und beschloss, sofort wieder zu verschwinden, damit sie keine Gelegenheit bekam, Einspruch zu erheben.

Sie brachte ihn nach draußen.

Dankte ihm zum Abschied, denn schließlich bedankte man sich für Geschenke.

Dann setzte sie sich wieder auf die Mauer und sah ihm hinterher, bis er Driftwood Cottage erreicht hatte. Bevor er in seinem Studio verschwand, winkte er ihr noch einmal kurz zu.

Lily dachte an die Staffelei im Dachgeschoss. Sie fröstelte. Sie zog die Strickjacke enger um sich.

Reefer, der stets an ihrer Seite war, bemerkte ihr Zittern und lehnte sich schwer gegen ihr Bein. Ganz automatisch fing Lily an, sein seidiges Fell zu kraulen, worauf Reefer seinen Kopf in ihren Schoß legte und aus großen braunen Augen zu ihr aufsah.

Einige Minuten später öffnete sich die Haustür von Driftwood Cottage, und Abi trat heraus. Als sie Lily erblickte, winkte sie ihr zu und machte sich auf den Weg zu ihr. Aufgeregt rief sie:

»Ich habe etwas für dich.«

Sie beschleunigte den Schritt und saß binnen weniger Augenblicke neben Lily auf der Mauer, wo sie ihr eine kleine Papiertüte reichte.

In der Tüte befand sich etwas Schweres. Lily neigte den Kopf und sah Abi fragend an, dann warf sie einen Blick hinein.

Eine Gartenschere.

»Ist das eine Anspielung darauf, dass mein Garten eine Schande für die gesamte Gegend ist?« Lily lächelte breit, als sie das Werkzeug aus der Tüte zog.

»Eigentlich nicht, aber wenn dir das helfen würde, endlich mal was im Garten zu tun, dann ja, natürlich, du solltest dich was schämen, vor allem dein Rosengarten ist ein Schandfleck, und das ganze Dorf zerreißt sich schon das Maul darüber …«

Sie lachte, als sie Lilys vor Entsetzen geweitete Augen sah.

»Ach, Schätzchen, das war doch nur ein Scherz! Ich dachte, wenn du erst mal in Gang kommst, macht es dir vielleicht sogar richtig Spaß …«

»In Gang?«

»Mit dem Rosengarten. Es wäre so schön, wenn du ihn wieder herrichten würdest. Er war mal traumhaft schön. Ich bin damals ab und zu nachts hier herübergeschlichen und habe mir ein paar abgeschnitten.« Sie zeigte auf die Kletterrose, die sich um die Haustür von Driftwood Cottage rankte. »Die da ist ein Ableger von einer deiner Rosen hier. Sie blüht spät, aber wenn es dann mal so weit ist, kann man sich kaum retten vor cremefarbenen Blüten und einem himmlischen Duft.« Sie sog die Luft ein, um das Gesagte zu unterstreichen, und hielt dann inne, als sie Lilys wenig begeisterte Miene sah. Genau genommen sah Lily eher zerknirscht aus.

»Was ist denn?«, fragte Abi.

Lily presste die Lippen aufeinander.

»Ich muss dir was beichten …«, brachte sie dann heraus.

»Wie bitte?«

»Der Rosengarten …«

»Oh, Lily!« Abi schluckte. »Was hast du getan? Jetzt sag bloß nicht, du hast ihn zubetoniert oder alles ausgegraben, weil du einen Pool anlegen willst …«

»Am besten, du siehst es dir selbst an …«

Sie ging Abi voraus um das Haus herum, wo noch deutlich zu sehen war, wie Lily hier am Vortag gewütet hatte. Dort, wo das Feuer gebrannt hatte, verunzierte ein großer schwarzer Fleck die Terrasse. Lily war nur froh, dass Liam so selten hierherkam und kaum mitbekommen würde, was sie angestellt hatte.

Abi spähte durch das offene Tor zu den bis auf wenige Zentimeter über dem Boden heruntergeschnittenen Rosenbüschen.

»Ah. Verstehe«, murmelte sie. Dann wandte sie sich mit einem entschlossenen Lächeln wieder ihrer Freundin zu. »Macht nichts. Dieses Jahr wird nicht viel zu erwarten sein, aber Rosen sind ziemlich hartnäckig, nächstes Jahr wirst du dich kaum retten können vor Blütenpracht.«

»Du meinst, die erholen sich wieder?«

»Selbstverständlich«, behauptete Abi und klang dabei sicherer, als sie es war. »Du hast wirklich mächtig aufgeräumt, ich hatte ganz vergessen, wie groß dieser Teil des Gartens ist. Was meinst du«, fragte sie dann und hakte sich bei Lily unter, »sollen wir uns jetzt, da du bereits so fleißig gewesen bist, etwas gönnen und zu Bob runtergehen?«

»Wir müssen eine Arbeit für Lily finden, oder zumindest irgendeine sinnvolle Beschäftigung«, verkündete Abi, nachdem sie Bob begrüßt und sich an einen Tisch im Port Hole gesetzt hatten.

»Weil das Gärtnern offenbar nicht gerade meine Stärke ist«, fügte Lily verschmitzt lächelnd hinzu.

»Und schon gar nicht das Gärtnern nach übermäßigem Genuss von Gin!«, raunte Abi Bob hinter vorgehaltener Hand zu, denn sie hatte Lily das Geheimnis des Rosengartens inzwischen entlocken können.

»Gin? Na, wo sie *den* wohl herhatte?« Bob sah Abi mit hochgezogenen Augenbrauen an.

»Das war meiner, nicht Abis«, versicherte Lily schnell.

»Ja, das war der Nachschub, den du gekauft hattest, nachdem wir die Flasche, die ich dir geschenkt habe, geleert hatten!«, lachte Abi. »Ich übe einen schlechten Einfluss auf dich aus. Der Zustand deines Rosengartens ist allein meine Schuld.«

»Ich habe das doch nicht getan, *weil* ich etwas getrunken hatte. Der Alkohol hat lediglich die konkrete Form der Ausführung beeinflusst…«

»Und was genau soll das heißen?«, fragte Bob stirnrunzelnd.

»Edward mit den Scherenhänden auf Speed«, entgegnete Lily, und die beiden Frauen fingen an zu lachen und umarmten einander.

»Das hättest du sehen sollen, Bob, ich habe ein riesiges Feuer gemacht, ich hätte ohne Weiteres das ganze Haus abfackeln können!« Lily lachte, dass ihr die Tränen übers Gesicht liefen.
»Aber mein ritterlicher Sohn eilte ihr zu Hilfe!«
»Du brauchst wirklich irgendeine Aufgabe, Lily. Irgendeine sinnvolle Beschäftigung ...«
»... Liam ist derjenige, der Beschäftigungstherapie bekommt, nicht ich ...«
»Ich sprach lediglich von Beschäftigung, aber wenn sie einen therapeutischen Effekt hat, umso besser ... Wenn du das denn nötig hast. Brauchst du eine Therapie?«
»Meinst du, ich brauche eine?«
»Glaubst du, dass ich das meine?«
»Na ja, also, erst schenkt Nathan mir eine Staffelei, dann schenkst du mir eine Gartenschere ...«
»Nathan hat dir eine Staffelei geschenkt?« Abi runzelte die Stirn.
Lily nickte.
Fast wünschte sie, sie hätte das nicht erwähnt, und sie war sehr dankbar, als Anna mit einer Auswahl an Kuchen an ihren Tisch kam, denn Abi ließ sich bereitwillig ablenken.
»Hmmmm, Soul Food ...«, sagte sie und rieb sich vorfreudig die Hände.
»Wie? Das ist Soul Food?«, fragte Anna sichtlich verwirrt.
»Also, meiner Seele tut es ganz bestimmt gut.« Abi zwinkerte Lily zu.
Anna blieb noch stehen.
»Wie geht es dein Mann?«, wollte sie wissen.
Lily zuckte bloß mit den Schultern und antwortete: »Das wüsste ich auch gerne, Anna.«
Sie war lange nicht so entspannt gewesen. Abi redete mit jedem, der hereinkam, ganz gleich, ob sie ihn kannte oder nicht, sie hatte für jeden ein paar warme Worte übrig.
Am spannendsten fand Lily es, von ihrem sonnigen Platz aus Bob zu beobachten.
Und Abi.

Wie Bob Abi ansah. Das faszinierte Lily.

Es war eine Mischung aus Erheiterung, Sorge, Zuneigung und noch etwas, das Lily nicht recht greifen konnte.

Als er Lilys beobachtende Haltung bemerkte, senkte er den Blick und lächelte verlegen.

Er lehnte sich über den Tisch und legte die Hand auf ihre.

»Ich weiß, was dir durch den Kopf geht ...«

»Ach ja?«

»Ja. Dasselbe wie allen anderen in diesem kleinen inzestuösen Dorf. Siehst du die da?« Er zeigte auf eine große, schmutziggraue Möwe, die auf der Fensterbank saß, und eine auf dem Dach des Hauses gegenüber. »Die meisten glauben, das seien einfach nur Vögel, stimmt aber nicht, das sind Gerüchte, ganze Schwärme davon, die wie die Aasgeier über uns kreisen, uns ankreischen ...«

»... und uns ankacken?«, sagte Lily und brachte Bob damit zum Lachen.

»Ich sehe schon, wir zwei verstehen uns!«

»Also, was ist mir durch den Kopf gegangen?«, fragte Lily aufgekratzt.

»Ist er hetero oder ist er schwul?«, entgegnete er prompt. »Ist er der typische schwule Kumpel, der für artige und langfristige Zuneigung sorgt, oder ist er in Wirklichkeit über beide Ohren in die wunderbare Mrs. Hunter verliebt und quält sich damit, dass er es nicht wagt, ihr seine Liebe zu gestehen?«

»Aha. Dabei war mir doch bloß durch den Kopf gegangen, ob du mir wohl das Rezept für deinen Schokoladen-Fudge-Kuchen verraten würdest.« Lily blinzelte ihn mit Unschuldsmiene an, was ihn wiederum zum Lachen brachte.

»Es hat schon seinen Grund, dass die Liebe sich nur schwer definieren lässt. Sie verändert sich nämlich fortwährend. Sie wächst und entwickelt sich und bewegt sich ... Manchmal ist es wirklich schwierig, da mitzuhalten. Es zu verstehen. Natürlich liebe ich Abi. Aber wenn du wissen willst, welcher Art meine Liebe für sie ist, dann muss ich mit einer Antwort passen. Denn das Einzige, was ich weiß, ist, dass ich sie von ganzem Herzen liebe.«

»Dir ist schon klar, dass du gerade lauter Fragen ausweichst, die ich dir nie gestellt habe, ja?«

»Natürlich.« Er lehnte sich zurück und lächelte irgendwie selbstgefällig. »Es macht richtig Spaß, um den heißen Brei zu reden. Eigentlich wollte ich dir aber auch nur sagen, dass man viel zu leicht dazu neigt, sich selbst zu verändern oder zu verstellen, um den anderen zu gefallen. Das kostbarste Geschenk des Lebens ist es, jemanden zu finden, der einen so annimmt, wie man ist – ganz gleich, welche Gestalt die Beziehung annimmt und wie sie sich im Laufe der Jahre verändert.«

Er hielt inne und trank einen Schluck Tee.

»Und was ist Liebe eigentlich? … Liebe beinhaltet so viel, sie ist wunderbar und faszinierend, aber wenn wir ehrlich sind, ist die Liebe auch ein böser kleiner Wicht, ein hinterlistiger Parasit, der uns schwächt …« Er verstummte, biss sich auf die Lippe und sah zu Abi. »Vielleicht bin ich schwul geworden, weil sie mich nicht so lieben konnte oder wollte, wie ich es gerne gehabt hätte. Und da auch keine andere Frau mir den Gefallen tat, habe ich mich stattdessen den Männern zugewandt.«

Wem wollte er da eigentlich gerade etwas vormachen?

Er drückte ihre Hand voller ehrlicher Zuneigung.

»Ach, Lily. Es tut niemandem gut, sich ganz genau zu definieren. Wieso denken wir ständig darüber nach, wer und was wir sind, statt einfach loszulassen und zu *sein*?«

24

Abi und Bob luden Lily ein, ihnen beim Abendessen im Port Hole Gesellschaft zu leisten, doch Lily hatte das Gefühl, zu Hause sein zu müssen, wenn Liam wiederkam. Wenn er nicht schon längst da war. Und so spazierte Lily allein zurück zum Rose Cottage.

Die Sonne versank bereits langsam im Meer und tauchte dessen ruhige Oberfläche in flammendes Orange. Die Fenster des Ortes blitzten wie irisierende Edelsteine auf. Eine sanfte, warme Brise strich durch das Gras und gab den Vögeln Auftrieb.

Schlagartig wurde Lily bewusst, wie schön Merrien Cove eigentlich war.

Mit jedem Schritt entdeckte sie neue Perspektiven, neue wunderschöne An- und Ausblicke. Als sei sie vorher dafür blind gewesen.

Als sie auf dem höchsten Punkt des Pfades angekommen war, von dem aus sie bereits das Haus sehen konnte, stand nicht Liams Wagen in der Einfahrt, sondern ein blauer Mercedes. Und auf der Mauer, genau dort, wo Lily vormittags gesessen hatte, erkannte sie die vertraute Gestalt ihres Freundes Peter.

Es kam ihr wie eine Ewigkeit vor, seit sie ihn zuletzt gesehen oder gesprochen hatte.

Sie überlegte, wie lange es tatsächlich her war, aber irgendwie war ihr das Zeitgefühl abhanden gekommen.

Als sie sich näherte, erhob Peter sich und breitete die Arme aus.

Lily schmiegte sich ganz automatisch in seine Umarmung.

Sie stieß einen erleichterten, wohligen Seufzer aus.

Er spürte, wie sie sich in seinen Armen entspannte, und drückte sie noch fester.

»Wie geht's?«

Das hatte Nathan sie auch schon gefragt, und sie hatte für heute ausreichend geantwortet. Peter hatte schon genug damit zu kämpfen, dass er seit Liams Unfall für zwei arbeiten musste, sie wollte ihn nicht noch zusätzlich belasten. Außerdem hatte sie einen so unverhofft schönen Tag zuerst mit Nathan und dann mit Abi und Bob verbracht, und dafür war sie sehr dankbar.

»Gut«, sagte sie darum und lächelte.

»Wirklich?«, hakte er behutsam nach. »Wie läuft es mit dir und Liam?«

»Es ist immer noch etwas schwierig«, wich sie aus und trat einen Schritt zurück. »Aber wir werden das schon schaffen, Peter.«

»Würde es euch helfen, wenn wir uns mal zu dritt zusammensetzen und reden?«

»Ich glaube, es würde uns helfen, wenn wir uns mal alle zusammensetzen und es uns gut gehen lassen würden. Wie früher.«

»Bei einem Abendessen und einer Flasche Wein an eurem Küchentisch?«

»Bei einem Abendessen und mehreren Flaschen Wein«, korrigierte Lily. »Jetzt erst recht, schließlich sind wir mit Wendy zu viert, oder sogar zu fünft, wenn wir Dylan mitzählen.«

»Läuft das gut mit ihm unter einem Dach?«

Das war eine schwierige Frage.

Dylans Anwesenheit erleichterte einiges, erschwerte aber anderes.

Dylan war so eine Art Puffer, durch den ein zivilisierter Umgang und der Anschein von Normalität möglich waren. Aber auch eine Hürde, über die es Lilys und Liams wahre Gefühle nur selten schafften.

»Im Moment ist es eine gute Lösung für uns alle«, antwortete sie schließlich.

»Wo ist er?«

»Ich habe keine Ahnung.« Schulterzuckend fuhr sie sich kurz durchs Haar. »Er hatte heute Vormittag einen Röntgentermin im Krankenhaus … sie haben mir auf die Mailbox gesprochen, dass es spät werden würde, aber ich habe keine Ahnung, warum.«

Peters Handy piepte.

»Tut mir leid, Lil ...«, entschuldigte er sich und griff in die Tasche, um die SMS zu lesen.

»Arbeit?«, fragte sie.

»Wendy«, antwortete er und sah selig aus.

Lily setzte sich neben ihn auf die Mauer.

»Ich hab schon ganz vergessen, wie sie sich anfühlt, diese Sehnsucht, die man empfindet ...«, sagte sie wehmütig.

Peter nahm ihre Hand und drückte sie. In diesem Moment rollte Liams Range Rover die Straße herunter und kam schließlich hinter Peters Mercedes zum Stehen. Wie immer saß Dylan am Steuer.

Lily und Peter erhoben sich, ohne sich loszulassen. Mit der freien Hand winkte Peter den beiden, dann gingen sie auf sie zu. Dylan stieg aus dem Wagen, doch statt sofort zur Beifahrertür zu gehen, um Liam zu helfen, oder aber zum Kofferraum, um den Rollstuhl herauszuholen, marschierte er schnurstracks auf Lily und Peter zu.

»Hallo, ihr beiden, na, wie geht's?«

Leicht irritiert sah Lily ihn an. Sie wusste genau, wie sehr es Liam frustrierte, wenn man ihn als Letzten dazuholte. Er fühlte sich dann immer vergessen und verlassen.

»Äh ... Wie wäre es, wenn wir Liam aus dem Auto helfen?«

Doch Dylan zuckte nur mit den Schultern.

»Ach, der schafft das heute schon selbst«, sagte er betont beiläufig. Und dann verwandelte sich sein viel zu teilnahmsloses Gesicht in das breite Grinsen, das er so angestrengt unterdrückt hatte. Denn sowohl Lily als auch Peter klappte die Kinnlade herunter, als sie sahen, wie sich die Beifahrertür öffnete und Liam ohne jede Hilfe ausstieg.

25

Als Liam jetzt sah, wie tief es vom Beifahrersitz des Geländewagens bis zum Fußboden draußen war, zweifelte er dann doch, ob sein Plan, ganz alleine auszusteigen, so klug war. Aber es war zu spät. Dylan stand bereits bei Peter und Lily. Liam musste den Schritt gehen, zu dem er sich selbst entschlossen hatte.

Aber wieso kam es ihm jetzt vor, als würde er diesen Schritt über die Kante eines Steilfelsens hinweg machen, und nicht bloß aus seinem Auto heraus?

Die wöchentlichen Termine im Krankenhaus, die vielen Trainingsstunden mit Dylan, all das hatte zum Ziel gehabt, sein linkes Bein auf die Zeit nach dem Gips vorzubereiten, wenn es allein das Gewicht seines Körpers tragen musste, bis das rechte Bein wieder ganz gesund war.

Er hielt sich am Türrahmen fest, dann schwang er das linke Bein nach draußen und ließ sich von der Schwerkraft leiten. Rumpf und rechtes Bein glitten vom Sitz, es gab kein Zurück.

Den linken Fuß fest auf den Boden, dann den rechten Fuß danebenstellen, ohne ihn zu belasten, ermahnte er sich im Geiste. Immer das Gewicht auf dem linken Bein belassen.

Das linke Bein knickte ein.

Die anderen fuhren erschrocken zusammen und wollten ihm zu Hilfe eilen, doch er mobilisierte sämtliche Kräfte und zog sich an der Autotür wieder hoch.

Sein Handgelenk schmerzte höllisch unter der plötzlichen Belastung, aber er ließ nicht locker, bis er wieder sicher stand. Der Schmerz ließ genauso schnell nach, wie er eingesetzt hatte. Gut. Er war ausgestiegen. Er hatte es geschafft. Allerdings stand er jetzt mit dem Rücken zu ihnen.

Er musste sich nur noch umdrehen.

Ihre Gesichter sehen.

Inzwischen guckten sie bestimmt nur noch besorgt aus der Wäsche und nicht mehr begeistert und erfreut. Wahrscheinlich hatten sie sich schon angeschlichen, um ihn im Notfall vom Boden aufzusammeln.

So hatte er sich das eigentlich nicht vorgestellt.

Aber egal. Er hielt sich weiter an der Wagentür fest, drehte sich um und lächelte.

Sie hatten etwas vom Chinesen mitgebracht. Lily machte sich daran, das Essen wieder aufzuwärmen, während Peter den Tisch deckte und Dylan für die Getränke sorgte.

Sie hatten etwas zu feiern. Die drei Männer waren richtig ausgelassen, allen voran Liam, der nach dem Essen unbedingt noch zum Broken Compass wollte.

Als er das Lokal betrat, waren die üblichen Stammgäste versammelt und spendeten ihm Beifall.

»Sie können sich an ihn erinnern«, flüsterte Lily Dylan zu. Sie war nicht sicher, wie ihr Mann reagieren würde.

»Ja, natürlich«, sagte Dylan und bot ihr einen Stuhl an. »Wir sind doch erst letzte Woche hier gewesen.«

Und vorletzte Woche und vorvorletzte Woche. Das Broken Compass war wohl zu einer regelmäßigen Station auf ihren »Spaziergängen« geworden, folgerte Lily, als Liam Peter jeden einzelnen der Männer am Tresen mit Namen vorstellte. Seine neuen Freunde gratulierten ihm dazu, endlich die »Räder losgeworden« zu sein.

Und natürlich wussten sie alle, wer Lily war, schließlich hatte Liam oft von ihr geredet, was sie wiederum nicht wusste. Sie stand einfach nur da und fragte sich, wie sie sich umgeben von so vielen Menschen bloß so einsam fühlen konnte.

Gut gesättigt und glücklich kehrte Abi nach Hause zurück, wo Nathan in der Küche stand und Tee machte.

»Dachte ich es mir doch, dass ich dich heranstolpern hörte«, zog er sie auf. »Ich hab' was für dich ...« Er zeigte auf ein Päckchen auf dem Tisch, dann wandte er sich wieder dem Wasserkocher zu.

»Für mich?«

»Ein kleines Geschenk.«

»Ah, ein Geschenk, ja? Du bist ja im Moment der reinste Weihnachtsmann.«

Er bedachte sie mit einem scharfen Blick.

»Das ist ein Madeira-Kuchen von deinem Lieblingsbäcker in Truro. Was ist los?«

Abi kam gleich zur Sache.

»Warum hast du Lily Bonner eine Staffelei geschenkt?«

Ach, darum ging es. Nathan lehnte sich gegen den Küchentresen.

»Damit sie malen kann«, lautete die schlichte Antwort.

Sie verkniff sich eine spitze Bemerkung und sagte stattdessen so ruhig wie irgend möglich: »Ich glaube, es ist besser, wenn du sie in Ruhe lässt, Nathan.«

»Und wieso glaubst du das, bitte? Du weißt doch, dass sie in einer Krise steckt. Sie kann gute Freunde gebrauchen ...«

»Ja. Gute Freunde.«

Der Wasserkocher schaltete sich ab, Nathan goss das kochende Wasser in die Teekanne und setzte sich damit an den Tisch, auf dem schon Tassen und Milch bereitstanden.

»Und du meinst, dass ich ihr kein guter Freund sein kann?«

»Sie ist wunderschön, Nathan ...«

Er nickte zustimmend.

»Und liebenswert, humorvoll und klug«, fügte er hinzu, ohne seine Mutter anzusehen. »Und wird von ihrem egozentrischen Arsch von einem Mann behandelt wie der letzte Dreck ...«

»... weshalb sie zurzeit äußerst verletzlich ist«, spann Abi seinen Satz weiter. »Und ich glaube, wenn man das durchgemacht hat, was Liam Bonner durchgemacht hat, darf man vielleicht sogar ein kleiner egozentrischer Arsch sein ...«

Er nickte, ohne aufzusehen, und fing an, das kleine Deckchen aus Leinen zusammen- und auseinanderzufalten, als hätte er soeben die asiatische Faltkunst für sich entdeckt.

»Ich verstehe ja, dass du sie magst. Ich mag sie auch ... Sehr sogar.«

Da sah er auf.

»Ich mag sie auch sehr«, sagte er leise.

»Das merke ich«, erwiderte Abi so behutsam wie möglich. »Und genau das ist es, was mir Sorge bereitet.«

»Ich bin kein Kind mehr, Mum.«

»Ich weiß.«

»Ich weiß, was richtig und was falsch ist.«

»Das tun wir alle ... Aber das heißt nicht, dass wir immer entsprechend handeln.«

»Also, was erwartest du von mir?«

»Es geht nicht darum, was ich von dir erwarte.«

»Sondern?«, fragte er, obwohl er sehr wohl wusste, was sie meinte.

»Ich habe die Fotos gesehen, die du von ihr gemacht hast.«

»*Pictures of Lily*«, sang er, »*help me sleep at night ...*«

»Nathan ...«, warnte sie ihn.

»Ist doch nur ein Lied, Abigail.«

»Nathan ...«, wiederholte Abi, konnte sich aber trotz ihrer Sorge ein Lächeln nicht verkneifen.

Auch er lächelte, doch dann wurde er ernst.

»Sie ist nicht glücklich, Mum.«

»Ich weiß.«

Sie schwiegen, während sie ihm Tee einschenkte und ihm die Tasse reichte. Er umschloss sie mit beiden Händen, dann stellte er sie ab und nickte, als habe sie ihm gerade eine Frage gestellt.

»Man hat mir einen interessanten Auftrag angeboten.«

»Ach ja?«

»Wenn ich ihn annehme, werde ich erst mal wieder einige Wochen weg sein.«

Abi sank das Herz, aber sie schaffte es dennoch, ein Lächeln aufzusetzen.

»Und, wirst du ihn annehmen?«
Er dachte einen Moment nach.
»Es wäre wahrscheinlich das Beste.«
»Wo soll's denn hingehen?«
»Neuguinea.«
Abi schluckte.
»Wow. Ganz schön weit weg.«
»Hmhm.« Das klang fast wie eine Herausforderung.
Sie schenkte ihm noch einmal Tee nach.
»Kommst du vorbei, wenn du wieder in England bist?«
»Ich weiß nicht … vielleicht … fliege ich danach erst mal für eine Weile nach New York.«
»Gute Idee.« Abis Erleichterung überwog ihre Enttäuschung darüber, dass er schon wieder abreisen würde, nur knapp. »Sehr gute Idee sogar«, nickte sie.

Der Abend musste irgendwann zu Ende gehen.
Und am Ende eines jeden Abends ging man unweigerlich ins Bett.
Die Frage, ob sie im gleichen Zimmer oder gar Bett schlafen sollten, hatte sich nicht mehr gestellt, seit er sie an jenem Abend gebeten hatte, ihn allein zu lassen. Die nächtliche Trennung war ungewollt gewesen, aber von beiden akzeptiert worden. Und unversehens hatten sie sich daran gewöhnt, den Zustand sogar irgendwie bevorzugt, bis allein die Vorstellung, wieder Zimmer und Bett zu teilen, ihnen immer seltsamer vorkam, fast fremd.
Ersehnt und gefürchtet zugleich.
Sie hatten im Laufe des Abends beide daran gedacht.
Aber keiner hatte den Gedanken ausgesprochen.
Jetzt war es Zeit, schlafen zu gehen … Nur wo?
Sie wussten nicht, was der jeweils andere erwartete, und wenn sie ehrlich waren, wussten sie nicht einmal, was sie selbst wollten.

Lily hatte es am einfachsten. Sie konnte gähnen, sagen, sie sei müde, sich zurückziehen und den Rest ihm überlassen.

Vom Sofa aus konnte Liam durch die offene Tür und den Flur bis zu dem Zimmer sehen, das nun seit einer gefühlten Ewigkeit seines war.

Das verdammte Bett hatte sich vom ersten Tag an falsch angefühlt, und jetzt mehr denn je. Gleichzeitig stellte er enttäuscht fest, dass es ihm richtiger vorkam, auch diese Nacht wieder darin zu verbringen, als Lily in das Zimmer zu folgen, das mal ihr gemeinsames Schlafzimmer gewesen war, sich jetzt aber doch eher wie Lilys Zimmer anfühlte. Zu diesem Gefühl hatte natürlich auch die Zeit vor dem Unfall beigetragen, als er kaum noch eine Nacht im gemeinsamen Bett verbracht hatte.

Er verzog das Gesicht vor Schmerz, als er sich erhob, seufzte schwer, als sie ihn sofort fragte, ob alles in Ordnung sei, und verkündete kopfschüttelnd, es sei ein langer Tag gewesen und schon echt seltsam, dass sein Bein ihm ohne den Gips mehr wehtäte als mit. Er räumte ein, dass er den blöden Rollstuhl vielleicht doch nicht so übereilt wieder im Hilfsmitteldepot des Krankenhauses hätte abliefern sollen. Es kostete ihn eine solche Anstrengung, vom Sofa bis zur Tür zu gelangen, dass niemand auch nur im Traum vermutet hätte, er könne es die Treppe hinauf schaffen.

Darum waren sie heute von der Gretchenfrage entbunden.

Aber er wusste, dass sie früher oder später darüber reden mussten.

Er hatte erkannt, dass er viel zu sehr auf seine eigenen körperlichen und emotionalen Verletzungen fixiert gewesen war und dass er sich nun ganz anderen Wunden würde widmen müssen.

Liam staunte, was für einen immensen Vorgang die simple Entfernung des Gipses in ihm ausgelöst hatte. Als er dabei zusah, wie die Krankenschwester mit der kleinen Kreissäge den Gips aufschnitt, ihn mit der Zange auseinanderbog und dann mit der Schere den Zellstoff durchtrennte, hatte er das Gefühl, sie würde Schicht um Schicht seinen Gefühlspanzer aufbrechen und seinen weichen Kern freilegen.

Das unerwartet offene Gespräch mit Dylan im Auto hatte den Boden für diesen Läuterungsprozess bereitet.

Wer hätte gedacht, dass der Junge, der ihm helfen sollte, buchstäblich wieder auf die Beine zu kommen, ihm auch beistehen würde, eine Wunde zu heilen, die noch viel, viel tiefer in ihm pulsierte? Doch Dylan konnte ihm nur bis zu einem gewissen Punkt helfen.

Alles Weitere lag nun bei ihm.

Und bei Lily.

Lily wachte von einem äußerst seltsamen Geräusch auf. Wie ein leises, aber hartnäckiges, regelmäßiges Klicken.

Jemand warf Steinchen gegen ihr Fenster.

Sie wusste nicht recht, ob sie Angst haben oder sich Sorgen machen sollte, bis sie feststellte, dass sie etwas ganz Ungewöhnliches empfand.

Hoffnung.

Wer versuchte, auf diese Weise ihre Aufmerksamkeit zu erregen?

Jemand, der nicht zu ihr ins Schlafzimmer hinauf kommen konnte.

Doch als sie sich den Morgenmantel überwarf und aus dem Fenster schaute, blickte sie nicht in das Gesicht, das sie erwartet hatte.

Einen Moment lang standen sie einfach nur da und sahen einander dann. Dann nickte sie, schlüpfte in die nächstliegenden Klamotten, schlich sich die Treppe herunter und entwich in die milde Nachtluft.

Erst dachte sie, er sei wieder weg, doch als ihre Augen sich an das Dämmerlicht gewöhnt hatten, sah sie, dass er sich lediglich etwas vom Haus entfernt hatte.

Verlegen lächelte er sie an, als sie sich ihm näherte. Sie zog die Strickjacke eng um sich. Die Situation behagte ihr nicht.

Er bemerkte, wie sie sich nach dem Haus, nach Liams Fenster umsah.

»Tut mir leid, dass ich um vier Uhr morgens Steinchen an dein Fenster werfe wie ein Schuljunge ... Ich weiß, dass sich das nicht gehört, aber ich wollte mich von dir verabschieden.«

»Du gehst wieder auf Reisen ...«

Er nickte. Und war überrascht, wie sehr es ihn freute, Enttäuschung in ihrer Stimme zu hören.

»Ich weiß, es ist ein ziemlich beknackter Zeitpunkt, aber ich wollte mich gerne persönlich von dir verabschieden.«

»Schon gut ... Das freut mich. Wann ... Ich meine, kommst du irgendwann wieder?«

»Ja, sicher ... Ich weiß nur noch nicht, wann.«

Sie presste die Lippen aufeinander und schwieg. Dann verschränkte sie die Arme und zuckte mit den Schultern.

»Wo soll's denn hingehen?«

»Papua Neuguinea.«

Sie lachte leise.

»Den Namen hab ich schon mal gehört, aber das war's dann auch schon. Peinlich, oder? Ich weiß nicht einmal, wo das liegt.«

»Zwischen Indonesien und Australien.«

»Ganz schön weit weg ...«

»Fast zwanzigtausend Kilometer. Aber nur vierundzwanzig Flugstunden ...«

Sie biss sich auf die Lippe. Es war ihr anzusehen, dass sie diese Nachricht aufwühlte, und darum wagte er, sie zu fragen: »Meinst du, du schaffst das alles?«

Sie ging sofort in die Defensive.

»Du brauchst dir um mich keine Sorgen zu machen.«

»Steht mir nicht zu, was?« Sie trat einen Schritt von ihm zurück, während er in Richtung Haus blickte. »Ich habe ihn gestern nach Hause kommen sehen. Deinen Mann. Ohne Rollstuhl.«

Sie lächelte, sah zu Boden, wo ihr Fuß mit einem Steinchen spielte, und blickte dann wieder zu ihm auf.

»Ja. Endlich mal eine gute Nachricht.«

»Es kann also nur besser werden?«

»Das hoffe ich. Wann geht dein Flug?«

Er sah auf die Uhr.

»Um zwölf. Ich muss jetzt wirklich los.«

»Klar. Also dann … gute Reise.«

»Danke …« Er berührte sie am Arm. »Gleichfalls.«

»Ich verreise doch gar nicht.«

»Freut mich zu hören.«

»Wenn du zurückkommst, schaust du vorbei und meldest dich?«

»Auch wieder um vier Uhr morgens?«

Lily lachte leise.

»Jederzeit.«

»Wenn das so ist, werde ich nächstes Mal um Mitternacht am Fallrohr zu deinem Fenster hinaufklettern.« Sie lachten beide, und dieses gemeinsame Lachen erlaubte es ihnen, sich kurz und einigermaßen unbefangen zu umarmen.

Die Sonne tauchte langsam aus dem Meer auf, und beide sahen dabei zu, wie die ersten Strahlen die schwarzen Wellen golden färbten.

»Wie ein Gemälde«, murmelte er.

»Kunst spiegelt das echte Leben wider«, sagte sie leise.

»Stimmt. Aber auch umgekehrt.«

»Wie meinst du das?«

»So wie Oscar Wilde … Das Leben imitiert die Kunst.«

»Und wie ist er darauf gekommen?«

Er freute sich, sie wieder lächeln zu sehen.

»Ach, ganz einfach … Also … Das Leben … Der *Umgang* mit dem Leben … na ja … Das ist alles nur eine Frage der Perspektive …«

Lily nickte.

»Manchmal sieht man den Wald vor lauter Bäumen nicht, wenn man selbst von etwas betroffen ist«, sagte sie leise, wie zu sich selbst.

Er sah sie intensiv an.

Er hatte es ihr bereits bei ihrer allerersten Begegnung unten am

Hafen angesehen. Trotz ihrer Schönheit hatte sie etwas unfassbar Trauriges ausgestrahlt, ja, regelrechte Seelenpein – und genau diese Dualität hatte er festhalten wollen, ohne ihr zu nahe zu treten.

Heute konnte er sich nicht mehr zurückhalten.

Unsicher, ob das angemessen war, ergriff er Lilys Hand.

Sie war eiskalt.

»Lily ... das Bild ... das Bild, das du gemalt hast ... an eurer Treppe ... Das ist wirklich wunderschön. Du sagst, du malst nicht mehr. Ich finde, das darf nicht sein, wenn du doch in der Lage bist, etwas so ... *Bewegendes* zu produzieren. Als mir die Verbindung zu Eloise klar wurde, habe ich dich mit nach Penzance genommen in der Hoffnung, dass ...« Er zögerte, weil er nicht recht wusste, wie er es am besten sagen sollte. »Cornwall hat schon so viele wunderbare Künstler inspiriert und beflügelt, unter anderem deine Urgroßtante, und ich hatte die Hoffnung, dass es auch dich beflügeln könnte ... Was ist los, Lily? Ich weiß, dass irgendetwas nicht stimmt, und ich glaube nicht, dass es nur wegen Liam und seinem Unfall ist. Du wirkst immer so unendlich traurig, so verloren ... Ich mache mir Sorgen um dich.« Er verstummte, als er sah, dass ihr Tränen über die Wangen liefen.

Sie stöhnte leise, ließ seine Hand los und wischte sich wütend über das Gesicht. »Tut mir leid ... Es nervt mich selbst, dass ich so schwach bin, aber irgendwie ... kann ich nicht ...«

Offenbar hatte er wieder einmal einen wunden Punkt getroffen. Dieses Mal war er fest entschlossen, sie nicht vom Haken zu lassen.

»Was ist los, Lily?« Sanft legte er ihr die Hand auf den Arm. »Bitte ...«

Doch sie schwieg.

»Manchmal hilft es, darüber zu reden«, fügte er hinzu.

Leeren Blickes sah sie ihn an.

»Das sagen alle.«

»Weil es stimmt. Denk an Abi: Geteiltes Leid ist kein Leid ...«

»In meinem Fall funktioniert das aber nicht«, entgegnete sie leise. »Allein der Gedanke daran tut schon so verdammt weh.

Wie soll ich über etwas reden, an das ich nicht einmal denken mag ...«

Er hatte also Recht gehabt.

Etwas in ihr war zerbrochen. Er hatte die Risse erkannt, die sie einfach nur übermalt hatte, ohne sie zu reparieren.

»Wann hast du es denn zum letzten Mal versucht?«, hakte er behutsam nach.

»Passiert ist passiert, daran ändert auch langes Gerede nichts.«

»Das mag sein, aber manchmal kann es das, was passieren *wird*, ändern ...«

Sie ließ den Blick zur Kante des Steilfelsens schweifen, ohne zu begreifen, wie nah sie am Abgrund standen.

Seine Hand lag immer noch auf ihrem Arm und gab ihr Halt.

»Du musst loslassen, Lily ... loslassen ...«

Er konnte ihren tiefen Seufzer hören und spüren. Einen Seufzer der Resignation.

Als sie endlich redete, klang ihre Stimme so leise und mechanisch, als läse sie die Worte von einem Blatt Papier ab.

»Vor zwei Jahren, sechs Monaten und acht Tagen ...« Sie geriet ins Stocken und biss sich so fest auf die Lippe, dass diese ganz weiß wurde. Lily schloss die Augen, holte Luft und nahm noch einen Anlauf. »Vor zwei Jahren, sechs Monaten und acht Tagen haben Liam und ich ein Kind bekommen ... einen Sohn. Elf Wochen vor Geburtstermin. Er lebte nur siebzehn Stunden.«

Sie machte eine Pause, in der sie Nathan gequält ansah.

»Er hieß Daniel James Bonner ... nach Liams Vater. Er war so wunderbar, so perfekt ... Aber er konnte nicht ... Er schaffte es einfach nicht ... Es war zu früh ...«

»Das tut mir unendlich leid, Lily«, sagte Nathan, und sein Blick unterstrich sein aufrichtiges Mitgefühl.

Unkontrolliert strömten Lily die Tränen übers Gesicht.

Er handelte impulsiv – das einzig Richtige schien ihm in diesem Moment zu sein, sie an sich zu ziehen und festzuhalten.

Zu seiner Überraschung fand sie sich widerstandslos in die unerwartete Umarmung. Doch dann sah sie zum Haus, begann zu zittern und löste sich wieder von ihm.

Ihr Blick ruhte auf ihm und nicht irgendwo in der Ferne, als sie wieder sprach.

»Und ich male deshalb nicht mehr, weil ...« Sie stockte und sah wiederum kurz zum Haus. »Das Gemälde, das du gesehen hast ... mein Gemälde ... Du findest es schön? Bewegend?«

Er nickte.

»Das habe ich an dem Tag gemalt, an dem ich erfuhr, dass ich schwanger war. Es sollte zeigen ... Es ist ein Ausdruck von ...« Sie rang um Worte. »Es spiegelt meine Gefühle an dem Tag wider. Meine unbändige Freude. Meine Freude am Malen. Am Leben ... Ich habe keinen Pinsel mehr angerührt, seit ich Daniel verloren habe.«

Er sagte kein weiteres Wort.

Keine Mitleidsbekundungen.

Er nahm sie wieder in den Arm und drückte sie eine Ewigkeit an sich.

Auch als die Tränen versiegt waren und sie sich wieder beruhigt hatte, lösten sie sich nicht aus der Umarmung.

Als die Sonne so weit über dem Meer stand, dass es eindeutig mehr Tag als Nacht war, löste sie sich schließlich widerwillig von ihm und trat zurück.

»Du musst los. Sonst verpasst du noch deinen Flug.«

»Ich will nicht weg ...«

»Du musst aber«, sagte sie erstaunlich bestimmt.

Er nickte.

»Ich habe fest zugesagt.«

»Wann kommst du wieder?«

»Kommt drauf an ... Vielleicht fliege ich danach erst mal für eine Weile nach New York.«

»Was ist in New York?«

»Ein anderes Leben.«

»Eine Frau?«

Er schüttelte den Kopf.

»Was das angeht, habe ich dich nicht angelogen. Aber es gibt da jemanden, der gerne mehr von mir hätte.«

»Und willst du das auch?«

Er nahm ihr Gesicht in seine Hände und sah ihr fest in die Augen.

»Wenn du mich jetzt bitten würdest, nach diesem Job direkt hierher zurückzukommen, würde ich das tun.«

Bedeutungsschwanger hingen seine Worte in der Luft.

Er sah ihr ihre Unentschiedenheit an, aber auch, was sie gleich antworten würde. Und darum tat er das, was er vom ersten Tag an hatte tun wollen und wofür sich ihm hier und jetzt die letzte Chance bot: Er küsste sie.

Zunächst erwiderte sie seinen Kuss, schlang die Arme um seine Taille und zog ihn näher an sich heran.

Einen Moment lang fühlte es sich so gut an, und so richtig.

Als sie sich wieder ansahen, standen ihr erneut Tränen in den Augen.

»Es tut mir so leid ... Wenn die Dinge anders lägen ... aber ...«

»Du liebst Liam.«

Sie nickte.

»Aber das heißt nicht, dass ich nicht ... dass ich ...«, stammelte sie. Dann seufzte sie und fing noch mal von vorne an: »Aber das heißt nicht, dass ich dich nicht in meinem Leben haben möchte ... das wäre auch nicht richtig ...«

Zärtlich legte er ihr den Zeigefinger auf die Lippen.

»Mach dir keine Sorgen, Lily. Ich verspreche dir, dass unsere Beziehung hiermit nicht beendet ist. Es wird nur von heute an eine andere Beziehung sein als die, auf die ich gehofft hatte ...«

Er ließ die Hand sinken. »Freunde?«

»Auf jeden Fall«, nickte Lily. »Allerdings verabschieden Freunde sich in meiner Welt nicht per Handschlag.«

»Aber sie küssen sich wohl auch nicht auf den Mund, oder?«

Er war erleichtert, als sie sein Lächeln erwiderte.

»Leider nicht, nein ... Also, wie wäre es mit einer Umarmung?«

Er nickte und sie nahmen sich in den Arm. Mit einem geflüsterten »Bis bald« löste er sich von ihr, drehte sich um und ging.

Es zerriss Lily fast vor Reue und Sehnsucht, und am liebsten hätte sie Nathan zurückgerufen.

Doch sie schaute ihm schweigend nach.

26

Liam konzentrierte sich nun voll und ganz auf seine weitere Genesung. Der Nachteil dieser positiven Entwicklung war, dass Dylan bald ausziehen würde, denn jetzt, wo mit dem Gips dieser letzte buchstäbliche Klotz am Bein verschwunden war, war Dylans Anwesenheit eigentlich genauso wenig erforderlich wie das Krankenhausbett und das Schlafzimmer im Erdgeschoss.

Liam hatte ihn überzeugt, noch etwas zu bleiben. Er konnte nur schwer damit umgehen, dass er sich einerseits nichts sehnlicher wünschte, als endlich wieder unabhängig zu sein, und gleichzeitig keine Ahnung hatte, wie das Leben ohne Dylan weiterlaufen sollte.

Aber irgendwann würde er natürlich ausziehen.

Und dann würden nur noch Lily und er übrig bleiben.

Warum fühlte sich das bloß so seltsam an?

Er wusste gar nicht, was »Lily und er« überhaupt noch bedeutete, das war es wahrscheinlich. Ob sie sich jemals wiederfinden würden?

Da fiel ihm etwas ein.

Es dauerte eine Weile, bis er die Überreste der Vase gefunden hatte, und es tat ihm in der Seele weh, sie in so vielen Scherben zu sehen. Jetzt war eine ruhige Hand gefragt. Ob seine Finger, die manchmal immer noch Schwierigkeiten hatten, simple Knöpfe auf- und zuzumachen, wohl einer so diffizilen Geduldsprobe gewachsen waren?

Die Clarice-Cliff-Vase war immer ein Symbol ihrer Beziehung gewesen. War sie es auch jetzt? War ihre Beziehung zerbrochen? Ein Scherbenhaufen? Nur weil er trotz aller Anstrengung zu blöd war, etwas richtig zu machen?

Eines zumindest wusste er ganz sicher: Sie musste die Wahrheit erfahren.

In jenen ersten Tagen, nachdem der Gips entfernt worden war, saßen Peter, Wendy und Dylan häufig mit ihnen gemeinsam in der Küche. Peters Gesellschaft versetzte Liam und Lily immer dorthin zurück, wo sie eigentlich sein sollten, auch wenn die Umstände schwierig waren.

Wenn sie so beieinander saßen, wenn Lily strahlte und lachte, dann erinnerte sich Liam wieder daran, wie es einmal gewesen war.

Nun fühlte er sich auch stark genug, seine Arbeit wieder aufzunehmen und fuhr mit Peter nach Truro. Erst ins Büro und dann auf die Baustelle, wo Duncan Corday ihn so überschwänglich begrüßte, als sei er der verlorene Sohn. Mit Pauken und Trompeten, damit es auch wirklich jeder mitbekam.

Dieser Überschwang hätte den Liam, der vor Monaten frisch nach Cornwall kam, nur wenig beeindruckt, er hätte sich ohne weiteres Aufhebens in seine Arbeit gestürzt.

Heute berührte ihn die exaltierte Begrüßung sehr.

Noch viel mehr als die ersten Schritte in das Atrium des Kunstzentrums seit seinem Umfall.

Und der Blick nach oben.

»Alles in Ordnung?«, fragte Peter in dem Moment. Er wich während des gesamten Besuches nicht eine Sekunde von seiner Seite.

Liam nickte, ohne den Blick von der Glaskuppel zu wenden.

»Wie hoch ist das noch mal?«, murmelte er.

»Sag bloß, das hast du auf dem Weg nach unten nicht ausgerechnet?« Peter grinste.

Dann war Corday mit einem Haufen Kollegen aufgetaucht, die Liam alle gern die Hand schütteln wollten.

»Die Männer freuen sich alle, dass Sie wieder da sind«, strahlte er Liam an.

»Na, dann mal hoch die Tassen«, witzelte Peter, und Corday sah ihn an, als hätte er gerade einen großartigen Vorschlag geäußert.

»Hervorragende Idee, Peter.«

»Wie bitte?«

»Na, wir freuen uns doch alle, Liam wiederzusehen, und dass er bald wieder ganz auf dem Damm ist – das müssen wir feiern!«

»Ach, ich weiß nicht, ich wollte eigentlich ganz unauffällig langsam wieder einsteigen ... mich zusammenreißen und weitermachen ...«, widersprach Liam, doch Corday ließ sich nicht davon abbringen.

»Jetzt fängt alles wieder von vorne an«, seufzte Lily, als sie vor dem Badezimmerspiegel stand und sich die Wimpern tuschte.

Tatsächlich war wenige Tage nach Liams Besuch im Büro eine Einladung ins Haus geflattert. An diesem Wochenende sollte auf dem Cordayschen Anwesen eine Party zu Liams Ehren stattfinden.

Sie war eigentlich nicht übertrieben eitel, aber sie wusste doch, was ihr gut stand und worin sie am besten aussah, und wenn sie nun schon wieder in die Höhle des Löwen musste, wo jene Frauen, die sich letztes Mal das Maul über sie zerrissen hatten, höchstwahrscheinlich wieder über sie herfallen würden, dann wollte sie wenigstens so gut wie möglich aussehen.

Sie entschied sich für ein schlichtes, lilafarbenes Lambswool-Kleid, das ihre Figur unaufdringlich zur Geltung brachte und das Grau ihrer Augen sanft unterstrich. Da der Saum knapp über dem Knie endete, zeigte Lily außerdem Beine, die sich sehen lassen konnten und später in hohen Absätzen enden würden. Im Moment schlurfte sie aber noch in den üblichen Flipflops durchs Haus.

»Wow. Du siehst toll aus.« Dylan pfiff anerkennend, als sie die Treppe herunterkam. »Nur die Schuhe passen nicht richtig ...«

»Mir passt das alles nicht richtig … Du weißt ja, dass er viel lieber dich irgendwo mit hinnimmt als mich«, sagte sie mit einem Augenzwinkern.

Dylan lachte und schüttelte den Kopf.

»Dieses Mal nicht, Lil …«

»Ach, bitte, Dylan, tausch doch mit mir …«, seufzte Lily und sah ihn mit einem traurigen Hundeblick an, den sie sich vom bettelnden Reefer abgeguckt hatte. Doch Dylan schüttelte noch mal den Kopf.

»Wieso denn nicht? Du stehst doch auf Partys … Jede Menge gratis Alkohol …«

»In der Einladung steht ausdrücklich Mr. und *Mrs.* Bonner.«

»Ich glaube kaum, dass Dylan in dem Kleid auch nur annähernd so gut aussehen würde wie du.« Liam tauchte in der Tür hinter Dylan auf.

»Du meinst, das ist nicht ganz meine Farbe?«, drehte Dylan sich grinsend zu ihm um.

»Ganz genau. Zu dir passt eher ein hübsches Babyrosa«, parierte Liam, ohne den Blick von Lily abzuwenden.

»Bist du so weit?«

Wie gerne wollte sie Nein sagen. Aber sie nickte.

»Na, dann machen wir uns mal besser auf den Weg … Und es macht dir wirklich nichts aus, zu fahren? Du weißt, dass du dann nichts trinken kannst?«

»Ich will auch gar nichts trinken.«

»Lily möchte gern nüchtern und bei Sinnen bleiben.« Dylan nickte zufrieden. »Sehr vernünftig. Hast du an den Schlagring gedacht?«

»Nicht nötig«, antwortete Lily. »Wenn ich eine Waffe brauche, leihe ich mir eine der Giftspritzen.«

Schweigend fuhren sie die zirka fünfzig Kilometer nach Treskerrow.

Es war kein angenehmes Schweigen.

Es war ein *Ver*schweigen. Ein Totschweigen.

Sie fuhr, und er sah zum Fenster hinaus.

Je dunkler es draußen wurde, desto mehr hielt ihm das Fenster den Spiegel vor.

Lilys Gedanken kreisten um das Haus, das jetzt vor ihnen auftauchte.

Sie war bisher erst einmal auf dem herrschaftlichen Anwesen der Cordays gewesen. Schade, dass ein so wunderschönes Gut so unschöne Dinge in Erinnerung rief.

Obwohl sie wusste, dass sie Liam zuliebe am besten so nah wie möglich am Haus parken sollte, steuerte sie das Ende der langen Reihe bereits abgestellter Fahrzeuge an und schaltete den Motor ab.

»Sieht ja fast so aus, als hätten sie halb Cornwall eingeladen«, stellte Lily fest.

»Peter ist noch nicht da ... zumindest kann ich sein Auto nicht sehen.«

»Sollen wir auf ihn warten und dann zusammen reingehen?«

»Du meinst, je mehr wir sind, desto weniger kann man uns anhaben?«

»So was in der Art, ja ...« Lily stellte sich vor, wie viel leichter es ihr fallen würde, das feine Haus gemeinsam mit Peter und Wendy zu betreten, hinter denen sie sich zur Not verstecken konnte.

»Peter wusste noch nicht, wann sie hier sein könnten, sie mussten heute beide arbeiten. Ich glaube nicht, dass wir auf sie warten sollten ...«

Doch keiner von beiden machte Anstalten, auszusteigen.

Liam sah sie an. Ihm stand ins Gesicht geschrieben, dass er eigentlich so viel sagen wollte, doch dann biss er sich auf die Lippe, richtete den Blick auf das Haus, seufzte und schaute wieder zu ihr. Und dann sagte er ganz schnell, als könnten ihm die Wörter entwischen, wenn er sie nicht sofort aussprach:

»Eigentlich will ich gar nicht da rein, Lily.«

»Ich auch nicht«, sagte sie, den Blick auf die imposante Fassade vor ihnen geheftet. »Komm, wir verdrücken uns. Fahren nach Hause.«

Überrascht sah er sie an.

»Das können wir nicht machen ... oder?«
Sie sah ihn an.
»Ich rufe an und sage, dass es dir wieder schlechter geht.«
»Das ist nicht dein Ernst, oder?«
Sie nickte.
»Doch ... Mein voller Ernst.«
»Wir können doch nicht ... Wir dürfen nicht einfach ...« Auch er sah zum Haus. In fast jedem Fenster war Licht, sie konnten die Silhouetten der Gäste dahinter sehen und sogar die Musik hören. »Das ist alles für mich. Wir können doch nicht einfach wegbleiben.«
»Natürlich nicht ...«
Schweigend sahen sie einander an.
Regungslos.
»Fahr los, bevor uns jemand sieht«, flüsterte Liam schließlich heiser.
Das brauchte er ihr nicht zwei Mal zu sagen.
Ihre Hände zitterten, als sie den Zündschlüssel drehte. Sie wendete und fuhr dann so sportlich los, dass die Reifen durchdrehten – so eilig hatte sie es, von dort wegzukommen.
»Wohin?«, fragte sie, als sie den Torbogen der Einfahrt erreichten, und fürchtete fast, er könne seine Meinung geändert haben und sie bitten, nun doch zu Cordays Party zurückzufahren.
»Nach Hause«, lautete seine prompte Antwort.
»Sicher?«, zwang sie sich, nachzufragen. »Wenn du doch noch hinwillst, kann ich gerne wenden ...«
»Ganz sicher. Lass uns verschwinden.«

Als sie zum Rose Cottage zurückkamen, oblag es Lily, bei Duncan Corday anzurufen.

Noch von unterwegs hatte Liam Peter informiert, und der war froh gewesen, nun auch auf die Party verzichten zu dürfen. Jetzt zog er sich in sein Arbeitszimmer zurück, während Lily telefonierte. Wie so oft in den letzten Monaten sah er zum Fenster hinaus und genoss die abendliche Aussicht. Er konnte nicht genug davon bekommen.

Er hörte Lilys Stimme am Telefon. Wie sie sich entschuldigte und beschwichtigte.

Er staunte, wie überzeugend sie lügen konnte.

Sie staunte nicht weniger.

Vor allem, als Duncan Corday anbot, sofort zu kommen, falls sie Hilfe brauchten. Lily versicherte ihm glaubhaft, dass Liam bereits ins Bett gegangen war und jetzt einfach nur Ruhe brauchte.

Sie zitterte am ganzen Körper, als sie auflegte.

Marschierte geradewegs in die Küche, holte eine offene Flasche Rotwein aus dem Schrank und schenkte sich ein Glas ein.

Als sie das Klicken von Liams Krücken hörte, drehte sie sich um.

»Alles klar?«

»Alles klar.« Genüsslich sog sie das Bukett des Weines ein.

»Wie hat er reagiert?«

»Besorgt. Ich habe jetzt ein richtig schlechtes Gewissen.«

»Möchtest du doch noch hin?«

Sie lächelte verkniffen, trank einen Schluck und schüttelte den Kopf.

»*So* schlecht ist es dann doch nicht ...«

»Gibst du mir was ab?« Er nickte in Richtung Weinflasche.

Verwundert sah sie ihn an.

»Ich habe heute keine Medikamente genommen«, beantwortete er ihre unausgesprochene Frage. »Ich dachte mir nämlich, dass ich etwas Stärkeres als Dopamin brauchen würde, um den Abend zu überstehen.«

»Ach, Liam ...« Sie wollte ihn gerade schelten, biss sich dann aber auf die Zunge. »Soll ich dir die Tabletten holen?«, fragte sie stattdessen.

»Eigentlich hätte ich viel lieber ein Glas davon.« Er nickte in Richtung der Flasche. »Und außerdem soll ich die Schmerzmittel jetzt Schritt für Schritt absetzen.«

»Und dich stattdessen mit Alkohol betäuben?«, entgegnete sie, doch als er ihr Gesicht sah, blickte sie ihn nicht maßregelnd, sondern schmunzelnd an.

Ohne ein weiteres Wort holte sie ein zweites Glas, schenkte es halb voll und reichte es ihm.

»Zum Wohl.«

»Zum Wohl«, antwortete er. »Trinken wir darauf, dass wir Cordays Klauen entkommen sind.«

Die Gläser klirrten aneinander und vibrierten melodisch.

Und dann fingen sie beide an zu lachen.

»Mannomann. Ich bin der Ehrengast, Lily. Die ganze Party findet nur für mich statt!« Kopfschüttelnd trank er einen Schluck Wein. Er empfand es als Wohltat, wie die dunkelrote Flüssigkeit wie Seide seine Zunge umspülte und warm in den Magen hinunterfloss. »Ich fasse es nicht, dass wir wirklich getürmt sind!«

»Ich auch nicht … Aber ich bin froh …« Verhalten sah sie ihn an. »Und du? Wärst du doch lieber geblieben?«

Er schüttelte den Kopf.

»Gott, nein.«

»Aber du wirst dich ja schon bald wieder in seine Klauen begeben …« Sie benutzte ganz bewusst seine Worte, damit er sie nicht gegen sie auslegen konnte.

»Ach ja?«

»Du hast doch mit Peter darüber gesprochen, bald wieder zu arbeiten, oder?«

»Ja, natürlich. Erst mal nur halbe Tage oder so, aber er braucht mich. Und ich möchte auch gerne wieder etwas Sinnvolles tun und dir nicht den lieben langen Tag auf den Wecker gehen …«

»Vielleicht bin ich ja gar nicht hier …«, deutete sie bedeutungsschwanger an.

»Ach? Willst du mich jetzt etwa doch endlich verlassen? Jetzt, wo man dir nicht mehr vorwerfen kann, einen Krüppel im Stich zu lassen?« Er bemühte sich um einen humorvollen Ton, aber seine Miene strafte den Ton Lügen.

»Ich dachte eigentlich nur, dass ich mir vielleicht auch endlich mal eine Arbeit suchen sollte«, antwortete sie leise und vorsichtig.

»Im Ernst?«

»Wieso überrascht dich das?«

Er zuckte mit den Schultern. »Weil du nicht gezwungen bist, zu arbeiten. Aber wenn du das gerne möchtest, ist es natürlich etwas anderes. Ich hatte bloß den Eindruck gewonnen, dass du deine Zeit lieber mit anderen Dingen verbringen wolltest.«

»Wie zum Beispiel?«

»Den Garten auf Vordermann bringen?« Er nickte in Richtung Rosengarten und hoffte, mit seinem verschmitzten Lächeln die Anspannung zu lösen, die sich sofort in ihr aufgebaut hatte.

»Die werden sich schon wieder erholen ...«, beschwichtigte sie. Es war ihr peinlich, was sie mit dem Rosengarten angerichtet hatte.

»Lily, es gibt nichts, was wichtiger wäre als ...«

»Es gibt nichts, was wichtiger wäre?«, schnitt sie ihm sofort das Wort ab. »Und was ist mit deiner Arbeit, Liam? Was ist mit dem Kunstzentrum und Corday? Es ist gar nicht so lange her, da waren diese beiden Punkte die allerersten auf deiner Liste der wichtigen Dinge, und danach kam eine ganze Weile nichts!«

Jetzt war es an ihm, das Gespräch nicht zu einem Streit werden zu lassen.

»Lily. Hör bitte auf. Corday ist ein wichtiger Kunde, aber ich arbeite nicht für ihn, sondern für mich. Für mich und für Peter. Und für uns.«

»Für uns.«

»Ja, für uns.«

Sie senkte den Blick, trank einen Schluck Wein und sah ihn dann herausfordernd an.

»Ich weiß nicht einmal mehr, was ›uns‹ und ›wir‹ bedeutet.«

Und auf einmal waren sie wieder mittendrin in jenem Streit vor seinem Unfall.

An genau dieser Stelle waren sie unterbrochen worden. Wie unfassbar viel war seither geschehen.

An diesem Punkt hatte er an jenem Morgen die Küche verlassen.

War aus dem Haus und zur Arbeit gegangen.

Und nicht mehr zurückgekommen.

Um ein Haar wäre er nie mehr wiedergekommen.

Das wurde ihnen beiden zeitgleich so schmerzlich bewusst, dass sie alles andere vergaßen und sich fest in die Arme schlossen.

»Es tut mir leid ... es tut mir so leid, Lily ...«, flüsterte er nach einer Weile. »Aber wir müssen miteinander reden, um gemeinsam da durchzukommen.«

Langsam, aber bestimmt löste sie sich von ihm und sah zur Tür.

»Ich bin müde«, wisperte sie kaum hörbar. »Ich muss ins Bett.«
»Klar. Natürlich ...«
»Morgen früh reden wir. Versprochen.«
»Okay«, nickte er, obwohl er genau wusste, dass sie log.

Sie hatte bereits geduscht und zog sich gerade ihr Nachthemd an, als sie ihn rufen hörte.

Sie näherte sich seiner Tür, zögerte aber, hineinzugehen, weil sie fürchtete, er wollte doch noch mit ihr reden. Doch er brauchte ihre ganz praktische Hilfe.

»Lily, könntest du mir bitte kurz zur Hand gehen?«

Er saß auf der Kante des heruntergefahrenen Bettes, die Krücken standen gleich neben ihm an die Matratze gelehnt. Er zeigte auf seine Füße, von denen einer noch im Schuh steckte, und zuckte frustriert mit den Schultern.

»Ich krieg ihn nicht aus. Normalerweise kann ich das, aber heute bekomme ich den Knoten einfach nicht auf. Dyl hat mir die Schuhe zugebunden, bevor er aus dem Haus gegangen ist – ich glaube, er hat sie mit Absicht so seltsam geknotet, um zu testen, wie viel ich schon kann.«

Sie nickte, kniete sich vor ihm hin, löste den Knoten, zog ihm Schuh und Socke aus und sank dann zurück auf ihre Füße. Sorgenvoll, gequält und reumütig zugleich blickte sie kurz zu ihm auf.

Dann entdeckte sie, dass sein Fuß ein einziger dunkler Bluterguss war.

»Liam«, keuchte sie.
»Ist nicht so schlimm.« Er zuckte mit den Schultern.

»Das ist doch nicht dein Ernst? Das sieht mehr als schlimm aus.«

Er schüttelte den Kopf und rümpfte nachdenklich die Nase.

»Mehr als schlimm ist mein Knie. Tut verdammt weh. Das sind solche Schmerzen ... Sie halten mich die ganze Nacht wach und lassen nicht nach, ganz gleich, wie ich mich hinlege. Obwohl es jetzt, ohne Gips, schon deutlich besser ist. Manchmal habe ich einfach nur hier gelegen und darauf gewartet, dass es wieder hell wird. Stundenlang habe ich auf die Uhr gestarrt, bis ich endlich noch einen von den Schmerzkillern nehmen konnte, aber das hat oft auch kaum geholfen ...«

»Das tut mir so leid ...«

»Wieso denn, war doch nicht deine Schuld. Überhaupt nichts von alldem ist deine Schuld ...«

»Aber ich dachte, du wärest auf dem Weg der Besserung ... wenn ich gewusst hätte, dass es immer noch so ... Ich meine, wenn es sogar jetzt noch so schmerzhaft ist, dann ...«

»Ich bin auf dem Weg der Besserung, Lily. Versprochen. Das da« – er zeigte auf seinen Fuß – »hat überhaupt nichts mit meinem Unfall auf der Baustelle zu tun, sondern ist das Ergebnis einer Auseinandersetzung, die ich neulich bei der Krankengymnastik in der Klinik mit einem der Trainingsfahrräder hatte.«

Sie schwieg, während sie ihren Mut zusammennahm, ihn zu fragen.

»Warum darf ich dich nicht zur Krankengymnastik begleiten?«

»Weil das Dylans Aufgabe ist.«

»Also nicht, weil du mich nicht dabeihaben willst?«

Er befasste sich etwas zu lange schweigend mit einem Manschettenknopf. Dann sah er sie betreten an.

»Ich will dich nicht anlügen, Lily. Ich will dich nicht dabeihaben.« Er sah ihr an, wie sehr sie das verletzte. Aber dieses Mal weidete er sich nicht an ihrem Leid, das ihm irgendwie Oberwasser bescherte. Dieses Mal wollte er es ihr erklären. »Ich will dich deshalb nicht dabeihaben, Lily, weil ich weiß, dass es dir genauso viele Schmerzen bereiten würde wie mir. Du willst nicht sehen, was sie da mit mir machen, glaub mir, Lily. Dylan und ich, wir machen unsere Witze über die Folterkammer, aber manchmal fühlt sich der Behandlungsraum wirklich genauso an. Die Leute da nehmen ihre Patienten hart ran, das müssen sie ja auch, und ich will natürlich auch, dass sie mich hart rannehmen, aber wenn du das sehen würdest, Lily ... Dann würdest du es nicht zulassen wollen. Du würdest mit deiner Handtasche auf sie einprügeln und sie anschreien, dass sie mich in Ruhe lassen sollen ...« Zärtlich sah er sie an und hoffte, sie möge sein Lächeln erwidern. »Obwohl ... So, wie ich dich in letzter Zeit behandelt habe, würdest du sie womöglich anfeuern, mich noch ein bisschen mehr zu quälen ... würdest ihnen eine Peitsche reichen und sie bitten, noch etwas fester zu prügeln ...«

Der letzte Satz war typisch für Liam, so wie sie ihn kannte. Das brachte sie zum Weinen. Sie wollte nicht, dass er das sah, und schluckte, schlug die Hände vors Gesicht und tat, als würde sie lachen. Er ging ihr nicht auf den Leim, spielte aber mit. Dann nahm er ihre Hand.

»Das Schlimmste habe ich hinter mir, Lily.«

»Und warum erzählst du mir das erst jetzt, wo ich dir nicht mehr helfen kann? Warum hast du mich die ganze Zeit ausgeschlossen?«

Sein Blick wurde traurig, und er umklammerte ihre Hand fester. »Es tut mir leid, Lily, es tut mir so furchtbar leid ... Und ich fürchte ... Ich muss gestehen, dass ... Es ist so schrecklich, Lily, aber ich glaube, unbewusst habe ich dich bestraft ...«

»Mich bestraft?«

Er nickte langsam.

»Dafür, dass du genau das Gleiche mit mir gemacht hast. Dass du mich ausgeschlossen und abgewiesen hast, als du mich am meisten brauchtest. Als ich dich am meisten brauchte.«

Sie wussten beide sofort, dass sie jetzt nicht mehr über seinen Unfall redeten.

Sie wandte das Gesicht ab, und er seufzte.

»Warum redest du nicht mit mir, Lily ...«

Aus seiner Stimme sprach ein solcher Schmerz, ein solches

Flehen, dass sie sofort wieder genau das empfand, was sie immer empfand, wenn es um dieses Thema ging: Als würde jemand ihr ein stumpfes Messer in den Bauch rammen und sie brutal aufschlitzen.

»Lily. Bitte. Was mit Daniel passiert ist ... Niemand konnte etwas dafür. Wir können niemandem die Schuld geben, und wahrscheinlich ist es genau darum so verdammt hart ... Wir können niemanden anschreien, auf niemanden einschlagen ... außer auf uns selbst ... Ich weiß, dass ich ein Ekel gewesen bin, aber wenn ich ehrlich bin, wollte ich dir wohl nur zeigen, wie ich mich gefühlt habe, als ich vollkommen außen vor war, als du mich nicht mehr an dich herangelassen hast, obwohl wir die Sache doch *gemeinsam* hätten durchstehen müssen ... Ich weiß, das ist unverzeihlich, es tut mir unendlich leid, aber ich war einfach nicht ich selbst, ich konnte nicht mehr klar denken, ich habe alles versucht, um uns zusammenzuhalten ... Und als dann der Unfall kam und die Schmerzen und die vielen Medikamente, da bin ich einfach komplett abgedreht ... Ich habe dich so gebraucht, Lily, ich brauche dich immer noch, und daran wird sich auch in Zukunft nichts ändern. Du bist der einzige Mensch auf der Welt, der weiß, wie sich das anfühlt, niemand außer uns weiß, wie das war, ihn zu verlieren ... Und du hast mich einfach nicht an dich herangelassen ...« Er nahm jetzt auch noch ihre andere Hand und sah ihr direkt in die Augen. Er war sicher, dass aus ihnen dieselbe Verzweiflung, Wut und Trauer sprechen würde wie aus seinen.

Sie hielt kurz die Luft an. Sammelte sich. Senkte den Blick. Und fragte mit gebrochener Stimme:

»Liebst du mich noch, Liam?«

Dass sie überhaupt glaubte, ihn das fragen zu müssen, tat ihm weh.

»Natürlich liebe ich dich ... Das hört nicht einfach so auf, Lily. Das hört nie auf. Hier« – er drückte seine und ihre Hände gegen seine Brust – »mein Herz schlägt für dich, Lily. Aber trotzdem gibt es gewisse Dinge, über die wir reden müssen. Wir *müssen*, Lily.«

»Warum ...«, schluchzte sie so herzzerreißend, dass er sie wieder an sich zog und so fest an sich drückte, dass er ihren Herzschlag spüren konnte. Er drückte seine Wange auf ihre Haare und sog den vertrauten, fremden Duft ein.

»Weil es uns kaputtmacht, wenn wir es weiter wegsperren, Lily«, flüsterte er.

»Ja, aber verstehst du denn nicht? Ich konnte nicht anders, als es wegzusperren! Sonst hätte ich mich schon längst umgebracht!«

Er trat einen Schritt zurück und nahm ihr Gesicht in beide Hände.

Küsste ihre tränenüberströmten Wangen.

»Natürlich verstehe ich das, Lily, natürlich verstehe ich das ...«, flüsterte er. »Aber so etwas kann man nun mal nicht auf Dauer wegsperren ... Irgendwann fängt es an, einen von innen her aufzufressen.«

Warum konnte sie nicht mit ihm reden? Vielleicht aus dem gleichen Grund, aus dem sie es mit Nathan konnte. Wenn sie Nathan in die Augen sah, war da nichts als aufrichtige Sorge und Mitgefühl. Wenn sie Liam in die Augen sah, erblickte sie ihren eigenen Schmerz, gleichsam verdoppelt, wie durch ein Vergrößerungsglas, und er drohte sie zu verschlingen. Wie sollte sie diesem Mann, dem die Trauer so gnadenlos ins Gesicht geschrieben stand, sagen, dass sie seinen Schmerz nicht mit ihm teilen konnte, weil sie nicht einmal ihrem eigenen Schmerz gewachsen war? Wie ihm erklären, dass sie das Gefühl hatte, ein Teil von ihr selbst sei gestorben, als ihr Sohn geboren wurde ... und so kurz darauf starb? Wie sollte sie ihm sagen, dass alles, was sie tat, jede Minute des Tages, nichts anderes als eine Strafe für sie war? Morgens allein aufwachen. Das Bild dort aufhängen, wo sie es jeden Tag sehen und jedes Mal bei seinem Anblick jenen unmenschlichen Schmerz empfinden würde, der sie schüttelte, als es passierte ...

Sie war Daniels Mutter.

Eltern waren dazu da, ihre Kinder vor allem Übel zu bewahren, oder?

Sie hatte versagt. Sie hatte ihren Sohn im Stich gelassen.

»Ich habe es verdient, unglücklich zu sein, oder? Ich habe es verdient, den Rest meines Lebens in Trostlosigkeit und Verzweiflung zu verbringen ...«

»Nein, Lily ... NEIN! Das hast du nicht!« Er erhob die Stimme, um irgendwie zu ihr durchzudringen. »Er war ein Segen, Lily, kein Fluch. Ganz gleich wie wenig Zeit uns mit ihm vergönnt war, Lily, unser Daniel war *unser* Sohn, er wird immer unser Sohn sein, das kann uns niemand nehmen. Und wir müssen über ihn reden. Denn solange wir uns nicht eingestehen, dass es ihn gegeben hat, können wir uns auch nicht von ihm verabschieden, Lily, und wir *müssen* uns von ihm verabschieden, wir müssen loslassen ... Wir müssen *ihn* loslassen ...«

»Ich will aber nicht ...«

»Das musst du aber, Lily. Er ist nicht mehr da. Wir haben ihn geliebt, wir wollten ihn bei uns haben, aber er ist weg.«

Liams Tränen vermischten sich mit Lilys.

»Ich kann nicht«, schluchzte sie.

Er küsste sie. Schmeckte das Salz auf ihren Lippen.

»Doch, du kannst ... wir können ... Wir müssen akzeptieren, dass wir ihn loslassen *dürfen*, Lily ... Es ist möglich, ihn loszulassen ... ohne ihn aufzugeben.«

Über den vom Mond erhellten Wanderweg stolperte Dylan nach einem ausgedehnten Abend im Compass nach Hause.

Wie immer, wenn er nach Hause kam – ganz gleich, wie viel er getrunken hatte – warf er einen kurzen Blick in Liams Zimmer. Er wusste, dass es eigentlich nicht mehr nötig war, aber die Macht der Gewohnheit regierte noch.

Dylan erschrak, als er Liams Bett leer vorfand. Das Auto stand in der Einfahrt, also mussten sie von der Party bei Corday zurück sein. Mit einem Schlag war Dylan nüchtern. Vielleicht war Liam gestürzt? Er sah im Badezimmer nach. Kein Liam. Und auch die Küche und das Arbeitszimmer waren leer.

In einem Anflug von Panik ging er einmal ums Haus. Nichts.

Und dann fiel ihm etwas ein.

Zwei Stufen auf einmal nehmend schlich er die Treppe hinauf. Langsam und vorsichtig drückte er die Tür zu Lilys Schlafzimmer auf.

Seine vor Sorge gefurchte Stirn entspannte sich, und er lächelte, als er die beiden engumschlungen tief und fest schlafen sah.

Er ging in sein Zimmer und ließ sich rücklings aufs Bett fallen. Mann, war er erleichtert!

Dann setzte er sich wieder auf und betrachtete das Zimmer, das nun schon seit einigen Wochen sein Zuhause war.

Morgen früh würde er anfangen zu packen.

Er hatte seine Aufgabe hier erfüllt.

27

»Untersteh dich, das hochzuheben! Liam Bonner, du bist noch nicht wieder vollkommen hergestellt! Und du brauchst jetzt auch gar nicht vor meiner Standpauke wegzulaufen, weil ich dich mit der einen Krücke nämlich immer noch lässig einholen kann ...«

»Vielleicht *möchte* ich ja eingeholt werden.« Er drehte sich zu ihr um und nahm sie in den Arm. »Vor allem von dir.« Er drückte ihr einen ausgiebigen, leidenschaftlichen Kuss auf die Lippen, dann ließ er sie los und wandte sich wieder dem neuen Sofa zu, das er an seinen vorgesehenen Platz rücken wollte, während Lily die Tassen in die Küche räumte, aus denen die Möbelpacker Kaffee getrunken hatten.

»Und? Wie findest du's?«, fragte Lily.

»Klassen besser als das, was vorher da gestanden hat.« Er zog die Augenbrauen hoch.

»Es sieht wirklich toll aus.«

»So lange, wie wir darauf warten mussten, hatte ich auch nichts anderes erwartet ...« Kritisch sah er zum Badezimmer.

»Und das verschwindet als Nächstes.«

»Bist du dir wirklich sicher?«

»Du wolltest doch einen Hauswirtschaftsraum?«

»Ja, schon, aber ich bin ja auch ganz gut ohne zurechtgekommen. Und vielleicht wäre es gar nicht so unpraktisch, hier unten ein Badezimmer zu haben.«

»Inwiefern?«

»Na ja ... zum Beispiel, wenn du gerade etwas super Spannendes im Fernsehen siehst und auf die Toilette musst?«

»So ganz ohne Tür, damit jeder mir beim Pinkeln zusehen kann?«

»Genau.« Grinsend setzte sie sich auf den geschlossenen Klodeckel. »Tolle Aussicht von hier.«

»Von hier auch.«

»Hm. Du hast Recht ...« Lily stand auf, als Liam sich auf das neue Ledersofa setzte.

»Obwohl ... Hier sitzt es sich auch ziemlich gut, und ich könnte dir prima beim Duschen zusehen.« Hoffnungsvoll lächelte er sie an. »Wir müssten uns mal langsam fertig machen ...«

Ihr Lächeln erstarb.

»Jetzt guck doch nicht so, Lil ...«

»Wie, so?«

»Als hätte ich dir gerade den letzten Schokokeks weggefressen.«

»Na ja, ich kann nicht gerade behaupten, dass ich mich besonders auf eine weitere Festveranstaltung bei den Cordays freue.«

»Ich weiß, Lily, aber das sind wir ihnen jetzt schuldig. Dieses Mal können wir nicht einfach wegbleiben.«

»Das ist Wochen her, Liam. Meinst du nicht, das ist längst vergessen und verziehen?«

»Ich fürchte, es wird noch Jahre und eine ganze Reihe von Einladungen dauern, bis das vergessen ist ... Komm schon, Lily, die Pflicht ruft ...«

»Wann soll das Kunstzentrum noch mal fertig werden?«

»Das dauert noch mindestens eineinhalb Jahre.«

»Du hättest nicht zufällig Lust, noch mal von irgendeinem Gerüst zu fallen?«

»Lily!«

Sie ging auf ihn zu und schlang die Arme um ihn.

»Du weißt genau, dass ich das nicht ernst meine.«

»Da bin ich mir nicht so sicher ...« Er klang in der Tat verunsichert, und das erinnerte sie daran, dass sein Herz und seine Knochen zwar beständig heilten, aber immer noch verletzlich waren. Doch wie die Rosen, denen sie so übel mitgespielt hatte, zeigten auch sein Körper und seine Seele einen ausgeprägten Überlebenswillen.

»Ich aber.« Sie sah ihm fest und aufrichtig in die Augen. »Komm, wir machen uns fertig. Wenn du mir versprichst, dass wir nicht allzu lange bleiben, darfst du mir sogar den Rücken schrubben …«

»Wir bleiben nicht allzu lange, und wenn du mir den Rücken schrubbst, können wir auch gerne mit Verspätung dort aufschlagen …«, versprach er. »Wenigstens ist diese Party nicht zu meinen Ehren, das heißt, wir können uns unauffällig unters Volk mischen … Hast du ein Geschenk für Elizabeth besorgt? Tut mir leid, dass ich dir das aufgehalst habe, aber ich hatte beim besten Willen keine Ahnung, was man ihr besorgen könnte …«

»Ach, Peter hatte da eine gute Idee.«

»Ach ja?«

»Ja. Er meinte, wir könnten zusammenlegen und ihr einen Gutschein für ein Face-Lifting schenken.« Lily lachte. »Also habe ich ihr zur Vorbereitung eine superteure Gesichtscreme besorgt …«

Liam fing ebenfalls an zu lachen.

»… und eine Karte mit einer riesigen Fünfzig vorne drauf.«

»Sie wird aber achtundvierzig, Lily.«

»Ich weiß.« Lily zwinkerte ihm zu. »Keine Sorge, Wendy und ich haben ihr einen Schal gekauft. Wahrscheinlich nicht ganz so edel wie der Kram, den sie sonst so hat, aber immerhin aus Seide und sehr schön.«

»Na ja, und hervorragend zum Strangulieren geeignet …«

Das Partymotto »Ein Sommernachtstraum« war im Herbst zwar eigentlich etwas unpassend, aber sie hatten Glück mit dem Wetter. Im weitläufigen Garten waren zahllose Lichter versteckt, die Treskerrow wie verzaubert wirken ließen. Die als Elfen und Feen verkleideten Kellnerinnen und Kellner bahnten sich mit Tabletts voller Sektflöten Wege durch die Gästeschar.

Wendy war zum ersten Mal hier.

»Mann, ist das toll hier«, staunte sie. »Erinnert mich an ein Renaissancegemälde.«

»Ja, genau. Sieht total klasse aus, stellt aber in Wirklichkeit die Hölle dar«, brummte Lily.

Peter wollte ihr die Hand drücken, doch Liam kam ihm zuvor.

»Setz einfach dein strahlendstes Lächeln auf, Lily Bonner. Wenn wir so aussehen, als würden wir uns wahnsinnig amüsieren, wird auch keiner etwas sagen, wenn wir uns früh verabschieden.«

In der ersten Stunde kamen Dutzende von Kollegen auf Liam zu und begrüßten ihn entweder herzlich oder zogen ihn damit auf, dass er zwar wieder halbtags arbeitete, sich aber im Büro in Truro oder zu Hause verkroch und einen großen Bogen um die Baustelle machte.

Liam begegnete ihren Wünschen und herzlichen Worten mit einem Lächeln. Zwar war er nur noch auf eine Krücke angewiesen, aber mit der anderen Hand suchte er beständig bei Lily Halt.

»Keine Sekunde hat sie ihn losgelassen«, hörte Lily eine verkniffen aussehende Brünette ihrer Freundin zuraunen. »Die reinste Klette ... Ziemlich unhöflich, wenn du mich fragst, schließlich wollen die Leute ihm gerne die Hand geben. Aber man kommt gar nicht an ihn heran ...«

»Kann ich ihr nicht verdenken. Wenn ich sie wäre, würde ich auch alles tun, um dich nicht zu nahe an ihn heranzulassen.«

Nur Lily wusste, dass es genau umgekehrt war: Liam hatte sie nicht losgelassen, weil er sie in dem Getümmel nicht verlieren wollte. Und diese Gewissheit reichte ihr, um die bösartigen Kommentare an sich abprallen zu lassen.

Außerdem hatte sie die beiden Stimmen wiedererkannt. Sie gehörten den beiden Frauen, die sich schon letztes Mal über sie und Liam das Maul zerrissen hatten.

Eine war nett, die andere nicht.

Die Nette war eine hübsche Rothaarige, die sofort entschuldigend lächelte, als sie bemerkte, dass Lily sie beobachtete, und dann demonstrativ nicht auf Liam zuging, sondern auf Lily.

»Hi! Sie müssen Lily sein. Ich bin Lucy Deveral«, stellte sie sich vor. »Ich habe die zweifelhafte Ehre, Duncans Assistentin zu sein, von daher habe ich schon jede Menge über Sie gehört. Zum Beispiel, dass Sie den besten Tee in ganz Cornwall machen.«

Lily lachte und ergriff die ausgestreckte Hand.

»Na, ob das der Beste ist, weiß ich nicht, aber zumindest habe ich eine ziemlich große Auswahl. Ganz schön peinlich, was?«

»Finde ich nicht. Ich finde es toll, wenn jemand den Unterschied zwischen Lapsong und Souchong kennt«, scherzte Lucy. »Wie wäre es, wenn wir uns mal auf ein Tässchen zusammensetzen?«

»Das wäre sehr schön.«

Lucy holte Stift und Papier aus der Handtasche und notierte ihre Telefonnummer.

»Rufen Sie mich an, wenn Sie Zeit haben. Und entschuldigen Sie, wenn ich Sie direkt schon wieder stehenlasse, aber der Ayatollah höchstpersönlich ist im Anmarsch, und wenn der mich erwischt, findet er bestimmt sofort wieder etwas für mich zu tun ... Ich bin aber hier, um zu feiern! Also, rufen Sie mich an, wir treffen uns auf einen Tee, und wenn wir ganz besonders dekadent sein wollen, gönnen wir uns vielleicht sogar einen Keks dazu ...«

Grinsend tauchte sie in der Gästeschar unter. Im nächsten Moment stand Duncan Corday vor ihnen.

»Liam, wie schön, dass Sie hier sind.« Schwang da ein spitzer Unterton mit? Eigentlich sah er wirklich erfreut aus, Liam und Lily zu sehen. »Amüsieren Sie sich gut?«

»Na ja, er sonnt sich in der Aufmerksamkeit und dem Mitleid, das ihm durch die eine Krücke zukommt ...«, scherzte Peter, der neben Liam stand.

»Ich weiß nicht, ich glaube, ich habe schon genug Mitleid auf mich gezogen. Aber gegen Aufmerksamkeit habe ich natürlich nichts einzuwenden, solange es die richtige ist ...«

»Die von attraktiven Frauen?«

»Also, was das angeht, braucht Liam ja nun wirklich keine Hilfsmittel. Und außerdem würde es mich doch schwer wundern, wenn Liam die Aufmerksamkeit anderer Frauen erheischen wollte, wenn er ein solches Prachtexemplar bei sich hat ...«

Corday wandte sich galant Lily zu, ergriff ihre Hand und führte sie an seine Lippen. »Sie sind wieder einmal wunderschön, Lily, ach, was sage ich, Sie sehen einfach immer umwerfend aus, ob im Galakleid oder in abgeschnittener Jeans und T-Shirt. Wie sieht es aus in Ihrer Ecke von Cornwall? Sind Sie schon mit Ihrem Cottage fertig? Ich muss wirklich mal wieder auf eine Tasse Tee vorbeischauen und mir die Fortschritte ansehen, die Sie gemacht haben ...«

»Gerne, jederzeit«, entgegnete Lily pflichtbewusst.

»Ach, und diese junge Schönheit muss wohl Wendy sein! Freut mich, Sie endlich kennenzulernen, Wendy ... Obwohl ich ja das Gefühl habe, Sie bereits zu kennen, weil Peter quasi von nichts anderem mehr redet ... Und jetzt verstehe ich auch, warum.« Er klopfte Peter auf den Rücken, als wolle er ihn zu seiner Wahl beglückwünschen. »Fühlen Sie sich als Erwachsene und nach langer Abstinenz genauso wohl in Cornwall wie damals als Kind? Hat Peter Ihnen dabei geholfen, sich wieder einzuleben? Ich möchte nachher unbedingt mit Ihnen anstoßen, aber jetzt muss ich erst mal meinen Pflichten als Ehemann nachkommen und etwas sagen ... bis später!« Er winkte einen Kellner herbei. »Diese Gäste hier liegen mir ganz besonders am Herzen, Toby, und ich möchte, dass Sie persönlich dafür Sorge tragen, dass es ihnen an nichts fehlt ... Ich möchte hier keine leeren Gläser sehen, verstanden?«

»Sehr wohl, Mr. Corday, Sir.«

Und damit verschwand der Gastgeber in der Menschenmenge. Er schüttelte zahllose Hände, bis er endlich die Terrasse des riesigen Hauses erreichte, auf der Elizabeth regelrecht Hof hielt.

»Das war also der legendäre Duncan Corday«, murmelte Wendy Lily zu und sah dabei recht amüsiert aus.

»Und? Wie findest du ihn?«, fragte Lily vorsichtig.

Wendy hakte sich bei Lily unter, als Peter und Liam sich auf die Suche nach einem ruhigeren Plätzchen machten.

»Er kommt mir vor wie meine Erstklässler ...«, gestand sie. »Stellt jede Menge Fragen, ohne eine Antwort abzuwarten. Und wie geht es Dylan in seinem neuen Heim?«

»Er ist total begeistert. Bekommt jeden Tag was Ordentliches gekocht, und waschen und bügeln muss er auch nicht selbst ...«
»Es hat sich also alles gut gefügt.«
»Mhm. Das haben wir Bob zu verdanken, es war seine Idee. Dylan ist total happy, und Abi ist auch glücklich, dass sie sich um jemanden kümmern kann, jetzt, wo Nathan in New York ist.«
»Und ihr könnt ihn immer noch jederzeit sehen.«
Lily nickte ernst.
»Er hätte uns wirklich sehr gefehlt ... Aber daraus wird jetzt nichts« – Lily grinste –, »weil er und Reef nämlich fast jeden Tag zum Frühstück bei uns aufkreuzen.«
Die beiden Frauen nahmen sich noch je ein Glas Sekt und folgten dann Peter und Liam in ruhigere Gefilde.
Peter machte ein feierliches Gesicht.
»Bevor Duncan mit seiner Rede loslegt, haben wir auch etwas zu verkünden ... Eigentlich wollten wir ja warten und es nach allen Regeln der Kunst machen« – er sah zu Wendy –, »aber wir können es einfach nicht länger für uns behalten.«
Mehr brauchte er nicht zu sagen.
»Ihr wollt heiraten!«, riefen Lily und Liam unisono.
Peter wollte enttäuscht gucken, was ihm misslang.
»Woher wisst ihr das?«
Ja, woher wussten sie das wohl?
Abgesehen davon, dass wirklich nicht zu übersehen gewesen war, in welche Richtung sich ihre Beziehung entwickelte, stand es Wendy wie mit Druckbuchstaben ins Gesicht geschrieben.
Sie war wunderschön. Und das lag nicht an ihrem aufwändigen Kleid, der Frisur im Stil der vierziger Jahre oder dem perfekten Make-up. Nein, sie strahlte – vor Freude, vor reiner, vorbehaltloser Freude. Lily hatte noch nie einen so glücklichen Menschen gesehen.
»Ach, Mensch, das ist die beste Nachricht seit Langem!«
»Findest du? Du meinst nicht, dass wir bekloppt sind, angesichts eindeutiger Ehe- und Scheidungsstatistiken?«
»Ich meine, dass ihr bekloppt wäret, wenn ihr es nicht tun würdet ...« Lily nahm die errötete Wendy in den Arm, während

Peter und Liam sich zunächst die Hände reichten und sich dann auch männertypisch halbwegs umarmten.

Jeder wusste, was drohte.

Die ganze Welt wurde immer zynischer in ihren Ansichten zur Ehe.

Und doch versuchten es zahllose Paare immer wieder.

Wenn eine Frau das Recht hatte, sich echte Hoffnungen zu machen, dann Wendy.

Wenn irgendeine Ehe eine echte Chance hatte, dann war es die von ihr und Peter.

Peter war eines der seltenen Exemplare, mit denen eine Frau bis an ihr Lebensende glücklich werden konnte.

»Das bleibt aber vorläufig unter uns. Wir wollen ja nicht dem Geburtstagskind die Show stehlen.«

»Dann müssen wir aber noch irgendwo anders richtig feiern.«

»Wollt ihr eine Verlobungsparty geben?«

»Nicht im klassischen Sinn. Die Familien wohnen ja in alle Winde verstreut, darum dachten wir, wir könnten uns alle zu einem langen Wochenende bei meinen Eltern treffen und leben wie die Götter in Frankreich … Hättet ihr auch Lust?«

»Kannst ja mal versuchen, uns aufzuhalten.«

»Das wäre wirklich toll«, nickte Liam.

Peter strahlte.

»Abgemacht. Und wenn du bitte beide Krücken mitbringen würdest, Liam, ich wollte nämlich schon immer mal mit einem dieser Elektroflitzer durch den Flughafen gefahren werden …«

Niemand hörte, wie der Hausherr mit einem Messer gegen sein Glas schlug. Schließlich schnappte er sich das Mikrophon des DJs und übertönte die Klubmusik so unvermittelt mit einem lauten »Schönen Guten Abend allerseits!«, dass die Gesellschaft kollektiv zusammenzuckte.

Alle drehten sich zu ihm um.

Er winkte Elizabeth zu sich heran.

»Keine Sorge, ich werde euch nicht mit einer langweiligen Rede beim Feiern stören, aber ich möchte mich doch wenigstens bei euch dafür bedanken, dass ihr heute alle hier seid, um Elizabeths Geburtstag mit uns zu feiern, und euch bitten, mit mir anzustoßen ...«

Er hielt inne, während die Gäste pflichtschuldig ihre Gläser erhoben.

»Auf Elizabeth, die mich umbringen würde, wenn ich euch verraten würde, wie alt sie heute wird. Aber ich denke, ihr gebt mir alle Recht, wenn ich sage, sie sieht keinen Tag älter aus als einundzwanzig!«

»In Hundejahren, meint er wohl.« Peter zwinkerte Lily und Wendy zu, die sich nur schwer ein Kichern verkneifen konnten.

»Hier auf Treskerrow ist es zur Tradition geworden, stets das Geschenk des Vorjahres zu übertrumpfen, aber da meine bessere Hälfte es letztes Jahr geschafft hat, mir ein Porsche-Cabriolet, eine Prada-Handtasche und einen dreiwöchigen Urlaub auf den Malediven abzuschwatzen, stand ich dieses Jahr von einer schier unlösbaren Aufgabe ...«

Die Gäste lachten höflich.

»Was also schenkt man einer Frau, die buchstäblich alles hat?«

»Wie wär's mit: echte Freunde und Gäste, die wirklich ihretwegen hier sind?«, flüsterte Peter Lily ins Ohr.

Lily musste laut lachen und zog damit die ungnädigen Blicke einiger Umherstehender auf sich.

»Natürlich etwas, das mit keinem Geld der Welt zu kaufen ist ...«, fuhr Corday fort.

Er wandte sich dem Haus zu. Eine riesige Torte wurde durch die Terrassentür herausgerollt.

»Springt da jetzt jemand raus?«, fragte Wendy sich.

»Ich springe da vielleicht gleich drauf«, warnte Peter geifernd. »Die sieht köstlich aus. Und ich bin am Verhungern.«

»Das bist du doch immer.« Liebevoll tätschelte Wendy seinen fülligen Bauch.

»Er ist halt eine Sexmaschine, die ständig Treibstoff braucht«, zitierte Liam Peters Lieblingsausrede dafür, dass er so viel aß.

»Und die Torte da würde dafür sorgen, dass ich die ganze

Nacht durchhalte …« Peter zwinkerte seiner Verlobten vielversprechend zu.

Doch die Torte war lediglich ein Ablenkungsmanöver gewesen. Während sie aus dem Haus gerollt wurde, löste sich aus dem Schatten der Bäume eine Gestalt und blieb hinter Elizabeth stehen.

Corday legte die Hände auf die Schultern seiner Frau und drehte sie um.

»Überraschung, mein Schatz! Alles Gute zum Geburtstag!«

Zum ersten Mal überhaupt zeichnete sich auf Elizabeth Cordays von Botox lahmgelegtem Gesicht eine Gefühlsregung ab: Freude. Dann fiel sie dem Überraschungsgast um den Hals.

»Oh, mein Liebling! Du hier?«

»Wer ist das?«, erkundigte Wendy sich wispernd.

Lily erkannte sie. Sie hatte ihr Foto auf Cordays Handy gesehen.

»Ihre Tochter. Wie heißt sie doch gleich, Liam?«

»Isabella«, antwortete er leise.

Sehr zu Peters Freude war die Riesentorte eine echte Torte. Nachdem sie feierlich angeschnitten worden war, bestand die Herausforderung darin, kleine Stücke herauszuschneiden und zu verteilen. Peter, der wie berauscht war von seinen Glückshormonen und jeder Menge Sekt, schaffte es tatsächlich, sich die komplette obere Etage unter den Nagel zu reißen.

»Glaubt bloß nicht, dass ich mit jemandem teile!«, witzelte er und legte besitzergreifend den Arm um seinen Teller. »Wenn ihr etwas wollt, müsst ihr es euch schon selbst besorgen.«

»Ihr könnt euch wahrscheinlich schon vorstellen, welche Dimensionen unsere Hochzeitstorte haben muss«, lachte Wendy.

»Ring!«, rief Lily da völlig unvermittelt, schnappte sich Wendys Hand und stellte fest, dass ihr Ringfinger nackt war.

Peter holte seine Brieftasche aus dem Jackett.

»Ich dachte, der würde die Überraschung verderben ... Tja, so kann man sich täuschen!«, lachte er, nahm Wendys Hand und schob ihr langsam den Ring auf den Finger.

»So, jetzt ist er da, wo er hingehört. Und da wird er für immer bleiben.«

Dann küsste er sie, und Liam legte den Arm um Lilys Schultern und zog sie eng an sich heran.

»Ich finde, wir sollten uns verkrümeln, sobald es sich irgendwie einrichten lässt«, raunte er ihr zu.

»Da rennst du bei mir offene Türen ein – aber meinst du denn, wir sind schon lange genug hier?«

»Willst du etwa streiten?« Er zwinkerte ihr zu.

Lily hob die Hände.

»Ich sage nichts mehr. Sag mir Bescheid, und ich hole meinen Mantel.«

»Bescheid und ich hole mir meinen Mantel.«

Lily grinste.

»Hast du wirklich einen Mantel mit?«

Sie schüttelte den Kopf.

»Nein, aber ich muss noch mal schnell für kleine Mädchen ... Ich habe genug Orangensaft getrunken, um die gesamte Titanic zu fluten ...«

»Gut, aber beeil dich. Ich verabschiede mich in unserem Namen, und wir treffen uns beim Auto, ja?«

»Aber lass mich bitte nicht wieder drei Stunden da herumstehen, weil du dich zu einem Glas Whisky und einem unglaublich wichtigen Gespräch über Türrahmen und Steckdosen hast hinreißen lassen ...«

Liam legte bei der Erinnerung an den Ausgang der Tennisparty im April erst die Stirn in Falten – doch dann lächelte er sie reumütig an.

»Keine Sorge, dieses Mal bestimmt nicht. Versprochen.«

Lily gab Wendy und Peter zum Abschied einen Kuss.

»Es macht euch hoffentlich nichts aus, aber wir machen uns vom Acker ...«

»Kann ich gut verstehen. Wir bleiben auch nicht mehr lange«.

nickte Wendy. Mit dem Finger klaute sie sich einen ordentlichen Sahneklecks von Peters Kuchenteller. »Sonst überfrisst sich hier noch jemand ... Ich rufe euch morgen an, ja, damit wir mit der Planung loslegen können?«

»Wegen Frankreich?«

»Wegen Frankreich ... und wegen der Hochzeit. Ich würde mich nämlich freuen, wenn du meine Trauzeugin wärst ...?«

Lily strahlte, als sie das Haus betrat, und ihr Lächeln wurde von der älteren Dame, die ihr entgegenkam, erwidert.

»Falls Sie zur Toilette möchten, würde ich an Ihrer Stelle gleich nach oben gehen, hier unten stehen Sie stundenlang Schlange ... Man könnte meinen, dass ein Anwesen wie dieses über mehr stille Örtchen verfügt, aber mein Mann hat gesagt, wenn so ein Gebäude erst mal unter Denkmalschutz steht, können selbst Cordays Millionen nichts mehr ausrichten, da darf ohne amtliche Genehmigung nicht mal ein neuer Durchbruch gemacht werden.«

Lily dankte ihr mit einem Lächeln und steuerte die herrschaftliche Treppe an.

»Dritte Tür rechts. Ich bin erst mal in sechs Schlafzimmer und einen Wäscheschrank gelatscht.«

»Danke.« Lily drehte sich wieder nach der Dame um.

»Gern geschehen«, strahlte diese sie an. Sie schob sich die Brille zurecht. »Sie sind Liams Frau, oder? Lily Bonner? Ich möchte Sie schon lange kennenlernen ... Ich bin Violet Cawson und habe früher für Peters Vater gearbeitet, wir haben uns etwa gleichzeitig zur Ruhe gesetzt. Wenn Sie mal Lust auf einen Kaffee haben, rufen Sie mich doch an. Ich bin auch eine alte Freundin von Peters Mutter, wir sind zusammen zur Schule gegangen, von daher können Sie sich jetzt ausrechnen, *wie* alt ...« Sie grinste. »Peter hat meine Nummer.«

Während Lily die Stufen hinaufging, dachte sie darüber nach, wie anders der heutige Abend doch im Vergleich zu dem Abend der Tennisparty war. Jeder, dem sie vorgestellt wurde, war freundlich und offen, und sie genoss den Abend richtig. Natürlich geisterten immer noch hier und da Figuren herum, die sie schief ansahen und dumme Bemerkungen machten, aber Liam hatte darauf geachtet, diesen Leuten auszuweichen. Wenn sie bedachte, dass sie ursprünglich überhaupt keine Lust gehabt hatte, herzukommen, war es völlig unerwartet ein sehr schöner Abend geworden. Gleicher Ort, gleiche Gästeschar – und doch fühlte sich alles anders an. Lily wusste, dass dies daran lag, dass sie selbst sich geändert hatte.

Sie kam sich wie ein Eindringling vor, als sie den im Dunklen liegenden ersten Stock erreichte. Einen Lichtschalter konnte Lily nicht finden, aber es drang genügend Licht vom Garten herein, um sich zurechtzufinden. Lily staunte, wie pompös ein schlichtes WC hergerichtet werden konnte: mit Marmor von oben bis unten. Nicht unbedingt geschmacklos, aber doch so, dass jeder die dahintersteckenden Millionen erkennen konnte.

Insgesamt war das Haus wirklich wunderschön. Auf ihrem Weg zurück nach unten bewunderte Lily die Aussicht durch die stattlichen Bogenfenster, die genauso malerisch war wie die Kunstwerke an den Wänden.

Die Gäste auf der Terrasse hatten sich alle dem Ende des weitläufigen Rasens zugewandt, wo erste Feuerwerkskörper krachten und den Nachthimmel erhellten.

Doch dann fielen ihr zwei Gestalten auf, die sich nicht dem Spektakel zugewandt hatten. Die eine war ihr ungleich vertrauter als die andere, aber vor allem hatte sie die beiden noch nie zusammen gesehen.

Sie hatten die Köpfe zusammengesteckt und redeten miteinander. Isabellas Lippen bewegten sich schnell, ihr Blick wanderte immer wieder nervös über Liams Schulter, als habe sie Angst, mit ihm gemeinsam gesehen zu werden.

Lily erstarrte vor Schreck, als ihr jemand plötzlich die Hand auf die Schulter legte.

»Lassen Sie los, Lily ...«

Sie fuhr herum und sah sich Duncan Corday gegenüber.

»Wie bitte?«

»Loslassen ist das Beste.«

»Loslassen?«, wiederholte sie langsam. Wovon redete er? Doch im selben Moment wusste sie auch schon genau, was er meinte, und wandte sich wieder dem Fenster zu. Sie ließ den Blick von Corday zu Liam und Isabella wandern und schloss dann bedächtig die Augen, als ihr endlich die ganze Wahrheit bewusst wurde.

Liam und Isabella. Natürlich. Sie hatten … sie waren … Sie brachte es nicht über sich, explizit das zu denken, von dem Corday annahm, dass sie es bereits wusste.

Sie atmete tief durch, um sich zu fangen, und wandte sich dann wieder ihrem Gastgeber zu.

»Das ist nicht so einfach …«, entgegnete sie nun und musste sich sehr beherrschen, um weder Hände noch Stimme zittern zu lassen.

»Es ist aber vorbei. Eigentlich hat es nie richtig angefangen, ein einmaliger Ausrutscher, nichts, worüber Sie sich Sorgen machen sollten. Und schon so lange her …«

»Die Zeit heilt alle Wunden, hm?«, murmelte sie.

Ihr spitzer Ton entging ihm nicht.

»Sie waren beide ziemlich betrunken. Bella hatte sich mit ihrem Mann gestritten, und Liam … na ja, der war halt hier, alleine, wieder mal …« Das »wieder mal« war ein Vorwurf, den sie nicht überhören konnte. »Er war niedergeschlagen … Es lag an den Umständen, Lily, dessen bin ich mir ganz sicher. Mehr war das nicht.«

Sie sah zum Fenster hinaus. Die beiden standen ganz dicht beieinander.

»Am besten tun Sie es Ihnen nach und vergessen, dass es je passiert ist …«

Isabella legte die Hand auf Liams.

Eine ganz schlichte Geste, aber doch so intim, dass Lily das Gefühl hatte, diese Hand würde sich um ihr Herz legen und zudrücken.

»Ach, Liam …«, wisperte sie unhörbar. Ihr Atem ließ die Scheibe beschlagen. Als sie den Anblick nicht länger ertrug, wandte sie sich ab. »Sieht wirklich so aus, als hätten sie vergessen, was passiert ist …«, murmelte sie gefährlich tonlos.

Corday sah sie mitfühlend an.

»Es hatte nichts zu bedeuten, Lily, das hat Liam Ihnen ja sicher schon klargemacht, sonst wären Sie ja nicht hier, stimmt's? Und das da« – er zeigte aus dem Fenster – »ist auch nichts. Bella muss jetzt vor allem sichergehen, dass ihr Mann nichts davon erfährt. Er ist heute auch hier, und er ist ein sehr stolzer Mann und könnte äußerst ungehalten reagieren ...«

»Wogegen ich einfach so tun soll, als sei gar nichts passiert ...«

»Lily, Sie sind doch eine kluge Frau. Sie wissen, dass eine gute Ehe nicht an einem einzigen dummen Fehler scheitert ...«

»Nein, aber vielleicht an einer ganzen Reihe von Demütigungen«, murmelte Lily.

»Es hatte nichts zu bedeuten, Lily. Nichts.« Er betonte das so sehr, als wolle er andeuten, sie sei dumm und unvernünftig, wenn sie ihm das nicht glaubte.

»In Ihren Augen bedeutet es vielleicht nichts, wenn man jemanden betrügt, der einen liebt und einem vertraut, Mister Corday, aber ich sehe das leider etwas anders ...«

»Wenn das so ist, können Sie jederzeit ...« Er verstummte, sah sie an, als würde er etwas überlegen, und erregte wie beabsichtigt mit den unausgesprochenen Worten ihre Aufmerksamkeit.

»Was kann ich jederzeit?«

»Na ja, Rache ist ja bekanntlich herrlich süß.«

»Rache?«

»Wenn Sie etwas gegen das Wort haben, nennen Sie es von mir aus Revanche, Genugtuung, Wiedergutmachung ...«

Er überrumpelte sie vollkommen, als er sie plötzlich fest an sich zog und ihr sein Duft nach teurem Aftershave und Whisky in die Nase stieg. Sie war so perplex, dass sie sich nicht gegen seine Lippen auf ihren wehrte, bis kreischendes Gelächter vom Fuß der Treppe sie wieder zur Besinnung brachte.

Sie versuchte, sich von ihm wegzudrücken, doch er umschloss sie nur noch fester mit beiden Armen. Also blieb ihr nichts anderes übrig, als den Kopf abzuwenden.

»Nein ...«

Er trat einen winzigen Schritt zurück, ohne sie loszulassen.

»Ich weiß, dass du das nicht so meinst, Lily ... Es hat doch von Anfang an zwischen uns geknistert ...«

Zu ihrer beider Erstaunen fing Lily laut an zu lachen.

»Zwischen uns hat es geknistert? Zwischen uns hat es höchstens gedampft, und zwar aus der Teekanne!«

Doch es waren nicht so sehr ihre Worte, sondern ihr Gelächter, das seinen Liebeseifer ersterben ließ. Er ließ sie los und machte ein ziemlich beleidigtes Gesicht. Er selbst war sich offenbar keines Vergehens bewusst.

»Verstehe. Wenn das so ist ... Na ja ... dann habe ich da wohl was falsch interpretiert ...«

Lily schnaubte höhnisch.

»Und ich möchte Sie bitten, dass dieses kleine ... Missverständnis ... unter uns bleibt«, schob er steif hinterher.

»Dieses Missverständnis ...«, wiederholte sie ungläubig und hörte genauso unvermittelt auf zu lachen, wie sie damit angefangen hatte. »Ach, da machen Sie sich mal keine Gedanken. Sie sind wirklich meine geringste Sorge. Ihnen kann ich ja jederzeit aus dem Weg gehen.« Was sie, wie um ihre Worte zu unterstreichen, gleich mit zwei Rückwärtsschritten demonstrierte. »Ihnen und Ihrer unerträglichen Arroganz. Nein, mein Problem sind die Dinge, denen ich nicht aus dem Weg gehen kann, denen ich mich stellen muss ...«

Sie machte auf dem Absatz kehrt und verschwand.

Doch ihr erster Impuls war nicht, Liam mit dem zu konfrontieren, was sie gesehen und erfahren hatte.

Ihr erster Impuls war, sich in die sicheren, freundschaftlichen Arme von Peter zu begeben.

Als sie den Garten erreichte, war das Feuerwerk an seinem spektakulären Höhepunkt angelangt.

Im flackernden Licht der zahllosen Raketen entdeckte sie ihren Freund.

Er hatte die Arme um Wendy gelegt und küsste sie immer wieder so unendlich zärtlich. Zwischen den Küssen raunte er ihr etwas zu, und Wendy lachte und sah ihn liebevoll an. Ab und zu rissen sie sich voneinander los und richteten staunende Blicke nach oben zu den vielen bunten Sternen am schwarzen nächtlichen Himmel.

Heute war ein Tag, den keiner von ihnen jemals vergessen würde, ging es Lily durch den Kopf.

Peter und Wendy deshalb, weil es einer der schönsten Tage in ihrem Leben war.

Frei von den Sorgen und Fehltritten anderer.

Während sie sie beobachtete, wurde Lily immer ruhiger.

Dann drehte sie sich um und ging zum Auto.

28

Liam wartete bereits auf sie.

Er stand mit dem Rücken an den Wagen gelehnt, den Blick zum Boden gerichtet, bis er sie kommen hörte. Dann sah er auf und lächelte sie an. Irgendwie erleichtert, fand Lily.

»Du hast dir ja ganz schön Zeit gelassen.«

»Heute bin ich von Duncan Corday aufgehalten worden.«

»Ach ja?« Liams Gesicht verdüsterte sich. »Was wollte er denn?«

»Meinen Körper.«

Er dachte, sie machte Witze, und lächelte schief.

»Verdammter alter Corday. Wenn es nach ihm ginge, würde er jeden um sich herum mit Leib und Seele verschlingen. Mann, bin ich froh, wenn unsere Zusammenarbeit mit dem Kerl endlich beendet ist.«

»Ist das dein Ernst?«

»Mir ist selten etwas ernster gewesen.« Er reichte ihr die Hand. »Komm, lass uns nach Hause fahren ...«

Im Auto sprachen sie kein Wort.

Sie bemerkte, dass er einige Male Anlauf nahm, etwas zu sagen, aber letztendlich schwieg er dann doch.

Lily schaltete das Radio ein und ließ die Musik die Stille vertreiben.

Zu Hause angekommen, machten sie sich bettfertig.

Sie beeilte sich, als Erste im Bett zu liegen, und stellte sich dann schlafend.

Er küsste sie liebevoll auf die Schulter und murmelte »Ich liebe dich, Lily Bonner«, bevor auch er sich schlafen legte.

Sie unterdrückte ein Schluchzen. Wartete, bis sie seinen regelmäßigen, tiefen Atem hörte. Stand auf, zog sich den Morgenmantel über, schlüpfte in die Flipflops und schlich sich hinaus. Hinunter. Zur Haustür hinaus, durch den Garten, Richtung Meer.

Bis hin zur Klippe. Bis sie buchstäblich nicht mehr weiterkam.

Und dann atmete sie endlich aus. All die Luft, die sie in den vergangenen eineinhalb Stunden angehalten hatte. Und sie sank unter all der Last zu Boden.

Sie machte sich so klein wie möglich. Verbarg den Kopf zwischen den Knien und umklammerte verzweifelt ihre Beine, als würde ihre ganze Welt auseinanderbrechen, wenn sie jetzt losließe.

So saß sie eine ganze Weile da. Als die pochenden, migräneartigen Schmerzen im gesamten Körper endlich nachließen, konnte sie wieder klare Gedanken fassen.

Sie dachte zurück an jenen Morgen vor acht Wochen, als sie mit Nathan genau hier gestanden hatte. Dachte an seine starken, sie umschlingenden Arme, seine weichen Lippen auf ihren, das Gefühl seines Körpers gegen ihren.

Liam hatte lediglich das getan, was sie erst im letzten Moment nicht getan hatte.

Wie groß war der Unterschied zwischen einer gedachten und einer ausgeführten Tat? Himmelweit oder marginal?

Sie hätte Nathan zurückrufen können. Den Kuss fortsetzen. Sich ganz hingeben.

Hatte sie aber nicht.

Hätte sie es getan, wenn sie von Liams Fehltritt gewusst hätte?

Hätte sie sich mit Nathan ins hohe Gras sinken lassen?

Vielleicht.

Vielleicht auch nicht.

Aber sie konnte das Bedürfnis nach Trost so gut verstehen. Und ganz besonders nach dieser Art von Trost. Denn ganz gleich, was Duncan Corday gesagt hatte – wenn hier irgendjemandem Wiedergutmachung zustand, dann Liam.

Sie hatte ihn vollkommen aus ihrem Leben ausgeschlossen.

Als sei das alles nur ihr passiert und nicht ihm.

Sie hatte ihn ausgeschlossen. Sich ihm entzogen. Nicht nur emotional, sondern auch sexuell.

An jenem Abend, als sie viel früher als geplant aus Treskerrow zurückkehrten, waren sie zum ersten Mal seit langer, langer Zeit wieder richtig zusammen gewesen.

Natürlich war das keine Entschuldigung dafür, mit jemand anderem ins Bett zu gehen. Aber zusammen mit so vielen anderen Faktoren trug es sicher dazu bei.

Das, was sie heute erfahren hatte – so schmerzhaft es auch gewesen sein mochte –, erklärte so unendlich viel.

Es beantwortete so viele Fragen.

Sie war sich absolut sicher, dass er ihr weder vorher noch nachher jemals untreu gewesen war. Sie hatte ja bemerkt, wie er sich verändert hatte. Liam war kein treuloser Mann. Er hatte sich mit Schuldgefühlen gequält. Die Schuldgefühle hatten ihn verändert.

Sie wusste auch ohne seine Beteuerungen, dass es ihm zutiefst leid tat.

Sie konnte also nachvollziehen, warum er es getan hatte. Aber würde sie ihm verzeihen können?

Hatte sich denn nicht alles, woran sie geglaubt und was ihr etwas bedeutet hatte, aufgelöst, wie die Wellen unter ihr sich an den Felsen brachen und zu nassen Wolken wurden, die der Wind davontrug?

Wenn sie das, was sie heute wusste, vor zwei Monaten erfahren hätte, wäre es das Ende ihrer Ehe gewesen, dessen war sie sich sicher. Damals hatte sie nicht die Kraft zu kämpfen.

Aber jetzt?

Was war jetzt anders?

Es war doch, als hätte ein neues Leben angefangen.

Und dann hörte sie ihn rufen.

»Lily!«

Langsam stand sie auf und drehte sich zu ihm um.

Er sah besorgt und verwirrt aus.

»Ich bin aufgewacht, und du warst nicht da ... Was machst du denn bloß um diese Zeit hier draußen, Lily?«

Was machte sie hier? Gute Frage. Aber nicht so gut wie die viel dringendere Frage, was sie jetzt tun sollte.

»Ich konnte nicht schlafen«, antwortete sie wahrheitsgemäß, aber nicht erschöpfend.

»Hast du etwas auf dem Herzen?«

»Hast *du* etwas auf dem Herzen?«, kehrte sie die Frage um.

Er schwieg.

Blieb stehen.

Als hätten ihre Worte einen Bann ausgesprochen.

Er sammelte sich.

»Es gibt tatsächlich etwas, das ich dir sagen möchte«, räumte er schließlich mit Bedacht ein.

Doch Lily schüttelte den Kopf.

»Nein.«

»Bitte, Lily. Wir müssen miteinander reden.«

Sie schüttelte den Kopf und wich einen Schritt vor ihm zurück.

»Nicht reden. Ich bin fertig mit reden.«

Er ging einen Schritt auf sie zu.

»Tut mir leid, Lily, aber es ist wichtig ... Wir können nicht weiter den Kopf in den Sand stecken ...«

»Du verstehst mich nicht. Ich stecke den Kopf nicht in den Sand. Jedenfalls nicht mehr. Aber ich weiß schon, was du mir sagen willst.«

»Du weißt es?«

»Ich weiß es.«

Sie nickte. Er atmete scharf aus. Im Mondschein konnte sie sehen, wie er erstaunt blinzelte.

»Woher?«

»Ist das von Belang?«

»Wahrscheinlich nicht ... aber ... seit wann? Heute Abend?«

Sie nickte wieder.

»Aber du hast gar nichts gesagt ...«

»Was hätte ich denn sagen sollen?«

Er verdrehte die Augen.

»Was hätte ich denn sagen sollen?«, wiederholte er. »Vielleicht hätte ich ja etwas sagen wollen. Zum Beispiel, dass es mir leid tut … furchtbar leid … und dass ich weiß, dass es das nicht ungeschehen macht, aber dass ich mit Haut und Haaren, mit Leib und Seele nur dir gehöre, dass ich niemandem auch nur das geringste von mir abgegeben habe, dass ich mir nur etwas genommen habe, was mir in dem Moment zu fehlen schien … Das klingt vielleicht brutal und macht die Sache nur noch schlimmer, aber es ist die Wahrheit, und ich verspreche dir, dass du von jetzt an nur noch die Wahrheit von mir hören wirst …«

»Egal, wie weh sie tut?«

»Tun Lug und Betrug nicht mehr weh als die schmerzliche Wahrheit?«

»Kann sein. Ja, vielleicht hast du recht. Ich möchte dir nur eine Frage stellen, Liam. Ich weiß, was passiert ist, und ich kann mir sogar vorstellen, warum, aber liege ich mit meiner Vermutung richtig?«

»Du kennst meine Gründe, Lily. Eine Ausrede oder gar eine Entschuldigung habe ich nicht«, antwortete er ehrlich und sprach damit ihre eigenen Überlegungen aus.

Sie nickte.

Er trat noch einen Schritt auf sie zu und streckte ihr hoffnungsvoll die Hand entgegen.

»Du bedeutest mir alles, Lily. Ich liebe dich, ich habe dich immer geliebt. Meine Liebe zu dir hat nie nachgelassen oder gar aufgehört. Wir können noch mal von vorne anfangen, Lily. Wir haben ja noch mal von vorne angefangen …«

»Aber es stand eine Lüge zwischen uns.«

»Ich war immer fest entschlossen, es dir zu beichten.«

»Du hast nur auf den richtigen Moment gewartet.«

»Ich musste mir deiner erst wieder einigermaßen sicher sein, bevor ich riskieren konnte, dich wieder zu verlieren.«

»Du hattest mich nie verloren.«

»So hat es sich aber angefühlt.« Er ließ die Hand sinken und neigte den Kopf nach unten. Als er wieder aufsah, stand ihm die Verzweiflung ins Gesicht geschrieben. »Ohne dich bin ich nichts, Lily. Das habe ich in den letzten Monaten so deutlich erfahren. Bitte gib uns nicht auf, Lily, bitte …«

Er streckte ihr beide Hände entgegen.

Er war nur einen Schritt von ihr entfernt. Nur einen winzigen Schritt.

Lily reichte ihm beide Hände.

Es ging alles so schnell, und doch kam es ihm vor, als sähe er alles in Zeitlupe. Es war irgendwie surreal. Denn obwohl Lily sich auf ihn zubewegte, entfernte sie sich plötzlich von ihm. Die Klippenkante, auf der sie gestanden hatte, war kein Fels gewesen, sondern nur ein grasbewachsener Überhang, der jetzt unter ihr nachgab.

Lily fiel.

Sie stürzte. Versuchte verzweifelt, sich an irgendetwas festzuhalten. Bekam ein Stück Fels zu fassen und kugelte sich die Schultern aus, als ihr Körper, der sich mit aller Macht abwärts bewegte, gebremst wurde. Dann rutschten ihre Finger ab. Die schroffe Felsoberfläche riss ihr die Haut auf, je mehr sie abglitt.

Ein unbeschreiblicher Schmerz durchfuhr sie.

Sie hörte die Brandung unter sich. Oder war es das Rauschen ihres eigenen Blutes in den Ohren?

Liam rief nach ihr. Immer und immer wieder.

Die von ihren Nestern aufgestörten Möwen kreischten.

Und in ihrem Kopf hallten so viele andere Stimmen wider.

»Wir müssen *ihn* loslassen, Lily.«

»Lassen Sie los, Lily. Loslassen ist das Beste.«

»Es ist möglich, ihn loszulassen … ohne ihn aufzugeben.«

Also ließ sie los.

29

Er konnte es nicht wissen, aber er saß und wartete genau da, wo Lily vor Monaten gesessen und gewartet hatte. Auf einem harten Plastikstuhl im Wartezimmer des Krankenhauses.

Die ganze Nacht hatte er dort ausgeharrt.

Sie alle.

Abi, die die Schreie gehört und geistesgegenwärtig die Küstenwache verständigt hatte.

Dylan, der Liam daran gehindert hatte, die zehn Meter zu den Felsen hinunterzuklettern, um es gleich darauf selbst zu tun, und der ihren Kopf aus dem Wasser gehoben hatte, bis der Rettungshubschrauber kam.

Peter und Wendy, noch immer in Partykleidung, Wendys Make-up, von Tränen zerstört.

Sie alle hingen auf den Plastikstühlen herum und dösten immer wieder ein.

»Hatte ich Ihnen nicht gesagt, dass ich Sie hier nie wieder sehen möchte?«

Die vertraute Stimme ließ Liam aufwachen.

Steif und fröstelnd zwang Liam die bleiernen Augenlider hoch und sah Liz vor sich, die in übertrieben strenger Geste die Arme vor der Brust verschränkte.

»Liz ...«, krächzte er. Sein Mund war wie ausgetrocknet. »Es ist Lily ... Lily ist hier ...«

»Ich weiß.«

Ihr warmes Lächeln sagte mehr, als tausend Worte es vermocht hätten.

»Ist sie ...«

Liz nickte.

»Es geht ihr gut, Liam. Sie ist außer Gefahr.«

Die Erleichterung war so grenzenlos, dass er fast hemmungslos angefangen hätte zu schluchzen.

Stattdessen rappelte er sich auf und nahm Liz in den Arm. Seine Tränen landeten auf ihrer Schwesterntracht.

Sie klopfte ihm auf den Rücken, als würde sie ein kleines Kind trösten, und murmelte beruhigend auf ihn ein.

»Ist ja gut … wird ja alles gut … Wirklich, Liam, es ist alles gut, machen Sie sich keine Sorgen. Ich komme geradewegs von der Intensivstation. Sie schläft noch tief und fest, aber die Aufnahmen und die Bluttests sind alle in bester Ordnung. Ein paar Knochenbrüche, aber nichts Ernstes, nichts, das nicht mit der entsprechenden Fürsorge und Pflege heilen könnte. Sie hat großes Glück gehabt. Sie haben beide großes Glück gehabt. Es besteht keine Lebensgefahr. Sie werden beide durchkommen.«

Er atmete lang und tief aus und ließ den Kopf hängen.

»Danke«, flüsterte er. Dann erst drangen ihre letzten Worte durch all die Aufregung zu ihm durch.

Ängstlich und hoffnungsvoll zugleich sah er zu ihr auf.

»Wie, beide?«

Liz' Lächeln wurde noch ein paar Zentimeter breiter.

Epilog

Der Ruf einer in der Nähe des Hauses kreisenden Möwe weckte sie. Strahlender Sonnenschein fiel durch das noch immer vorhanglose Fenster. Die andere Seite des Bettes war, wie so oft in letzter Zeit, leer, doch Lily lächelte, als sie mit der Hand über die noch leicht warme Stelle strich, an der er bis vor Kurzem gelegen hatte.

Nach einer schnellen Dusche zog sie sich an und folgte dem Duft nach Kaffee und frischen Croissants nach unten in die Küche, wo der Frühstückstisch bereits gedeckt war.

Durch das offene Küchenfenster konnte sie sie lachen hören.

Lily ging zum Fenster und sah hinaus.

Ein perfekter Frühsommertag. So lieblich und frisch wie eine reife Orange.

Sie waren im Rosengarten.

Liam hielt ihn hoch, sodass er eine der vielen üppigen Blüten aussuchen konnte.

»Welche sollen wir für deine Mama pflücken, James?«

Das Lächeln des kleinen blonden Jungen glich dem seines Vaters. Das Kind zeigte auf eine voll erblühte Teehybride, ein für Lily gleichzeitig herzzerreißender und wunderbar heilsamer Anblick.

Ja, heilsam. Heilung war nämlich doch möglich.

Mit der Heilung verschwindet der Schmerz, und wenn der Schmerz verschwindet, ist es möglich, weiterzukommen.

Welche Medizin man dazu braucht?

Liebe.

Vorbehaltlose, bedingungslose Liebe.

Danksagung

Größter und tiefster Dank an meine Lektorin und wunderbare Freundin Julia Eisele und das gesamte Team beim Piper-Verlag. Danke, dass ihr alle an mich glaubt und mich so wunderbar unterstützt! Dank gilt auch meiner großartigen, engagierten Agentin Amanda Preston bei LBA, meiner hervorragenden Übersetzerin Marieke Heimburger, meiner Familie und meinen phantastischen Freunden.